IL N'EST PIRE AVEUGLE

DU MÊME AUTEUR :

Le Garçon en pyjama rayé, Gallimard Jeunesse, 2009.
La Maison Ipatiev, L'Archipel, 2012.
Noé Nectar et son étrange voyage, Gallimard Jeunesse, 2012.
Mon père est parti à la guerre, Gallimard Jeunesse, 2014.
Barnabé ou la vie en l'air, Gallimard Jeunesse, 2014.
Le Secret de Tristan Sadler, L'Archipel, 2015.
Le Garçon au sommet de la montagne, Gallimard Jeunesse, 2016.
Les Fureurs invisibles du cœur, Lattès, 2018.
L'Audacieux Monsieur Swift, Lattès, 2020.

www.editions-jclattes.fr

John Boyne

IL N'EST PIRE AVEUGLE

Roman

Traduit de l'anglais (Irlande)
par Sophie Aslanides

JC Lattès

Titre de l'édition originale
A History of Loneliness
publiée par Doubleday,
un département de Transworld Publishers UK,
une filiale de Random House Group

Ce livre est une œuvre de fiction. Dans certains cas, de vraies personnes apparaissent, mais leurs actions et conversations sont entièrement fictives. Tous les autres personnages, et toutes les descriptions d'événements sont issus de l'imagination de l'auteur. Toute ressemblance avec des personnes ayant réellement existé serait purement fortuite.

Maquette de couverture : Florine Synoradzki
Couverture : © Adele Spencer

ISBN : 978-2-7096-6539-1

Première édition avril 2021.

« La vie est facile à chroniquer,
mais déroutante à pratiquer. »

E. M. Forster

1.

2001

C'est seulement autour de quarante ans que j'ai commencé à éprouver la honte d'être irlandais.

Je pourrais ouvrir mon récit par la soirée où je me rendis chez ma sœur pour dîner et où je découvris qu'elle n'avait aucun souvenir de m'avoir invité. Je crois que c'est là qu'elle montra pour la première fois qu'elle perdait la tête.

Plus tôt, George W. Bush avait prêté serment pour son premier mandat de président des États-Unis, et quand j'arrivai chez Hannah sur Grange Road à Rathfarnham, je la trouvai scotchée à la télévision, en train de regarder les grands moments de la cérémonie qui se déroulait à Washington.

Je n'étais pas venu depuis presque un an, et j'éprouvai une certaine honte quand je me rendis compte qu'après une débauche de visites dans les premiers temps qui suivirent la mort de Kristian, j'avais repris mes anciennes habitudes : téléphoner rarement, organiser encore plus rarement un rendez-vous au Bewley's de Grafton Street, un endroit qui nous rappelait notre enfance, car c'était là que maman nous emmenait, quand nous allions en ville voir les vitrines de Noël chez Switzer's, des années auparavant. C'était également là que nous avions droit à un déjeuner de saucisses, haricots et frites le jour où on allait chez Clerys pour essayer nos tenues de premier communiant

– des après-midi fabuleux où elle nous laissait commander le plus gros gâteau à la crème que nous trouvions et un Fanta à l'orange pour l'aider à descendre. Nous prenions le bus 48A devant l'église de Dundrum pour nous rendre dans le centre-ville; Hannah et moi montions en courant pour nous poster tout devant et, cramponnés à la barre, nous traversions Milltown et Ranelagh, franchissions le Grand Canal sur le pont Charlemont en direction du vieux cinéma Métropole derrière la gare de Tara Street, où ma mère nous avait emmenés voir *Les Révoltés du Bounty* avec Marlon Brando et Trevor Howard, avant de nous faire sortir manu militari lorsque les femmes aux seins nus d'Otaheite étaient parties dans leurs kayaks pour aller rejoindre les vigoureux marins, avec pour seule protection de leurs appâts des colliers de fleurs. Plus tard ce soir-là, maman avait écrit une lettre à l'*Evening Press*, exigeant que le film soit interdit. Sommes-nous bien dans un pays catholique, demanda-t-elle, ou fais-je erreur?

Le Bewley's n'a pas beaucoup changé au cours des trente-cinq ans qui se sont écoulés depuis, et j'ai toujours éprouvé une grande affection pour cet endroit. Je cultive volontiers la nostalgie; parfois, c'est une vraie malédiction. Je retrouve le bien-être de mon enfance quand je vois les banquettes au dossier haut qui accueillent encore toutes sortes de Dublinois. Les messieurs à la retraite, chevelure blanche et rasage impeccable, fleurant bon l'Old Spice, inutilement engoncés dans leur costume-cravate tandis qu'ils lisent les pages business de l'*Irish Times* bien qu'elles n'aient dans leur vie plus aucune pertinence. Les femmes mariées savourant le plaisir d'un café au milieu de la matinée avec pour seule compagnie la merveilleuse Maeve. Des étudiants de Trinity College, paressant devant de grandes tasses de café et des feuilletés à la saucisse, bruyants et prompts à se toucher, tout à l'exaltation d'être jeunes et ensemble. Quelques malheureux particulièrement désargentés, cherchant à profiter d'une heure ou deux de chaleur pour le prix d'une tasse de thé. La ville a toujours bénéficié de l'hospitalité large et généreuse du Bewley's, et parfois Hannah et moi y allions, le quadragénaire et sa sœur, veuve, tous deux soigneusement apprêtés, échangeant des propos circonspects, encore amateurs de gâteau à la crème, mais sans Fanta.

Quelques jours plus tôt, Hannah m'avait téléphoné pour m'inviter et j'avais immédiatement répondu oui. Se sentait-elle seule ? me demandai-je. Son fils aîné, mon neveu Aidan, était parti vivre à Londres et il ne rentrait presque jamais. Je savais que ses appels étaient encore moins réguliers que les miens. En même temps, Aidan était difficile. Un jour, de façon soudaine, le garçon gai et extraverti, un surdoué de la comédie, était devenu, dans la maison de Hannah et Kristian, une présence distante et pleine de colère. Et cette fureur, qui sembla se déverser brusquement et empoisonner le sang dans ses veines, ne diminua jamais durant son adolescence, ne faisant qu'enfler et détruire tout ce qu'elle trouvait sur son chemin. Grand et bien bâti, le teint clair et les cheveux blonds typiques de ses origines nordiques, il charmait les femmes d'un simple mouvement de sourcil et son goût pour le beau sexe paraissait impossible à satisfaire. De fait, il mit une pauvre fille dans une situation très délicate alors que l'un et l'autre n'avaient même pas l'âge de conduire, et la chose provoqua un conflit qui dura un certain temps ; finalement, l'enfant fut confié à une institution pour être adopté, après une terrible dispute entre Kristian et le père de la fille qui se termina par une intervention de la police. Aujourd'hui, je n'avais plus aucune nouvelle d'Aidan. Il lui était souvent arrivé de me regarder avec des yeux pleins de mépris. Un jour qu'il avait un peu trop bu, il vint se poster à côté de moi lors d'une réunion de famille, posa une main contre le mur et se pencha trop près, la puanteur de la cigarette et de l'alcool me forçant à détourner la tête. Il cala sa langue dans sa joue et sur un ton parfaitement amical me lança : « Hé toi, écoute-moi. Tu ne te dis pas que tu as gâché ta vie ? Tu ne regrettes jamais de ne pas pouvoir retourner en arrière et recommencer depuis le début ? Tout faire différemment ? Être un homme normal au lieu d'être ce que tu es ? » En secouant la tête, je lui répondis qu'au cœur de ma vie se trouvait un sentiment d'immense satisfaction, que même si j'avais fait mes choix très jeune, je continuais à les respecter. Je les respectais, insistai-je, et bien qu'il ne fût peut-être pas capable de percevoir la signification de mes décisions, elles avaient donné à ma vie de la clarté et du sens, des qualités dont la sienne semblait malheureusement manquer. « Tu n'as pas tort, Odran, répliqua-t-il avant de s'écarter, me libérant de la pression de son torse et de ses bras. Mais quand même, je ne pourrais pas être ce que tu es. Je préférerais encore me tirer une balle. »

Non, Aidan n'aurait jamais pu faire les mêmes choix que moi et, aujourd'hui, j'en éprouve de la gratitude. La vérité est qu'il n'avait pas mon innocence ou mon incapacité à m'opposer. Même enfant, il était plus homme que je ne le serais jamais. On disait qu'il vivait à Londres avec une fille un peu plus âgée que lui, qui avait deux enfants d'un premier lit, ce que je trouvais curieux dans la mesure où il n'avait rien voulu savoir du bébé qui était peut-être le sien.

La seule personne qui vivait sous le même toit que Hannah était son plus jeune fils, Jonas, qui avait toujours été introverti et semblait incapable de soutenir une conversation sans garder les yeux rivés sur ses chaussures ou agiter les doigts comme un pianiste tourmenté. Il rougissait quand on le regardait et préférait rester enfermé dans sa chambre à lire des livres. Chaque fois que je l'interrogeais sur ses auteurs favoris, il répondait de mauvaise grâce ou citait le nom de quelqu'un dont je n'avais jamais entendu parler – généralement, il s'agissait d'un étranger, japonais, italien, portugais, qu'il me lançait presque d'un air de défi. À la veillée suivant le décès de son père au mois de mars de l'année dernière, j'avais essayé de mettre un peu de légèreté en lui demandant est-ce que derrière cette porte fermée tu lis vraiment, Jonas, ou tu fais autre chose ? Je n'avais aucune arrière-pensée – pour moi, il ne s'agissait que d'une plaisanterie –, mais à la seconde où la question sortit de ma bouche, je compris à quel point elle pouvait paraître vulgaire, et le pauvre garçon – je crois que trois ou quatre personnes, dont sa mère, assistaient à la scène – piqua un fard et faillit s'étrangler avec son 7-Up. Je voulais lui dire à quel point je regrettais de l'avoir mis dans une situation aussi gênante, je le voulais vraiment, mais cela n'aurait fait qu'aggraver les choses. J'avais parfois l'impression que nous ne pourrions pas nous remettre de cette fausse note, car il devait penser que j'avais délibérément tenté de l'humilier, alors que je n'aurais jamais envisagé de faire une chose pareille.

À ce moment-là, le moment dont je parle, Jonas avait seize ans et préparait son examen de fin de collège, qui ne devait pas lui causer de grandes difficultés. Depuis ses premiers mois, il faisait preuve d'intelligence – il avait appris à parler et à lire bien avant les enfants de son âge. Kristian se plaisait à répéter qu'avec un cerveau comme le sien, Jonas pourrait devenir chirurgien ou avocat, Premier ministre de Norvège ou président d'Irlande. Chaque fois que j'entendais ce genre de phrase, je me disais, non, son avenir n'est pas là. Je ne savais pas quel serait le destin de ce garçon, mais ce n'était aucun de ceux-là.

Il m'arriva de penser que Jonas était un enfant perdu. Il ne parlait pas de copains. Il n'avait pas de petite amie, n'avait emmené personne au bal de Noël de son école, où il n'était jamais allé. Il n'était membre d'aucun club, ne pratiquait aucun sport. Il allait à l'école le matin, rentrait le soir. Il fréquentait les cinémas seul le dimanche après-midi, où il voyait généralement des films étrangers. Il participait à l'entretien de la maison. Est-ce qu'il se sentait seul ? me demandais-je. Je savais ce que c'était, de se sentir seul.

Sous leur toit il n'y avait donc que Hannah et Jonas, un mari et père décédé, un fils et frère qui avait quitté le nid, et malgré mes maigres connaissances de la vie de famille, je me doutais qu'une femme de quarante-cinq ans et un adolescent anxieux avaient très certainement peu de choses à se dire. Peut-être était-ce cette maison trop silencieuse qui avait conduit Hannah à décrocher le téléphone pour appeler son frère aîné : ça te dirait de venir dîner, Odran ? On te voit tellement rarement.

Ce soir-là, j'étais venu dans ma nouvelle voiture. Ou plutôt ma nouvelle vieille voiture, une Ford Fiesta de 1992. Je l'avais depuis à peine une semaine et j'étais enchanté, car c'était un petit véhicule très pratique qui me transportait à toute vitesse d'un bout à l'autre de la ville. Je me garai dans la rue devant chez Hannah, sortis et ouvris le portail, qui penchait un peu, à moitié dégondé ; je passai mon doigt sur la peinture noire écaillée. Pourquoi Jonas ne remédiait-il pas à cela ? Avec Kristian parti et Aidan ailleurs, n'était-il pas devenu l'homme de la maison, même s'il était encore très jeune ? Le jardin quant à lui paraissait bien entretenu. Les mois d'hiver n'avaient pas détruit les plantes et une bordure proprette donnait l'impression de cacher, enterrés sous terre, une centaine de secrets qui jailliraient et déverseraient leurs mystères dès l'arrivée du printemps, qui, à mon goût, tardait à venir. J'avais toujours aimé le soleil, même si, en passant toute ma vie en Irlande, je n'avais qu'une relation théorique avec lui.

Quand Hannah était-elle devenue experte en jardinage ? Voilà qui était nouveau.

Je sonnai et reculai d'un pas, levant les yeux vers le premier étage où une lumière brillait, et à ce moment-là, une ombre fugace apparut devant la fenêtre. Jonas avait dû entendre la voiture s'arrêter et jeter un coup d'œil dehors. Je remontai la courte allée jusqu'à la porte. J'espérais qu'il avait remarqué la Fiesta. J'aurais aimé qu'il trouve son oncle un peu digne d'intérêt. Je devrais faire plus d'efforts avec ce garçon, pensai-je, car après tout, en l'absence de son père et de son frère, il avait peut-être besoin d'un homme dans sa vie.

La porte s'ouvrit et, lorsque Hannah passa la tête, elle me rappela notre grand-mère, dans sa manière de se pencher et de me regarder, essayant de comprendre pourquoi quelqu'un se trouvait sur le seuil à cette heure de la nuit. Dans son visage, j'aperçus la femme qu'elle serait peut-être quinze ans plus tard.

« Eh bien, dit-elle en hochant la tête, satisfaite de m'avoir enfin reconnu. Le mort est ressuscité.

— Allez, arrête... », répondis-je avec un sourire et je me penchai pour déposer un rapide baiser sur sa joue. Elle avait l'odeur de ces lotions qu'utilisent les femmes de son âge. Je les reconnais chaque fois que l'une d'elles s'approche pour me serrer la main et me demande comment s'est passée ma semaine et voudrais-je venir dîner un soir et comment se comporte son fils, il ne me cause pas de souci, hein ? Je ne sais pas comment s'appellent ces lotions – et lotion n'est peut-être pas le mot juste. Les publicités à la télévision diraient autre chose. Il y a forcément un terme moderne pour les désigner. Mais bon, ce que j'ignore sur les femmes et leurs pratiques remplirait assez de livres pour garnir la Bibliothèque d'Alexandrie.

« Cela me fait plaisir de te voir, Hannah », dis-je avant d'enlever mon pardessus et de l'accrocher sur une des patères de l'entrée, à côté de son manteau Penneys bleu marine usé et d'une veste en daim marron, qui ne pouvait appartenir qu'à Jonas. Je jetai un coup d'œil vers l'escalier, soudain impatient de le voir.

« Entre, entre », fit Hannah en me précédant dans le salon, qui était accueillant et chaud. Un feu était allumé dans l'âtre – ce serait agréable de passer une soirée là, à regarder la télévision, à écouter Anne Doyle décrire la stratégie de Bertie, commenter l'éventuel retour de Bruton, et émettre des hypothèses sur l'avenir de ce pauvre Al Gore qui se retrouvait sur la touche.

Sur le téléviseur trônait une photo du petit Cathal, qui riait aux éclats comme s'il avait toute la vie devant lui, le pauvre garçon. Une photo que je n'avais jamais vue. Je l'examinai ; il était au bord de la mer, en short, les cheveux en bataille, et aux lèvres un sourire à briser le cœur. Je me sentis pris d'un léger vertige. De toute sa vie, Cathal n'était allé que sur une plage ; pourquoi Hannah exposait-elle un souvenir de cette terrible semaine ? Et où l'avait-elle trouvé ?

« Comment était la circulation ? » me demanda-t-elle. Elle était assise à l'autre bout de la pièce et je me tournai pour la regarder fixement un moment avant de répondre.

« Aucun problème. J'ai une nouvelle voiture, elle est garée dehors. Elle est rapide comme l'éclair.

— Une nouvelle voiture ? Voilà qui est distingué. C'est permis ?

— Pas nouvelle au sens neuve, précisai-je en songeant que je devais cesser d'y penser en ces termes. Je veux dire, nouvelle pour moi. C'est une voiture d'occasion.

— Et ça, c'est permis ?

— Oui, répondis-je, riant un peu, sans savoir ce qu'elle entendait par là. Il faut bien que je puisse circuler, non ?

— Je suppose, oui. Quelle heure est-il, d'ailleurs ? » Elle jeta un coup d'œil à sa montre. « Assieds-toi, tu me crispes, à rester comme ça debout.

— D'accord, dis-je en prenant place, et à ce moment-là, elle plaqua une main sur sa bouche et me regarda comme si elle venait d'avoir le choc de sa vie.

— Jésus Marie Joseph. Je t'ai invité à dîner, c'est ça ?

— Effectivement, avouai-je, me rendant compte que l'odeur qui flottait dans l'air semblait plutôt rappeler un dîner terminé qu'annoncer un repas en train de cuire. Tu avais oublié ? »

Elle détourna les yeux et parut troublée, fronçant exagérément les sourcils, ce qui donna à son visage un aspect très inhabituel, avant de secouer la tête. « Bien sûr que je n'ai pas oublié. Seulement, enfin, oui, j'ai dû oublier. J'ai cru que c'était... on n'avait pas dit jeudi ?

— Non, répondis-je, certain que nous avions convenu de nous voir samedi. Écoute, peut-être que je me suis trompé, ajoutai-je, ne voulant pas qu'elle se sente responsable du malentendu.

— Tu ne t'es pas trompé, répliqua-t-elle paraissant plus contrariée que je ne le jugeais nécessaire. Je ne sais plus où j'en suis, ces derniers temps. Ma tête part dans tous les sens, Odran. Tu ne peux pas savoir toutes les erreurs que j'ai commises. Mrs Byrne m'a déjà donné un avertissement, me signifiant que je devais me reprendre. Enfin, elle n'arrête pas de râler, celle-là. Quoi que je fasse, ça ne lui convient jamais. Je ne sais pas quoi te dire. Nous avons fini de dîner, Jonas et moi, il y a une demi-heure et je m'étais installée devant la télé. Je peux te préparer un sandwich à la saucisse ? Ça t'irait ? »

Je réfléchis puis acquiesçai. « Ce serait formidable. » Et me rappelant les gargouillis que mon ventre avait émis dans la voiture, j'ajoutai que j'en mangerais volontiers deux si ce n'était pas un problème. Elle approuva, bien sûr, ça n'est pas un problème, ne passait-elle pas la moitié de sa vie à préparer des sandwichs à la saucisse pour les deux garçons ?

« Deux garçons ? fis-je, me demandant si l'ombre à la fenêtre était celle de son fils aîné. Aidan n'est pas rentré, si ?

— Aidan ? répéta-t-elle, surprise, la poêle déjà dans la main. Oh non, il est à Londres. Tu le sais.

— Mais tu as dit deux garçons.

— Je parlais de Jonas. » Je la laissai tranquille et reportai mon attention sur le téléviseur.

« Tu regardais ça, tout à l'heure ? lançai-je. Ils en font vraiment toute une histoire, ces Yankees.

— Y a de quoi finir avec une bonne migraine, cria-t-elle pour couvrir le bruit de l'huile qui crachotait dans la poêle. Oui, j'ai regardé la moitié de la journée. Tu penses qu'il a une chance d'être un bon président ?

— Il n'a pas encore pris ses fonctions et tout le monde le déteste. » Plus tôt dans l'après-midi, j'avais un peu suivi la retransmission et j'avais été surpris de voir les foules qui manifestaient leur mécontentement dans les rues de la capitale. Tout le monde arguait qu'il n'avait absolument pas gagné, et peut-être était-ce vrai, mais les résultats étaient si serrés que je trouvais difficile de croire qu'une prestation de serment par Gore aurait été plus légitime.

« Tu sais qui j'aimais bien ? demanda Hannah d'une voix lointaine, comme si elle était redevenue une petite fille.

— Qui donc ?

— Ronald Reagan. Tu te souviens de lui dans les films ? Ils les repassent parfois le samedi après-midi sur BBC2. Il y en avait un il y a quelques semaines, Ronald Reagan travaillait sur un chemin de fer, il avait un accident, et après, il se réveillait sur un lit amputé des deux jambes. *Où est le reste de moi ?* criait-il. *Où est le reste de moi ?*

— Ah oui », fis-je. Je n'avais jamais vu de ma vie le moindre film avec Ronald Reagan et j'étais surpris quand les gens parlaient du rôle qu'il avait joué dans tel ou tel film. On racontait que sa femme était une créature épouvantable.

« Il donnait toujours l'impression de contrôler la situation. Et j'aime ça, chez les hommes. Kristian avait cette qualité-là.

— Effectivement, concédai-je ; c'était vrai.

— Tu savais qu'il était amoureux de Mrs Thatcher ?

— Kristian ? » m'étonnai-je, le sourcil froncé. Je ne pouvais imaginer une chose pareille.

« Non, pas Kristian, rétorqua-t-elle, agacée. Ronald Reagan. Enfin, c'est ce qu'on dit, en tout cas. Que ces deux-là étaient amoureux.

— Je ne sais pas, fis-je en haussant les épaules. J'en doute. Ce doit être une femme difficile, difficile à aimer.

— Je suis contente qu'on soit débarrassés de ce Clinton. C'était une espèce de gros cochon, hein ? »

J'acquiesçai. J'étais écœuré par Bill Clinton. J'aimais bien ses idées politiques, mais il était devenu tellement dur à croire, tellement focalisé sur le fait de sauver sa peau qu'il avait perdu depuis longtemps mon adhésion. Toutes ces gesticulations et ces dénégations proférées avec aplomb. Et pas une once de vérité dans tout cela.

« Lui et ses pratiques de sexe oral », poursuivit Hannah. Je la regardai, ahuri. Je n'avais jamais entendu ce genre de mots sortir de sa bouche et je n'étais pas complètement sûr d'avoir bien compris. Je n'allais pourtant pas poser de questions. Elle était en train de retourner les saucisses dans la poêle, en fredonnant tout bas. « Odran, tu es plutôt ketchup ou tu préfères la brown sauce ? lança-t-elle.

— Ketchup.

— J'en ai plus.

— Alors brown sauce, ça m'ira parfaitement. Je ne sais pas à quand remonte la dernière fois que j'en ai mangé. Tu te souviens ? Papa en mettait absolument partout. Même avec le saumon.

— Le saumon ? répéta-t-elle en me tendant une assiette contenant deux sandwichs appétissants. Quand est-ce qu'on en a mangé dans notre enfance ?

— De temps en temps.

— Je ne me rappelle pas, dit-elle en s'asseyant dans le fauteuil sans me quitter des yeux. Alors, ce sandwich ?

— Parfait.

— J'aurais dû te préparer un vrai dîner.

— Cela n'a pas d'importance.

— Je ne sais pas où j'ai la tête, en ce moment.

— Ne t'inquiète pas, Hannah, la rassurai-je, désireux de changer de sujet. Qu'est-ce que vous avez mangé, vous ?

— Un peu de poulet. Et de la purée, plutôt que des pommes de terre à l'eau. Kristian préfère la purée.

— Jonas, rectifiai-je.

— Quoi, Jonas ?

— Tu as dit Kristian. »

Elle eut l'air un peu troublée puis elle secoua la tête, comme si elle ne me comprenait pas. Je m'apprêtais à expliquer lorsque j'entendis une porte s'ouvrir à l'étage et un bruit de pas, des pieds lents, lourds qui descendaient l'escalier. Quelques instants plus tard, Jonas entra et me salua d'un signe, en m'adressant un sourire timide, mais chaleureux. Ses cheveux étaient plus longs que la dernière fois que je l'avais vu et je me demandai pourquoi il ne les coupait pas court, car il avait de belles pommettes saillantes, ce garçon. Je les aurais exhibées, si j'avais eu les mêmes.

« Comment tu vas, oncle Odran ?

— Je vais très bien, Jonas. On dirait que tu as grandi.

— Il n'arrête pas de grandir, celui-là.

— Peut-être un peu, acquiesça Jonas.

— Et qu'est-ce que tu as fait à tes cheveux ? demandai-je, essayant d'avoir un ton amical. C'est la dernière mode ?

— Je ne sais pas, fit-il en haussant les épaules.

— Il aurait besoin d'une bonne coupe, c'est sûr. Tu ne voudrais pas aller chez le coiffeur, mon fils ?

— Si tu me donnes trois livres cinquante. Je suis un peu fauché en ce moment.

— Vaut mieux pas me demander, déclara Hannah en se détournant. J'ai assez de soucis comme ça. Odran, il faut que je te raconte. Mrs Byrne, au travail, elle m'a dit que je devais me remettre les idées en place, sinon… Quand même, j'ai huit ans d'ancienneté de plus qu'elle.

— Oui, tu m'as expliqué, répondis-je en finissant le premier sandwich avant d'entamer le deuxième. Jonas, tu ne veux pas t'asseoir ? » Il secoua la tête.

« Je suis juste descendu chercher à boire, dit-il en se dirigeant vers la cuisine.

— Comment ça va, tes études ?

— Bien. » Il ouvrit le réfrigérateur, examina son contenu, son visage trahissant à la fois déception et résignation.

« Ce garçon a tout le temps le nez dans un livre. Il faut bien qu'il nourrisse son intelligence.

— Est-ce que tu as une idée de ce que tu voudrais faire plus tard, Jonas ? » demandai-je.

Il marmonna quelque chose que je ne réussis pas à comprendre. Il l'avait fait exprès, pensai-je.

« Il peut se lancer dans tout ce qu'il veut, celui-là, dit Hannah, le regard rivé sur George W. Bush qui débitait son discours d'investiture.

— Je ne suis pas fixé, intervint Jonas, revenant dans le salon pour écouter Bush quelques instants. Un diplôme en littérature anglaise ne prépare pas à grand-chose, mais c'est ce que j'aimerais faire.

— Tu ne suivras donc pas mes traces ? »

Il rit et secoua la tête, mais pas méchamment, son visage s'empourpra un peu. « Je ne crois pas, oncle Odran. Désolé.

— On pourrait imaginer pire. Ton oncle s'est fait une belle vie, n'est-ce pas ?

— Je sais, répondit Jonas. Je ne voulais pas dire que…

— Je te taquine, c'est tout, l'interrompis-je, le dispensant de s'excuser. Tu n'as que seize ans. À notre époque, un jeune qui voudrait exercer le même métier que moi s'attirerait les moqueries de ses amis, je suppose.

— Ce n'est pas ça, la raison, rétorqua Jonas en me regardant droit dans les yeux.

— Tu as appris qu'il a eu un article dans le journal ? demanda Hannah.

— Ah, maman…, soupira Jonas en se dirigeant vers la porte.

— Ah bon ? dis-je en levant les yeux.

— Un article, répéta-t-elle. Dans le *Sunday Tribune*.

— Quel genre ? demandai-je en fronçant les sourcils.

— Ce n'était pas un article, c'était une nouvelle, précisa Jonas, rouge comme une tomate. Et il n'y a pas de quoi en faire tout un plat.

— Comment ça ? fit Hannah, se redressant pour le dévisager. Quand est-ce que quelqu'un de la famille a eu son nom dans le journal ?

— Tu veux dire, une nouvelle littéraire ? le questionnai-je avant de poser mon assiette. Un texte de fiction ? » Il hocha la tête, incapable de soutenir mon regard. « C'était quand ?

— Il y a quelques semaines.

— Ah Jonas, tu aurais dû m'en parler. J'aurais bien aimé la lire. Bravo ! Une nouvelle, donc. C'est ça que tu veux faire ? Écrire des livres ? »

Il haussa les épaules et parut presque gêné, comme l'année précédente quand j'avais fait ce commentaire inapproprié après la mort de son père. Je reportai mon attention sur la télévision pour lui éviter plus d'embarras. « Eh bien, je te souhaite le meilleur. C'est une belle ambition. »

Je l'entendis sortir du salon en traînant les pieds, puis je me mis à rire en secouant la tête. Je me tournai vers Hannah, qui était plongée dans la lecture du programme télé. « Il veut devenir écrivain, donc ?

— La route est longue, de Brow Head à Banba's Crown », répondit-elle. Je fus un peu dérouté. Quelques instants plus tard, elle posa le magazine et me regarda fixement comme si elle ne me connaissait pas du tout.

« Tu ne m'as jamais dit ce qui s'était passé avec Mr Flynn, reprit-elle.

— Avec qui ? » Je fouillai dans ma mémoire ; je ne trouvai aucun Flynn.

Elle secoua la tête, renonçant à poursuivre, et se leva pour aller dans la cuisine. J'étais très perplexe. « Je vais faire du thé. Tu en veux ?

— Avec plaisir. »

Lorsqu'elle revint quelques minutes plus tard, elle tenait deux tasses de café, mais je ne bronchai pas. Elle était peut-être préoccupée ; elle paraissait si distraite.

« Est-ce que ça va, Hannah ? Tu n'as pas l'air dans ton assiette. Tu t'inquiètes pour quelque chose ? »

Elle réfléchit. « Je ne voulais pas aborder le sujet, dit-elle en se penchant en avant avec une mimique de conspiratrice. Tout à fait entre toi et moi, je crois que Kristian ne va pas bien du tout. Il a souvent des maux de tête atroces. Il refuse pourtant d'aller voir un médecin. Essaie de lui parler, toi, parce qu'il ne m'écoute pas. »

Je la dévisageai, ébahi. Que répondre ? Que pouvait-elle vouloir dire ? « Kristian ? Mais... Kristian est décédé. »

Elle me regarda comme si je venais de la gifler. « Je le sais bien ! Je l'ai enterré moi-même. Pourquoi dis-tu une chose pareille ? »

J'étais totalement déstabilisé. L'avais-je bien entendue ? Je secouai la tête. Je laissai filer. Je bus mon café. Lorsque la pendule sonna 21 heures et que les informations commencèrent, j'écoutai les titres, vis Bill et Hillary monter dans un hélicoptère après avoir salué la nation, puis je dis que je ferais bien de partir moi aussi.

« Ne laisse pas passer autant de temps avant de revenir, déclara-t-elle, sans se lever et sans manifester qu'elle allait me raccompagner. Et la prochaine fois, je te préparerai ce dîner que je t'avais promis. »

Je hochai la tête sans un mot, allai récupérer mon manteau dans le hall, non sans fermer la porte du salon derrière moi. Pendant que je me préparais, j'entendis du bruit à l'étage et Jonas, pieds nus, s'approcha de l'escalier et me lança depuis le palier :

« Tu t'en vas, oncle Odran ?

— Oui, Jonas. Nous devrions nous parler plus souvent, toi et moi. »

Il acquiesça et descendit à pas lents, en me tendant une feuille de papier pliée. « Tu peux la prendre si tu veux, fit-il, incapable de me regarder dans les yeux. C'est ma nouvelle. Publiée dans le *Trib*.

— Ah, super, dis-je, touché. Je la lirai ce soir et je te la rendrai.

— Pas besoin, j'ai acheté dix exemplaires du journal. »

Je souris et rangeai la feuille dans ma poche. « Je l'aurais acheté aussi si j'avais su. » Il resta immobile, mal à l'aise, en jetant des regards éperdus du côté du salon, dansant d'un pied sur l'autre. « Est-ce que tout va bien, Jonas ?

— Ouais.

— Tu as l'air d'avoir un souci. »

Il respira bruyamment par le nez, les yeux baissés. « Je voulais te parler de quelque chose.

— Vas-y.

— C'est à propos de maman.

— Oui ? »

Il déglutit avec peine et finit par lever la tête. « À ton avis, elle va bien ? me demanda-t-il.

— Ta maman ?

— Oui.

— Elle m'a paru un peu fatiguée, avouai-je en attrapant la poignée de la porte. Peut-être qu'elle a besoin de sommeil. Nous en manquons tous un peu, j'imagine.

— Attends. » Il posa sa main sur le battant pour m'empêcher de l'ouvrir. « Elle se répète beaucoup, ces temps-ci, et elle zappe des choses. Elle a même oublié que papa était décédé.

— C'est l'approche de la cinquantaine, dis-je en ouvrant la porte avant qu'il puisse m'arrêter. Ça nous arrive à tous. À toi aussi, un jour. Enfin, ce n'est pas pour tout de suite, alors, ne t'inquiète pas. Il fait froid dehors, tu ne trouves pas ? ajoutai-je en franchissant le seuil. Rentre donc, tu vas attraper quelque chose.

— Oncle Odran… »

Je ne le laissai pas poursuivre. Je descendis l'allée et, avant qu'il referme la porte, son regard s'attarda quelques instants sur moi. Je me sentais coupable, mais j'étais incapable d'agir autrement. Je voulais juste rentrer chez moi. Tandis que j'approchais de la Fiesta, j'entendis un tapotement sur la fenêtre. J'aperçus Hannah qui écartait les voilages et me criait quelque chose.

« Qu'est-ce que tu dis ? » demandai-je en mettant ma main en pavillon autour de mon oreille. Elle me fit signe d'approcher.

« *Où est le reste de moi ?* » lança-t-elle avant d'éclater de rire, puis elle referma les rideaux et disparut.

C'est alors que je compris que Hannah n'allait pas bien, que nous étions au début de quelque chose qui ne ferait que perturber notre vie à tous, mais égoïstement, j'exclus le problème de mes préoccupations immédiates. Je la rappellerais dans une semaine, décidai-je. Je l'inviterais à déjeuner au Bewley's de Grafton Street. Je lui offrirais un menu entier et un gâteau à la crème accompagné d'un de ces cafés surmontés d'une mousse blanche. Je ferais un effort pour venir la voir plus souvent.

Je serais un meilleur frère que je ne l'avais été jusqu'alors.

Avant de rentrer, je décidai de m'arrêter à Inchicore – le trajet était plus long, bien sûr, mais je voulais faire un tour dans l'église et passer un moment dans le sanctuaire qui était une réplique de la grotte de Lourdes, une ville que je n'avais jamais voulu voir. Je n'ai aucune patience pour ces lieux de pèlerinage – Lourdes, Fatima, Medjugorje, Knock – qui paraissent toujours ressembler à des inventions d'enfants crédules ou à des fantasmes d'ivrognes. Inchicore n'était pas une destination de pèlerinage, plutôt une simple église avec un sanctuaire et une statue. J'y allais souvent la nuit quand je me sentais fragilisé.

Les rues étant désertes, j'arrivai rapidement sur les lieux. Je me garai et poussai le portail. La lune était visible cette nuit-là, brillante et mouchetée, baignant l'édifice de sa lumière, mais en entrant, j'eus la surprise d'entendre une sorte de lamentation, une espèce de gémissement terriblement angoissé qui émergeait de la grotte. J'hésitai, essayant d'identifier le son. S'il y avait des jeunes gens là-bas en train de faire des bêtises, je ne voulais pas en être le témoin, je ne voulais pas le savoir, et je préférais retourner à ma voiture et rentrer. Au bout d'un moment, je compris qu'il ne s'agissait pas de cris passionnés, mais des hurlements déchirants d'un chagrin incontrôlable.

J'avançai à pas timides, et tandis que mes yeux s'accommodaient à la pénombre, je vis ce qui semblait être un corps allongé face contre terre, bras et jambes écartés, un crucifix humain prostré sur le sol de graviers, et ma première pensée fut qu'il s'agissait d'un crime, d'un meurtre. Quelqu'un était venu commettre un assassinat ici. C'est alors que le corps bougea ; il se mit à genoux. L'homme n'était pas blessé, il était en prières. C'était un ecclésiastique, en réalité, il portait la soutane noire à manches longues des prêtres ordonnés, et le vêtement flottait dans la brise juste au-dessus de ses chevilles. Ainsi agenouillé, il leva les bras vers les cieux avant de serrer les poings et de se frapper violemment la tête, en portant des coups d'une telle férocité, d'une telle brutalité que je me préparai à intervenir, même s'il y avait un risque qu'il dirige contre moi sa douleur ou sa folie, et me blesse. Il se tourna un peu et je vis son visage se dessiner dans le clair de lune. Un homme jeune – plus jeune que moi en tout cas, d'au moins une dizaine d'années, peut-être âgé d'à peine trente ans. Une tignasse de cheveux noirs et un nez proéminent à l'arête épaisse. Il laissa échapper un cri et s'écroula dans la position où je l'avais trouvé. Bien qu'il se fût un peu calmé, les gémissements, les sanglots interminables continuaient et je sentis un frisson me parcourir lorsque j'eus le regard attiré vers sa gauche et que je me rendis compte qu'il n'était pas seul.

Assise dans un coin de la grotte, presque hors de vue, se trouvait une femme bien plus âgée – elle devait approcher les soixante-dix ans, et elle se balançait d'avant en arrière, le visage baigné de larmes et déformé par la souffrance. Tandis qu'un rayon de lune l'éclairait, je constatai qu'elle avait le même nez aquilin que le jeune prêtre, et je sus immédiatement qu'il l'avait hérité de cette femme, sa mère.

Ils se trouvaient donc là, le jeune homme allongé à plat ventre, implorant le monde de mettre fin à son tourment, la mère tremblant de douleur, et à voir son expression, on aurait dit qu'elle souhaitait que les cieux s'ouvrent et que Dieu la rappelle auprès de Lui.

Le tableau était terrifiant. Il me bouleversa profondément. Et alors qu'un autre à ma place se serait peut-être approché d'eux pour leur offrir un peu de réconfort, je m'éloignai, rapidement, d'un pas nerveux, car une horreur semblait se dessiner là, menaçante pour nous tous, que je ne me sentais pas capable de gérer.

Je repense à ce soir-là, qui remonte à plus de dix ans maintenant, et je me souviens de ces deux incidents comme s'ils avaient eu lieu la semaine dernière. George W. Bush appartient à l'histoire. Je revois Hannah assise dans son fauteuil m'affirmant que son défunt mari souffrait de terribles migraines et je revois cette mère et son fils, pleurant et gémissant dans la grotte à Inchicore. Et en rentrant vers le confort de mon lit solitaire, je sus avec une certitude absolue que le monde tel que je l'avais toujours connu, tout comme la foi que j'avais placée en lui, était sur le point de toucher à sa fin, et qui sait ce qui allait le remplacer ?

2.

2006

Un peu plus de cinq ans plus tard, je fus prié de quitter Terenure College, l'établissement où je vivais et travaillais depuis vingt-sept ans. Des années auparavant, j'avais reconnu que je n'étais jamais aussi heureux que lorsque j'étais caché derrière les hautes murailles et les grilles fermées de cette forteresse érudite. Le changement fut un véritable choc.

Je n'avais pas eu l'intention de rester à Terenure si longtemps. En rentrant de Rome à Dublin au milieu de l'année 1978, après avoir été enfin ordonné prêtre au bout de six années d'études, mais avec un léger parfum de scandale toujours attaché à mon nom, je fus nommé à l'aumônerie de l'école dans l'attente d'être placé dans une paroisse. Sans que j'en connaisse la raison, cette mutation n'eut jamais lieu. Je passai mon diplôme d'enseignant et finis par devenir professeur d'anglais et d'histoire, de temps en temps. En plus des cours, je gérais la bibliothèque et je célébrais la messe de 6 h 30 pour le même petit groupe d'hommes et de femmes âgés, tous à la retraite, qui n'avaient pas appris à faire la grasse matinée ou s'inquiétaient de ne jamais se réveiller s'ils s'attardaient dans leur lit. Je devais jouer le rôle de conseiller spirituel auprès des garçons, une tâche dont les exigences se réduisirent de manière impressionnante quand on entra dans les années 1990, et encore plus lorsqu'on changea de siècle – la vie spirituelle semblait perdre chaque année de son importance pour les étudiants.

Terenure était connu pour le rugby, c'était un de ces établissements d'élite dans le Southside de Dublin, fréquenté par des garçons dont les pères étaient fortunés – des promoteurs immobiliers, des banquiers, des hommes d'affaires qui pensaient que leur prospérité serait éternelle. Bien que je ne sache presque rien de ce sport, je faisais de mon mieux pour m'y intéresser, car il n'y avait aucun autre moyen de survivre à Terenure. En général, je m'entendais bien avec les étudiants. Jamais je ne les rudoyais, ni n'essayais d'être leur ami – les deux erreurs que commettaient beaucoup de mes collègues. Cette rigueur jouait en ma faveur et je découvris que j'étais aussi populaire qu'il était possible de l'être dans les sables mouvants des promotions entrantes et sortantes. Les garçons étaient souvent arrogants, et pouvaient se montrer détestables et méchants envers ceux qui n'étaient pas nés dans le même univers privilégié, mais je m'appliquais de mon mieux à les rendre plus humains.

L'appel téléphonique du secrétaire de l'archevêque Cordington survint un samedi après-midi, et s'il provoqua de l'anxiété chez moi, ce fut seulement parce que je compris mal la raison de cette injonction.

« Suis-je le seul concerné ? demandai-je au père Lomas, son secrétaire. Ou sommes-nous nombreux à être ainsi convoqués ?

— Il n'y a que vous », répondit-il du ton le plus sec qu'on puisse imaginer. À la résidence de l'archevêque, certains de ces types pouvaient être tellement imbus de leur personne.

« À votre avis, cela risque-t-il de durer ?

— Monseigneur vous recevra à 14 heures mardi prochain. » Ce qui devait signifier non, imaginai-je. Puis il raccrocha. Ce mardi-là, le cœur lourd, je pris ma voiture pour me rendre à Drumcondra. Et s'il me demandait si j'avais eu le moindre soupçon à propos de Miles Donlan ?

Et si c'était le cas, pourquoi ne lui avais-je jamais fait part de mes doutes ? Comment pouvais-je lui répondre alors que je m'étais moi-même posé la question à de multiples reprises et que je n'avais réagi que par le silence ?

« Père Yates », dit l'archevêque, levant les yeux, le sourire aux lèvres, alors que j'entrais dans son bureau, essayant de mon mieux de ne pas trahir l'inconfort que provoquait chez moi tout ce luxe. Accrochés aux murs, il y avait des tableaux qui n'auraient pas détonné à la National Gallery. De fait, ils y avaient probablement été prélevés. C'était, après tout, un des avantages en nature de cette fonction. Le tapis sous mes pieds était si épais que j'aurais pu m'y allonger et savourer une bonne nuit de sommeil. Tout dans ce lieu transpirait la prospérité et la prodigalité, des notions qui présentaient un contraste frappant avec les vœux que nous avions faits, l'un et l'autre. L'opulence du palais épiscopal me rappelait un peu le Vatican, quoiqu'à une échelle bien plus petite, et mon esprit retourna comme souvent à l'année 1978, quand j'avais servi trois maîtres en une seule année, consacrant mes matinées et mes nuits à un travail de domestique, mes journées à l'étude et passant mes soirées posté sous une fenêtre ouverte sur la Vicolo della Campana, rongé de convoitise et enfiévré de désir.

Comment quelque chose peut-il demeurer aussi douloureux vingt-huit ans après ? me demandais-je. Les traumatismes de la jeunesse ne guérissent-ils donc jamais ?

« Bonjour, Monseigneur », dis-je, avant de m'agenouiller et d'effleurer du bout des lèvres la grosse bague en or qu'il portait au quatrième doigt de la main droite. Il me conduisit vers une paire de sièges confortables disposés devant la cheminée.

« Je suis content de vous voir, Odran », dit-il en s'écroulant dans le fauteuil. Jim Cordington, ancien séminariste deux ans avant moi à Clonliffe College et autrefois le meilleur milieu de terrain que l'équipe de Dublin ait perdu au profit du clergé, était devenu obèse faute d'exercice et par excès de gourmandise. Je me rappelais le temps où il était capable de traverser les champs à Holy Cross avec le vent dans le dos, et pas un seul d'entre nous n'aurait pu l'interrompre sur sa lancée. Que lui était-il arrivé depuis toutes ces années ? Ses traits autrefois bien dessinés étaient devenus flasques et piquetés de rougeurs, son nez couvert de capillaires éclatés rouge sang. Quand il souriait et baissait la tête, ses mentons multiples apparaissaient, l'un au-dessus de l'autre, comme des vagues de crème fouettée.

« Moi aussi, Monseigneur, répondis-je.

— Ah, fit-il en signifiant sa désapprobation d'un geste de la main. Arrêtez donc de me donner du monseigneur, Odran. C'est Jim, et vous le savez. Il n'y a personne d'autre que nous dans la pièce, laissons les conventions pour d'autres occasions. Comment allez-vous ? La santé ?

— Tout va bien. Très occupé, comme toujours.

— Cela fait un bon moment que je ne vous ai pas vu.

— La dernière fois, c'était lors de la conférence à Maynooth, l'an dernier.

— Oui, probablement. En tout cas, c'est une bonne petite école que celle où vous officiez, déclara-t-il en se grattant les joues ; ses ongles crissèrent un peu sur la courte repousse de barbe datant de quelques heures. Saviez-vous que j'ai fréquenté Terenure, dans ma jeunesse ?

— Oui, je le savais, Monseigneur… Jim, rectifiai-je.

— L'établissement a bien changé depuis, je suppose. »

J'acquiesçai. Tout était différent, désormais.

« Avez-vous entendu parler d'un prêtre appelé Richard Camwell ? me demanda-t-il, se penchant vers moi. C'était un homme épouvantable à tous égards. Il attrapait les élèves par l'oreille pour les forcer à se mettre debout, puis il leur flanquait une claque fracassante qui les envoyait valser à l'autre bout de la classe. Un jour, il a suspendu un gamin par la fenêtre du sixième étage en le tenant par les chevilles pendant que les autres, rassemblés dans la cour en bas, criaient : “Père, père, ne le lâchez pas !” » Il rit et secoua la tête. « Nous avions peur des prêtres, en ce temps-là. Parmi eux il y avait de véritables terreurs. » Il fronça les sourcils et me regarda droit dans les yeux. « Mais ils étaient de saints hommes, ajouta-t-il, l'index dressé. Vraiment de saints hommes.

— Si on faisait une chose pareille aujourd'hui, il est certain que les garçons se rebelleraient. Et ils auraient raison.

— Je n'en suis pas si sûr, fit-il en détournant les yeux.

— Ah bon ?

— Les jeunes garçons sont des créatures épouvantables. Il leur faut de la discipline. Enfin vous devez savoir de quoi je parle, vous qui êtes en leur compagnie cinq jours par semaine pendant toute l'année scolaire. Quand je pense à certaines des corrections qu'on m'a administrées dans cette école, c'est un miracle que j'en sois sorti vivant. Malgré tout, c'était le bon temps. Vraiment le bon temps. »

Je hochai la tête en me mordant la lèvre. Nombreux étaient les commentaires que j'aurais voulu ajouter, mais la peur m'empêchait de parler. À Terenure, l'année précédente, un enseignant laïc, pas un prêtre, avait giflé un élève de quatorze ans qui s'était montré impertinent, et le garçon avait riposté en lui mettant un coup de poing dans le visage ; le pauvre homme avait eu le nez cassé. Le petit diable avait de la force, et une certaine arrogance. Son père était le directeur de l'agence d'une banque internationale et le fils ne cessait de répéter combien il avait collectionné de miles avec tous ses voyages en avion. De mon temps, il aurait été mis à la porte. Aujourd'hui, bien sûr, c'était différent. Le professeur, un homme gentil, mais totalement inadapté à l'emploi, fut limogé et accusé d'agression par les parents de l'élève, qui, lui, se vit attribuer quatre mille livres par l'école en compensation du « traumatisme émotionnel ».

« Ma grand-mère habitait un peu plus loin, dans la rue de Terenure, voyez-vous, poursuivit l'archevêque. Près de Dodder Bridge. Nous vivions plus près du centre, vers

Harold's Cross, mais je passais presque la moitié de mon temps chez ma grand-mère. C'était une cuisinière hors pair. Elle était toujours devant ses fourneaux. Elle avait eu quatorze enfants en seize années, le croirez-vous ? Et elle ne s'en plaignait jamais. Elle les a élevés dans une maison qui comportait deux pièces. On se demande comment une telle chose est possible. Quatorze enfants, un mari et une femme dans deux pièces. Ils devaient être serrés comme des sardines.

— Vous avez probablement d'innombrables cousins.

— Je n'arrive même pas à les compter. J'en ai un qui travaille dans la formule un. Aux stands de ravitaillement. Il remplace les pneus quand les coureurs s'arrêtent. Il m'a raconté un jour qu'ils doivent effectuer le changement en quarante secondes, pas plus, sinon, ils perdent leur emploi. Vous imaginez ? Au bout des quarante secondes, je serais encore en train de chercher la clé à molette. En même temps, je ne vois pas beaucoup ma famille. Il y a tellement de contraintes dans ce métier, vous ne pouvez pas imaginer. Vous devriez être content, Odran, de n'avoir jamais été consacré. »

Je n'avais rien à répondre à ça. À Clonliffe College, j'avais eu d'excellents résultats à mes examens et j'avais été choisi pour aller au Collège pontifical irlandais à Rome, où on m'avait proposé un poste inattendu pendant l'année 1978 – un poste qui avait été à la fois une bénédiction et une malédiction. Si j'avais terminé l'année avec succès, j'aurais été assuré d'une ascension rapide dans la hiérarchie de l'Église. On m'avait cependant retiré mon emploi avant que l'année soit écoulée et mon nom avait été entaché d'une marque qui ne pouvait être effacée.

D'autres garçons du séminaire avaient de grandes ambitions pour leur carrière, mot avec lequel je n'eus jamais d'affinités particulières. Peut-être que j'en avais moi aussi au début, mais je ne me rappelle pas avoir eu un véritable désir de gravir les échelons, même quand j'étais jeune. Il paraissait clair dès le départ que certains étaient destinés à devenir archevêques, ou, dans le cas d'un étudiant une promotion avant la nôtre, à porter la calotte rouge de cardinal. Tout ce que j'avais voulu, c'était être un bon prêtre, pour aider les gens d'une manière ou d'une autre. Cela me semblait suffisant, comme ambition.

« Êtes-vous heureux là-bas ? me demanda l'archevêque.

— Oui, acquiesçai-je. Dans l'ensemble, ce sont de bons garçons. Je fais de mon mieux pour les guider.

— Oh, je n'en doute pas une seconde, Odran, je n'en doutc pas. Jc n'ai que des échos favorables sur vous, de tout le monde. » Il leva les yeux vers la pendule. « Il est déjà si tard ? Vous boirez bien un petit quelque chose avec moi ? »

Je secouai la tête. « Je vous remercie, non.

— Allez, acceptez. Je vais prendre un petit verre et il n'est pas question que je boive seul.

— Je suis en voiture, Monseigneur. Ce ne serait pas bien.

— Ah », fit-il en agitant la main pour signifier que le concept de sobriété au volant n'était qu'un phénomène de mode. Il se hissa en position debout et se dirigea vers le buffet sur lequel était disposée une belle statue en bronze de John Charles McQuaid, dont les funérailles dans la Pro-Cathédrale avaient réuni tous les séminaristes en 1973. Il l'ouvrit – derrière le comptoir chez Slattery's sur Rathmines Road, les bouteilles étaient moins nombreuses – et sortit un flacon. Il se versa une bonne rasade, avant d'ajouter de l'eau dans son verre, puis revint s'asseoir face à moi, s'écroulant dans son fauteuil avec un grognement sonore.

« Ça me fait tenir jusqu'à la fin de l'après-midi, indiqua-t-il en m'adressant un clin d'œil avant de prendre une première gorgée. J'ai une délégation de sœurs qui viennent me voir après vous. Quelle plaie ! Une histoire de nouvelles salles de bains dans leur couvent. Je n'ai certainement pas d'argent à leur octroyer alors que tous les jours j'ai des prêtres qui appellent pour réclamer l'installation du haut débit chez eux. Ce sont des frais exorbitants.

— Vous pourriez diviser le budget en deux, suggérai-je. La moitié pour les prêtres, l'autre pour les nonnes. »

Il me répondit d'un rire tonitruant et je souris de concert pour me montrer aimable. « Très bon, Odran, très bon. Vous avez toujours eu le sens de la répartie. Mais passons à autre chose. Que diriez-vous d'un changement d'air ? »

Mon cœur se serra. Je croyais connaître la raison de cet entretien. Apparemment, je me trompais. Allais-je être muté ? Après toutes ces années ? J'aimais les murs qui entouraient les terrains de rugby, la longue allée qui menait au bâtiment principal, le calme qui régnait dans mon couloir, le silence de ma petite chambre, le sentiment de sécurité dans la salle de classe. J'avais redouté la conversation qui s'annonçait, mais celle qui se profilait était pire. Bien pire.

« Je ne recherche pas le changement. » Cela valait la peine de tenter, après tout. Peut-être qu'il me prendrait en pitié. « J'ai encore du travail à accomplir là-bas. Ils sont nombreux à avoir besoin d'aide.

— Le travail n'est jamais terminé. Il est simplement repris par le successeur. J'ai un jeune homme très bien que je veux envoyer à Terenure, je pense que ça sera parfait pour lui. Le père Mouki Ngezo. L'avez-vous déjà rencontré ? »

Je secouai la tête. Je n'en connaissais pas beaucoup parmi la jeune génération. Même si elle n'était guère nombreuse.

« Il est noir, vous avez dû le voir passer. »

Je le regardai, un peu ébahi, sans savoir si la description était purement factuelle ou s'il y avait quelque chose de désobligeant dans la manière dont il s'était exprimé. Est-ce qu'on pouvait dire *noir* aujourd'hui, ou étions-nous d'emblée taxé de raciste ? « Je ne..., commençai-je, incapable de terminer ma phrase.

— C'est un type très bien, répéta-t-il. Il est venu du Nigeria il y a quelques années. Je me disais, n'était-ce pas terrible, cette façon que nous avions d'envoyer nos jeunes dans les missions ? Et maintenant, les missions nous envoient leurs jeunes à leur tour.

— Du coup, nous devenons les missions, n'est-ce pas ? » Il réfléchit quelques instants avant de hocher la tête.

« Je n'y avais jamais pensé en ces termes. J'imagine que vous avez raison. La situation est curieuse. Savez-vous combien j'ai reçu de candidatures cette année pour la prêtrise dans le diocèse de Dublin ? » Je secouai la tête. « Une. Une seule ! Le croyez-vous ? Et j'ai rencontré le jeune homme, pas du tout ce qu'il nous faut. J'ai trouvé qu'il avait quelque chose d'un peu... simple. Il ne cessait de rire et de se ronger les ongles pendant que j'essayais de lui parler. C'était comme si je conversais avec un coyote.

— Une hyène, corrigeai-je.

— Oui, une hyène. C'est ce que j'ai dit. Bref, je lui ai conseillé de se retirer et de réfléchir pour savoir si, oui ou non, il avait la vocation et nous pourrions éventuellement en reparler après. Là-dessus, il a fondu en larmes et j'ai pratiquement dû le porter pour le faire sortir de mon bureau. Sa maman se trouvait dans la salle d'attente ; c'était elle qui le poussait dans cette voie, je l'ai vu tout de suite.

— Les mamans nous poussent tous dans cette voie », répliquai-je. Les mots étaient sortis avant même que j'aie eu le temps d'y penser.

« Ah, Odran, fit-il en secouant la tête. Nous ne devrions pas aller par là...

— Je voulais seulement...

— Laissez, laissez. » Il but une deuxième gorgée, plus conséquente cette fois, savoura en fermant les yeux quelques instants. « Miles Donlan », dit-il au bout d'un moment, et je baissai la tête. C'était cette conversation-là à laquelle je m'attendais.

« Miles Donlan, répétai-je à mi-voix.

— Vous avez lu les journaux, j'imagine ? Vu les informations ?

— Oui, Monseigneur.

— Six ans, siffla-t-il entre ses dents. Vous pensez qu'il y survivra ?

— Il n'est pas jeune. Et il paraît que les prisonniers ne sont vraiment pas tendres avec les… » J'avais le mot, bien sûr. Je ne pouvais cependant pas l'énoncer.

« Vous n'avez pas entendu de bruits de couloir, dites-moi, Odran ? »

Je déglutis avec peine. Évidemment que j'en avais entendu. Le père Donlan et moi avions travaillé côte à côte à Terenure pendant des années. Je ne l'avais jamais apprécié. Il avait l'air revêche et parlait des élèves comme s'ils le fascinaient et le dégoûtaient en même temps. Mais oui, j'avais bien entendu des rumeurs.

« Je ne le connaissais pas très bien, esquivai-je.

— Vous ne le connaissiez pas très bien, répéta-t-il doucement, et il me regarda fixement, m'obligeant à baisser les yeux. Cependant, si vous aviez entendu des bruits de couloir, Odran, ou si vous en entendiez concernant quelqu'un d'autre, qu'est-ce que vous feriez ? »

Honnêtement… rien. « Je suppose que j'irais parler à la personne.

— Vous parleriez à la personne. Je vois. Et à moi, en parleriez-vous ?

— Peut-être, oui.

— Iriez-vous voir les Gardaí ?

— Non, répondis-je précipitamment. Pas d'emblée, en tout cas.

— Pas d'emblée. Quand, alors ? »

Je secouai la tête, essayant de déterminer ce qu'il voulait entendre. « Honnêtement, Jim. Je ne sais pas ce que je ferais, à qui j'en parlerais ni quand j'en parlerais. Il me faudrait juger sur le moment.

— Vous m'en parleriez, voilà ce que vous feriez, riposta-t-il d'un ton agressif. Et à personne d'autre. Les journaux ont décidé d'avoir notre peau, vous le voyez, n'est-ce pas ? Nous avons perdu notre autorité. Nous devons la retrouver. Et mettre les médias au pas. » Il jeta un coup d'œil en direction du buffet et de la statue de l'archevêque McQuaid. « Pensez-vous qu'il aurait accepté une situation aussi impossible ? me demanda-t-il. Il aurait fait fermer les imprimeries. Il aurait repris le bail de Montrose et les aurait tous jetés à la rue.

— Les temps ont changé.

— Les temps ont changé en pire, c'est certain. Bon, je m'égare. Qu'est-ce que je disais avant qu'on aborde ces questions ?

— Vous parliez du prêtre nigérian, lui rappelai-je, soulagé que nous passions à un autre sujet.

— Ah oui, le père Ngezo. En réalité, un type très bien. Noir comme une nuit sans lune, enfin on n'y peut rien. Il n'est pas le seul, bien sûr. Nous avons trois garçons du Mali, deux Kenyans, et un prêtre venu du Tchad là-bas à Donnybrook. Et le mois prochain, un garçon va venir du Burkina Faso pour être vicaire à Thurles, m'a-t-on dit. Avez-vous entendu parler du Burkina Faso ? Moi, jamais, mais apparemment, ça existe.

— Est-ce que ce n'est pas quelque part au-dessus du Ghana ? fis-je en examinant une mappemonde dans ma tête.

— Je n'en ai aucune idée. Et ça ne m'intéresse absolument pas. Cela pourrait être une des lunes de Saturne, ça me ferait le même effet. Bon, on prend ce qu'on a, de nos jours. Et je veux donner au jeune Ngezo une opportunité à Terenure. Il a besoin de changement et c'est un grand supporter de rugby. Ce sport ne vous a jamais beaucoup intéressé, n'est-ce pas, Odran ?

— Je manque rarement un match de championnat, rétorquai-je, sur la défensive.

— Ah bon ? Je pensais que ce n'était pas du tout votre truc. Il sera super avec les élèves et cela leur fera beaucoup de bien de fréquenter d'autres cultures. Cela vous ennuierait-il de lui céder la place ?

— Cela fait vingt-sept ans que j'y suis, Monseigneur.

— Je sais.

— Je m'y sens chez moi. »

Il soupira et haussa les épaules, un demi-sourire aux lèvres. « Nous n'avons pas de chez nous. Pas à proprement parler. Vous le savez. »

C'est facile à dire pour vous, pensai-je en jetant un coup d'œil aux fauteuils tendus de velours frappé et aux rideaux de dentelle.

« Je serais triste de le quitter.

— Mais cela vous ferait peut-être du bien de sortir de l'enseignement et d'occuper un ministère paroissial. Juste pour un moment.

— Vous vous rendez compte que je n'ai jamais travaillé dans une paroisse, Monseigneur ? demandai-je.

— Jim, Jim, répéta-t-il d'une voix lasse.

— Je ne saurais même pas par où commencer. Laquelle aviez-vous en tête ? »

Il sourit et baissa le regard vers le tapis, respirant bruyamment par le nez – une expression un peu gênée passa sur son visage. « Vous pouvez probablement deviner. Ce ne serait pas permanent. Seulement j'ai besoin que quelqu'un prenne la place de Tom.

— Tom qui ?

— À votre avis ? »

J'écarquillai les yeux sous l'effet de la surprise. « Tom Cardle ? demandai-je.

— En fait, c'est lui qui a suggéré que vous y alliez.

— C'était son idée ?

— C'était *mon* idée, père Yates, rectifia-t-il d'un ton sévère. Mais Tom était présent lorsque toutes les options ont été envisagées. »

Je trouvai la chose difficile à croire. « Je l'ai vu vendredi après-midi. Et il ne m'en a pas dit un mot.

— Eh bien, je l'ai vu samedi matin. Il est passé bavarder un moment. Il s'est dit que vous aimeriez peut-être changer un peu d'air. J'étais d'accord avec lui. »

Je ne sus que répondre. Je ne comprenais pas pourquoi Tom irait discuter de cela avec Jim Cordington sans m'en parler d'abord. Nous nous connaissions depuis si longtemps, et nous étions de si grands amis.

Tom Cardle et moi étions arrivés au séminaire le même jour en 1973 et nous nous étions retrouvés assis l'un à côté de l'autre tandis que le chanoine expliquait comment notre vie quotidienne allait s'organiser dans les mois suivants. Originaire de la campagne du Wexford, Tom avait quelques mois de plus que moi, et venait de fêter son dix-septième anniversaire. Il était malheureux d'atterrir à Clonliffe, je le compris tout de suite. Un véritable désespoir se dégageait de lui et je fus immédiatement attiré, pas parce que je partageais son état d'esprit, mais parce que je craignais la solitude. J'étais résolu à me faire un ami le plus vite possible. Hannah me manquait déjà et d'une certaine façon, même à ce jeune âge, je savais que j'aurais besoin d'un confident. Je choisis Tom, ou plutôt, nous nous choisîmes réciproquement. Nous devînmes amis.

« Est-ce que ça va ? » lui demandai-je tandis que nous défaisions nos bagages dans la petite cellule que nous allions partager – nous avions été mis ensemble puisque nous étions assis côte à côte lors de la réunion d'accueil –, essayant de montrer un peu de charité chrétienne pour voir si cela me correspondait. La pièce était terriblement ordinaire : deux lits simples collés chacun contre un mur, un espace entre eux suffisant pour que nous y tenions debout à deux, une seule armoire pour y ranger toutes nos affaires, une cuvette et un broc sur un guéridon et un seau posé par terre. « Tu es tout blanc.

— Je ne suis pas au mieux de ma forme », dit-il avec un accent marqué qui me réjouit car je n'aurais pas voulu me retrouver avec un autre Dublinois. Cependant, quand il me révéla qu'il venait de Wexford, je sentis une blessure se rouvrir en moi, car je ne pouvais entendre le nom de ce comté sans éprouver un accès de chagrin.

« Est-ce à cause de la route jusqu'ici ? demandai-je.

— Peut-être, oui. Ces routes sont épouvantables. Et je suis venu sur le tracteur de papa. »

Je le regardai, ahuri, incrédule. « Tu es venu de Wexford jusqu'à Dublin en tracteur ?

— Oui. »

Je laissai échapper un sifflement et secouai la tête. « C'est possible, une chose pareille ?

— On a roulé lentement. Et on a eu beaucoup de pannes.

— Eh ben, j'aurais pas aimé être à ta place. Comment tu t'appelles ?

— Tom Cardle.

— Odran Yates », répondis-je en tendant la main. Il la prit, me regardant droit dans les yeux ; un instant, je crus qu'il allait fondre en larmes. « Tu es content d'être ici ? » demandai-je. Il marmonna trois mots inintelligibles. « Ça va être génial, repris-je. N'aie aucune inquiétude. Un garçon que je connaissais est venu ici il y a quelques années et il a dit qu'il s'était bien amusé. Il n'y a pas que les prières, tout ça. Il y a des jeux, du sport et du chant tout le temps. Ça va être super, tu vas voir. »

Il hocha la tête, sans conviction. Il ouvrit sa valise, qui ne contenait pas grand-chose : quelques chemises et pantalons, deux ou trois caleçons et paires de chaussettes. Posée dessus, une bible qui paraissait très chère ; je l'examinai de plus près.

« Maman et papa me l'ont donnée. Au moment où je partais.

— Elle a dû coûter un paquet d'argent, dis-je en la lui rendant.

— Tu peux la prendre, si tu veux. Elle ne me servira pas. »

Je ris, croyant que c'était une plaisanterie, mais son visage indiquait le contraire. « Ah non, elle t'appartient », fis-je. Il haussa les épaules et la jeta sur la table de chevet sans autre forme de considération. Pendant les années qui suivirent, je verrais rarement Tom l'ouvrir.

« Tom n'est dans cette paroisse que depuis deux ou trois ans », déclarai-je, surpris, à l'archevêque Cordington, car cette mutation était bien soudaine et Tom avait déjà été déplacé tant de fois ces vingt-cinq dernières années. Il devait toujours avoir une valise prête.

« Dix-huit mois exactement. Ça fait un petit moment.

— Il vient à peine de prendre ses marques, à mon avis.

— Il a besoin de changement.

— Ce n'est pas à moi de le dire, risquai-je, me demandant si je parviendrais à me tirer de ce guêpier en discutant un peu, mais est-ce que le pauvre Tom n'a pas été assez déplacé ? Ne serait-il pas juste de le laisser tranquille un moment ?

— Qu'est-ce que dit Shakespeare, déjà ? m'interrogea l'archevêque avec un grand sourire. "Nous n'avons pas à demander pourquoi" ?

— "Ils n'ont pas à se demander pourquoi ; seulement à agir et à mourir", récitai-je. Tennyson.

— Pas Shakespeare ?

— Non, Monseigneur.

— J'aurais juré que c'était Shakespeare. »

Je restai silencieux.

« Mais ça ne change rien à l'affaire, reprit-il froidement. Tom Cardle n'a pas à se demander pourquoi. Ni Odran Yates, ajouta-t-il en avalant une nouvelle gorgée.

— Je suis désolé. Je voulais seulement dire que…

— Ne vous inquiétez pas », fit-il en frappant du plat de la main sur l'accoudoir de son fauteuil et en souriant à nouveau. Il ne se laissait pas faire aisément. « Il va vous falloir un peu de temps pour vous habituer, bien sûr. Tous ces paroissiens qui vont vous casser les oreilles du matin au soir. Et vous serez submergé d'invitations à boire le thé parce que toutes les petites vieilles voudront vous jauger. » Il marqua une pause et se plongea dans la contemplation de ses ongles, qui étaient soigneusement manucurés. « Et vous pourriez aussi prendre en charge les servants de messe, tant que vous y êtes. Vous avez l'habitude des jeunes. »

Je grognai. Les garçons auxquels j'étais accoutumé avaient quinze et seize ans et je savais comment les gérer. J'avais peu de connaissance et peu d'expérience concernant les gamins de sept ou huit ans. Et en toute honnêteté, je les avais toujours trouvés un peu bruyants et agaçants. Ils ne se tiennent jamais tranquilles pendant la messe et les parents aujourd'hui n'ont aucune autorité.

« Est-ce qu'un autre prêtre pourrait s'occuper d'eux ? demandai-je. Ces petits sont parfois fort turbulents. Je ne sais pas si j'aurais la patience nécessaire.

— Eh bien, apprenez, répondit-il, le sourire s'effaçant rapidement à nouveau. Faites l'effort de l'acquérir, Odran. De toute manière, Tom les a bien dressés, vous n'aurez aucun souci avec eux. » Il se mit à rire. « Vous savez comment ces enfants de chœur l'appellent, d'après ce que j'ai entendu ? Satan ! Que Dieu me pardonne, mais c'est drôle, quand même, vous ne trouvez pas ?

— C'est affreux, fis-je, atterré.

— Ah, les garçons ne changeront jamais. Il n'y a pas la moindre malveillance chez eux – en tout cas, chez ceux qui ne mentent pas. Ils ont toujours des surnoms plein la bouche. N'en avions-nous pas nous aussi pour tous les prêtres, quand nous étions au séminaire ?

— Oui, reconnus-je. Mais rien d'aussi méchant que Satan. »

Le silence s'installa. L'archevêque donnait l'impression de vouloir en dire plus.

« Il y a autre chose.

— Oui ?

— C'est un peu délicat. Et confidentiel.

— D'accord. »

Il réfléchit et secoua la tête. « Non… ça attendra. Je vous en parlerai une autre fois. » Il ferma les yeux quelques instants et je me demandai s'il allait s'endormir. Tout à coup, à ma grande surprise, il les rouvrit. « Au fait, je voulais savoir. C'est bien votre neveu qui est écrivain, je ne me trompe pas ? »

J'acquiesçai, étonné et un peu troublé par le changement brutal de sujet.

« Oui, Jonas.

— Jonas Ramsfjeld. Quel nom. D'où venait son père ? Suède ?

— Norvège.

— Il est partout dans les journaux en ce moment, n'est-ce pas ? Je l'ai vu aux informations de 21 heures l'autre soir, il parlait de son livre. On est en train de tourner un film inspiré de son roman, paraît-il.

— Oui, c'est vrai.

— En tout cas, ce garçon s'y connaît. Il parle très bien. Et pourtant, il est encore très jeune. Quel âge a-t-il ?

— Vingt et un ans.

— C'est ce qu'on appelle un prodige, fit-il en hochant la tête.

— Je ne sais pas si une telle notoriété à un si jeune âge est une bonne chose.

— En tout cas, je lui souhaite bonne chance. Je n'ai lu aucun de ses romans, bien entendu.

— Il n'y en a que deux.

— Je n'ai lu aucun des deux. Je suppose que vous oui ?

— Absolument.

— Sont-ils bons ? J'ai entendu dire qu'ils étaient pleins d'obscénités. Et toutes ces pages sur des jeunes gens et des jeunes filles qui font toutes sortes de bêtises. De quel genre de livres s'agit-il ? De livres cochons ? »

Je souris. « Je ne crois pas qu'on puisse aller jusque-là. Il dirait qu'il écrit comme les gens parlent, j'imagine. Et pas pour de vieux messieurs comme nous.

— Les jeunes gens aiment ces choses-là ? Ce n'est pourtant pas de l'écriture. Ni de la littérature. Je ne me rappelle pas avoir lu quelque chose sur W. B. Yeats voguant vers cette putain de Byzance ou Paddy Kavanagh parlant de la terre grise merdique de Monaghan. »

Je le regardai fixement, déconcerté par la vulgarité de son langage.

« Eh bien, commençai-je, prêt à prendre la défense de Jonas, comme vous dites, vous n'avez lu aucun de ses livres.

— Je n'ai pas besoin de manger du chat pour savoir que je n'en aimerais pas le goût. Au fait, tant que nous y sommes, il serait bon que vous n'ébruitiez pas la chose. Il n'est pas utile que les gens sachent que vous avez un lien de parenté avec lui. Cela ne serait pas bon pour votre image. »

Une centaine de réactions me traversèrent l'esprit, je parvins toutefois à tenir ma langue.

« Écoutez, Odran, reprit l'archevêque, penché en avant pour revenir sur un sujet que je pensais clos, mais qui apparemment le tourmentait encore, je sais que pour vous ça tombe comme un cheveu sur la soupe. Bref, j'en ai parlé longuement avec Tom et il pense que vous êtes l'homme de la situation. Il vous fait totalement confiance. Et moi aussi. Avez-vous confiance en moi, Odran ?

— Bien sûr, Monseigneur. Je suis seulement surpris que Tom me recommande, c'est tout. Sans m'en parler d'abord.

— Mais pourquoi s'en serait-il privé ? demanda-t-il en souriant, les mains ouvertes dans un geste magnanime. N'êtes-vous pas les meilleurs amis du monde, ce vieux Satan et vous ? »

L'idée que Tom Cardle puisse être craint ou détesté par les garçons était étrange pour moi, en particulier quand je repensais à l'adolescent d'autrefois.

Ce premier soir, après avoir rangé nos affaires, nous descendîmes ensemble au réfectoire et prîmes notre dîner côte à côte. Je m'en souviens encore. Un peu de carrelet enveloppé d'une panure molle, des frites et un plat de haricots posé au centre de la table. Quatorze garçons affamés remplissaient leur assiette pour masquer le goût du poisson. Tout le monde se mit à manger sauf Tom, dont les couleurs étaient revenues à la normale, mais qui paraissait toujours aussi furieux qu'effrayé. Personne ne se connaissait, nous étions tous fraîchement débarqués dans un monde inconnu. Nos mères nous avaient tous convoqués un jour pour nous dire que nous avions la vocation et nous nous retrouvions là, sur le point de consacrer notre vie à Dieu. C'était un grand projet, en tout cas c'était ainsi que nous le concevions. Seul Tom semblait malheureux.

Quand nous retournâmes dans notre cellule plus tard ce soir-là, nous étions intimidés. Nous nous déshabillâmes en nous tournant le dos pour mettre notre pyjama. L'extinction des feux avait lieu avant 21 heures, alors que la lumière du jour passait encore à travers les fins rideaux de couleur pâle. Je restai allongé, les mains croisées sous la tête, les yeux rivés au plafond, me répétant que c'était le début de ma nouvelle vie. Étais-je prêt ? Oui, répondis-je dans ma tête. Car il y avait une foi en moi, une foi que je trouvais parfois difficile à cerner. Mais elle était bien là.

« Est-ce que tu as des frères et sœurs ? demandai-je lorsque le silence dans la chambre devint trop pesant.

— J'en ai neuf.

— C'est beaucoup. Tu es l'aîné ?

— Je suis le dernier, dit-il, et je crus l'entendre s'étrangler un peu. Le plus jeune. Donc, c'est à moi de devenir prêtre. Deux de mes sœurs sont déjà dans les ordres. Et toi ?

— Il n'y a que ma sœur et moi. J'avais un frère, mais il est mort.

— Et tu as envie d'être ici ? demanda-t-il.

— Bien sûr. J'ai la vocation.

— Qui te l'a dit ?

— Maman.

— Et comment le sait-elle ?

— Elle a eu une révélation un soir pendant qu'elle regardait *The Late Late Show*. »

J'entendis un bruit étrange provenant de l'autre côté de la chambre. C'était un genre de grognement, une espèce de rire moqueur. « Doux Jésus, Odran », fit-il, et j'écarquillai les yeux. Un garçon que je connaissais à l'école avait un jour, au milieu d'un cours de géographie, laissé échapper un Doux Jésus et il avait été sévèrement puni, dix coups de ceinturon sur chaque main. Il n'avait jamais recommencé. « Qu'est-ce que tu peux être con.

— Ne te fais pas de souci, finis-je par dire. Tout ira bien, j'en suis sûr.

— Tu n'arrêtes pas de répéter ça. Tu essaies de convaincre qui, en fait, toi-même ou moi ?

— J'essaie juste de t'aider.

— Tu es apparemment un grand optimiste.

— Tu penses que tu ne seras pas heureux ici ?

— Non, répondit-il d'un ton amer. Je n'ai rien à faire ici. Je n'ai aucune raison d'y être.

— Pourquoi tu es venu, alors ?

— Parce que je suis plus en sécurité à Clonliffe », dit-il doucement, après une longue pause.

Ce furent ses dernières paroles de la soirée. Il se tourna d'un côté et moi de l'autre, et comme mes appréhensions et l'excitation m'empêchaient de dormir, je l'entendis pleurer pendant une bonne heure, ses sanglots étouffés dans l'oreiller. J'envisageai de m'approcher, de m'asseoir au coin de son lit et de lui répéter de ne pas s'inquiéter, que tout irait bien. Finalement, je ne bougeai pas.

« Nous sommes d'accord, donc ? demanda l'archevêque Cordington. Vous faites l'essai ?

— Si c'est ce que vous voulez, soupirai-je, résigné.

— Vous êtes quelqu'un de bien, dit-il en posant une main lourde sur mon genou. Et vous n'y resterez pas éternellement, ne vous en faites pas. Seulement quelques années. Ensuite, je vous renverrai dans votre école, je vous le promets.

— Vraiment ? fis-je, plein d'espoir.

— Vous avez ma parole d'honneur, déclara-t-il en souriant. Cela viendra peut-être plus vite. Juste le temps que la situation se clarifie.

— Je ne vous suis pas. Le temps que quoi se clarifie ?

— Tout le problème posé par l'absence de candidatures, répondit-il, hésitant. De nouveaux jeunes gens se présenteront bientôt, j'en suis sûr et certain. Et ensuite, nous vous renverrons à Terenure, Odran. Faites ça pour moi, gardez un œil sur la paroisse de Tom, et vous serez à peine installé que vous retrouverez votre place. Bon..., dit-il en se levant avec peine, il faut que je vous mette à la porte, à moins que vous ne vouliez être là lorsque huit nonnes arriveront pour se plaindre de leurs sanitaires.

— Ça ira, merci, fis-je en riant.

— Vous pouvez remercier Tom Cardle, dit-il en me tournant le dos pour se diriger vers son bureau. C'est à lui que revient toute la responsabilité de cette affaire. Oh, au fait, ajouta-t-il avant que je parte, comment se porte votre sœur ? Il m'a confié qu'elle n'allait pas bien.

— Elle n'est pas bien depuis quelques années déjà. Nous avons fait de notre mieux pour la maintenir chez elle, mais je crois qu'elle va bientôt devoir être mise dans une institution. Dans un lieu où on pourra prendre soin d'elle.

— Et quel est son problème, si vous me permettez de poser la question ?

— Démence précoce. Nous avons une aide à domicile pour s'occuper d'elle, mais les difficultés commencent à dépasser ses compétences. Parfois elle me reconnaît quand je lui rends visite. D'autres fois, non.

— Il vaut probablement mieux pour elle qu'elle ne soit pas au courant des frasques de son fils, ajouta-t-il d'un ton bourru. Et de toutes ses obscénités. Il est homo, en plus, c'est ça ? Je crois que j'ai lu ça quelque part. »

Je me sentis ébranlé par ses paroles, comme s'il m'avait craché au visage, mais il ne me regardait pas et ne semblait pas s'attendre à une réponse. Il était déjà en train de fouiller dans les papiers étalés sur son bureau à la recherche des documents nécessaires à son prochain rendez-vous. Je ne dis rien, je pris congé et refermai la porte derrière moi ; je remontai le couloir au moment où huit nonnes s'avançaient vers moi. Le groupe se fendit en deux comme la mer Rouge et elles s'immobilisèrent quand je passai au milieu, tandis qu'un chœur de voix lançait « Bonsoir, père » dans une harmonie parfaite.

Et ce fut tout. Je n'entendis plus parler de l'archevêque. Une fois que la décision était prise, elle était irrévocable et j'étais censé me mettre au travail, et accepter que plus d'un quart de siècle de ma vie me soit enlevé en quelques minutes.

3.

1964

Au début nous étions trois, nous devînmes quatre, puis cinq, et un jour, sans crier gare, nous fûmes à nouveau trois.

L'aîné, je fus le seul habitant de la maison avec maman et papa pendant trois ans, mais j'étais trop jeune pour apprécier pleinement le luxe de cette position. D'après ce qu'on m'a dit, je n'étais pas un bébé difficile. Je dormais quand on me couchait, et je mangeais ce qu'on mettait dans mon assiette. J'avais un problème de vue qui fit craindre que je devienne aveugle, et on m'emmena consulter un spécialiste à l'hôpital de Holles Street, mais quel que fût le problème, il fut réglé avec le temps, car je n'eus aucune difficulté en grandissant.

Hannah arriva en 1958. Cette nouvelle créature geignarde et hurlante était encline à des explosions de colère qui provoquaient des disputes entre nos parents, maman répétant qu'elle ne s'en sortait pas et papa fichant le camp pour aller au pub. Le bébé refusait de manger et on l'emmena à son tour voir un médecin, qui dit qu'elle devait se nourrir, sinon elle mourrait.

« Évidemment, je le sais », rétorqua maman, jetant un coup d'œil autour d'elle avec l'air de quelqu'un qui était venu chercher de l'aide mais qui comprenait soudain qu'on lui en offrirait peu. J'étais assis dans le coin, et je regardais son mécontentement grandir. « Je ne suis pas complètement idiote.

— Avez-vous essayé de l'amadouer, Mrs Yates ? demanda le médecin.

— De quelle manière ?

— Je sais que ma femme amadouait souvent nos enfants pour obtenir qu'ils mangent. Cette méthode faisait merveille.

— Pourriez-vous m'expliquer le sens du mot amadouer, docteur ? Et me dire comment ça pourrait m'aider ? »

Il lui sourit. « Amadouer, persuader quelqu'un de faire quelque chose qu'il est réticent à faire.

— Hannah a sept mois. Je ne suis pas sûre que mes pouvoirs de persuasion seront efficaces sur elle. Ils ne l'ont pas été jusqu'à maintenant, en tout cas.

— Essayez, Mrs Yates, répondit le médecin en ouvrant grand les bras comme si les mystères de l'univers pouvaient être contenus dans ces mains. Essayez. Une bonne mère continuera à essayer jusqu'à ce qu'elle réussisse. »

Ce commentaire provoqua une certaine fureur chez maman. Elle était cependant trop intimidée par le costume trois pièces, la maison sur Dartmouth Square, la plaque en cuivre accrochée à la grille à l'extérieur et le tarif de la consultation – quarante pence – pour oser contester son point de vue. Finalement, comme pour ma vue, les problèmes de Hannah se résolurent avec le temps, ou peut-être devint-elle si affamée qu'elle cessa de résister à la nourriture, s'installa dans un rythme de repas réguliers et la paix revint.

Aussitôt, j'aimai Hannah. Je n'avais pas conscience d'avoir tellement envie d'un petit frère ou d'une petite sœur avant qu'il me fût imposé. Dès que j'entrais dans la pièce, elle cessait de pleurer, et me regardant de ses grands yeux bleus mouillés, elle tournait lentement la tête pour suivre chacun de mes mouvements, convaincue qu'elle manquerait quelque chose d'important si elle détournait le regard. Elle fondait en larmes quand je la laissais et applaudissait quand je réapparaissais.

Maman ne travaillait pas, bien sûr ; elle n'aurait pas eu le droit. Avant d'épouser mon père elle était hôtesse de l'air chez Aer Lingus, un emploi qui, à cette époque, vous donnait un statut comparable à celui d'une star de cinéma. Effectivement, plus tard, elle adorait raconter des histoires sur les situations pleines de glamour dont elle avait été témoin. Un jour, elle avait servi son déjeuner à Rita Hayworth sur un vol de Bruxelles à Dublin ; une autre fois, elle avait aidé David Niven qui venait de Londres pour assister à une première à mettre sa ceinture de sécurité défectueuse.

« Miss Hayworth était splendide, me dit-elle. Quels magnifiques cheveux roux. Elle était très polie. Elle est restée à sa place avec un porte-cigarettes noir entre les doigts et elle signait volontiers des autographes pour tous ceux qui l'approchaient. Elle a lu pendant tout le voyage, tantôt un exemplaire du magazine *Look* tantôt le script d'un long-métrage. On leur proposait le choix entre bœuf et poulet et elle a pris poulet. Mr Niven était mieux habillé que tous les hommes que j'avais vus au cours de ma vie, d'une élégance extraordinaire, et il avait une façon de parler très maniérée, comme toutes ces célébrités. Mais il était affreusement agité, il ne tenait pas en place. Il a bu comme un trou. »

Elle avait été obligée de quitter son travail quand elle s'était mariée. À cette époque, Aer Lingus refusait d'employer des femmes mariées. Sa propre mère, que je ne connus pas, lui assura qu'elle était folle de renoncer à la grande vie pour une maison mitoyenne à Churchtown, mais elle répondit que c'était ce qu'elle voulait. Après tout, c'était ce que faisaient les femmes en ce temps-là : elles allaient à l'école, prenaient un emploi, trouvaient un mari, cessaient de travailler et se retiraient à la maison pour s'occuper de la famille.

« Le moment le plus excitant, me raconta-t-elle, a été le jour où, en traversant l'aéroport d'Heathrow, j'ai vu la princesse Margaret. Elle agitait les mains au bout de ses bras tendus comme si elle pouvait disperser la foule simplement en lui faisant signe de s'écarter. Rien qu'en la regardant, je voyais bien qu'elle était la femme la plus grossière que la terre ait jamais portée, sans une once de classe. Mais c'était la princesse Margaret. J'ai cru que je venais de mourir et que j'étais montée au ciel. Je regrettais seulement de ne pas avoir mon appareil photo. »

Elle rencontra mon père dans une salle de bal près de Parnell Square. Il s'y était rendu avec quelques amis, vêtu de son plus beau costume, en tweed rayé noir et blanc, son épaisse chevelure brune enduite de brillantine, les lignes laissées par les dents du peigne encore visibles comme dans un champ fraîchement labouré. Une cigarette pendait au coin de sa bouche et quand il parlait, elle restait collée à sa lèvre inférieure, la cendre s'allongeant progressivement sans jamais tomber avant qu'il la dépose dans le cendrier. Il remarqua ma mère à l'instant même où elle le remarqua et il alla aussitôt la rejoindre, mettant fin à sa conversation avec ses amis sans se donner la peine de finir sa phrase.

« Vous dansez ? fit-il.

— Vous m'invitez ? » C'était la réponse standard.

« Oui.

— Tant qu'à faire. »

Il la conduisit sur la piste et, moins de trente secondes plus tard, elle savait qu'elle avait tiré le gros lot. C'était un homme qui avait deux pieds et savait s'en servir. Pas de chaussure à la traîne, pas de gaucherie, pas de gêne sur l'endroit où il fallait placer ses bras ou ses mains. Il se déplaçait avec assurance, et comme elle n'était pas dénuée de talent non plus, ils donnèrent un spectacle que les autres danseurs apprécièrent à sa juste valeur. Les hommes marmonnaient que c'était un joli brin de fille que Billy Yates tenait dans ses bras, et les femmes chuchotaient qu'il aurait pu enlever la clope de sa bouche avant de se mettre à danser, quand même, n'avait-il pas de manières, ce garçon ?

« Vous avez un nom ?

— Oui, depuis des années. Gloria Cooper. Quel est le vôtre ?

— William Yates.

— Comme le poète ?

— Orthographe différente. »

Maman me dit plus tard que la première pensée qui lui vint à l'esprit à ce moment-là fut : *Gloria Yates*. Elle trouva que ça sonnait bien.

« Vous ai-je déjà vue ici, Gloria Cooper ?

— Dois-je comprendre que vous m'auriez oubliée si cela avait été le cas ?

— Ça, c'est de la répartie. Que faites-vous quand vous ne sortez pas danser ?

— Je suis hôtesse chez Aer Lingus. »

Il marqua une pause, puis la fit tournoyer. « Hôtesse ? » Il était impressionné ; la plupart des filles avec qui il avait dansé auparavant travaillaient dans des pâtisseries ou étaient en formation pour devenir institutrices. L'une d'elles lui avait dit qu'elle allait devenir nonne, et la cigarette était aussitôt tombée de sa bouche. Une autre avait décrété que sa question était terriblement patriarcale et il avait répondu : « Comme vous y allez » et s'était éloigné tandis que Frankie Laine fredonnait « Answer Me » d'une voix sirupeuse. « Comment avez-vous trouvé ce poste ?

— J'ai rempli un dossier de candidature.

— Malin.

— Et vous, que faites-vous ?

— Je suis acteur.

— Est-ce que je vous ai vu dans un film ?

— Vous avez vu *Tant qu'il y aura des hommes* ?

— Le film ?

— Oui.

— Bien sûr ! Je l'ai vu à l'Adelphi.

— Eh bien, je n'y étais pas.

— Alors, dans quoi avez-vous joué ? demanda-t-elle en riant.

— Rien encore. Mais ça ne va pas tarder.

— Et en attendant, qu'est-ce que vous faites, Burt Lancaster ?

— Contremaître chez John Player's sur Merchants Quay.

— Vous avez les cigarettes gratuitement, alors ?

— Je les ai à un prix avantageux.

— Vous avez le pied léger.

— Il le faut, de nos jours. »

Maman ne m'en dit pas plus sur leur première rencontre, sauf qu'il avait demandé s'il pouvait lui rendre visite le mardi suivant. Elle avait ressenti une certaine fierté de pouvoir répondre qu'elle ne serait pas rentrée avant 19 heures, car le vol de Ciampino atterrissait à 17 heures, une remarque qui le fit sourire, puis rire, puis secouer la tête comme s'il n'était pas sûr de savoir à quoi il allait se confronter.

Six mois plus tard, ils étaient fiancés et bientôt, ils échangeaient leurs vœux dans la chapelle du Saint-Sacrement sur Bachelor's Walk, avant de se rendre au Central Hotel sur Exchequer Street où les attendait un grand buffet à l'issue duquel ils prendraient un taxi pour l'aéroport puis un vol pour Paris. Elle connaissait deux des hôtesses à bord, mais la troisième était nouvelle et, en la voyant abreuvée de conseils par ses collègues, elle ressentit une immense tristesse, comme si elle se rendait compte qu'elle avait peut-être commis une terrible erreur.

« Est-ce que ton métier t'a manqué ? lui demandai-je un jour, car après, elle ne quitta l'Irlande qu'une seule fois, lorsque Hannah et elle vinrent me rendre visite à Rome pendant l'année 1978.

— Bien sûr, dit-elle avec un haussement d'épaules lourd de regrets. En même temps, je ne savais pas à quoi je renonçais avant de l'avoir perdu pour de bon. Il en est toujours ainsi, n'est-ce pas ? »

Le petit Cathal arriva dix-huit mois seulement après Hannah. J'avais déjà quatre ans, et je sais maintenant en repensant à la manière dont maman et papa se comportèrent à ce moment-là que sa venue était pour eux une surprise, et pas une très bonne. Il y avait un prêt immobilier à rembourser, et une usine de cigarettes n'était pas le premier choix pour ceux qui rêvaient de devenir riches. Et pourtant, nous poursuivîmes notre bonhomme de chemin quelques années, jusqu'à ce que papa prenne la décision de quitter Player's pour se consacrer à sa carrière d'acteur.

L'origine de cette ambition était impossible à deviner. Je n'avais pas connu les parents de mon père ni ceux de ma mère, car ils étaient tous décédés avant que je fête mes cinq ans, mais je tiens de source sûre que ma grand-mère paternelle était une éminente figure du Feis Ceoil. Peut-être est-ce de là que lui venait son désir de scène. Petit, il avait joué quelques pièces de Noël au Gaiety Theatre, et plus tard, il fit partie d'une société de théâtre amateur à Rathmines. Ensuite, sa passion devint dévorante. Sans le dire à ma mère, il donna sa démission à Mr Benjamin chez Player's – « Cela m'a fait très plaisir, dit papa, car je n'ai jamais aimé travailler pour un Juif » – et se mit à passer des auditions à un rythme frénétique, tout en prenant un emploi à temps partiel dans un pub à Dundrum, ce que maman considérait comme un déclassement épouvantable. Emballer des petits cartons de cigarettes dans des cartons plus grands pour les charger sur des palettes qui seraient distribuées aux marchands de journaux et de tabac en Irlande valait apparemment mieux que de servir des pintes de Harp et de Guinness à l'Eagle House trois soirs par semaine.

« C'est en attendant qu'on me donne un rôle correct, fit papa, qui repoussait toutes les plaintes de maman liées au manque d'argent d'un geste désinvolte équivalent à celui de la princesse Margaret en personne. Une fois que ce sera fait, nous serons tous tranquilles pour la vie. »

Tout à coup, il se produisit quelque chose de remarquable. Il fut retenu pour le rôle de Young Covey dans une mise en scène de *La Charrue et les Étoiles* à l'Abbey Theatre, qui à ce moment-là avait été déplacé au Queen's sur Pearse Street après la destruction du bâtiment d'origine par un incendie. Il passa l'audition devant Proinnsias Mac Diarmada et Seán O'Casey, l'auteur, et il dut exécuter une performance honorable, car on lui demanda s'il accepterait d'être la doublure de Uinsionn O'Dubhláinn, qui à l'époque était le grand favori du public. Mon père éprouva des sentiments ambigus quand on lui fit cette proposition ; il était fier que ses talents soient reconnus, mais il n'avait aucune envie de jouer les seconds couteaux pour qui que ce soit. Comme un fait exprès, O'Dubhláinn se vit offrir le rôle de Laërte à l'Old Vic à Londres et s'empressa de prendre la mer sans le moindre regret. MacDiarmada n'eut d'autre choix que de promouvoir mon père de doublure à comédien. O'Casey avait apparemment émis des réserves, mais personne d'autre ne pouvait endosser le rôle dans un délai aussi court.

« Nous y sommes », fit-il en nous annonçant la nouvelle. Il se frottait les mains tant il jubilait. « Et ce n'est que le début ! Young Covey est un grand rôle, grâce auquel on se fait remarquer. Je risque bien de me retrouver dans le West End. Ou même à Broadway.

— Écoutez donc Laurence Olivier, dit maman en posant des assiettes de poisson et pommes de terre devant nous, car maintenant que nos rentrées d'argent avaient diminué, nous n'avions de la viande que les jours de fêtes.

— Ah, quel rabat-joie, répliqua papa, dont l'enthousiasme ne se laisserait pas atteindre. Tu ne plaisanteras plus lorsque tu seras la femme du plus grand acteur d'Irlande. »

Eoin O'Súilleabháin et Caitlín Ní Bhearáin jouaient les premiers rôles de Jack et Nora Clitheroe, et pendant des semaines nous n'entendîmes parler que de Eoin par ci et Caitlín par là quand il rentrait à la maison, puant l'alcool, et racontant les histoires de ce qui se passait en coulisses à un public de moins en moins admiratif chaque jour.

« En quoi la boisson a-t-elle quelque chose à voir avec le fait d'apprendre ton texte ? demanda maman.

— Tu ne comprends pas, Gloria, répondit-il. Nous devons aller au pub après les répétitions pour relâcher une partie de l'énergie contenue après avoir travaillé sur scène. C'est ce que font les acteurs.

— C'est ce que font les ivrognes, rétorqua-t-elle. Et toi qui as charge de famille !

— Ah, veux-tu bien te taire, femme.

— Je ne me tairai pas. Est-ce qu'il faut que je retourne chez Aer Lingus ?

— Ils ne risquent pas de te réembaucher, se moqua-t-il.

— Ils le feraient si je leur disais que j'étais célibataire. Je pourrais expliquer que tu m'as quittée. »

Cette réponse lui fit une peur bleue, c'est certain, et il menaça d'appeler le prêtre de la paroisse. Lorsqu'elle l'accusa de bluffer, il la prit au mot et, avant la tombée du jour, le père Haughton, un homme affreusement austère avec un visage ressemblant aux statues de l'île de Pâques, était installé dans notre salon pendant que Hannah, Cathal et moi écoutions à la porte et imaginions maman et papa assis côte à côte, aussi gênés l'un que l'autre de la tournure qu'avaient pris les événements.

« Gloria, ne reconnaissez-vous donc pas les besoins de votre mari ? demanda le père Haughton d'une voix onctueuse. Il est en train de vivre un grand changement. Combien d'entre nous ont un jour dans leur vie l'occasion de visiter le National Theatre, sans parler de monter sur scène ?

— Ce n'est pas tant ses activités d'acteur qui me déplaisent que ses excès de boisson, mon père. Nous n'avons déjà pas beaucoup d'argent, et le dépenser en pintes alors que j'ai cinq ventres à remplir dans cette maison…

— Je vous prie de baisser la voix, Gloria, dit le père Haughton. Je suis un homme patient, je n'ai toutefois aucune tolérance pour les femmes qui hurlent. »

Ma mère resta ensuite silencieuse pendant plusieurs minutes, et lorsqu'elle rouvrit la bouche, elle faisait clairement profil bas.

« William, vous essaierez de rentrer auprès de votre famille un peu plus tôt le soir ? demanda le prêtre.

— Oui, mon père. Je ferai de mon mieux. Je ne peux rien promettre, mais je ferai de mon mieux.

— Je ne vous demande pas de promesse. Du moment que vous êtes prêt à faire un effort, c'est tout ce qui compte. Et vous, Gloria, vous vous montrerez moins insistante auprès de votre mari, d'accord ?

— J'essaierai.

— Promettez-le-moi, Gloria.

— Je le ferai, mon père.

— Voilà qui est sage. Aucun homme n'a envie de rentrer auprès d'une femme qui le harcèle. Gardez le visage enjoué et le dîner au chaud et il n'y aura plus de problèmes dans cette maison. Que Dieu bénisse tous ceux qui vivent ici. »

Et ce fut tout. Papa se vit donner la permission de faire exactement ce qu'il voulait et maman n'avait d'autre choix que de s'en accommoder. Pour rendre justice à mon père, il fit quelques efforts pendant un temps pour aider quand il était à la maison, mais les pintes coulaient encore à flots plusieurs soirs par semaine et les insultes se mirent à fuser sans retenue.

J'étais probablement trop petit pour apprécier la pièce – je n'avais que neuf ans – mais maman m'emmena assister à la première de *La Charrue et les Étoiles*, en laissant Hannah et Cathal aux bons soins de Mrs Rathley, la voisine. Malgré mon jeune âge, je pouvais voir, sans craindre qu'on me contredise, que mon père était le pire acteur de la troupe. Il criait aux moments où il aurait dû parler, se plaçait à l'arrière-scène alors que clairement il aurait dû être devant, face à la personne à qui il s'adressait. Il perdit le fil de son texte au début du troisième acte quand oncle Peter et lui annoncent la nouvelle de l'Insurrection à Bessie Burgess et qu'elle prédit la défaite des rebelles à la Poste centrale. Et je reste convaincu qu'au milieu de sa dispute avec Fluther, il m'aperçut assis au quatrième rang et me fit un clin d'œil, une mimique inattendue qui déstabilisa Philib O'Floinn au point qu'il répéta sa réplique et pataugea jusqu'à la fin de la scène.

Lorsque la représentation fut terminée et que les comédiens montèrent sur scène l'un après l'autre pour saluer, les applaudissements que reçut mon père furent silencieux, c'était le moins qu'on puisse dire, et un groupe au fond de l'auditorium lança même des sifflets. O'Casey s'appliqua à l'éviter pendant la soirée qui suivit, et mon père ne trouva rien de mieux à dire que l'auteur avait autant de manières qu'un cochon dans une porcherie. Le lendemain matin, le critique de l'*Evening Press* le tailla en pièces dans son article, écrivant que lui aussi mettrait le feu au Queen's s'il devait un jour voir une autre pièce de cet acabit au National Theatre. Quelques jours plus tard, MacDiarmada fit remplacer mon père. La situation était déjà épouvantable, et elle était sur le point d'empirer encore considérablement. Mon père passa la première moitié de la représentation du lendemain exilé au Stag's Head, alternant les pintes de Guinness et les verres de whisky, puis il pénétra dans le théâtre par l'entrée des artistes, pour débouler, ivre et en tenue de ville, sur la scène au milieu du troisième acte, et flanquer un coup de poing dans la figure de la doublure qui l'avait remplacé, créant un numéro farcesque avec une paire de Young Coveys qui s'empoignèrent sur scène avant d'être séparés par Mrs Gogan et Mollser, tandis que les spectateurs, perplexes, se demandaient s'il s'agissait d'une nouvelle péripétie qui avait été ajoutée à la pièce pour contribuer à l'effet comique.

Qu'avait déclaré Yeats devant les émeutes qui avaient accueilli la première mise en scène de cette pièce, plus de trente ans auparavant ? *Vous vous êtes à nouveau couverts de honte !* Quelque chose dans ce genre. En s'adressant au public, néanmoins, pas aux comédiens. Il n'aurait certainement jamais imaginé qu'il serait obligé de parler de cette manière aux acteurs. Je n'ai aucune idée de ce à quoi pensa O'Casey, mais ce n'était probablement pas joli.

Après cela, mon père ne monta plus jamais sur scène. Une fois sobre, il essaya de présenter ses excuses à MacDiarmada, qui refusa de le voir. Il se présenta chez O'Casey, qui habitait sur la North Circular Road, et fut éconduit sans ménagement. Il écrivit un *mea culpa* à l'*Evening Press*, qui répondit qu'il n'était qu'un clown insignifiant et qu'ils refusaient d'associer leur titre à ce désastre en publiant son texte. Une semaine plus tard, il reçut une lettre l'informant qu'il était définitivement interdit à l'Abbey Theatre, et lorsqu'il tenta de mettre toute cette affaire derrière lui en se présentant à des auditions pour d'autres pièces qu'on montait à Dublin, il se vit chassé par les producteurs qui assurèrent que les poules auraient des dents avant qu'ils se risquent à investir sur un homme ayant une telle réputation.

« Ce n'est pas tant que vous vous soyez donné en spectacle en déclenchant une bagarre sur scène alors que vous étiez ivre, fit remarquer l'un d'entre eux, avant d'enchaîner avec le coup de grâce. Cela serait encore, à la limite, tolérable. Mais vous êtes surtout le pire acteur qui ait jamais eu l'occasion, on se demande comment, de mettre le pied dans un théâtre. Vous n'avez pas le moindre talent, vous ne vous en rendez donc pas compte ? »

«Tu ne voudrais pas retourner chez Player's ? finit par suggérer maman, car nous commencions à manquer d'argent. Il nous faut la tenue de communion pour Odran, Hannah a besoin de nouvelles chaussures et Cathal n'entre plus dans aucun des vêtements que j'essaie de lui mettre.

— Tout ça est ta faute, grognait-il, assis dans son fauteuil, en train de boire, et c'était une habitude nouvelle ; auparavant, il avait toujours restreint ses beuveries aux pubs.

— Et comment cela est-il ma faute, William Yates ? demanda-t-elle, les nerfs complètement à vif.

— Tu ne m'as jamais accordé le moindre soutien.

— Je n'ai fait que ça.

— Quel genre d'épouse es-tu ? J'ai fait un mauvais choix.

— Tu devrais avoir honte... devant les enfants, dit-elle, surprise par l'intensité de sa colère.

— Sont-ils seulement de moi ? Suis-je marié à une traînée, qu'est-ce que tu en penses ? »

Ce qui la fit fuir à l'étage en larmes pendant que nous autres pleurions, assis sur le canapé.

Il n'avait pas permis que nous ayons la télévision, alors que tous les voisins en avaient une, parce qu'il disait que les acteurs de télévision étaient tous des gens qui ne parvenaient pas à avoir un rôle sur scène ou au cinéma. Il assura qu'il préférerait être au chômage plutôt que de travailler pour la télé, mais je savais que c'était un mensonge, car il avait écrit à RTÉ pour demander un rôle dans *Tolka Row* et n'avait jamais reçu de réponse.

Finalement, parce qu'il avait besoin d'argent pour se nourrir et boire, il ne lui resta plus d'autre choix et, la casquette à la main, il retourna, penaud, voir Mr Benjamin, qui accepta de le reprendre, mais à un salaire inférieur, comme s'il n'était rien de plus qu'un apprenti commençant au bas de l'échelle. Les autres employés se réjouirent grandement de sa déchéance, car il avait eu le même plaisir à leur dire adieu. Papa ne se défendit jamais, mais il se referma sur lui-même ; à un point inimaginable.

De cinq nous devînmes trois, plus tard cette année-là, dans les derniers jours de l'été 1964.

Il buvait encore énormément et maman et lui se disputaient tout le temps à cause de l'argent. Quel intérêt de le gagner si c'était juste pour qu'il aille dans la caisse du Davy Byrne's ou qu'il soit pissé contre une paroi de porcelaine chez Mulligan's sur Poolbeg Street ? Maman était dure avec lui, on ne pouvait le nier, et il cessa de se défendre. Peut-être qu'il perdit toute envie de se battre.

C'est maman, donc, qui organisa la Grande Surprise, une semaine de vacances dans le comté de Wexford, grâce à l'argent qu'elle avait mis de côté précisément pour cela. Nous louâmes une petite maison dans le village de Blackwater à une veuve appelée Mrs Hardy qui vivait à côté avec son fils, un drôle de garçon qui parlait en énigmes et dont je me rends compte maintenant qu'il était probablement un peu atteint, et trois épagneuls, tous plus jappeurs les uns que les autres.

Hannah, Cathal et moi exultions quand, à la gare de Connolly, nous montâmes dans le train qui nous emmena à Bray, puis à Glendalough, Arklow, Gorey et Enniscorthy, jusqu'à Wexford, où nous partîmes dans une carriole attelée, tous les cinq avec nos valises, jusqu'à cet endroit mythologique, notre maison de vacances. Le logement était assez rustique, dans mon souvenir, mais nous étions fous de joie, surtout à cause des champs où nous pouvions courir, des chiens à pourchasser et des poules à nourrir tous les matins derrière chez Mrs Hardy.

« Les chiens ne s'intéressent donc pas aux poules ? demandai-je à Mrs Hardy un après-midi, et elle secoua la tête.

— Ils savent ce qui leur arriverait s'ils les serraient de trop près », me dit-elle, et je n'eus aucun doute, car c'était une femme de caractère.

Il y avait deux chambres à coucher dans la maison. Maman et papa choisirent la plus petite qui comportait un lit double, et nous, les trois enfants, nous nous installâmes dans la plus grande, équipée de deux lits simples de chaque côté de la pièce. Hannah dormait dans l'un, et Cathal et moi tête bêche dans l'autre, insensibles à l'exiguïté, qui au contraire provoquait rires et coups de pied sous les draps. À ce moment-là, je me dis que je n'avais jamais été plus heureux d'être en vie.

Pendant la journée, nous jouions dans les champs ou nous prenions un taxi pour Courtown et passions l'après-midi aux deux fêtes foraines à faire des tours d'autos tamponneuses, des glissades sur le grand toboggan en spirale, ou à dépenser nos piécettes dans les machines à sous. J'avais développé une passion pour les bandes dessinées et j'avais du mal à choisir entre les éditions spéciales de l'été de *The Beano*, avec Denis la Malice et les Bash Street Kids, et de *The Beezer*, avec les Banana Bunch et Colonel Blink. Nous mangions de la barbe à papa et achetions des jouets gonflables. Papa m'emmena voir *Dracula* un jour dans un cinéma du coin, et quand je vis le vampire, je fus pris de panique et envoyai valser le carton de pop-corn. On dut me sortir de la salle pour qu'avec le grand soleil, je retrouve mon calme. Certains jours, nous allions tous à la plage de Curracloe. Papa portait le pique-nique et nous passions la journée à courir dans la mer, à bâtir des châteaux et des douves, avant de déjeuner de sandwichs au Calvita croustillants de sable, de chips Tayto aromatisés au fromage et à l'oignon et de canettes de Fanta et Cidona chauds. Nous avions l'impression d'être les rois du monde.

Ai-je vu Tom Cardle sur la plage un jour ou l'autre pendant ces vacances, je me le demande. Il y avait des familles partout et la ferme de Tom ne se trouvait pas loin de l'endroit où nous montions sur les dunes pour apercevoir l'eau bleue étincelante comme un arc-en-ciel rasant. Se trouvait-il là, ce dixième enfant, dont le destin avait été écrit pour lui au dos d'une bible le jour de sa naissance et qui ne connaîtrait jamais le bonheur d'aimer un autre être humain ? Avais-je échangé une plaisanterie avec lui quand j'avais rejoint un groupe d'enfants du coin qui jouaient au ballon sur la plage ? Était-il possible que nous ayons vécu ensemble un moment d'innocence, quelque part dans le passé ? Oui, c'était possible, bien entendu. Mais cela n'a plus d'importance aujourd'hui. Tout a été emporté avec la marée.

La dispute qui détruisit ma famille eut lieu le cinquième soir de notre séjour à Wexford. Hannah et moi essayions d'apprendre à Cathal à jouer au Ludo, alors que tout ce qu'il avait envie de faire, c'était courir après l'un des épagneuls de Mrs Hardy qui était venu chez nous pour voir s'il ne se passait pas quelque chose d'intéressant. Maman émit une remarque banale sur le fait que des vacances comme celles-ci étaient précisément ce dont elle avait besoin. « Nous devrions le faire tous les ans, ajouta-t-elle.

— Les vacances, ça coûte de l'argent, dit papa.

— La boisson aussi.

— Ah, va donc te faire enculer, espèce de salope. »

Nous levâmes tous les trois les yeux, surpris. Papa avait cessé d'exprimer à haute voix toute la colère accumulée, et même quand il le faisait, il n'usait presque jamais de ce genre de langage. Ce n'était pas parce qu'il avait choisi de se laisser piétiner, c'était juste que chaque fois que maman lui envoyait une pique, il se refermait sur lui-même, parfois pendant plusieurs jours. Il souffrait de dépression, je le comprends aujourd'hui quand j'y repense. Sa vie était tellement loin de celle qu'il avait espérée.

Des mots furent échangés entre ma mère et mon père, des mots qui sont difficiles à rapporter, et encore plus difficiles à oublier. Maman eut la cruauté de citer à la lettre les commentaires du critique qui avait menacé de mettre le feu au théâtre si William Yates se voyait donner une nouvelle occasion de monter sur scène. Papa lui demanda ce qu'elle savait du monde du théâtre, après tout, n'était-elle pas qu'une petite pimbêche parvenue qui avait vu sa chance et l'avait opportunément saisie ?

« Ma chance ? rugit-elle. Je la tenais et j'étais trop aveugle pour le voir. Aujourd'hui, j'aurais pu être hôtesse sur long courrier. J'aurais pu diriger Aer Lingus, même ! Au lieu de faire la carpette devant toi.

— Je ne voulais qu'une chose ! » s'écria-t-il en se pliant en deux sur sa chaise, sa fureur et son venin se transformant en apitoiement plein d'amertume et récriminations déchirantes. Il enfouit son visage dans ses mains, la morve coulait de son nez, et le petit Cathal et moi fondîmes en larmes en voyant l'intensité de sa douleur, tandis que Hannah pâlissait et le dévisageait, la langue sortie tant elle était choquée. « Et tu me l'as prise, ajouta-t-il en nous regardant. Tous, vous me l'avez prise.

— Nous ne t'avons rien pris », cria ma mère, qui en avait assez. Elle ramassa une lourde casserole et frappa plusieurs fois la table en bois ; le bruit était si terrible que Cathal plaqua ses mains sur ses oreilles et Hannah s'enfuit en courant, affolée. « Nous ne t'avons rien pris, espèce de pauvre type. Tu n'es qu'un bon à rien pathétique qui ne sait être ni homme, ni mari, ni père. Nous ne t'avons rien pris ! hurla-t-elle.

— Vous m'avez pris ce que j'aimais, sanglota-t-il en se balançant d'avant en arrière. Vous m'avez pris la seule chose que j'aimais. Et si je te prenais quelque chose que tu aimais ? Qu'est-ce que tu dirais ?

— Prends ! » rugit-elle en jetant la casserole par terre. Celle-ci tomba dans un fracas assourdissant et maman partit en trombe vers la chambre. « Prends tout, William Yates. Je m'en fiche pas mal ! »

Ce soir-là, Cathal fut envoyé dans le lit de maman, et papa partagea mon lit. Il n'y eut pas de rires, pas de pieds qui gigotaient sous les draps. Je restai couché, angoissé et éveillé, en écoutant un bruit qui me terrifiait autant qu'il me choquait : mon père, un homme adulte, qui marmonnait des choses incohérentes dans son oreiller, comme un fou. Des années plus tard, j'entendrais quelque chose de similaire provenant du lit de Tom Cardle, le premier soir à Clonliffe College.

Je ne sais pas à quelle heure je me réveillai le matin suivant, mais il faisait jour quand j'arrivai dans le salon, et à ma grande surprise, mon père était là, en grande forme, débordant de gaieté, me versant mon Alpen dans un de ces bols rouges translucides que j'adorais – l'Alpen était une gâterie réservée aux vacances et nous n'y avions jamais droit à la maison – tandis que maman restait sur un transat dans le jardin avec son livre, complètement à l'écart. Elle lisait *The Country Girls*, juste par provocation, car elle savait que la vue de la femme splendide au dos de la couverture rendait mon pauvre père complètement fou. Il disait qu'elle était drôlement impertinente et qu'elle aurait dû être rappelée à l'ordre depuis longtemps.

« Te voilà, fiston, fit-il en me souriant comme si aucun des événements de la veille au soir n'avait eu lieu. As-tu bien dormi ?

— Pas vraiment.

— Ah bon ? Ta conscience coupable a-t-elle troublé ton sommeil ? »

Je le regardai, abasourdi. Je n'avais pas de réponse à ça.

« Dans quelques minutes, je pars à la plage, m'annonça-t-il alors. Tu viens avec moi ? »

Je n'avais aucune envie de nager et je le dis.

« Mais bien sûr que tu vas venir, insista papa. Nous nous amuserons bien, tous les deux. »

Je secouai la tête ; j'étais trop fatigué, ajoutai-je. La vérité était qu'après la scène de la veille, la simple idée de me traîner jusqu'à la plage de Curracloe et de sauter dans les vagues glaciales ne me disait rien, pour une fois. Je le voyais encore en train de se balancer d'avant en arrière, nous reprochant ses échecs ; j'entendais le bruit de maman fracassant la casserole sur la table. Je ne voulais rien avoir à faire ni avec l'un ni avec l'autre.

« Tu es sûr ? demanda-t-il, planté devant moi, me tenant par les épaules. Je ne te le demanderai pas une deuxième fois.

— Je suis sûr », affirmai-je. Il parut laisser échapper un soupir de déception tandis qu'il se détournait de moi pour regarder le garçon de quatre ans qui jouait dans le coin de la pièce. « Alors, il va falloir que ce soit toi, Cathal, fit-il. Allez, va chercher tes affaires. »

Et comme un chien qui ne refuse jamais une promenade, mon jeune frère courut dans la chambre se mettre en tenue pour aller à la plage, revenant en trottinant avec sa pelle et son seau.

« Tu n'en auras pas besoin, dit papa en les lui prenant pour les poser par terre. Nous allons nager, c'est tout. Juste toi et moi. Pas de jeux. »

Et ils s'en allèrent quelques minutes plus tard, avant même que Hannah sorte de son lit. Je les regardai prendre le sentier et tourner à gauche, disparaître à travers les arbres en direction de Curracloe. Je ne m'attardai pas sur leur départ, me demandant plutôt si l'âne dans le champ voisin serait sorti pour sa promenade du matin. S'il était là, je pourrais lui apporter pour son petit déjeuner quelques sucres et peut-être une pomme, à condition d'en trouver une, et il se dirait que j'étais le meilleur garçon du monde, n'est-ce pas ?

Nous apprîmes la nouvelle par un Garda avec l'accent du Mayo, je m'en souviens, qui se présenta à la maison deux heures plus tard. Il devait être stationné à Wexford puisqu'on les envoyait toujours dans un comté qui n'était pas le leur, où ils ne connaissent pas les gens qu'ils allaient devoir arrêter ou à qui il faudrait annoncer des catastrophes. J'étais dehors, à courir dans le jardin ; dans la cuisine, maman préparait un semblant de déjeuner. En voyant la voiture de la Garda arriver et se garer, elle sortit sur le porche.

« Odran, rentre tout de suite », dit-elle aussitôt, le torchon toujours dans la main. Je la dévisageai sans bouger mais elle ne répéta pas. « Êtes-vous perdu, Garda ? demanda-t-elle avec un grand sourire comme si elle faisait une plaisanterie géniale.

— Oh non », fit-il en haussant les épaules, en regardant ailleurs avec le visage de quelqu'un qui préférerait être n'importe où au monde que là où il se trouvait. Je me souviens m'être dit qu'il ressemblait à John Wayne. « Belle journée, en tout cas.

— Effectivement, acquiesça maman. Est-ce qu'il va pleuvoir, à votre avis ?

— Le temps peut être changeant, dit le Garda, qui me regarda pendant quelques instants, le sourcil froncé, le front terriblement plissé.

— D'où vous vient cet accent ? » demanda maman. Même à mon jeune âge, je trouvai que c'était une bien étrange conversation qu'ils avaient là. Les Gardaí ne venaient certainement pas chez les gens pour parler de la pluie et du beau temps. Ils avaient sans doute autre chose à faire.

« Westport, répondit-il.

— Je connaissais une fille de Westport, autrefois. Elle travaillait avec moi chez Aer Lingus. Elle avait le vertige, alors elle ne regardait jamais par le hublot dans l'avion. Je me suis toujours demandé pourquoi elle s'était donné la peine de prendre un boulot comme celui-là. »

Le Garda rit, puis eut l'air de se raviser et transforma son rire en toussotement. « Vous êtes Mrs Yates, c'est ça ?

— C'est exact.

— Allons à l'intérieur, voulez-vous ? Asseyons-nous une minute. »

Maman ferma les yeux pendant un long moment, et jusqu'à ce jour, je reste persuadé qu'il lui fallut une bonne demi-minute avant de pouvoir les rouvrir. Elle acquiesça, tourna les talons et ouvrit la porte pour le précéder, et l'espace de ces trente secondes, j'aurais juré qu'elle avait vieilli de dix ans.

Voici ce qu'on sait : une famille sur la plage de Curracloe, une mère, un père et des jumeaux, étaient en train d'installer un abri lorsqu'ils virent William Yates et Cathal dans l'eau, semblant s'amuser beaucoup, avec force éclaboussures et gesticulations. La mère déclara qu'elle trouvait que le garçon était bien petit pour être si loin du bord, et le père crut qu'ils étaient en difficulté, alors il se jeta à l'eau pour leur porter secours. Mais il n'était pas un bon nageur et, peu de temps après, il se mit à peiner dans les vagues. En s'approchant, il eut l'impression que l'homme essayait de noyer l'enfant. Il appuyait sur sa tête et chaque fois que le petit remontait pour prendre de l'air, l'homme lui enfonçait la tête à nouveau et le maintenait sous l'eau, jusqu'à ce qu'il ne remonte plus à la surface. Là, l'homme tourna le dos à la plage et s'éloigna vers le large, plus loin que n'importe quelle personne sensée ne se risquerait à la nage. Le garçon fut ramené par le ressac vers le rivage, sur le ventre, les bras écartés. Le père des jumeaux le sortit de l'eau, mais on ne pouvait plus rien faire pour le sauver, le petit Cathal s'était noyé, et lorsque le corps de papa fut ramené sur la plage par la marée deux heures plus tard, la moitié des Gardaí de la région étaient sur place, ainsi qu'une ambulance venue de Wexford. Que pouvait-on faire d'autre que les conduire à l'hôpital, à Courtown, où les vendeurs de barbe à papa occupaient encore les rues, où les autos tamponneuses se tamponnaient encore sous le soleil de l'après-midi, et rédiger les certificats de décès avant d'appeler les pompes funèbres ?

Et voici ce qu'on ne sait pas : que s'est-il exactement passé là-bas ? S'agissait-il d'un suicide de la part de mon père ? Mon père déprimé, rejeté par le monde, se retrouvant à emballer des cigarettes dans l'usine Player's sur

Merchants Quay alors qu'il voulait déclamer le monologue d'Hamlet sur la scène de l'Abbey ou enseigner l'élocution à Eliza Doolittle au Theatre Royal sur Drury Lane. Était-ce un suicide, donc ? C'en était un, j'en suis sûr aujourd'hui. Et un meurtre ? La réponse à cette question est aussi affirmative. Mais pourquoi a-t-il choisi d'emmener un de ses enfants avec lui ? D'abord moi, qui n'acceptai pas son offre, puis le petit Cathal. Pourquoi voulait-il faire mourir l'un d'entre nous ? Quel était le sens de cet acte ? Qu'est-ce qu'il lui apportait ? Effaçait-il les mots du critique de l'*Evening Press*, lui donnait-il accès à la maison de Seán O'Casey sur la North Circular Road ? Grâce à cela, pourrait-il se retrouver devant Caitlín Ní Bhearáin ou Elizabeth Taylor qui, les yeux rivés sur les siens, déclameraient leur rôle ?

J'y ai repensé cent fois, mille fois, dix mille fois au cours des années écoulées entre ce jour-là et aujourd'hui, et j'ai résolu l'énigme dans mon esprit en décidant que cet homme, mon père, n'était pas dans son état normal à ce moment-là, qu'il était malade, qu'il avait fait quelque chose qu'il n'aurait jamais pensé faire si le monde l'avait traité avec un peu plus de gentillesse. *Et si je te prenais quelque chose que tu aimais ?* avait-il demandé à ma mère la veille au soir, et seul un homme en grande souffrance ayant perdu la raison aurait envisagé un acte pareil. Je me répète cela parce que penser autrement ouvrirait un océan de douleur qui m'engloutirait aussi aisément que la mer d'Irlande avait englouti mon petit frère.

Dans quel monde vivons-nous, et quelles blessures infligeons-nous aux enfants…

Je pense au petit Cathal en train de lutter dans l'océan, sentant le sol sableux se dérober sous ses pieds, poussant des cris tandis que les mains de son père l'enfonçaient sous l'eau, se demandant s'il s'agissait d'un nouveau jeu. Terrifié, mais obéissant, confiant, certain que ce qui se passait était forcément prévu, avant de se rendre compte que non, la situation était particulière, qu'il n'y survivrait pas, qu'il allait mourir et qu'il ne pourrait plus jamais aller jouer avec les épagneuls de Mrs Hardy. Et j'imagine l'eau lui remplissant les poumons, le vertige qu'il avait dû éprouver tout en luttant pour attraper de l'air. On dit que la noyade est une mort indolore, mais pourquoi devrais-je le croire ? Quelqu'un est-il revenu, après avoir succombé à une telle fin, pour raconter ce qu'il avait vécu ? Et je suppose que mon père a retrouvé ses esprits quand il a vu son petit dernier renoncer à se débattre, son corps devenir mou, et quand il a compris l'acte terrible qu'il venait d'accomplir ; que pouvait-il faire d'autre que s'éloigner à grandes brasses en direction de l'horizon, sachant que ce n'était qu'une question de temps avant que ses bras n'aient plus la force de bouger, que son souffle s'épuise, que ses jambes cessent de battre et qu'il s'enfonce sous l'eau où il trouverait peut-être enfin un peu de paix ?

Voilà ce que je crois, en tout cas. Je n'ai aucun moyen d'avoir une certitude.

Au début nous étions trois, nous devînmes quatre, puis cinq, et un jour, sans crier gare, nous fûmes trois à nouveau.

Nous rentrâmes à Dublin et maman n'était plus une femme mariée, elle était veuve. La perte de son plus jeune enfant la changea d'une manière que je n'aurais jamais imaginée. Elle se tourna vers Dieu, et en Lui, elle espéra trouver soulagement et réconfort. Elle commença à nous emmener, Hannah et moi, à la messe à l'église Good Shepherd tous les matins tôt avant l'école, alors qu'avant nous nous retrouvions sur ces bancs seulement le dimanche pour le service de 10 heures, qui était notoirement court. Elle nous obligeait à prier pour le petit Cathal, mais jamais pour notre père, car une fois passés les enterrements, elle ne prononça plus jamais son nom jusqu'à la fin de sa vie. Et le soir, quand arrivait l'heure de l'Angélus à la télévision, elle exigeait que nous nous mettions à genoux pour dire les cinq dizaines du chapelet et Je vous salue, Marie, que nous essayions de réciter sans rire, mais que Dieu nous pardonne, parfois, c'était difficile. Elle m'emmena voir le père Haughton et prétendit que j'avais exprimé le désir de devenir servant de messe, ce que je n'avais jamais fait de ma vie, et avant que j'aie eu le temps de dire ouf, on prenait mes mesures pour ma soutanelle et mon surplis. Des statues de la Sainte Vierge furent disposées dans la maison. Des images du Sacré-Cœur, que j'appelais le Satané-Cœur jusqu'à ce qu'elle me frotte les oreilles pour me punir de mon insolence, furent épinglées aux murs. Mrs Rathley, notre voisine, alla à Lourdes en pèlerinage et nous rapporta une bouteille en plastique transparente ayant la forme de Jésus sur la croix, remplie d'eau bénite, avec laquelle nous fûmes obligés de nous bénir tous les matins et tous les soirs avant d'aller au lit ou de nous lever, et nous demandions à Dieu de prendre soin du petit Cathal et de lui assurer chaleur et protection jusqu'au jour où nous serions récompensés en le rejoignant. Notre maison, qui avait été particulièrement profane pour l'époque, devint un foyer complètement religieux, mystique, et ce fut lors de mon anniversaire suivant, le dixième, que maman fit irruption dans ma chambre au milieu de la nuit, alluma la lumière, mettant fin à mes rêves fantaisistes, et me regarda avec une expression émerveillée avant de déclarer qu'elle venait d'avoir une formidable révélation, que nous devions tous accueillir avec reconnaissance. L'illumination lui était venue alors qu'elle regardait *The Late Late Show*, expliqua-t-elle. Elle avait bondi de son fauteuil et avait monté l'escalier en courant pour me réveiller et me regarder dans les yeux, et maintenant qu'elle me voyait, elle savait qu'elle avait raison. Elle le lisait sur mon visage. Elle le savait, à la manière dont je me tenais dans ses bras.

« Tu as la vocation, Odran, m'annonça-t-elle. Tu as la vocation pour devenir prêtre. »

Je pensai que si elle l'affirmait, elle devait avoir raison. Car n'était-ce pas ainsi que j'avais été élevé ? Pour croire tout ce que ma mère me disait ?

4.

1980

À première vue, le train semblait plein et mon cœur se serra à l'idée que je risquais de rester debout deux heures et demie, tandis qu'il serpentait jusqu'à Kildare, puis vers le nord pour rejoindre Athlone et la gare de Galway.

J'étais fatigué, car j'étais rentré de Norvège l'après-midi précédent, après la semaine épuisante du mariage de Hannah et Kristian Ramsfjeld. Bien entendu, j'aurais dû annuler ce voyage à l'autre bout du pays, mais le simple fait de prendre le téléphone et de présenter mes excuses requérait plus d'effort que d'y aller. Alors j'avais sorti une tenue de ma valise la veille au soir, l'avais rangée dans une autre, avant de me coucher pour une nuit d'un sommeil agité et, le matin, aller prendre le train vers l'ouest à la gare de Heuston.

Je m'étais rendu seul en Norvège, après que maman avait décrété qu'elle ne voulait rien avoir à faire avec tout cela parce que Kristian n'était pas catholique, mais luthérien, ainsi que la plupart de ses compatriotes, ce qui, de son point de vue, était comparable au satanisme. Mais ce n'était pas son seul problème, puisqu'elle avait aussi espéré que sa fille rejoigne les nonnes de Loreto Abbey à Rathfarnham, insistant sur le fait que Hannah, comme son grand frère, avait la vocation. Hannah avait refusé, riant à cette idée, ce qui avait créé du grabuge à la maison, et quand le nom de notre Cathal parti trop tôt était arrivé dans la conversation, on eut l'impression que rien n'arrêterait notre mère pour obtenir sa capitulation.

« N'as-tu pas eu ce que tu voulais avec le pauvre Odran ? rugit Hannah lorsque je vins un soir pour essayer de négocier une trêve entre les deux. N'est-il pas en train de gâcher sa vie parce qu'il avait trop peur de s'opposer à toi ?

— Écoute..., commençai-je, blessé par ses propos, car Hannah refusait de reconnaître à cette époque-là, et n'accepta jamais tout à fait, que maman avait peut-être seulement pointé le doigt dans une direction qu'elle avait choisie pour moi, mais qui me convenait particulièrement bien.

— Une petite traînée, voilà ce que tu es, cria maman qui pouvait atteindre un certain niveau en décibels. Prête à distribuer tes faveurs à tous les hommes qui passent.

— Et pourquoi je m'en priverais ? lança Hannah, les poings sur les hanches. Quand on a des atouts, faut les montrer. Et j'en ai des tonnes.

— Odran, ne peux-tu lui faire entendre raison ? » rétorqua maman en se tournant vers moi. J'étais bien impuissant ; ma sœur m'avait déjà confié que non seulement elle mourrait plutôt que de devenir nonne, mais qu'elle n'allait plus à la messe – quand elle quittait la maison le dimanche matin, elle prenait le bus vers le centre-ville pour se rendre au cinéma.

Hannah et Kristian se rencontrèrent à la Bank of Ireland sur College Green, où Hannah était en formation pour devenir employée au bureau des devises étrangères, passant la moitié de sa journée à convertir des livres irlandaises en dollars ou livres sterling pour les jeunes hommes qui changeaient leurs maigres économies, tentant leur chance à l'étranger où, d'après la rumeur, on trouvait du travail, car Dieu sait qu'à l'époque il n'y en avait guère en Irlande. Kristian étudiait la philosophie en face, à Trinity College, et il venait tous les jours à la pause de midi avec quelques centaines de couronnes norvégiennes.

« Vous ne préféreriez pas les changer toutes en même temps ? lui demanda Hannah lors de sa quatrième visite en quatre jours. Vous vous rendez compte que vous payez une commission à chaque fois ?

— Mais dans ce cas, je n'aurais pas l'occasion de vous voir aussi souvent », répondit-il avec un sourire. Et elle me confia par la suite qu'elle avait senti la pièce tourner un peu quand elle avait compris qu'elle plaisait à un garçon, un grand garçon plein de charme et d'assurance avec de beaux cheveux blonds, une peau claire et une manière de s'habiller qui éclipsait tous les jeunes Irlandais.

« Et il ne cherche pas à m'emmener au Bad Ass Café tout le temps, en plus, ajouta-t-elle. Nous allons voir des pièces, écouter des concerts et, la semaine dernière, il m'a invitée à la National Gallery pour visiter une exposition sur la peinture nordique. Et il ne faisait pas semblant, Odran, il savait tout ! »

Ils se firent la cour pendant un an, puis un soir maman prit son courage à deux mains et les invita à dîner, mais une dispute éclata quelque part entre la tranche de melon et le rôti d'agneau. Kristian refusa d'y prendre part, car c'était un garçon placide et doux, et ma mère n'en fut que plus agressive. Après cela, il ne fut plus le bienvenu à la maison, ce qui ne le dérangeait pas le moins du monde. Je n'étais pas présent – je me trouvais à Rome à l'époque –, je suppose que la religion était le sujet de la querelle, comme c'est si souvent le cas en Irlande.

Le mariage eut lieu à quelques heures de route au nord d'Oslo, dans la ville de Lillehammer, où Kristian avait grandi, et sa famille au grand complet était présente, des dizaines de Ramsfjeld joviaux et gais, chacun portant un nom plus compliqué à écrire et à prononcer que son cousin. À leurs voyelles s'ajoutaient des ornements, qui divisaient en deux leur « o » et couronnaient leur « a » d'un anneau. La juxtaposition de « j » et de « k » dans leur nom me le rendait difficile à prononcer sans que les cousins de

Kristian éclatent de rire et essaient de me corriger, même si leur prononciation et la mienne semblaient, à mes oreilles, totalement identiques. Son père, comme le nôtre, était décédé. Par une cruelle coïncidence, il s'était aussi noyé, dans le lac Mjøsa, bien qu'il n'eût emmené personne avec lui et que ce fût un accident, rien de plus. La mère de Kristian et lui avaient divorcé quatre ans environ auparavant et Beate Ramsfjeld s'était remariée à un homme qui apparemment avait de bonnes chances de se voir décerner le prix Nobel de chimie. Ce fait, lorsqu'il fut révélé à ma mère, l'amena à prétendre que la mère de Kristian vivait dans le péché, car Dieu n'avait pas dissous son union avec son mari et elle n'avait pas demandé le nouveau sacrement après la mort de cet homme. C'était certainement une affaire compliquée, et je n'avais aucun désir d'en débattre avec elle.

Hannah se fichait pas mal que notre mère ne prenne pas l'avion pour se rendre à Oslo. Je me sentis pourtant triste pour elle lorsque je compris qu'elle se privait d'une expérience extraordinaire : le voyage plein de rires vers le nord avec l'oncle et deux jeunes cousins de Kristian, la magnifique église au cœur de Søndre Park qui semblait tout droit sortie d'un dessin animé de Disney, la visite au Maihaugen et les promenades dans la campagne aux environs de la ville. En réalité, ma sœur paraissait soulagée que ma mère ne soit pas venue, mais j'aurais préféré ne pas me rendre seul dans ce pays étrange et fascinant, préféré qu'elle profite aussi de ces six jours à manger des pinnekjøtt, fårikål et brunost – tous ces plats dont les saveurs étaient meilleures que leur nom ne l'aurait laissé présager – que nous faisions descendre avec des litres d'aquavit et des verres de mjød qui me donnaient la migraine le matin et reléguaient au loin les pensées de ma nouvelle vie de prêtre à Dublin.

J'aimai Kristian tout de suite. C'était un homme prévenant, intelligent, animé d'une véritable passion pour les montagnes qui entouraient sa région d'origine. Et même s'il passa le reste de sa vie à Dublin, Hannah et lui avaient très tôt prévu de prendre leur retraite en Norvège, une ambition qui ne se concrétiserait ni pour l'un ni pour l'autre, car il fut terrassé par une tumeur au cerveau fulgurante quelques jours à peine après son quarante-deuxième anniversaire, et Hannah commença à perdre la tête un an après seulement. Mais à ce moment-là, en 1980, ils formaient un jeune couple magnifique, plein de vie et de beauté, en extase l'un devant l'autre, plus amoureux que tous les couples que j'aie jamais vus. Une vie commune d'une vingtaine d'années seulement paraît être un châtiment d'une brutalité cruelle et inexplicable de la part de celui qui décide de notre sort, cette entité que j'appelle Dieu, qui parfois agit sur un caprice pour détruire notre bonheur et pourtant continue à inspirer la loyauté d'une foule de fidèles.

J'étais donc de retour chez moi, loin du massif des Rondane et du sentier de randonnée Peer Gynt, et je décidai de ne pas rendre visite à maman avant la semaine suivante, car je n'avais aucune patience pour gérer son amertume alors que j'étais encore plein d'une si belle jubilation. Je fis plutôt le choix d'aller vers l'ouest.

Je parcourus lentement les six wagons, mais nous étions vendredi après-midi et tous les étudiants de la ville sans exception semblaient vouloir quitter la capitale pour le week-end. Ce n'est qu'une fois arrivé au dernier que je renonçai à tout espoir et, les épaules un peu voûtées, résigné, je hissai ma valise sur le porte-bagages au-dessus des sièges et me dirigeai vers la zone accueillant les passagers debout près des portes. Appuyé dans un coin, j'ouvris le roman que j'avais commencé à lire la veille à l'aéroport d'Oslo, un livre sur un jeune homme qui a l'intention de libérer tous les ours du zoo de Vienne, et me plongeai dans ma lecture. Grâce à ce roman, le vol avait paru si court qu'il me semblait avoir duré quelques minutes. Peut-être aurait-il le même effet pour ce voyage en train.

« Anthony, appela une femme d'une quarantaine d'années, affublée d'une choucroute capillaire passée de mode, assise dans un carré, faisant signe à un petit garçon installé de l'autre côté de l'allée centrale. Anthony, viens ici, assieds-toi sur mes genoux pour que le père ait une place.

— Je veux pas », grogna le garçon en mettant son auriculaire dans sa narine gauche. Je jetai un coup d'œil vers eux, priant qu'on laisse cet enfant tranquille.

« Tout va bien, dis-je. Ça ne me fera aucun mal de rester debout un moment. Le train sera probablement moins bondé après Kildare ou Tullamore, de toute façon.

— Mon père, venez prendre place ici », s'écria un homme assez âgé pour être mon grand-père, trois rangs plus loin. Il se leva et se mit à rassembler ses affaires : une peau de banane et un exemplaire de l'*Irish Independent* du jour, la tête complètement de travers de Charlie Haughey sur la une, avec un sourire qui disait qu'il aurait bientôt fini de vider les poches des Irlandais.

« Non, non, m'empressai-je de répondre en agitant la main. Je vous assure. Restez à votre place, vous êtes gentil. Je suis très bien ici.

— Mon père, vous ne voulez pas vous reposer un peu ? » Cette fois, il s'agissait d'une femme très enceinte assise près des portes.

« J'étais la première à offrir mon siège au père, insista la mère du garçonnet, en parlant tellement fort que tout le monde entendait, comme si sa proposition initiale lui donnait un droit sur moi. Anthony, lève-toi tout de suite, ou toi et moi, nous allons avoir une petite conversation. » Et cette fois, le gamin se leva d'un bond tandis que toutes les têtes se tournaient pour voir quel enfant terrible refusait de laisser sa place à un prêtre, et quelle mère autorisait un comportement aussi irrespectueux. « Anthony peut s'asseoir sur mes genoux. Nous descendons bientôt, à Athlone, mon père, fit-elle, son ton passant en un instant de la fureur à l'obséquiosité. Il sera tout à fait bien installé.

— Vraiment, ce n'est pas nécessaire », protestai-je, mais le gamin avait déménagé, s'était traîné jusqu'à l'autre banquette et je n'avais plus d'autre choix que de prendre sa place. J'étais écarlate, gêné par toute cette attention. J'avais une folle envie de récupérer ma valise et de retraverser tous les wagons en courant jusqu'au bout du train.

J'étais en route pour Galway pour rendre visite à Tom Cardle. Je ne l'avais pas vu depuis que j'étais parti à Rome à la fin de l'année 1977. Pendant toute la durée de mon séjour, j'avais écrit de longues lettres à Tom en lui parlant de ma vie là-bas et en l'interrogeant sur les ragots de Clonliffe, où il faisait sa dernière année. Comment tu t'en sors avec la langue ? m'avait-il demandé dans un de ses courriers, et j'avais répondu par une brève carte postale – *Super, Tom, je me sens comme un poisson dans l'eau*. Ses lettres étaient empreintes de tristesse et d'ennui ; il regrettait que nous ne puissions pas passer nos derniers jours au séminaire ensemble. D'après lui, les gars de Dublin avaient toujours droit aux meilleurs plans, car c'était encore les Dublinois qui dirigeaient tous les diocèses et tout le monde savait qu'ils privilégiaient leurs concitoyens. Son amertume me surprit et me peina, il avait pourtant semblé heureux pour moi lorsque j'avais appris que j'étais sélectionné pour recevoir cet honneur. Il me raconta qu'il avait été obligé de partager une chambre avec Barry Shand, dont les flatulences étaient légendaires, après que le compagnon de chambre de Barry, un garçon enjoué du Kerry du nom de O'Heigh, s'était enfui avec une fille pendant sa cinquième année, nous offrant le plus croustillant scandale que nous ayons vécu depuis des années.

Peu de temps avant son ordination, Tom m'écrivit pour m'informer qu'il avait été nommé dans la paroisse où il avait effectué son insertion pastorale – « un bled perdu du

Leitrim, au trou du cul du monde», comme il disait – et je pouvais presque l'entendre cracher le nom de ce comté avec dégoût, même à quelque deux mille kilomètres de distance.

Cependant, je me réjouis lorsqu'après quelques mois à peine dans ses nouvelles fonctions de vicaire de cette paroisse, il m'écrivit pour me dire que ce n'était pas aussi mal qu'il l'avait craint, qu'il y avait une véritable différence entre être séminariste et prêtre ordonné, et que ce poste présentait des avantages qu'il n'avait jamais imaginés avant d'y aller. Leitrim, insista-t-il, était un trou paumé sans foi ni loi, et les moutons étaient plus intéressants que les gens, mais il s'était trouvé des passe-temps – il n'expliqua pas de quoi il s'agissait – et commençait à comprendre que cette vie n'était peut-être pas si mal, après tout. *Et le respect qu'on nous témoigne, Odran,* ajouta-t-il. *C'est comme si on était des dieux ! Rien à voir avec la manière dont on a été traité ces six dernières années.*

Son ton était tellement positif que je fus extrêmement surpris lorsque, moins d'un an plus tard, il fut brusquement muté de Leitrim et nommé dans une paroisse du diocèse de Galway. Habituellement, un nouveau prêtre restait trois ou quatre ans dans sa première affectation pour trouver ses marques. Mais pas Tom ; il fut déplacé presque immédiatement.

Pendant l'année 1978, qui fut si difficile pour moi, nous entretînmes une correspondance entre l'Irlande et Rome. Je lui confiai l'honneur qu'on m'avait fait et il voulut connaître les détails – détails que je ne pouvais pas divulguer, car on m'imposait le secret sur mes tâches quotidiennes. Puis vint septembre et il dut m'écrire tous les jours, m'interrogeant sur ce que les médias ne pouvaient ou ne voulaient pas dire, sur la véracité des théories du complot, ignorant visiblement que j'étais en disgrâce et aussi loin que lui des sources des événements. Cette situation se poursuivit pendant les mois d'octobre et de novembre, et même jusqu'à Noël, quand enfin les choses se calmèrent un peu au Vatican. *Tom*, ne cessais-je de lui répéter. *Tom, je ne peux rien te dire. Je suis tenu au secret.*

Je jouais les importants, car la vérité était que j'ignorais tout, puisque j'avais abandonné mon poste lors de cette funeste nuit qui donnait lieu à tant de commentaires partout dans le monde. N'avais-je pas cédé à mes plus bas instincts, me couvrant de honte ? N'avais-je pas laissé une femme dont le nom me resterait à jamais inconnu m'infliger une cuisante humiliation au moment où j'aurais dû me trouver auprès d'un homme bien, qui était mort seul ?

De retour en Irlande, mes jours romains derrière moi, il était temps de renouer; nous avions convenu de ce week-end et j'étais très impatient. Je travaillais à Terenure College depuis deux ou trois mois et j'avais pris mes marques. Je m'entendais bien avec les garçons, j'avais essayé d'assurer quelques entraînements de rugby, échoué lamentablement, et les garçons m'avaient dit : *Père, vous ne voudriez pas vous en tenir à ce que vous connaissez bien ?* Mais le ton était gentil et ils ne voulaient pas me blesser; je troquai le terrain contre la bibliothèque, fréquentée par les garçons qui avaient le courage d'avouer qu'ils ne s'intéressaient pas au sport, et cela me convenait mieux. Le professeur de comptabilité, le père Miles Donlan, prit ma place auprès de l'équipe de rugby et, bien entendu, il s'avéra que c'était une erreur terrible dont l'établissement et une poignée de garçons innocents continuent à payer le prix aujourd'hui.

Même si je ne parlais presque jamais de Rome et du poste qu'on m'y avait attribué, la chose avait fini par se savoir et les enseignants posèrent quelques questions. Je restai toutefois très discret, refusant de céder à leur appétit de ragots. Et lorsque Harry Mulligan, un jeune homme brillant qui emporta l'adhésion du public avec ses pitreries en jouant le rôle de Bottom dans la mise en scène du *Songe d'une nuit d'été* que nous présentâmes à Noël, leva la main un jour au milieu d'un cours et demanda : « Mon père, est-ce vrai que vous y étiez la nuit où le pape est mort ? », je réagis en un clin d'œil avec une réponse qui me fit sourire moi-même, malgré la solennité de la question.

« Quel pape ? »

« Vous êtes prêtre ? demanda une voix à ma droite, et je me tournai vers le petit garçon assis à côté de moi, qui était bien habillé, mais paraissait terriblement fatigué.

— Oui, répondis-je. Et toi ? »

Le gamin secoua la tête et je jetai un coup d'œil à la femme installée à côté de la fenêtre avec une fillette près d'elle, et elle sourit. C'était leur mère, bien sûr, et les enfants étaient jumeaux. Tous les trois se ressemblaient.

« Ezra. Chut.

— Ne vous inquiétez pas. Il éprouve de la curiosité à cause de ceci, je suppose. » Je levai mon index et désignai mon col, qui me serrait un peu ce jour-là, et le tapotai, produisant un son creux comme un petit coup discret sur une porte en bois.

« Il est curieux à propos de tout, ce garçon, répondit-elle en posant son livre retourné sur la table entre nous.

— Il est jeune. Quel âge a-t-il, sept ans ?

— On a tous les deux sept ans, s'empressa d'ajouter la petite fille.

— Ah bon !

— Notre anniversaire, c'est le 25 décembre.

— Quel drôle de jour d'anniversaire, lui répondis-je en souriant. Est-ce que tu as deux fois plus de cadeaux ? »

Elle fronça les sourcils, ne comprenant visiblement pas ce que je voulais dire, et se tourna vers sa mère, le visage interrogateur.

« Nous n'allons pas vous déranger plus longtemps, déclara la femme. Vous étiez en train de lire.

— Vous aussi », fis-je en prenant son livre pour examiner la couverture avant de déchirer un morceau du journal abandonné là et de le glisser à la page où elle s'était arrêtée ; je posai le volume refermé sur la table. Sa bouche s'ouvrit comme si elle s'apprêtait à parler et je me rendis compte de mon impertinence. Qui étais-je, après tout, pour lui dire comment se comporter ? « Pardon... », marmonnai-je, gêné, mais elle balaya mes excuses d'un geste au moment précis où Ezra, le petit garçon, laissa échapper un énorme bâillement.

« Il est fatigué, dis-je.

— Nous avons fait un long voyage en avion. Nous sommes impatients d'arriver à la maison.

— D'où venez-vous ?

— De chez ma mère et son mari.

— Votre mère et son... ? » L'expression me paraissait étrange, mais je compris. Une veuve, ou une divorcée. Remariée, comme Beate Ramsfjeld. « Votre mère et son mari, répétai-je en hochant la tête. Agréable, ce voyage ?

— Long. Six semaines. C'est trop long.

— Puis-je vous demander où ils habitent ?

— À Jérusalem, répondit-elle avec un petit sourire.

— Un bel endroit.

— Y êtes-vous allé ? demanda-t-elle, et il y avait quelque chose dans sa voix, un léger accent étranger que j'eus du mal à identifier.

— Non, dus-je reconnaître.

— Alors, comment savez-vous que c'est beau ?

— Je l'ai entendu dire, rien de plus. Je connais des gens qui y ont fait un séjour. J'aimerais visiter la ville, un jour. » Elle hocha la tête et me dévisagea, et pour une raison mystérieuse, je me surpris à commencer à babiller. « Je n'ai pas beaucoup voyagé, en toute honnêteté. Seulement en Italie. Et en Norvège. Je viens juste de rentrer, d'ailleurs. Racontez-moi, comment c'est, Jérusalem ? Est-ce comme je l'imagine ?

— Je ne sais pas ce qui se passe dans votre imagination, fit-elle, et je ris, avant de m'arrêter, car peut-être n'avait-elle pas eu l'intention de plaisanter.

— Il doit y faire très chaud.

— Ah. Le temps, répondit-elle en hochant la tête. Oui. Il peut faire chaud. Et parfois, la météo est pluvieuse.

— Je devrais vous laisser à votre lecture. » J'avais l'impression que contrairement aux autres voyageurs, elle ne voulait pas avoir grand-chose à faire avec moi.

« Je suis désolée, s'excusa-t-elle, un peu radoucie, en secouant la tête. Je suis fatiguée, voilà tout. Je n'avais aucune intention de me montrer grossière. Le vol de retour a été long. Sept heures.

— C'est beaucoup pour ces deux-là, dis-je en désignant les enfants.

— Ils étaient contents. C'était seulement la deuxième fois qu'ils prenaient l'avion, ils étaient tout excités.

— Où étaient-ils allés la première fois ? demandai-je, et son expression se détendit, dévoilant des dents blanches parfaites et un sourire à faire pâlir les étoiles.

— À Jérusalem, évidemment.

— D'habitude, je ne suis pas aussi abruti, indiquai-je, embarrassé par ma stupidité. Je vous le promets. »

Je tapotai du bout des doigts sur la table et elle regarda le paysage défiler. Je me sentis mal à l'aise, sans trop savoir si je devais reprendre mon livre.

Une main vint se poser sur mon épaule. Le vieux monsieur assis quelques rangs derrière avec le journal et la peau de banane. « Je vais à la voiture-bar, mon père. Puis-je vous rapporter un sandwich ?

— Non merci, tout va très bien.

— Oh, mais vous devez prendre quelque chose, mon père, insista-t-il. Qu'est-ce que vous préférez, jambon ou dinde ? Ou peut-être un peu de confiture de framboises sur une tranche de pain grillé ?

— Honnêtement, j'ai déjeuné avant de monter dans le train. Je vous remercie, vous êtes très gentil. »

Il hocha la tête en me faisant un clin d'œil et repartit. La femme de l'autre côté paraissait un peu contrariée que j'aie discuté avec la mère des jumeaux plutôt qu'avec elle. « Anthony a un paquet de Tayto dans son sac. Prenez-les si vous avez faim, proposa-t-elle.

— Non ! rugit le gamin, épouvanté, et la femme se pencha pour lui asséner une claque puissante sur le bras.

— Tais-toi, dit-elle.

— Tout cela n'est pas nécessaire, fis-je, ennuyé. En plus, je n'aime pas les chips, ajoutai-je en me tournant vers Anthony, qui me regardait les yeux pleins de fureur, hésitant entre fondre en larmes et garder sa mine butée.

— Eh bien, si vous changez d'avis, mon père, il vous suffira de demander.

— Ce ne sera pas le cas. Mais je vous remercie. Vous êtes très aimable. Toi aussi, Anthony.

— Est-ce que ça arrive souvent ? » demanda la femme en face de moi, rompant le silence qui suivit. Elle prit soin de parler à mi-voix de manière à ne pas être entendue. « Est-ce que partout où vous allez, les gens essaient de vous nourrir ?

— Malheureusement, oui. Si je voulais, je pourrais ne jamais avoir à entrer dans une épicerie. »

Des années plus tard, je repenserais à ce moment chaque fois que j'entendrais parler de Jack Charlton, qui payait tout ce qu'il achetait en Irlande avec un chèque. Qui irait le déposer à la banque ? Les commerçants préféraient l'encadrer et l'accrocher au mur. L'homme n'avait jamais eu à mettre la main à la poche. Mais là, la femme secouait la tête, avec une expression suggérant qu'elle ne voyait pas pourquoi les gens se comportaient ainsi. J'étais peu habitué à un tel désintérêt – cela m'intriguait. On était loin du respect dont Tom Cardle avait parlé dans ses lettres ; au contraire, elle semblait se méfier de moi.

Et qui, en 1980, avait une raison de se méfier d'un prêtre ?

« Est-ce que vous la considérez comme votre patrie ? lui demandai-je, impatient de trouver un moyen d'abaisser la barrière qui semblait se dresser entre nous.

— Pardon ?

— Israël, expliquai-je. L'appelez-vous votre patrie ? »

Elle réfléchit quelques instants. « Ma mère, oui. Et mon beau-père. Mais pas moi. Je n'y suis allée que deux fois. Ce serait ridicule.

— Vous n'aimez pas y aller ?

— Les billets d'avion sont très chers. Je n'ai pas les moyens.

— Je comprends.

— J'ai économisé longtemps pour pouvoir faire ce voyage. Je voulais que Ezra et Bina fassent la connaissance de leur grand-mère.

— Bina... », répétai-je en contemplant la petite fille avec un sourire ; comme son jumeau, elle s'était endormie. La tête de son frère avait glissé et reposait sur mon épaule, et je dus me tourner un peu pour l'écarter de moi. « C'est un bien joli nom.

— Il signifie compréhension, expliqua la mère. Et sagesse.

— Et vous vous appelez... ?

— Leah. Autrement dit, fatiguée – comme c'est approprié.

— Moi, c'est Odran, fis-je en pointant un index sur ma poitrine. Et je n'ai aucune idée du sens de ce nom, pour être honnête. J'ai toujours voulu visiter Israël, ajoutai-je, ce qui n'était pas complètement vrai – en réalité, je n'avais jamais réfléchi à la chose. Et Sydney. Je voudrais voir l'Australie. Un jour, peut-être. »

Elle éclata de rire, provoquant de la part de la dame en face un regard dégoûté, comme si elle soupçonnait ma voisine de flirter avec moi. « Ce sont deux endroits très différents, dit Leah.

— Effectivement. Mais quelque chose dans l'idée de l'Australie m'a toujours attiré.

— L'idée d'un endroit est parfois plus belle que la réalité, répondit-elle, avant d'agiter la main comme pour rejeter cette opinion. C'est une discussion que j'ai eue avec ma mère pendant mon séjour. La supériorité de l'idée sur la réalité.

— On ne peut pas emporter le morceau face à sa mère, déclarai-je. Croyez-moi, j'en sais quelque chose.

— Non, effectivement.

— Vous ne l'aimez pas, donc ? demandai-je, penché en avant, car le sujet m'intéressait. Cette idée d'une patrie juive ?

— J'ai une patrie. Ici. L'Irlande. Je ne suis pas née ici, mais c'est ici que nous sommes venus après la guerre, ma mère et moi.

— Et votre père ? demandai-je, sans savoir pourquoi je l'interrogeais sur ces sujets qui ne me regardaient pas. Votre mère a-t-elle rencontré votre père ici ? Oh non, bien sûr que non, puisque vous êtes venue aussi.

— Elle a survécu, dit Leah sobrement, en me regardant droit dans les yeux. Pas lui.

— Mon père, je vous ai pris un feuilleté au jambon et au fromage, finalement », indiqua le vieux monsieur en déposant devant moi un objet emballé dans un film transparent. Je levai les yeux, surpris, alors que les dernières phrases de ma compagne de voyage prenaient soudain tout leur sens. « Et une bouteille de 7-Up. Vous aimez le 7-Up ? Moi, ça me donne des gaz, je ne peux pourtant pas m'empêcher d'en boire. Et un paquet de King. Ils n'avaient pas de Tayto. Les Tayto sont meilleurs, mais ils n'avaient que des King.

— Je vous ai dit qu'Anthony avait un paquet de chips Tayto pour le père, dit la femme de l'autre côté du couloir.

— Ce n'est pas grave qu'il en ait deux.

— Anthony, donne tes Tayto au père.

— Non ! hurla Anthony.

— Anthony, allons-nous être obligés d'avoir une conversation ?

— Ils sont à moi ! insista Anthony.

— Mangez le feuilleté, mon père, dit le vieux monsieur. Est-ce que vous voulez que j'aille vous chercher un Kit-Kat pour après ? »

À mon grand étonnement, je tapai du plat de la main sur la table devant moi pour les faire taire, tous. Le formica résonna d'un bruit puissant et agressif, aussi effrayant que la casserole que maman avait fracassée sur la table à Wexford seize ans auparavant. « Je vous ai dit que je ne voulais rien à manger ! m'écriai-je, que j'avais déjeuné avant de monter dans le train. Vous ne m'écoutiez donc pas ? »

Le vieux monsieur recula, abasourdi. Il avait l'air tellement bouleversé qu'on aurait dit que je l'avais giflé. La mère d'Anthony fusilla l'homme du regard comme si tout était de sa faute. Leah se contenta d'observer la scène, en silence. Les enfants assis à côté de moi se réveillèrent en sursaut. Je fermai les yeux et respirai profondément.

« Je suis désolé, fis-je en les rouvrant. Je vous présente mes excuses. Sincèrement, je suis désolé.

— Ce n'est pas grave, mon père, répondit le vieux monsieur, les yeux baissés, ne voulant pas croiser le regard des autres passagers. Ne vous inquiétez pas.

— Combien vous dois-je ?

— Vous ne me devez rien. »

Je décidai de ne pas discuter. « Je suis désolé », répétai-je. Il sourit, secoua la tête et retourna à sa place.

« Que Dieu lui pardonne, il essayait juste de se montrer amical », dit la femme de l'autre côté du couloir. Apparemment, elle se retournait contre moi puisque j'avais refusé les chips Tayto de son fils.

S'ils voulaient bien me laisser tranquille, me dis-je. Tous autant qu'ils sont. Si seulement je pouvais avoir un peu de paix.

« Vous n'aimez pas attirer l'attention, remarqua Leah, et je secouai la tête.

— Effectivement. À Rome, c'était facile de rester anonyme. Là-bas, dans la rue, une personne sur deux est un ecclésiastique. Ici… c'est un peu lourd, parfois.

— Ils vous respectent, c'est tout.

— Mais pourquoi ? Ils ne me connaissent pas. »

Elle tapota un doigt sur son cou et j'acquiesçai, surpris que ce petit bout de plastique blanc puisse inspirer tant de dévotion. Je lançai un regard du côté des jumeaux : Ezra était endormi, appuyé contre la fenêtre, Bina contre sa mère.

« Est-ce que je peux vous demander…, commençai-je, et elle secoua la tête.

— Je préférerais que vous n'en fassiez rien.

— D'accord.

— Cela remonte à trente-cinq ans, ajouta-t-elle avec un haussement d'épaules. J'essaie de ne pas y penser.

— Y arrivez-vous ?

— Bien sûr que non.

— Et votre mère ? Votre beau-père ? »

Elle se pencha en avant et le brusque changement dans le ton de sa voix me choqua. « Qu'est-ce qui vous fait croire que vous pouvez me poser ces questions ? Qu'est-ce qui vous en donne le droit ?

— Je suis désolé, dis-je, sentant la honte m'étreindre. Je ne cherchais pas à…

— Je sais, vous voulez m'expliquer qu'il y avait une raison derrière tout cela. Que cela faisait partie du grand projet de Dieu. »

Je secouai la tête. « J'ignore les projets de Dieu tout autant que vous.

— Il n'existe pas, vous savez.

— Qui ? fis-je en fronçant le sourcil.

— Dieu.

— Ah…, soufflai-je, ébranlé par cette hypothèse, et en me voyant aussi mal à l'aise, elle sourit un peu.

— Ne vous méprenez pas, poursuivit-elle. Ces règles que vous avez fabriquées de toutes pièces, l'idée que vous menez une vie pleine de gentillesse, de générosité et de charité, sont très bien. Et si ça vous rend heureux de vous habiller en noir, de porter un col et d'enfiler votre habit tous les dimanches, cela ne fait de mal à personne. Mais Il n'existe pas. Comment serait-ce possible ? Ouvrez les yeux. »

Elle s'exprima sur un ton parfaitement calme, comme si elle expliquait à un enfant les rudiments de l'arithmétique ou les lettres de l'alphabet. Et je ne sus pas comment lui répondre, à elle qui avait eu plus d'expériences de la vie que je n'en aurais jamais. Le train s'arrêta dans la gare suivante ; elle réveilla ses jumeaux et tout le monde rassembla ses affaires.

« Je suis désolé de vous avoir contrariée, dis-je.

— Vous ne m'avez pas contrariée. Impossible. Vous devriez manger votre en-cas, ajouta-t-elle en s'éloignant. Le vieux monsieur l'a acheté par respect pour vous. Cela changera peut-être un jour. Il n'y aura plus de nourriture pour vous et vos amis. Et vous aurez tous faim. »

J'arrivai très tard à Galway. Tom m'avait dit que le presbytère était un peu difficile à trouver alors nous avions convenu de nous retrouver au pub O'Connell's sur Eyre Square. Quand j'entrai, des têtes se tournèrent pour me dévisager, un demi-sourire aux lèvres, tandis que je cherchais en vain mon double, mon jumeau, l'autre homme en noir d'environ vingt-cinq ans.

« Odran », entendis-je en provenance du côté du bar, et il était là, assis dans un coin avec une pinte posée devant lui et un exemplaire du *Sun*. Je fus heureux et soulagé de le voir et j'essayai de cacher ma surprise de le trouver portant un jean et une chemise à carreaux, comme n'importe quel autre client. « Comment vas-tu ? demanda-t-il, souriant tandis que j'approchais. Tu pourrais au moins enlever ton col.

— Non, répondis-je en lui serrant la main. Comment ça va, Tom ?

— Je survis. Qu'est-ce que tu bois ?

— Un Fanta.

— Allez…

— J'ai soif.

— Je sais ce qu'il te faut. Assieds-toi là. » Il alla jusqu'au bar et leva deux doigts d'un geste assuré, et quelques instants plus tard je vis apparaître deux pintes de Guinness et deux petits whiskies pour les faire descendre. J'expirai lentement, agacé. Pourquoi personne ne me croyait-il capable de décider ce que je voulais manger et boire ?

« Alors, c'était comment ? » demanda-t-il en s'asseyant, après avoir posé les verres devant nous, et la seule pensée qui me vint était que nous devions offrir un drôle de spectacle aux gens qui nous regardaient. J'avais supposé que nous nous retrouverions simplement ici pour partir aussitôt.

« Est-ce que c'est bon, Tom ? fis-je, nerveux. On n'aura pas d'ennuis ?

— D'ennuis avec qui ?

— Avec l'évêque. »

Il rit, secoua la tête et se mit à boire, une épaisse moustache crémeuse se déposant au-dessus de sa lèvre supérieure. Il l'essuya avec ses doigts. « Eh bien, s'il entrait maintenant, il nous paierait probablement la prochaine tournée.

— Ah, pas d'autre tournée, Tom. Une bière me suffira.

— La soirée ne fait que commencer. Et notre vie aussi.

— La semaine a été longue. Je suis fatigué.

— Bien sûr, le mariage de ta sœur ! Comment était-ce ?

— Très plaisant.

— Comment il est, le marié ?

— Super. Un type vraiment sympa.

— Ça doit être chouette, de retrouver un frère. »

J'hésitai, ma pinte suspendue en l'air. C'était une remarque un peu vulgaire, même si elle n'avait aucune intention méchante.

« Désolé, lâcha Tom. Je n'aurais pas dû dire ça, peut-être ?

— Non, non. Pas de problème. »

Il sourit et haussa les épaules, jetant un coup d'œil à deux jeunes qui jouaient aux fléchettes dans le coin. L'un d'eux avait dû mettre dans le mille, car il bondit dans un élan d'enthousiasme, attrapa son ami et le fit tournoyer. Je remarquai que Tom les fixait et que son visage se décomposait un peu. « Alors, comment c'était ? répéta-t-il après quelques instants, en se tournant vers moi.

— Le voyage ?

— Le Vatican.

— Très politique.

— Ça ne me surprend pas. Les diocèses ici sont comme des nids de frelons. J'imagine bien ce que ça doit être à Rome. Et le nouveau, il est comment ?

— Le nouveau ?

— Le patron.

— Déterminé. Ambitieux. Il veut tout changer, en maintenant le statu quo.

— Carrément ambitieux. Est-ce qu'on peut rigoler avec lui ?

— Non.

— Pourquoi pas ?

— Il n'est pas à la recherche d'amis. Il est d'une intelligence rare. Et il est intimidant. Un peu effrayant, parfois. Il ne présente pas au monde le même visage qu'à la curie. En même temps, j'imagine qu'il est obligé. On est en 1980, après tout. Tout a changé.

— Tu n'aurais pas voulu rester à ses côtés ?

— On ne peut pas plus d'un an, je te l'ai dit.

— Mais quelle année, Odran ! Tu n'aurais pas pu mieux choisir.

— Ça dépend de quel point de vue on se place. » Peut-être qu'une partie de moi se réjouissait à l'idée que d'autres gens pensent que j'avais suivi l'action de l'intérieur. Que j'en avais même connu les causes. Que je détenais des éclairages que je ne pouvais pas partager.

« Est-ce que tu sais ce que je faisais, la nuit où le pape est mort ? demanda Tom, s'envoyant sa pinte comme un de ces vieux bonshommes qui vivaient presque à temps plein dans ces pubs de campagne.

— Quel pape ? fis-je, répétant la question que j'avais renvoyée à Harry Mulligan à l'école.

— Celui du milieu.

— Vas-y, dis-moi. Qu'est-ce que tu faisais ?

— Je me disputais avec un couple à Leitrim. Des jeunes de ma paroisse. Ils étaient venus me voir pour la préparation de leur mariage…

— Je redoute d'avoir à faire ce genre de choses. Qu'est-ce que nous savons du mariage ?

— Ils avaient tous les deux le même âge que moi, poursuivit-il, ignorant ma question. Lui, fils de fermier, voulait devenir peintre…

— Peintre en bâtiment ?

— Non, artiste peintre. Comme Van Gogh ou Picasso.

— Ah d'accord.

— Je lui ai demandé s'il avait montré ses œuvres à quelqu'un et il a dit qu'il avait fait une exposition dans la salle paroissiale quelques années plus tôt, et pris le train pour Dublin avec certains de ses tableaux pour voir un galeriste en ville, sauf qu'ils ont jugé qu'il n'était pas prêt, que son style devait mûrir encore. La fille est intervenue à ce moment-là, disant que les Dublinois ne s'intéressent qu'à eux et qu'ils se fichent des autres. Tu aurais dû voir sa dégaine, Odran. Maquillée comme si elle partait en discothèque, pas dans un presbytère. Et sa petite jupe courte. » Il émit un sifflement et secoua la tête. « Des jambes qui montaient jusqu'à son cul.

— Forcément, jusqu'où tu voulais qu'elles montent ? demandai-je, et il secoua la tête en riant.

— C'est une expression, Odran. Tu ne l'as jamais entendue ? Bref, elle avait une drôle de réputation, cette fille. Elle était connue pour être un peu facile, mais le gars, ça devait lui être égal, puisqu'il tenait à l'épouser. Alors, ils sont assis là, tous les deux, avec leur sourire bête, et je me rends bien compte qu'ils préféreraient être ailleurs. Ils me servent les conneries habituelles sur le fait qu'ils ne voient pas pourquoi ils ne peuvent pas se marier sans avoir à passer par toutes ces palabres, et je leur dis que de nombreux couples trouvent qu'il y a un grand bénéfice à discuter de certains aspects du mariage avant d'échanger des vœux. Le budget du ménage, comment on tient une maison, l'importance de la..., enfin, tu comprends ce que je veux dire, l'autre partie de la relation.

— Le sexe », dis-je. Il n'y avait aucun mal à utiliser des mots clairs pour définir ce que nous entendions. Nous n'étions pas des enfants, après tout.

« Oui, ça, fit-il, l'air mal à l'aise, se tortillant un peu sur sa chaise.

— Je suis sûr que je ne me sentirais pas qualifié pour parler de ces sujets. J'espère que je n'aurai jamais à mener ce genre d'entretiens.

— Mais pourquoi tu ne le serais pas ? demanda-t-il, surpris. N'avons-nous pas reçu une formation assez longue ?

— Notre connaissance est théorique. Nous ne gérons pas notre budget, c'est l'Église qui le fait. Nous ne tenons pas notre maison, nous avons une gouvernante. Et que savons-nous du sexe ?

— Nous ne sommes pas tous aussi innocents que toi, Odran, fit-il d'un air agacé et je fronçai les sourcils, me demandant pourquoi il disait une chose pareille alors que je le connaissais depuis ses dix-sept ans et qu'il m'avait confié qu'il n'avait jamais embrassé une fille. Mais bon, le truc, c'est qu'ils étaient à mon bureau parce qu'ils n'avaient pas le choix. Le père Trelawney, le prêtre de ma paroisse, avait clairement établi qu'il n'était pas question de mariage dans son église s'ils n'étaient pas passés par ces entretiens. Alors, que pouvaient-ils faire d'autre qu'obéir ? Bref, l'affaire s'annonçait pénible et je voulais que ça se termine le plus vite possible. Tout à coup, j'ai essayé de mettre un peu de légèreté en soulignant que la jeune fille n'avait pas à se préoccuper de changer de nom après son mariage.

— Et pourquoi ça ? » demandai-je tandis que deux autres pintes étaient posées devant nous ; il avait dû les commander d'un geste de la main sans que je le remarque.

Tom se pencha, avant d'avaler son whisky en deux gorgées, puis il s'attaqua à la deuxième pinte. « Sláinte, fit-il en levant son verre. Eh bien, voilà. Le nom du garçon était Philip O'Neill, d'accord ? Et la fille, par le plus grand des hasards, s'appelait Rose O'Neill. Tous les deux des O'Neill, tu vois ? Pas de lien de parenté, Dieu merci, même si nous étions au fin fond du Leitrim, où tu peux épouser une poule si ça te chante. Donc, une O'Neill épousait un O'Neill. Ça arrive, j'imagine. Surtout avec un nom aussi courant.

— Tu as raison », acquiesçai-je. Je ris un peu, comme si la plaisanterie était incroyable. La boisson m'était peut-être un peu montée à la tête. J'avais l'estomac vide. Je n'avais même pas pu regarder le feuilleté au jambon et au fromage dans le train.

« Alors je fais cette blague, et la fille répond, ça n'a pas d'importance de toute manière parce qu'elle ne changera pas de nom après son mariage. *Comment ?* lui dis-je. *Vous devez prendre le nom de votre mari, c'est la loi*. Et là, elle m'a ri au nez, Odran. Elle a affirmé que ce n'était pas du tout la loi. Que si je voulais, elle m'apporterait un exemplaire de

Bunreacht na hÉireann et je serais bien en peine de trouver l'endroit où une telle chose était écrite.

— Elle a raison. Il n'y a pas de loi. Mais c'est dans l'ordre naturel des choses.

— C'est ce que je lui ai dit, insista-t-il. Une femme prend le nom de son mari. Et ne commencez pas à me raconter ce qu'ils font à Dublin, je refuse d'entendre ces bêtises. À nouveau, elle a ri et a répété que ça n'avait pas d'importance parce qu'elle allait garder son nom après le mariage et qu'elle ne changerait pas d'avis. *Mais vous vous appelez O'Neill*, indiquai-je. *Oui*, fit-elle. *Pourquoi vous dites ça ? Parce que vous vous appellerez O'Neill après le mariage, donc vous aurez pris le nom de votre mari, de toute manière*.

— Elle a dû adorer.

— Oh, elle avait l'air furieuse, cette sale petite pétasse. »

J'écarquillai les yeux sous l'effet de la surprise. Avais-je bien entendu ? Il ne paraissait pas troublé le moins du monde.

« Bref, poursuivit-il, à ce moment-là, le garçon s'en est mêlé, disant que Rose avait parfaitement raison, que ni l'un ni l'autre n'avaient le temps de s'embarrasser de cette société patriarcale et qu'ils étaient d'accord, une fois mariés, il resterait Philip O'Neill et elle resterait Rose O'Neill. Elle ne prendrait pas le nom de Rose O'Neill, ce furent ses mots exacts. Dis-moi, Odran, tu vois une différence ?

— Pas dans les noms, bien sûr. Mais ce qu'il veut dire c'est…

— Évidemment, je sais ce qu'il veut dire, me lança-t-il sèchement, en haussant le ton. Ensuite il a ajouté, *je serai mon O'Neill et Rose restera son O'Neill. Et si nous avons des enfants, ils prendront nos deux noms*.

— Alors les enfants s'appelleront O'Neill-O'Neill ?

— C'est ce qu'il m'a dit.

— Et s'ils ont un fils qui s'appelle Neil ?

— Quoi ? »

Je me mis à rire et, quelques instants plus tard, les larmes coulaient sur mes joues. Je n'avais jamais entendu quelque chose d'aussi ridicule.

« Qu'est-ce qui te fait rire, Odran ? demanda Tom, mais j'avais du mal à retrouver mon sérieux, quand je voyais l'expression grave sur son visage. Tu crois que c'est une plaisanterie ? Une fille comme ça qui se moque de moi ? Qui se moque d'un prêtre ?

— Ils sont encore très jeunes, Tom. » L'alcool m'avait atteint et j'étais de très joyeuse humeur. « Ils défient ton autorité, c'est tout. C'est ce que font les jeunes.

— Je suis jeune, moi aussi, Odran.

— Ah arrête, c'est faux.

— J'ai vingt-cinq ans.

— Mais ce n'est pas la même chose pour nous. Nous n'avons pas la même vie qu'eux. Ils seront toujours plus jeunes que nous. »

Ma réponse sembla provoquer sa colère. « Je ne sais pas pourquoi ils se donnent la peine de se marier si c'est pour être modernes comme ça, finit-il par ajouter. Ils font de ce sacrement une farce.

— Est-ce que tu le leur as dit ?

— Oui, mais c'est rentré par une oreille avant de sortir par l'autre. Ils sont mariés, maintenant. Et je sais qu'ils utilisent des capotes parce que le pharmacien me l'a dit quand je suis allé l'interroger.

— Tu es allé…

— Ils devraient être jetés en prison, ces deux-là, s'emporta-t-il, le visage rouge de fureur. Je devrais les dénoncer à la police. Le pharmacien aussi. Ils devraient tous être envoyés en prison ! » Il avait littéralement rugi cette dernière phrase. Je posai ma main sur la table pour le rasséréner.

« Calme-toi, veux-tu ? On nous regarde.

— Ah, fit-il en se détournant, tremblant presque de colère.

— Pourquoi m'as-tu raconté cette histoire ? demandai-je après un long silence.

— Parce que je voulais que tu saches que pendant que tu te promenais dans Rome et que tu t'amusais bien, je m'occupais de gens comme eux. Ce n'est pas juste, j'aurais aimé aller à Rome, moi aussi. Je ne t'en veux pas, Odran, mais cette pétasse de Rose O'Neill avait raison sur une chose : les Dublinois gardent la main sur tout et, à nous autres, ils accordent à peine un regard.

— Au moins, tu es dans une plus grande paroisse aujourd'hui, fis-je en espérant ainsi apaiser sa fureur, car je n'avais aucune envie de passer le week-end à écouter Tom Cardle se plaindre. Tu es heureux d'avoir quitté Leitrim, non ? »

Son visage s'assombrit. « Ne me parle pas de Leitrim. Quel sale endroit. »

Je n'en parlai donc pas. Nous n'en parlâmes pas. Plus de vingt-cinq ans s'écoulèrent avant que nous parlions de Leitrim, et à ce moment-là, il était trop tard.

5.

1972

J'avais seize ans quand une famille venue d'Angleterre s'installa deux maisons plus loin que la nôtre, provoquant curiosité et désapprobation manifestes chez la moitié des habitants de Braemor Road. Les nouveaux venus étaient toujours la cible de commentaires, bien entendu. Un Allemand d'une soixantaine d'années qui était arrivé deux ou trois ans auparavant avait inspiré des spéculations enfiévrées sur les lieux où il s'était trouvé pendant la guerre et ce qu'il y avait fait. Certains prétendaient qu'il avait été garde dans un camp de concentration, d'autres qu'il avait ourdi un complot contre Hitler et qu'il s'était enfui en Suisse quand ses projets avaient été découverts. Cependant, les Anglais faisaient l'objet d'une désapprobation particulière. Lorsqu'une famille venait, d'autres risquaient de suivre, cela pourrait mener à une invasion. Et selon l'impression dominante, nous avions passé assez de temps à chasser les Britanniques d'Irlande pour ne pas ensuite les accueillir à bras ouverts.

La rumeur se répandit que nos nouveaux voisins étaient un couple accompagné de deux enfants. Mr Grove était veuf, père d'un garçon de douze ans appelé Colin, qui eut un jour le cran de me dire qu'il voulait devenir danseur classique, que Dieu lui pardonne. Rebecca Summers, la femme avec qui Mr Grove vivait, était divorcée avec une fille de dix-sept ans, Katherine, qui portait des jupes courtes et des tennis et semblait constamment en train de sucer une sucette de manière provocante. En toute honnêteté, elle n'était pas particulièrement jolie, mais elle dégageait des effluves de danger – elle était susceptible de provoquer des ennuis dans la bonne situation et au bon moment. Je trouvais cette qualité fascinante, certainement plus que maman.

« Ils vivent dans le péché, déclara Mrs Rathley, notre voisine, qui avait fondu en larmes en apprenant qu'elle aurait des Anglais juste à côté, mais qui faillit faire une crise d'apoplexie lorsqu'elle découvrit qu'ils n'étaient même pas mariés. Ici à Churchtown ! Auriez-vous imaginé voir ça, Mrs Yates ?

— Non, Mrs Rathley, répondit maman en secouant tristement la tête.

— Ce pays part complètement en quenouille. Il suffit d'ouvrir l'*Evening Press* pour le voir. Il y a des assassinats et des meurtres partout.

— Des assassinats et des meurtres », renchérit maman.

Je me trouvais dans le salon, assis à la table, forcé de les écouter tandis que j'étudiais de près *Modh Coinníollach*, essayant d'y comprendre quelque chose. J'aurais vraiment aimé fermer les portes-fenêtres pour avoir un peu la paix, mais maman refusait. Elle prétendait que la solitude allait me donner des idées et un garçon de mon âge n'avait certainement pas besoin qu'on lui en donne.

« Je pensais qu'on avait vu les derniers représentants de ce genre quand Sharon Farr a quitté le quartier, poursuivit Mrs Rathley. Mais peut-être était-ce juste le début.

— Ne prononcez pas le nom de cette fille dans cette maison, dit maman fermement, tout en posant sa tasse. Il risque de ne pas tomber dans l'oreille d'un sourd, Mrs Rathley. »

Je levai les yeux, contrarié. Était-ce de moi qu'elle parlait ? J'avais seize ans et je croyais avoir dépassé ce genre de choses. Mais Hannah se trouvait dans le jardin, elle jouait – la porte de derrière était ouverte aussi – et je me dis que maman pensait à ma sœur.

« Je suis désolée, Mrs Yates, poursuivit Mrs Rathley. Si vous voulez mon avis, ce quartier a commencé à se dégrader quand les Farr ont eu l'autorisation de s'installer. On aurait dû les obliger à s'en aller. »

Je levai les yeux au ciel avec l'intensité dramatique dont seul un adolescent était capable. Sharon Farr était connue dans Churchtown pour ce qu'elle avait fait avec un des étudiants espagnols qui envahissaient les rues de la ville pendant les vacances d'été avec leur peau brune, leur joli visage et leur voix éraillée ; ils se déplaçaient en meutes, piaillaient à qui mieux mieux dans leur langue, bien qu'ils fussent ici pour apprendre l'anglais. De nombreuses familles accueillaient un étudiant espagnol, car c'était l'église qui organisait leur séjour, et j'avais eu très envie d'en avoir un, un animal domestique à moi, mais maman avait refusé – c'était peut-être la seule fois qu'elle n'avait pas accédé à quelque demande des prêtres. « Ma maison ne m'appartiendrait plus, se justifia-t-elle. Par ailleurs, on ne connaît pas leurs façons de vivre. »

Cependant les Farr en avaient hébergé deux, un frère et une sœur, et on raconta que Sharon Farr avait flirté d'une manière éhontée avec le garçon, qui avait un an de moins qu'elle. Mais il était grand et beau, et le garçon avait répondu à ses avances et le couple avait été vu un soir au bord de la Dodder, l'un allongé sur l'autre. L'histoire s'était étoffée et toutes sortes d'ornements s'y étaient ajoutés à mesure que les élèves la répétaient. Sharon Farr était délirante, répétions-nous. Sharon Farr était canon, répétions-nous aussi. Sharon Farr était prête à vous donner tout ce que vous vouliez, et même plus.

Puis la nouvelle se répandit que Sharon Farr était enceinte.

Maman n'aurait pas été plus horrifiée si elle avait appris, en écoutant les informations de 18 heures, que Hannah était allée à Phoenix Park et avait tenté d'assassiner le président DeValera. « Cette fille n'était pas nette, insista-t-elle. La manière dont elle flirtait avec tous les garçons. Et j'ai toujours dit que c'était une mauvaise idée de faire venir ces étudiants espagnols. N'est-ce pas que je l'ai dit ? »

Le drame s'aggrava encore lorsque Sharon Farr s'enfuit en Espagne au beau milieu de sa grossesse – personne ne savait si elle allait rejoindre le garçon ou pas, mais nous supposâmes tous que c'était le cas –, et depuis personne sur Braemor Road ne l'avait jamais revue ni n'avait eu de ses nouvelles. Mrs Farr était désormais persona non grata et elle faisait le trajet jusqu'au Super Crazy Prices de Dundrum en gardant les yeux baissés. Le père Haughton cita le nom de Sharon Farr dans son sermon et s'assura que les pauvres parents étaient là pour l'entendre. J'étais présent et je me souviens de son discours, une tirade belliqueuse, méchante, hargneuse qu'on aurait cru tout droit sortie d'une pièce de Shakespeare tant elle contenait d'animosité. J'eus une image de lui en train de répéter son texte dans le presbytère devant sa gouvernante et d'elle en train de l'exhorter à en faire davantage. Toute cette affaire fut déplorable. Quand j'y repense maintenant, je vois le peu de compassion dans le cœur des gens à cette époque-là, en particulier quand il était question de la vie et des choix des femmes. À cet égard, à défaut d'autres, l'Irlande a peu changé en quarante ans.

« Est-ce que le père Haughton sait ce qui se passe au numéro huit ? demanda maman, et Mrs Rathley secoua la tête.

— J'en ai parlé en nettoyant la sacristie après la messe de 11 heures dimanche – Mrs Rathley était une de ces femmes qui aidaient en coulisses à l'église et qui se couchaient béates le soir si elles avaient eu droit à une conversation avec un prêtre –, et il a dit qu'il avait connaissance de toute l'histoire et qu'il l'avait évoquée avec l'archevêque Ryan, mais qu'on ne pouvait rien faire.

— N'a-t-il pas envisagé d'appeler les Gardaí ?

— Ce n'est pas un crime, répliqua Mrs Rathley. Il ne serait pas reconnu comme tel par une cour, en tout cas. Et c'est fâcheux.

— Et nos enfants ? demanda maman. S'imagine-t-on qu'ils vont être témoins de ce genre de comportements et en sortir indemnes ? J'ai Odran et Hannah, pour lesquels je dois être vigilante.

— Le père a assuré qu'il ne lui donnerait pas le sacrement si elle venait à la messe.

— Le lui donnerait-il, à lui ? À Mr Grove ?

— Il a dit qu'il accepterait, oui. Que la femme avait profité du chagrin d'un pauvre veuf.

— Quel genre de personne est-elle ? demanda maman.

— Je crois que nous le savons toutes les deux, Mrs Yates. Il y a un mot pour les désigner, n'est-ce pas ?

— Exactement, Mrs Rathley.

— Et nous connaissons ce mot parfaitement bien, Mrs Yates ?

— Oh oui, Mrs Rathley. Le prêtre a-t-il dit quelque chose de cet ordre ?

— Il était très contrarié par toute l'affaire, le pauvre. Il a affirmé que les femmes pouvaient être de terribles prédatrices lorsqu'elles avaient quelque chose dans leur ligne de mire.

— Ou un homme, fit maman. Pauvre père Haughton, il doit être très secoué.

— Oh, c'est le cas. Mais menacer de ne pas leur donner la communion ne servira pas à grand-chose. Il est peu probable qu'ils aillent à la messe, de toute façon. Ils sont protestants, tous les deux. Alors, en quoi cela les dérangerait-il ?

— Ah, quelle misère, soupira maman en levant les bras au ciel dans un geste désespéré, car là était l'ultime affront. Mais où vivons-nous, à Paris ? Ou New York ? »

Je ne pus en écouter davantage. Je partis.

Dès le début, je fus intrigué par Katherine Summers, ses sucettes, ses tennis et ses petites jupes courtes quel que soit le temps, mais je l'abordai à peine jusqu'à l'après-midi où je la surpris en train de sortir du cinéma Classic à Harold's Cross alors que je rentrais à la maison à vélo. La journée était belle, elle portait une tenue qui aurait pu éblouir un aveugle, et je levai les yeux pour voir quel film elle était allée voir. *Le Parrain* était le seul film à l'affiche. Je ne l'avais pas vu, mais j'avais entendu toutes sortes de choses. Il était question de la mafia, et dans la classe, on parlait d'une scène en Sicile complètement incroyable, à peu près au milieu du film. À cette époque toutefois, ce n'était pas le genre de film qu'on me permettait d'aller voir. Je ralentis en arrivant près d'elle, pour regarder ses jambes à loisir, et quand je ne pus ralentir davantage sans risquer de tomber, je repris de la vitesse et poursuivis ma route, satisfait du négatif qui commençait à se former dans mon cerveau et que je pourrais développer plus tard pour l'admirer à volonté.

« Odran Yates, c'est toi ? s'écria une voix dans mon dos, et je fus tellement surpris que j'aurais pu être percuté par une voiture.

— Oui », dis-je en montant sur le trottoir pour me tourner vers elle, prétendant ne pas l'avoir remarquée avant, le visage rouge de confusion. Je passai une main sur mon front pour lui faire croire que je souffrais de la chaleur. « Comment ça va, Katherine ?

— Ça va forcément mieux », répondit-elle en me souriant et en repoussant ses cheveux d'un geste travaillé. Elle fouilla dans son sac et en sortit une de ses inévitables friandises, qu'elle me tendit comme si j'étais un jeune chien apprenant à lui obéir. « Tu veux une sucette ? »

Je la dévisageai quelques instants, en me mordant la lèvre. Elle me regardait d'une manière si provocante, avec un léger sourire et la langue tout juste visible entre ses lèvres – elle aurait aussi bien pu être Ève tendant la pomme à Adam dans le jardin d'Éden. Mais la question ne se posait même pas. Mon ventre faisait des bonds comme si j'étais dans les montagnes russes et je sentais un frémissement en dessous qui menaçait de me trahir. Je lui pris la sucette des mains et la fourrai dans ma bouche comme Kojak.

« Tu étais au cinéma ? » demandai-je tandis que nous marchions, moi poussant ma bicyclette de la main gauche pour être à côté d'elle. J'avais lu quelque part qu'on devait toujours laisser la fille marcher sur le côté éloigné de la rue parce que si une voiture perdait le contrôle, elle vous percuterait vous plutôt que la fille.

« Oui, dit-elle. C'est tellement dommage qu'il n'y ait qu'une salle. À Londres, la plupart des cinémas en ont au moins trois.

— C'est de Londres que tu viens, alors ?

— Oui. Tu connais ?

— Je ne suis jamais allé nulle part, répondis-je. Sauf une fois, jusqu'à Northside, mais ça m'a valu de sacrés ennuis.

— Northside ? fit-elle, son visage se plissant tout à coup en faisant apparaître des ridules au-dessus de son nez ; son accent me rappelait celui d'Anthea Redfern de "The Generation Game". Tu veux dire de l'autre côté de la Liffey ?

— Oui.

— C'est comment, là-bas ?

— Pas très différent d'ici. Sauf qu'ils sont pauvres et nous sommes riches. Et nous avons les bus aux numéros pairs et ils ont les bus aux numéros impairs.

— On est riches ? demanda-t-elle, surprise. Je veux dire, tu es riche ?

— Comparé à eux, nous le sommes.

— Qu'est-ce que fait ton père ?

— Rien, il est mort. Il s'est noyé à Curracloe quand j'avais neuf ans.

— Où est-ce ?

— Dans le comté de Wexford. »

Elle réfléchit et j'admirai qu'elle ne se donne pas la peine de me présenter des condoléances. Ce n'était pas comme si elle l'avait connu, après tout ; ce n'était pas comme si elle me connaissait vraiment. « Est-ce qu'il t'a laissé une fortune ? demanda-t-elle.

— Non, mais il avait une assurance-vie. Et maman travaille dans un magasin, maintenant.

— Quel genre de magasin ?

— Chez Clerys sur O'Connell Street.

— Ah oui, j'y suis allée. Ils ont des chapeaux magnifiques. Mais chers. Qu'est-ce qu'elle y fait ?

— Je ne sais pas. Je n'ai jamais pensé à demander. Autrefois elle travaillait chez Aer Lingus avant de se marier. Ils ont dit qu'elle était trop âgée pour y retourner, après la mort de mon père. »

Nous poursuivîmes notre chemin en silence pendant un moment et j'essayai de trouver des choses à raconter. Je ne connaissais pas de filles, en dehors de Hannah, bien sûr, alors je n'avais pas la moindre idée de ce que je devais dire. Je fréquentais l'école De La Salle et les filles n'y avaient pas accès. Katherine paraissait se contenter de ce calme, marchant tranquillement et fredonnant parfois tout doucement, mais le silence me rendait toujours assez mal à l'aise.

« Est-ce que le film était bien ? lui demandai-je enfin.

— Quel film ?

— *Le Parrain*.

— Oh oui, dit-elle en hochant la tête précipitamment. Vraiment très bien. Mais très violent aussi. C'est l'histoire d'une famille américaine d'origine italienne où ils sont tous gangsters, en guerre contre d'autres gangsters. Il y a tout le temps des échanges de tirs, mais les hommes sont très très beaux.

— Ah bon ? fis-je. Je ne peux pas juger. » Sans que je sache pourquoi, il me paraissait important d'énoncer cette affirmation.

« Il y a James Caan dedans. Tu connais James Caan ?

— Non, admis-je.

— Oh, il est tellement appétissant. Pourri jusqu'au trognon, bien sûr, mais irrésistible. Et il a un jeune frère qui est à croquer. Je ne sais pas comment il s'appelle. Il y a aussi ce qu'il faut pour les garçons. Diane Keaton, par exemple. Tu la connais ?

— Je ne connais aucune star de cinéma. Je n'évolue pas dans ces cercles. » Je lui souris, fier de mon trait d'humour, et elle réfléchit quelques instants avant de pencher la tête en arrière et d'éclater de rire.

« Ah oui, je vois, fit-elle, et l'espace d'un instant, je crus que j'avais parlé à la princesse Anne. Oh, c'est tellement drôle. T'es un marrant, toi, on dirait. »

Je fronçai le sourcil, pas certain d'aimer cette description qu'elle faisait de moi.

« Y a-t-il une scène qui se passe en Sicile ? demandai-je.

— Oui. Pourquoi tu poses la question ?

— Quelqu'un m'en a parlé, un jour.

— Tu penses au moment où Michael se marie, c'est ça ? À cette jolie petite gourde sicilienne qui se déshabille devant la caméra. Elle montre ses seins, ajouta-t-elle d'un ton sérieux avant d'éclater de rire à nouveau. Je suis surprise que les censeurs d'ici n'aient pas coupé. La moitié des spectateurs a beuglé, quels cochons. À croire qu'ils n'avaient jamais vu une paire de nichons de leur vie.

— Ah oui, dis-je en détournant le regard, regrettant d'avoir abordé le sujet.

— Quel est le dernier film que tu as vu ? » me demanda-t-elle en enfonçant son index dans mon flanc, ce qui me fit sursauter. Je dus réfléchir. Cela faisait longtemps que je n'étais pas allé au cinéma.

« *Les 101 Dalmatiens*. Maman nous a emmenés à l'Adelphi, ma sœur et moi, pour le voir avant Noël. »

Elle rit à nouveau, apparemment, elle adorait rire, et elle me mit une claque sur le bras. « Non, sérieusement…

— Sérieusement quoi ?

— Quel est le dernier film que tu as vu ?

— Ben… je viens de te le dire, non ? »

Je m'interrogeai un instant, peut-être entendait-elle mal. Puis, voyant l'expression de mon visage, elle sortit la sucette de sa bouche et mon regard se fixa sur le mince fil de salive reliant sa lèvre inférieure à la boule couleur cerise. Elle cessa de sourire. « Oh, je suis désolée. Je croyais que tu plaisantais. *Les 101 Dalmatiens*. D'accord. Et c'était bien ?

— C'était super. Il y a plein de chiens, tu vois, et l'affreuse vieille qui veut les kidnapper et…

— Oui, je connais l'histoire, fit-elle. Il faut que tu viennes au cinéma avec moi, un jour. Ça t'ouvrira des horizons, Odran. Tu crois que *Le Dernier Tango à Paris* passera à Dublin ? Ils disent qu'il sera interdit. Il sera à l'affiche de tous les cinémas du West End. Peut-être qu'on pourrait prendre un ferry et tenter une aventure. »

Je crus que mon visage allait exploser. J'avais entendu, comme tout le monde, les rumeurs sur *Le Dernier Tango à Paris*. Tous les garçons dans mon école voulaient le voir. Il suffisait de dire le mot beurre pour que toute la classe explose, hystérique.

« Tu rougis, Odran ? me demanda-t-elle pour me taquiner.

— Non, pas du tout. Il fait chaud, c'est tout.

— C'est vrai, reconnut-elle. Trop chaud pour continuer à marcher. Tu sais pédaler en danseuse ?

— En quoi ? questionnai-je en la regardant, à la fois horrifié et submergé de désir.

— En danseuse. Je m'assieds sur la selle, et tu te mets debout sur les pédales. Je m'accroche à ta taille pour ne pas tomber. Allez, c'est trop loin pour qu'on rentre à pied et je n'ai pas d'argent pour acheter un ticket de bus.

— D'accord », acceptai-je, sachant que je ne pouvais pas me dérober. Katherine Summers voulait que je l'emmène sur mon Grifter et je n'avais pas d'autre choix que de dire oui.

La tâche ne fut pas aisée de nous transporter tous les deux depuis Harold's Cross jusqu'à Churchtown. La sueur dégoulinait dans mon dos et traversait mon T-shirt alors que j'appuyais sur les pédales. Je détestais qu'elle ait à supporter cela, mais elle ne semblait pas s'en préoccuper. Pendant tout le trajet, Katherine garda ses mains fermement accrochées à ma taille, juste au-dessus de mes hanches, ses doigts appuyant plus fort quand nous passions sur des bosses, et une fois, en descendant la pente sur Rathfarnham Road, je cessai de pédaler, serrai le cadre entre mes genoux et tendis les bras comme des ailes. Elle se pencha en avant et me serra plus fort, criant de ravissement, les mains croisées sur mon ventre et la tête appuyée sur mon épaule gauche, son rire me remplissait les oreilles. À un autre moment, elle descendit ses mains un peu et le bout de ses doigts passa sous mon T-shirt, touchant ma peau nue au-dessus de mon short, et je crus que j'allais nous écraser tous les deux sur le bus numéro 16 arrivant en sens inverse. Lorsque nous tournâmes pour prendre Braemor Road, j'aperçus Stephen Dunne, qui était avec moi à l'école. Quand il nous vit tous les deux sur le vélo, il en resta bouche bée et je ne pus m'empêcher de crier : « Comment ça va, Stephen ? » Katherine répéta ma question, imitant mal mon accent, et Stephen, trop absorbé par le spectacle, percuta un réverbère et partit en arrière dans une chute digne d'un film de Charlie Chaplin. Nous éclatâmes de rire. Lorsqu'enfin j'arrivai devant chez Katherine, je vis Mrs Rathley avec son chariot à courses, le regard rivé sur nous. Je détournai les yeux. Rien de tout ceci ne la concernait, après tout. Elle pouvait me fusiller du regard si elle voulait.

« On s'est bien amusés, lança Katherine qui descendit en me souriant et en rejetant ses cheveux en arrière. Tu me remmèneras ?

— Oui. Si tu me le demandes. »

Elle réfléchit quelques instants, me dévisagea sous toutes les coutures sans la moindre retenue. J'eus soudain un peu honte de mon short Penneys et de mon T-shirt Donald Duck. On aurait dit un enfant. Pourtant quelque chose dans mon innocence dut l'attirer, car elle hocha la tête et me sourit. « Bien sûr que je te le demande, Odran. Pourquoi pas ? »

Les jours qui suivirent, je remarquai que maman paraissait un peu distante. Mrs Rathley lui avait-elle raconté ce qu'elle avait vu, en était-elle contrariée ? Elle n'appréciait pas les nouveaux voisins, je le savais. Elle n'aimait pas les gens qui vivaient dans le péché. Elle n'aimait pas les filles qui se promenaient dans Braemor Road en jupe courte et tennis avec une sucette dans la bouche. Et elle méprisait les Anglais qui avaient tourné le dos au Pape, disait-elle, juste pour qu'un vieux roi obèse puisse épouser une catin. Ce qui jouait en ma faveur, je le savais, c'était son incapacité à aborder la question directement avec moi, car cela reviendrait à admettre que Katherine Summers et moi nous nous connaissions.

« Est-ce que ça va, Odran ? » demandait-elle. J'acquiesçais et répondais que tout allait bien, merci. « Tes études, ça se passe bien ?

— Oui.

— Il n'y a rien qui te soucie ?

— La pauvreté dans le monde, fis-je. La faim dans le monde. Les bombes nucléaires. »

Elle fronçait les sourcils et secouait la tête. « N'essaie pas d'être drôle, Odran. C'est bien peu attrayant. »

Ce qui ne me dérangeait pas le moins du monde, car ce n'était pas elle que j'essayais d'attirer.

La situation s'envenima brusquement deux semaines plus tard. Maman était censée être chez Clerys ce jeudi-là, sur le créneau de midi à 21 heures. Katherine était dans le jardin avec moi, allongée sur un transat, les jambes et les pieds nus, les ongles peints en rouge vif, le visage tourné vers le ciel pour savourer un peu de soleil, l'inévitable sucette coincée entre les lèvres. Je portais un jean que j'avais acheté chez Michael Guineys sur Talbot Street avec presque l'intégralité de ce que contenait ma tirelire, ainsi qu'un T-shirt des Beatles parce que Katherine m'avait déjà confié que lorsqu'elle aurait vingt et un ans elle se marierait avec George Harrison – « juste l'homme le plus beau du monde, qui en plus est terriblement spirituel, en même temps, peu importe, quand on a un visage comme ça » – et je savais que mon T-shirt lui plairait.

«Tu ne regrettes jamais de ne pas habiter dans un endroit plus ensoleillé ? me demanda-t-elle. Je trouvais que le climat de Londres était affreux, mais Dublin est encore pire. Nous devrions vivre en Espagne.

— Tu devrais te méfier des jeunes Espagnols, rétorquai-je. Tu n'as qu'à interroger Sharon Farr.

— Qui ?»

Je lui racontai l'histoire. Je ne tressaillis pas une fois en énonçant les mots provocants et je ne rougis pas. J'avais fait un effort les dernières semaines pour paraître plus adulte que je ne l'étais à mes propres yeux.

«Une sacrée garce, déclara Katherine quand j'eus terminé. Enfin, je parie que le garçon était éblouissant. Ils le sont tous.

— Qui ?

— Les jeunes Espagnols. Le petit Miguel ou Juan ou je ne sais plus comment… Ignacio, ajouta-t-elle au bout d'un moment, énonçant les syllabes lentement.

— Je n'ai rien à dire à ce sujet», répétai-je, affirmant catégoriquement mon hétérosexualité. Je l'avais fait remarquer à propos de George Harrison aussi, bien que, tout en n'ayant aucun penchant de ce genre, je dusse reconnaître que quelque chose dans son visage était l'œuvre d'un Dieu bienveillant.

« Oh Odran, dit-elle en secouant la tête, qu'est-ce que tu me fais rire. Alors, on va rester là tout l'après-midi ou on va se lancer dans un truc un peu aventureux ?

— Je ne sais pas. Qu'est-ce qui te dirait ? On pourrait regarder la télé, mais il n'y a pas grand-chose à cette heure de la journée. Peut-être *The Sullivans*, même si ça donne envie de se pendre au premier lustre qu'on trouve. Je pourrais te préparer un sandwich à la confiture, si tu veux.

— Un sandwich à la confiture ? répéta-t-elle en se redressant, appuyée sur les coudes, avant d'enlever ses inutiles lunettes de soleil. Odran Yates, tu sais vraiment comment toucher le cœur des filles ! Un sandwich à la confiture… Est-ce que ta mère se doute que tu as ces pensées impures ? »

Je ris. Je ne pus me retenir. « Eh bien, je ne sais pas quoi te proposer d'autre. » La vérité était que, dans mon innocence, je ne savais pas.

« Je vais te dire ce qu'on pourrait faire, fit-elle en me regardant droit dans les yeux.

— Quoi donc ?

— Tu pourrais me montrer ta chambre. Je ne l'ai jamais vue. »

Je déglutis, plein d'angoisse, essayant de me rappeler ce que j'avais laissé traîner par terre. Mes chaussettes ? Mon caleçon ? Mon maillot de bain que j'avais utilisé la veille et que j'avais suspendu pour qu'il sèche ? Il y avait sur la fesse gauche un R qui signifiait quelque chose en rapport avec la marque, mais pour tous mes copains, ça voulait dire *riquiqui*. J'avais déjà prévu de m'en débarrasser. « Je ne sais pas. C'est un peu dérangé, là-haut.

— Alors, dérangeons un peu plus. » Elle se leva et entra dans la cuisine avant de me lancer un regard par-dessus son épaule. « Tu viens ou tu préfères que j'aille voir ta chambre toute seule ? J'ai très peur de ce que je pourrais y trouver. »

Je me levai précipitamment et lui emboîtai le pas, le cœur battant tellement fort dans ma poitrine que je crus qu'il allait s'arracher, rebondir sur le sol de la cuisine et la faire tomber. Je montai l'escalier quatre à quatre à l'instant où elle choisissait la bonne porte – ce n'était pas difficile, on pouvait lire « la chambre d'Odran », sous une image des Bash Street Kids – et entrait d'un pas décidé.

« Eh ben..., fit-elle en laissant son regard s'attarder. Voici donc ta tanière. L'endroit où... – elle baissa la voix – où... tout... se... passe.

— Exact. » Je me dépêchai de ramasser quelques objets par terre, sur le bureau et le lit avant de les jeter sans pitié dans le placard.

« Tu as beaucoup de livres.

— J'aime les livres.

— Et un violon, je vois. Comment se fait-il que tu ne m'en aies pas parlé ?

— D'après maman, quand je joue, on dirait qu'on est en train de noyer une portée de chats.

— Tu veux jouer pour moi ?

— Non.

— D'accord, je ne vais pas te forcer. Qui est-ce ? »

Je regardai le poster accroché au mur, un gros chien orange avec une énorme langue rouge. « C'est Pluto.

— Oui, c'est bien ce que je pensais. Tu es assez déroutant, Odran, déclara-t-elle en se rapprochant de moi, et je ne reculai pas.

— Ah bon ?

— Est-ce que tu as déjà embrassé une fille ? »

Je secouai la tête.

« Est-ce que tu as envie ? »

Je hochai la tête.

« Eh bien, pourquoi tu ne le fais pas ? »

Alors, je le fis.

« Il y a mieux, dit-elle quelques instants plus tard.

— Ah bon ?

— Essaie comme ça. »

J'essayai comme ça.

« Je préfère. Et si on s'allongeait ? »

Elle se coucha sur mon lit, étendue de tout son long, et je me glissai à côté d'elle, sans trop savoir ce qu'elle attendait de moi. Malgré mon excitation grandissante, j'étais nerveux et effrayé.

« C'est quoi ce truc entre Walt Disney et toi ? me demanda-t-elle entre deux baisers.

— C'est quoi ce truc entre les films cochons et toi ? » répliquai-je, et elle sourit, m'attirant contre elle.

J'ignore combien de temps nous restâmes couchés ensemble, cela ne dura peut-être pas très longtemps, mais à un certain moment, je dus attraper le coup de cette histoire de baisers, car elle semblait y prendre du plaisir même si moi, je n'arrivais pas à en profiter, tant j'étais appliqué. Une de mes mains se glissa sous son T-shirt et elle me laissa explorer un peu tandis que la sienne descendait et explorait de son côté. Même si ce que nous faisions me plaisait furieusement, m'excitait terriblement, je savais que dans mon esprit régnait la confusion et qu'en réalité, je voulais qu'elle parte, bien que je fusse incapable de prononcer les mots qui exprimeraient cette volonté. Je ne voulais pas ça du tout, pas maintenant, pas encore, même si nombreuses avaient été les nuits où, couché dans ce lit, je l'avais imaginé. J'étais un garçon innocent, bien sûr, et c'était le temps de l'innocence. J'avais grandi dans une maison où régnait l'innocence. J'étais à moitié amoureux de Katherine Summers, mais pour quelle raison aurais-je préféré qu'elle cesse de m'embrasser, de me toucher de ses longs doigts fins, pour quelle raison espérais-je qu'elle se lève et dise quelque chose comme *Bon, c'était sympa, je veux bien le sandwich à la confiture que tu m'as proposé ?* et on redescendrait pour faire une partie de Monopoly. Je la regardai, ses yeux étaient fermés et un faible gémissement sortit de quelque part au fond d'elle quand elle se mit sur le dos, me faisant comprendre qu'elle voulait que je me couche sur elle. Je suivis ses indications, gêné par tout ce qui se passait en dessous de moi. Et ce fut presque un soulagement – presque, pas tout à fait – lorsque la porte s'ouvrit brusquement. Maman était là, rentrée de chez Clerys avec une de ses habituelles migraines.

Nous restâmes tous les trois immobiles pendant peut-être vingt secondes, puis Katherine descendit du lit avec légèreté, lissa sa jupe et son chemisier avant de plonger la main dans sa poche pour en sortir un cadeau pour maman.

« Bonjour Mrs Yates, fit-elle d'une voix enjôleuse. Puis-je vous offrir une sucette ? »

Si je me rappelle correctement la chronologie, cela eut lieu un jeudi après-midi, et à ma grande surprise, ce n'est que le mardi suivant que le père Haughton arriva à la maison. Maman me parlait à peine, ce qui m'allait parfaitement, car je n'avais pas la moindre envie de discuter de ce qu'elle avait vu. J'étais gêné, bien sûr, mais je ne ressentais aucun triomphalisme, aucun sentiment de victoire parce que j'avais longuement embrassé une fille, promené mes mains sur ses seins et que je l'avais laissée me toucher d'une manière dont personne ne m'avait jamais touché, parce qu'elle s'était couchée sur mon lit et m'avait fait monter sur elle, pour sentir à quel point j'étais tendu, et il aurait suffi que ma ceinture soit défaite pour déclencher une calamité.

En réalité, j'éprouvais une confusion terrible, pas de honte, parce qu'il me semblait que ce degré d'intimité physique n'était pas fait pour moi – même si dans mes rêveries d'adolescent j'étais certain d'en avoir envie. J'étais sûr que je voulais coucher avec une fille, n'importe laquelle, mais une fois que j'en avais eu l'occasion, c'était comme si la chose était totalement étrangère à ma nature. Ce n'était pas parce que je désirais une autre fille, ou un garçon – cela n'avait rien à voir avec ça. Je voulais simplement qu'on me laisse tranquille. Qu'on me laisse penser. Lire. Poser les questions sur moi qu'aucun ami, aucun membre de ma famille ne formulait jamais. J'envisageai de me jeter dans la Dodder – une réaction excessive, bien entendu, mais tels sont les extrêmes qu'on peut atteindre quand on est jeune et perdu dans un abîme de perplexité.

Le père Haughton arriva après l'heure du thé le mardi soir et, pour la deuxième fois en moins d'une semaine, je me retrouvai à conduire quelqu'un d'étranger à la famille dans ma chambre. Quand j'entendis sa voix dans l'entrée, je sus que c'était moi qu'il était venu voir et je ne ressentis ni indignation ni humiliation. J'étais même heureux de sa visite – de ce point de vue, j'étais différent des autres garçons de mon âge, qui auraient voulu que le sol s'ouvre sous leurs pieds et les engloutisse. Moi j'avais confiance en cet homme, une confiance totale, et je me disais que peut-être il pourrait m'aider.

Oui, j'avais confiance en lui.

« Où vais-je m'asseoir, Odran ? demanda-t-il en regardant autour de lui. Je prends la chaise ici et tu t'assieds sur le lit ? »

J'acquiesçai. Il s'assit au bureau où je faisais souvent mes devoirs et contemplais par la fenêtre le jardin parfaitement entretenu de la voisine, Mrs Rathley. Il se tourna vers moi et sourit, et je m'installai sur le lit en face de lui, honteux, les yeux rivés sur le sol.

Quel âge avait le père Haughton à l'époque ? À ce moment-là, je croyais qu'il avait environ soixante-cinq ans, mais en y repensant aujourd'hui, j'imagine qu'il en avait à peine quarante. C'était un homme mince, affreusement mince, aux pommettes saillantes et aux yeux enfoncés dans leurs orbites.

« Est-ce que tu vas bien, Odran ? me demanda-t-il.

— Ça va bien, mon père.

— Tu te plais à l'école ?

— Oui, mon père.

— C'est bien. Quelles sont les matières où tu es le plus fort, à ton avis ? »

Je réfléchis. « Anglais, je crois. La littérature.

— La littérature. Et où es-tu mauvais ?

— En géographie. Et en gaélique.

— C'est une langue difficile.

— Je n'ai jamais été bon, mon père.

— Moi non plus. Et pour finir, quel mal cela m'a-t-il causé ? As-tu envisagé d'aller dans le Gaeltacht pendant l'été pour l'apprendre ?

— Non, maman dit que de drôles de gens vont là-bas.

— C'est le cas. Il y a des garçons de tout le pays. Et des filles aussi. Qui y font toutes sortes de bêtises. Désespérant, n'est-ce pas ?

— Oui, mon père. »

Il soupira et regarda autour de lui. Son regard s'arrêta sur la photographie de mon père que je gardais sur ma table de nuit, un cliché du temps où il était Young Covey dans *La Charrue et les Étoiles*. Maman avait essayé de me l'enlever un jour, mais j'avais refusé. Pour la seule et unique fois de ma vie, je m'étais frontalement opposée à elle, et j'avais gagné. Mais c'était aussi le seul objet de la pièce qu'elle ne nettoyait jamais et chaque semaine, je devais enlever la poussière qui s'accumulait sur le cadre à l'aide d'un morceau d'essuie-tout.

« Il doit te manquer, n'est-ce pas, Odran ? demanda le père Haughton en désignant la photo. Ça doit te manquer, de ne pas avoir un homme dans la maison, je veux dire. Un père. »

J'acquiesçai.

« Je n'ai jamais connu mon père, tu le savais ça, Odran ?

— Non, mon père.

— Eh bien, tu le sais, maintenant. Il est mort un mois avant ma naissance. Il a succombé à une crise cardiaque en faisant la queue au General Post Office pour acheter un timbre.

— Je suis désolé, mon père.

— Merci. » Il détourna le regard et soupira, perdu quelques instants dans ses pensées, avant de me faire une grimace qui ressemblait à un sourire. « Tu sais pourquoi je suis ici, Odran ? »

Je secouai la tête, bien que je connaisse la raison.

« Ta maman s'est dit que nous devrions avoir une petite conversation. Ça ne t'ennuie pas, n'est-ce pas ? Tu acceptes d'avoir cette petite conversation avec moi ?

— Bien sûr, mon père.

— J'étais jeune autrefois, tu sais. Ne ris pas – je ne riais pas – mais je sais ce que c'est, d'être un adolescent. Ce n'est pas la période la plus facile de la vie. Tout ce travail à faire pour l'école. Tu es en train de grandir. Et puis, il y a… comment allons-nous les appeler… les distractions. »

Je ne dis rien. J'avais pris la résolution de ne pas ouvrir la bouche, je ne céderais rien, à moins qu'il me pose une question directe. Je le laisserais parler, j'écouterais et ça s'arrêterait là.

« Est-ce que tu te trouves distrait, Odran ? demanda-t-il, et je restai silencieux, déglutissant bruyamment et haussant les épaules. Réponds-moi, mon garçon.

— Parfois.

— De quelle manière te laisses-tu distraire ?

— Ben, je n'arrive pas à me concentrer », suggérai-je, me demandant si c'était éventuellement la bonne réponse. Soudain, je repensai aux minutes que je passais à attendre devant le confessionnal tous les samedis matin. Plutôt que d'essayer de me rappeler mes péchés de la semaine écoulée, je me servais de mon imagination pour tenter de trouver ce que le prêtre voulait entendre. J'avais dit un gros mot. J'avais été insolent avec ma maman. J'avais jeté une pierre à un garçon dans la rue sans la moindre raison.

« Et pourquoi donc ne parviens-tu pas à te concentrer, Odran ? demanda-t-il en se penchant vers moi avec une expression soucieuse sur le visage. Alors, dis-moi. Cela restera entre nous, je n'en parlerai pas à ta maman. Rien de ce qui sera énoncé entre ces quatre murs n'en sortira jamais. Pourquoi n'arrives-tu pas à te concentrer ? »

Je savais ce qu'il voulait entendre, mais je ne pouvais m'y résoudre ; c'était trop gênant. « La télé », dis-je. Cette réponse me semblait aussi bonne qu'une autre.

« La télé ?

— Oui. »

Il réfléchit. « Est-ce que tu regardes beaucoup la télé, Odran ? demanda-t-il.

— Oui, reconnus-je. Maman trouve que je la regarde trop.

— Et elle a raison ?

— Je ne sais pas.

— Qu'est-ce que tu regardes à la télé, Odran ?

— Ce qu'il y a.

— Mais quel programme ? Cite-m'en un que tu aimes.

— *Top of the Pops*, dis-je.

— Oh oui, c'est l'émission musicale, c'est ça ?

— Oui, mon père.

— Tu aimes la musique ?

— Oui, mon père.

— Qui sont tes chanteurs préférés ?

— Les Beatles.

— J'ai entendu qu'ils s'étaient séparés.

— C'est vrai. Mais ils remonteront le groupe. Tout le monde le pense.

— Ah, ce serait génial. Quel autre musicien tu aimes ?

— Elton John, dis-je. David Bowie.

— Qui d'autre ?

— Sandie Shaw.

— Je crois que je la connais, fit-il, son visage s'éclairant tout à coup. Elle chante pieds nus, non ?

— Oui, mon père. »

Il hésita quelques instants et je remarquai maintenant que son cou maigre gonflait chaque fois qu'il avalait.

« Est-ce que tu aimes ça, Odran ? La regarder à la télé avec ses pieds nus ? »

Je haussai les épaules et détournai le regard. « Je ne sais pas, dis-je.

— Je crois que tu sais.

— Certaines de ses chansons sont très bien.

— Ah oui ? Je l'ai vue une fois à la télé, Odran. Au concours de l'Eurovision. Est-ce que tu regardes l'Eurovision, Odran ?

— Oui, mon père.

— Est-ce que tu l'as vue à l'Eurovision ?

— Oui, mon père. Mais c'était il y a quelques années déjà.

— Et qu'est-ce que tu en as pensé ?

— J'ai trouvé qu'elle était super.

— Est-ce que tu veux savoir ce que je pense, Odran ?

— Oui, mon père.

— Tu veux que je te le dise ?

— Oui, mon père. »

Il se pencha en avant. « Je me suis dit qu'elle avait tout d'une vicieuse. Comme ces filles qu'on voit ici qui n'ont pas la moindre morale. Qui exhibent leurs attributs devant tout le monde. Comment pourra-t-elle trouver un homme pour l'épouser si elle se comporte ainsi, tu peux me le dire, Odran ? »

Je secouai la tête. « Je ne sais pas, mon père. » J'avais envie qu'il parte.

« Il y en a beaucoup comme elle, n'est-ce pas, Odran ? Des filles vicieuses. Je les vois, qui se promènent sans la moindre honte. C'est certain, cette paroisse va complètement à vau-l'eau. Elles sont là, à la messe le dimanche. Rien qu'à voir la manière dont elles s'habillent, j'ai l'impression que je me suis couché à Churchtown, mais que je me suis réveillé à Sodome et Gomorrhe.

— Les deux, mon père ? eus-je l'audace de demander.

— Sodome *ou* Gomorrhe, alors. C'était une plaisanterie, Odran ?

— Non, mon père.

— J'espère bien. Il n'y a pas de quoi rire. Pas du tout. Nous parlons de ton âme. Tu comprends ça ? Ton âme éternelle. Tu es assis là avec ton petit visage d'ange, alors que depuis mon arrivée tu n'attends qu'une chose, c'est que je te libère pour que tu puisses descendre regarder les filles vicieuses à la télé. Je n'ai pas raison ? Regarde-moi, Odran. »

Lentement, je levai les yeux vers lui et il rapprocha sa chaise. « Tu es un homme épouvantable, n'est-ce pas, Odran ? demanda-t-il à mi-voix. Ce joli petit minois, ajouta-t-il avec un soupir, et sa main s'approcha de mon visage pour me caresser doucement la joue. Je sais que tu luttes. Nous luttons tous. Mais je suis ici pour t'aider, mon joli. » Il retira sa main et croisa les doigts sur ses genoux en me regardant droit dans les yeux. « Ta maman m'a dit ce qui s'est passé avec l'Anglaise, déclara-t-il après une longue pause.

— Il ne s'est rien passé, mon père ! m'écriai-je, mais il leva une main pour me faire taire.

— Ne mens pas. Ta pauvre mère couverte de honte m'a tout raconté. Tu te rends compte, te comporter comme ça dans une maison comme celle-ci, où on t'a toujours donné ce qu'il y avait de mieux. Et ta mère n'a-t-elle pas traversé assez d'épreuves, après la façon dont ton père est parti ? Et ce pauvre petit qu'il a emmené avec lui, ce pauvre petit garçon innocent… Alors, je t'interdis de me mentir, Odran. Ne me dis pas qu'il ne s'est rien passé, parce que je n'admettrai pas un tel mensonge, tu m'entends ?

— Oui, mon père, répondis-je, plus anxieux maintenant, car sa voix était plus forte et de plus en plus aiguë.

— Je veux que tu me dises ce qui s'est passé avec la voisine, l'Anglaise vicieuse. Décris-moi ce que tu as fait avec elle. »

Je déglutis et essayai de trouver les mots. « Elle voulait voir ma chambre.

— Forcément. Et qu'est-ce qu'elle a fait quand elle est venue dans ta chambre ?

— Elle a regardé mes livres. Et mon violon. Et mes posters.

— Et est-ce qu'elle t'a tenté ?

— Pardon ?

— Est-ce qu'elle t'a tenté, Odran ? Ne fais pas comme si tu ne comprenais pas. »

J'acquiesçai.

« Est-ce que tu l'as embrassée, Odran ? »

J'acquiesçai à nouveau.

« Est-ce que tu as aimé ça, Odran ?

— Je ne sais pas.

— Tu ne sais pas ?

— Non.

— Comment peux-tu ne pas savoir ?

— Je crois que j'ai bien aimé. »

Il respira lourdement par le nez et bougea un peu sur sa chaise. Son visage émacié s'était empourpré. « Et qu'est-ce qu'elle a fait ensuite, Odran ? Est-ce qu'elle t'a montré quelque chose ? »

Je levai les yeux. J'aurais tant voulu qu'il me laisse tranquille.

« Ses petits nénés. » Je remarquai alors à quel point ses dents étaient jaunes. Il ne les lavait donc jamais ? « Est-ce qu'elle t'a montré ses petits nénés, Odran ? Est-ce qu'elle t'a proposé de les toucher ? »

Je sentis mon cœur se serrer. Qu'est-ce qu'il me demandait là ? « Non, mon père.

— Est-ce qu'elle t'a touché ? Est-ce qu'elle t'a touché là, en bas ? fit-il en désignant mon entrejambe d'un mouvement de tête. Dis-moi ce qu'elle a fait, Odran. Est-ce qu'elle t'a touché ? Est-ce que tu t'es touché ? Est-ce que tu lui as montré ce que tu avais dans le pantalon ? Est-ce que tu es vicieux, Odran ? Je dirais que oui, que tu fais toutes sortes de bêtises dans cette chambre, n'est-ce pas, Odran ? Tard, le soir. Quand tu crois que personne ne t'entend. Est-ce que tu es vicieux, Odran ? Tu peux me le dire, tu sais. »

Je me mis à pleurer. Je sentis la chambre se mettre à tourner comme si j'étais sur le point de perdre connaissance. Il continuait à parler, sans arrêt, mais je n'entendais pas. Il s'approcha, s'assit sur le lit à côté de moi et passa son bras autour de mes épaules pour m'attirer contre lui. Il me chuchota à l'oreille, me dit que les vicieuses étaient là pour corrompre tous les bons garçons, les jolis garçons, et que nous devions être forts, que nous devions nous faire mutuellement confiance et trouver du réconfort auprès des gens que nous connaissions, des gens à qui nous pouvions nous fier, et qu'il était mon ami et voulait que je sache qu'auprès de lui j'étais en sécurité, et finalement, tout cela n'était-il pas qu'un petit moment de plaisir, pas de quoi s'inquiéter. Je crois que c'est à ce moment-là que je perdis connaissance. Lorsque je rouvris les yeux, j'étais allongé sur le lit, la chambre était déserte, le père Haughton était parti et la porte était fermée.

Je me redressai et contemplai le poster de Pluto, qui me regardait avec son grand sourire ironique et cette affreuse langue obscène qui sortait comme s'il voulait m'attraper d'un coup de langue et m'avaler tout entier. Quelques instants plus tard, j'avais bondi du lit pour arracher l'affiche, mettant en pièces ce satané chien avant de jeter les bouts froissés dans la corbeille à papier. Je me rassis sur le lit et réfléchis un long moment. Je déplaçai certains éléments vers un coin de mon esprit, et d'autres ailleurs, où ils restèrent pendant de nombreuses années. Puis j'allai dans la salle de bains, me lavai, et descendis, pour trouver maman qui pleurait à la table de la cuisine.

« Maman. Qu'est-ce qu'il y a ?

— Je suis heureuse, Odran, dit-elle en levant vers moi des yeux rougis. C'est tout. Je suis heureuse. Le père

Haughton pense que c'est vrai, que tu as la vocation. Que j'ai raison et que tu devrais devenir prêtre. Est-ce que tu lui as dit, Odran ? Est-ce que tu lui as confié que tu voulais devenir prêtre ? »

Et tandis que ma mère pleurait, je restai là à côté de la table de la cuisine, guère plus qu'un enfant innocent. Et au milieu de tous les souvenirs qui me reviennent par vagues lorsque je repense à cette époque, de tous les petits détails, je ne me rappelle absolument pas ce que je lui ai répondu. Je sais seulement que c'est peu de temps après que je suis arrivé à Clonliffe College par l'autobus alors que Tom Cardle arrivait de Wexford sur le tracteur de son père.

Et le père Haughton ? Eh bien, il mourut quelques semaines plus tard. Il se dirigeait vers St Stephen's Green en venant de Dawson Street, il ne regardait pas où il allait et il s'est fait renverser par le bus 11 qui allait à Drumcondra.

Une foule immense assista à son enterrement. Une foule immense.

6.

2010

Et vous n'y resterez pas éternellement, ne vous en faites pas. Seulement quelques années. Ensuite, je vous renverrai dans votre école, je vous le promets.

Voilà ce que m'avait dit l'archevêque Cordington – qui, bien entendu, était devenu le cardinal Cordington – lors de notre rencontre au palais de l'archevêché en 2006. Quatre années s'étaient écoulées depuis et j'étais toujours vicaire, dans l'ancienne paroisse de Tom Cardle, sans le moindre signe de retour au paradis où j'avais été si heureux. Aujourd'hui, la plupart de ceux qui avaient été mes élèves avaient terminé leurs études et passé leurs examens. Ils fréquentaient les amphithéâtres de Trinity College, voyageaient en train de Paris à Berlin avec un pass Interrail dans leur sac à dos ou travaillaient avec leur père dans une banque ou un cabinet de gestion de biens, se demandant si c'était là qu'ils allaient rester jusqu'à ce que leurs propres fils naissent, grandissent et prennent leur suite.

Un garçon était décédé, un élève que je ne connaissais que vaguement. Il avait pris sa voiture alors qu'il était ivre et s'était tué sur la M50 en direction de Dún Laoghaire, provoquant aussi la mort de sa petite amie, de sa sœur et de son petit ami. L'enterrement eut lieu à l'église de Terenure et l'officiant, le père Ngezo qui m'avait remplacé quatre ans plus tôt, parla de sa voix de basse de l'engagement du défunt dans la Leinster Schools Rugby Cup, une pensée qui ne dut pas être d'un grand réconfort pour les trois couples de parents endeuillés dont le jeune homme avait fracassé les vies. Un autre avait atteint la finale d'une émission de télé-réalité et se trouvait dans tous les journaux ; on disait qu'il allait gagner des millions dans les prochaines années si ses gains étaient bien gérés. Un troisième avait été arrêté pour agression sur une jeune fille dans une discothèque locale ; il protesta de son innocence, mais je me souvenais de l'attitude de ce garçon en classe, sa démarche arrogante, la vulgarité du nanti qu'il cultivait au milieu de sa cour d'admirateurs, et j'avais quelques doutes sur la sincérité de ce vaniteux. Je suivis son procès avec attention, heureux de ne pas être appelé comme témoin. Il fut jugé coupable, mais bien sûr, son papa tira quelques ficelles et le garçon ne connut pas un seul jour de prison pour son crime. Le juge déclara que le jeune homme avait un avenir brillant qui l'attendait et que ce serait dommage de ne pas lui accorder une deuxième chance ; sa sanction fut commuée en travaux d'intérêt général. Cent heures. Voilà ce qu'était la différence entre commettre un crime au sud ou au nord de la Liffey. Une photo du garçon affichant un petit sourire narquois fut publiée en première page de l'*Indo* le jour suivant, tandis que la pauvre fille qu'il avait agressée fut filmée en train de quitter le tribunal en larmes. Cela aurait suffi à vous donner envie de sortir un bidon d'essence et une allumette pour mettre le feu à ces établissements prestigieux planqués derrière leurs hauts murs d'enceinte qui les verraient, lui et ses semblables, acclamés comme des héros pour avoir parcouru 140 mètres de gazon en courant et déposé un ballon sur une ligne blanche peinte sur le sol.

Malgré tout, l'école me manquait. Et je voulais désespérément y retourner.

Je n'osais penser à l'état dans lequel devait se trouver la bibliothèque, ma bibliothèque. Les livres mal rangés, les auteurs dans le désordre. J'ai toujours cru que je souffrais de cette maladie moderne dont on parle tant, les TOC, dès lors qu'il s'agissait des livres de ma bibliothèque. J'avais effectivement grand plaisir, le soir, quand les garçons rentraient chez eux en traînant les pieds, à ranger cette pièce, à remettre les choses à l'endroit où elles devaient être. Cela me détendait. Et dans ma vanité, je supposais que la personne qui s'en occupait maintenant n'appréciait pas mon sens de l'ordre.

Ainsi, j'avais été obligé de m'habituer à la vie paroissiale, dont certains aspects, plus agréables avec le temps, finirent par me plaire. Je sentais que ma relation à Dieu s'enrichissait d'une manière que je n'avais jamais connue à l'école. La prière devint plus importante pour moi que le rangement de piles en ordre. J'avais plus de temps pour moi et j'en consacrais beaucoup à la contemplation, à me remémorer les raisons pour lesquelles je m'étais senti au départ destiné à la prêtrise. Je passais des heures plongé dans ma bible, à essayer de comprendre les textes en profondeur. Je pensais à mon église, aux choses dont je tirais fierté, à celles qui me dérangeaient. Et grâce à tout cela, je me sentais un homme meilleur, plus utile. Néanmoins, égoïste comme je l'étais, je brûlais d'envie de rentrer à la maison.

Notre communauté était composée de trois personnes : le prêtre de la paroisse, un homme âgé appelé le père Burton, économe en paroles, mais dur à la tâche. Tout entier dévoué à sa vocation. Et ses deux assistants, le père Cunnane et moi. Le père Burton ne vivait pas avec nous, il n'avait pour lui tenir compagnie que sa gouvernante, une femme redoutable qui le traitait comme un enfant, lui lavait ses vêtements et préparait ses dîners tout en agissant avec l'autorité d'un garde suisse lorsque se présentait un visiteur non désiré. Le père Cunnane et moi ne bénéficiions pas de tels luxes ; nous vivions en voisins dans deux petits appartements contigus à l'église. Nous ne nous entendions pas, tous les deux, et me croiriez-vous si je vous disais que ce n'était pas ma faute, mais la sienne ? Il était bien entendu plus jeune que moi, il avait à peine trente ans, et tout ce dont cet homme voulait parler, c'était de rugby et de foot, de boxe et de course hippique. Je suis certain qu'il aurait été plus à sa place comme correspondant sport de l'*Irish Times* qu'en tant que vicaire d'une paroisse au nord de Dublin. De son côté, il était ennuyé de devoir travailler avec un homme de vingt ans de plus que lui, et prompt à manifester son mépris à mon égard chaque fois que j'avouais mon ignorance concernant les événements sportifs qui le fascinaient tant.

« Comment ça, tu ne sais pas qui est Rafa ? me demanda-t-il, incrédule, quand il chercha à savoir si à mon avis le record de titres en Grand Chelem de Roger Federer pourrait être battu un jour. Il est célèbre dans le monde entier.

— C'est un joueur de foot ? » demandai-je pour le taquiner. Je savais parfaitement qui était Rafael Nadal, mais son agacement était distrayant. Et de toute manière, je trouvais que l'appeler *Rafa* était terriblement affecté. Est-ce qu'ils étaient amis ? « Il joue pour Man United ?

— Tu déconnes à pleins tubes, lança le père Cunnane, qui aimait utiliser un langage qui, forcément, allait me scandaliser. C'est un joueur de tennis. Espagnol.

— Ah bon.

— Serais-tu en train de me dire que tu n'as jamais entendu parler de lui ?

— Je ne connais pas grand-chose au tennis. Mon neveu Aidan est un grand fan du Liverpool Football Club. Enfin, quand il était petit, en tout cas. » J'ignorais si Aidan était encore intéressé par ce genre de choses, car je ne l'avais pas vu depuis l'enterrement de son père, dix ans plus tôt, qu'il avait passé à ruminer, manifestant très peu d'émotion bien qu'il eût été proche de Kristian. Il s'était montré très méprisant à mon égard, ce jour-là, ne cessant de m'appeler *mon père*, encore et encore, avec tellement de dédain que j'en avais été contrarié, car je n'avais jamais témoigné autre chose à ce garçon que de la gentillesse. J'avais mis sa grossièreté sur le compte de son chagrin. Et malgré plusieurs tentatives dans les années suivantes pour renouer avec lui, nous nous étions perdus de vue ; je ne savais même pas s'il était encore à Londres.

« Liverpool ? répéta le père Cunnane, manquant cracher par terre tant ce mot semblait lui brûler les lèvres. Rappelle-moi, en quelle année nous sommes, 1985 ? Liverpool est fini depuis longtemps. Nous n'entendrons plus jamais parler de ce club, de notre vivant en tout cas. »

Le père Cunnane, comme Tom Cardle, était un garçon du Wexford, mais pour une raison inconnue, il suivait West Ham United avec une passion qui frisait le religieux. Des posters des joueurs de l'équipe ornaient les murs de son petit appartement comme s'il était encore lycéen, et on le voyait rarement à l'extérieur sans une écharpe bordeaux et bleue autour du cou. Il venait de la région de Ferrycarrig, à environ quinze kilomètres de la plage où mon père s'était ôté la vie. Un jour, alors que le père Cunnane avait trop bu, il m'avait parlé de son enfance et de son adolescence, raconté qu'il était champion de natation et qu'il participait à des compétitions qui s'appelaient Iron Man, mais qu'il avait été appelé par Dieu et était entré au séminaire à l'âge de vingt-deux ans, abandonnant des études d'ingénieur à l'université de Limerick pour commencer une formation en philosophie à Maynooth.

« Et cette vocation, lui demandai-je, comment t'est-elle venue ?

— Je montais Sinnott's Hill un après-midi. Et tout à coup, j'ai vu devant moi un buisson en flammes, puis les nuages se sont ouverts et la voix du Seigneur a retenti dans le ciel et m'a dit allez, mon garçon, fais-toi prêtre. » Il attendit quelques instants, savourant mon expression ahurie, avant d'éclater de rire. « Je te charrie, Odran ! s'exclama-t-il en me mettant une bourrade dans l'avant-bras. Ça ne t'ennuie pas que je t'appelle Odran, hein ? Autant nous appeler par nos prénoms quand nous sommes seuls. Non, je vais te dire la vérité. Je n'avais pas du tout l'intention de devenir prêtre, pour être honnête. Je n'étais même pas enfant de chœur quand j'étais gosse. Mes parents nous emmenaient tous à la messe, bien sûr – ils étaient obligés, sinon personne dans la paroisse ne serait allé dans leur boutique – mais ça ne signifiait rien, ni pour eux, ni pour moi. Et le truc, c'est que j'étais très porté sur les femmes et les pintes, je ne peux pas le nier, alors il ne me serait jamais venu à l'esprit de mener une vie comme celle-ci. Mais attends que je te dise ce qui s'est passé. Mon frère Mark, qui avait exactement un an de plus que moi, a eu un accident de moto et s'est retrouvé à l'hôpital de Wexford sous assistance respiratoire. Personne ne savait s'il s'en sortirait ou pas. Les médecins ont dit qu'ils ne pouvaient même pas confirmer s'il avait encore une activité cérébrale. Mark et moi avions toujours été très proches, vraiment très proches, et à un moment critique, je me suis retrouvé un après-midi à l'hôpital, la tête complètement ailleurs, mort d'inquiétude, et je suis passé devant la chapelle et je me suis dit, allons-y, ça ne peut pas faire de mal. Alors, je suis entré, je me suis agenouillé et j'ai dit une prière au Seigneur là-haut, et je Lui ai demandé de prendre soin de Mark et de nous le ramener sain et sauf, et s'Il le faisait, sûrement il n'y aurait rien que je refuserais de faire pour Lui en retour. Et j'ai senti quelque chose, Odran. Je le jure devant Dieu, j'ai senti quelque chose frémir à l'intérieur de moi. Au fond de mes entrailles. À ce moment-là, j'ai su que si je voulais que mon frère me soit rendu, je devais consacrer ma vie à Dieu, à Son service. Je devais chasser les femmes de ma vie pour toujours, et lorsque je suis ressorti de cette chapelle, c'était comme si j'avais vécu une renaissance.

— Et ton frère ? » demandai-je, intrigué par son histoire, car je n'avais jamais eu une telle révélation. On m'avait seulement dit que j'avais la vocation et je n'avais pas envisagé d'en douter. « Et Mark ? Est-ce qu'il a guéri ?

— Non, il est mort, répondit-il en secouant la tête, son visage assombri par la souffrance. Ça a été terrible. Il est mort, le pauvre. Mais je ne pouvais pas revenir sur ma promesse. Je n'en ai pas voulu au Seigneur. Et cette sensation qui m'avait saisi dans cette chapelle persistait, alors je suis allé rendre visite à l'évêque de Ferns peu de temps après et je lui ai demandé ce que je devais en faire. Il m'a donné un numéro de téléphone et me voici, dix ans plus tard. Qu'est-ce que tu en penses ? »

Que pouvais-je en dire ? Nous venions tous à la prêtrise par différentes voies. Ce n'était pas à moi de remettre quoi que ce soit en question.

« Maintenant, dis-moi, Odran, ajouta-t-il quelques instants plus tard. À ton avis, qui va remporter les championnats du monde cette année, Fernando Alonso ou Sebastian Vettel ? »

Un avantage de la vie paroissiale, trouvais-je, était que mes journées étaient souvent plus variées qu'elles ne l'étaient à Terenure, où pendant toute la durée du semestre la vie était régie par un emploi du temps strict, qui ne s'assouplissait que légèrement pendant les vacances pour ceux d'entre nous qui vivaient sur place.

Certains jours, j'avais des rencontres avec des paroissiens, d'autres des tâches administratives à accomplir. Il pouvait y avoir un mariage à préparer pour le week-end et au préalable un entretien avec les futurs mariés – Dieu me vienne en aide. Parfois un paroissien âgé tombait malade et il fallait lui rendre visite ; donner les derniers sacrements ou proposer une prière pour un être aimé qui avait du mal à respirer ou dont la santé se détériorait. Les vendredis après-midi, il y avait les réunions avec les enfants de chœur, où on répartissait les messes entre eux, et les mardis après-midi, je gardais un peu de temps pour moi, car j'avais une visite hebdomadaire que je ne manquais jamais et dont mes collègues ignoraient tout. Ils n'avaient pas manifesté la moindre curiosité pour savoir où je disparaissais ces après-midi-là.

Le mardi signifiait un trajet en autobus – plus facile qu'en voiture – et une courte marche jusqu'à la maison où se trouvait Hannah ; je restais avec elle pendant une heure, tandis qu'elle alternait les moments de lucidité et d'égarement. Certains jours, elle racontait des événements de notre enfance dont elle se souvenait dans les moindres détails. D'autres fois, elle me rapportait l'histoire d'une femme qu'elle avait rencontrée pendant qu'elle purgeait sa peine à Mountjoy, alors que ma sœur n'avait jamais eu ne serait-ce qu'une conversation avec un Garda de toute sa vie. Elle me demandait parfois si le Taoiseach était dans le couloir parce qu'elle avait des papiers dont il avait besoin – *Tu es assis dessus, Odran, tu veux bien te lever, avant de les abîmer ?* Je n'ai jamais croisé Jonas là-bas – nous nous étions mis d'accord, il n'était pas utile qu'il aille voir sa mère si je me trouvais déjà à ses côtés. Il y allait le plus souvent le mercredi et le samedi matin, à moins d'être en tournée à l'étranger ou à un festival littéraire quelque part ; Grand Dieu, je trouvais que ce garçon passait tellement de temps à ces deux choses-là que ça ne pouvait pas être bon pour lui.

Cependant, ce jour-là, nous n'étions pas mardi. Je n'allais pas rendre visite à ma sœur ni essayer de la ramener vers une lucidité qui la fuyait. Nous étions mercredi et je devais voir une de mes paroissiennes, Ann Sullivan, dans l'après-midi. Je connaissais un peu Ann – elle était une des quatre femmes qui s'occupaient des fleurs dans l'église et passaient l'aspirateur chaque matin après la messe de 10 heures – et quelques jours plus tôt, elle m'avait intercepté au Spar pour me demander si j'avais le temps de la recevoir pendant la semaine. J'avais accepté, bien sûr. Il était évident, vu son expression, qu'elle avait un souci.

« J'amènerai peut-être Evan avec moi, précisa-t-elle.

— Evan ?

— Mon fiston.

— Ah oui. » Je voyais vaguement le garçon dont elle parlait. Son fils d'environ seize ans, traîné à la messe contre son gré tous les dimanches matin et dont la place serait probablement vide dans un an ou deux. « Bien sûr, je vous en prie.

— Et mon mari, Seánie.

— Comment va Seánie, ces temps-ci ? Il ne vient pas souvent à la messe.

— Ne parlons pas de ça, mon père, dit-elle. J'ai des problèmes plus graves en ce moment.

— Si je peux vous aider, j'en serai heureux. Que diriez-vous de mercredi, 16 heures ? »

Elle acquiesça. Visiblement, elle souffrait d'admettre qu'il se passait quelque chose dans la famille, et j'aurais bien voulu être plus compétent. Quel que fût l'objet de sa préoccupation, j'espérais pouvoir l'aider.

« Puis-je apporter quelque chose, mon père ? demanda-t-elle.

— Apporter quelque chose... ?

— Quelques biscuits peut-être ? Qu'est-ce que vous aimez, ceux qui sont nappés de chocolat ? »

Je luttai de toutes mes forces pour ne pas rire. « Non, vous êtes gentille, Ann. Venez sans rien. Je trouverai quelque chose à grignoter si nous avons faim.

— D'accord », fit-elle avant de filer.

Effectivement, on sonna à ma porte à l'heure dite. Je découvris Ann Sullivan vêtue de ses habits du dimanche et les cheveux impeccables, et le jeune Evan à côté d'elle, les yeux rivés sur ses pieds. Pas le moindre signe de Seánie.

« Il avait du travail, expliqua Ann tandis que je préparais le thé. Un truc de dernière minute sur l'une des maisons de mon frère. Vous savez qu'il est architecte, n'est-ce pas, mon père ? Seánie fait beaucoup de chantiers pour lui. »

Je souris sans poser de question; je ne croyais pas un mot à son histoire. Seánie était un de ces hommes qui ne portaient aucun intérêt à l'église, grand bien lui fasse, et je ne m'attendais donc pas à ce qu'il vienne.

« Je suis content de te voir, Evan, dis-je, essayant de me montrer amical, car il n'y avait aucune raison pour qu'ils soient là tous les deux, à moins qu'il ne s'agisse de lui.

— Ah... », fit-il, les yeux rivés sur le sol et faisant glisser ses chaussures de sport sur le plancher comme s'il exécutait une danse mystérieuse. Je l'observai, tentant de déchiffrer l'expression de son visage, m'attendant à lire une souffrance quelconque, car la plupart des jeunes avaient l'air traumatisés, de nos jours – on aurait dit qu'ils avaient passé les dernières années à travailler au fond d'une mine ou à trimer dans un goulag –, mais je ne découvris rien. En l'occurrence, il avait l'air assez placide. Et il semblait s'ennuyer. Je réalisai tout à coup qu'il ne ressemblait pas du tout à sa mère, qui était une femme sans charme, mais je crois que quelqu'un m'avait dit un jour, peut-être était-ce Ann elle-même, qu'il avait été adopté. Il était mignon, avec ses cheveux blonds qui lui recouvraient le front et les yeux comme des rideaux, à la façon des boys bands que je voyais à la télévision. Il me rappela un peu Jonas. En plus jeune. Il avait ce côté nordique qu'avaient mes deux neveux, qui avaient hérité plus de leur père que de ma sœur. Je me demandai un instant si les ascendants d'Evan n'étaient pas scandinaves.

« Alors, comment puis-je vous aider ? » fis-je en ouvrant grand les mains. Ann détourna les yeux, gênée, regrettant peut-être même d'être venue.

« Il s'agit d'Evan.

— En fait, enchaîna son fils en levant les yeux et avec un sourire, tout en dents blanches et fossettes, ça n'a rien à voir avec moi, mais avec maman.

— Il s'agit donc de vous deux », résumai-je en souriant. Evan alla jusqu'à se permettre un petit rire, un tressautement dans les épaules, tandis qu'Ann secouait la tête, les lèvres pincées.

« Ce n'est pas moi, insista-t-elle. C'est lui.

— C'est faux, répondit Evan calmement. Je vais très bien.

— Tu as de la chance, dis-je, et Evan me lança un regard interrogateur comme s'il ne savait pas exactement comment interpréter ma réaction.

— Quel âge avez-vous, mon père ? demanda-t-il.

— Evan, on ne pose pas ce genre de question, le sermonna Ann.

— Ça ne m'ennuie pas, je vous assure, répondis-je. J'ai cinquante-cinq ans.

— Vous devez prendre soin de vous, déclara Evan. Je pensais que vous n'aviez pas encore cinquante ans. »

J'ouvris la bouche, mais je ne trouvai rien à répondre. Je ne savais pas trop quoi faire de cette remarque.

« Mon père a le même âge que vous, poursuivit le jeune homme. On ne le croirait jamais, à le regarder. C'est vraiment un gros lard.

— Evan ! fit Ann.

— C'est vrai. Je ne le dis pas dans son dos, mon père. Je lui ai dit en face. Il est tout le temps en train de manger et il ne fait pas de sport. Je suis inquiet pour sa santé. Mais quand j'en parle, il rit. J'adore mon père, seulement c'est un gros lard et je ne veux pas qu'il fasse une crise cardiaque.

— Evan, ça suffit, le rabroua Ann. Honnêtement, mon père, je ne sais pas pourquoi il fait ce genre de sorties. Seánie n'est pas en surpoids, pas du tout.

— Si, dit Evan en haussant les épaules.

— Non.

— Il est énorme.

— Est-ce la raison pour laquelle vous êtes venus me voir ? demandai-je. Tu es inquiet pour ton père ?

— Ce n'est pas ça du tout, répondit sa mère en se penchant en avant. C'est juste Evan qui fait son intéressant.

— D'accord. Alors, dites-moi donc ce qui vous amène aujourd'hui. Quel que soit le problème, j'aimerais pouvoir vous aider.

— Je ne peux pas, mon père, dit-elle en détournant les yeux. Je ne peux pas. »

Je fermai les yeux quelques instants et expirai lentement. Une vision se forma dans mon esprit : la bibliothèque à Terenure College. J'aurais donné n'importe quoi pour m'y trouver à cet instant-là. Le chaos sur les étagères. Quelqu'un en train de classer les volumes de la trilogie *Rites de passage* de William Golding dans le mauvais ordre. Les romans de Claire Kilroy mélangés aux nouvelles de Claire Keegan. C'était à des moments comme celui-là que j'aurais aimé être là-bas pour ranger, au lieu de me trouver dans ce presbytère, obligé de fouiller pour découvrir un problème personnel que je serais probablement incapable de résoudre de toute façon. Pourquoi s'adressaient-ils à moi, pour commencer, alors que je ne savais rien de la vie ?

« Tu es en sécurité ici », lançai-je enfin, copiant ces thérapeutes américains des émissions de télévision. J'avais vu Gabriel Byrne la veille au soir ; il était génial. J'avais regardé six épisodes à la suite. « Vous pouvez dire ce que vous voulez, tous les deux. Cela ne sortira pas d'ici. »

Ann inspira profondément et parut rassembler ses forces. « Mon père, dit-elle enfin en se redressant sur sa chaise et en me regardant droit dans les yeux. Il faut que nous parlions d'Evan. »

Je prenais une gorgée de thé et je faillis me trouver dans une situation très gênante ; je ne pense pas qu'elle comprit pourquoi je riais, mais le garçon, si, parce qu'il croisa mon regard et me fit un petit sourire.

« Est-ce que ça va, mon père ? demanda Ann.

— Pardon, j'ai avalé de travers.

— Il y a un problème, poursuivit Ann.

— Absolument pas, dit Evan. Pas chez moi, en tout cas. Au contraire, tout va plutôt bien en ce moment.

— Au contraire, fit-elle en le singeant et en secouant la tête.

— Pourquoi ça n'irait pas ?

— Oh arrête, Evan. Tu n'impressionnes personne. »

Le garçon me regarda, ahuri. « Tout ce que j'ai dit, c'est au contraire.

— Tiens-toi bien, dit Ann.

— Je me tiens bien. Mon père, est-ce que vous trouvez que je ne me tiens pas bien ?

— Ann, fis-je, ignorant sa question. Pourquoi ne me dites-vous pas exactement ce qui vous chagrine ?

— Evan a un… il a un ami », dit-elle après une longue pause.

Je regardai la mère et le fils alternativement, très perplexe. Evan avait un ami. Eh bien, tant mieux pour lui. Fallait-il s'en inquiéter ? Devais-je alerter les journalistes de Six One News ?

« Un ami, répétai-je.

— Un bon ami, clarifia Ann.

— Un très très très bon ami, insista Evan.

— Je suis perdu.

— Ils passent trop de temps ensemble, s'empressa d'ajouter Ann.

— Mais n'est-ce pas ce que font les amis ? demandai-je, troublé.

— Oh allez, mon père, soupira Evan, son flegme un peu entamé ; il paraissait agacé tout à coup. Ne jouez pas les idiots.

— Et si je ne jouais pas ? » Quel que fût le problème, quel que fût le drame qui se jouait ici, j'avais le sentiment que je gérais plutôt bien, jusqu'ici. J'avais l'habitude des garçons de son âge, j'avais travaillé avec eux pendant des années. Ils ne me faisaient pas peur, ne m'impressionnaient pas. Je connaissais leurs mimiques, j'en connaissais la couleur. Rien de ce qu'ils pouvaient dire ne risquait de me choquer ou me gêner, peu importaient leurs efforts pour y arriver.

« Ce n'est pas convenable, affirma Ann.

— Qu'est-ce qui ne l'est pas ?

— Oh, bon Dieu, fit Evan avec un long soupir théâtral, en balayant la frange de son visage dans un geste que je le soupçonnais d'avoir passé des heures à perfectionner devant le miroir. J'ai un petit ami, lâcha-t-il d'une voix traînante. Il s'appelle Odran. Nous sommes ensemble. Voilà. Ce n'est quand même pas la fin du monde.

— Moi aussi, je m'appelle Odran, annonçai-je, et il se contenta de me regarder fixement, clignant des yeux de surprise.

— Je ne sais pas trop quoi faire de cette information ? répondit-il de cette manière américaine tout à fait agaçante qui consiste à transformer une assertion en question.

— Cet Odran est un gay, précisa Ann.

— C'est un adjectif, pas un nom, dit Evan.

— Un quoi ? » Elle se tourna vers lui.

« Tu m'as très bien entendu.

— Il est très ouvert sur le sujet, dit Ann en s'adressant à nouveau à moi. Pas la moindre honte.

— Je vois. Et est-ce que ce jeune Odran est dans ta classe à l'école ?

— Mon Dieu, non ! » s'exclama Evan avec un rictus, comme si j'avais proféré une terrible insulte. On aurait dit que j'avais demandé s'il était membre du Ku Klux Klan.

« Mais il va à l'école ? Ce n'est pas un adulte ?

— Quelle horreur. Ben ouais, il va à l'école. Ce n'est pas un… comment dire… un délinquant. C'est juste qu'il ne va pas dans le même établissement que moi. Il va dans une vraie école. Avec des filles. »

J'essayais de comprendre les implications de ce que je venais d'entendre. J'étais troublé, il faut bien l'admettre.

« Tu n'aimes pas ton école ? lui demandai-je.

— Ben non. Les garçons sont tous des primates. Les seules choses dont ils parlent, c'est de rugby, de branlettes et de chattes. »

Ann eut un hoquet et je fermai les yeux un instant pour ne pas la regarder. Je connaissais peut-être assez bien les garçons de cet âge, mais généralement, lorsqu'ils énonçaient ce genre de choses, leur mère n'était pas assise à côté d'eux.

« Evan… s'il te plaît, fis-je.

— Désolé », s'excusa-t-il. Il secoua la tête. « Je n'aurais pas dû parler comme ça.

— Effectivement.

— Je voulais juste dire qu'Odran va dans une école où on n'accorde pas tellement d'attention à ça, vous voyez ? Ils ne sont pas tout le temps morts de trouille.

— Tu penses que les garçons de ton école sont morts de trouille ?

— Si vous permettez, mon père, je pense qu'ils sont pétés de trouille, tous autant qu'ils sont.

— À propos de quoi ?

— Du fait qu'ils sont en réalité plus intelligents que ce qu'ils laissent paraître. »

Je réfléchis. « Je ne te comprends pas.

— Les garçons de mon école sont intelligents, expliqua-t-il. Vous le savez, je le sais. Nous sommes tous brillants. Nous avons reçu une bonne éducation. Nous venons de bonnes familles. Nous sommes assez intelligents pour savoir que dans deux ans, nous aurons tous quitté l'école et ces garçons qui sont les rois des terrains de rugby passeront le reste de leur vie à gérer des hypothèques ou à travailler dans l'école qu'ils vont bientôt quitter. Ils ont une trouille bleue parce que leur précieuse petite vie est sur le point de toucher à sa fin alors que celle de tous les autres, de ceux qui n'avaient pas de vie à l'école, est sur le point de commencer. »

J'acquiesçai. Il avait raison. Ce n'était pas une observation originale. J'en avais été témoin de nombreuses fois.

« Et qu'est-ce que ça a à voir avec ton ami Odran ? m'enquis-je.

— Rien de particulier, répondit-il après une pause. Je voulais juste dire qu'il va dans une bonne école, c'est tout. Vous avez demandé s'il était dans ma classe. Eh bien, il n'y est pas. Voilà la réponse courte.

— C'est un gay, insista Ann.

— Est-ce que tu veux bien arrêter avec un gay ? s'emporta Evan.

— Et tu as une relation avec ce garçon ? lui demandai-je, ignorant Ann.

— Enfin, ce n'est pas comme si on allait se marier ni rien. Mais ouais. » Il hésita un moment, comme s'il n'osait pas dire tout haut ce qu'il avait en tête. « Il est super, finit-il par ajouter.

— Et vous êtes contrariée par cette situation, Ann ? » Je me tournai vers sa mère, les yeux rivés sur le tapis avec une expression qui révélait bien la souffrance qu'elle devait éprouver.

« Vous ne le seriez pas ?

— Si vous m'aviez posé cette question il y a dix ans, j'aurais peut-être répondu différemment. Vous savez, j'ai un neveu qui est gay.

— Ah, arrêtez, mon père, fit-elle en agitant une main dans un geste d'incrédulité. Ce n'est pas vrai.

— Si, répondis-je.

— Non. »

Je ne savais pas trop comment le dire autrement. « Si, répétai-je. Je vous assure.

— Oh mon père, vous n'êtes pas obligé de raconter ça pour que je me sente mieux. »

Je me tournai vers Evan, qui me regardait avec intérêt. « Je vous promets », insistai-je en haussant les épaules.

Jonas m'avait révélé qu'il était gay quelques années plus tôt et je n'avais pas trop su quelle réponse il attendait de moi. Rétrospectivement, je ne crois pas m'être bien sorti de la conversation. J'étais gêné, et un peu honteux, pas seulement à l'idée que Jonas était homosexuel, mais à l'idée qu'il avait une sexualité tout court. Pour moi, il était encore un petit garçon. L'imaginer pétri de désir pour une autre personne, ou être désiré à son tour, me faisait un peu souffrir alors que ces émotions m'étaient totalement étrangères, et je découvris que j'étais réticent à discuter de ce sujet avec lui. J'avais essayé, bien entendu. Je lui avais demandé comment il s'en était rendu compte, et il m'avait répondu qu'il le savait depuis l'âge de neuf ans, que la vidéo d'une chanson intitulée « Pray » de Take That avait été une révélation. *You can blame Mark Owen*, dit-il ; j'ignorais ce qu'il entendait par là et je ne voulais pas savoir. Je le questionnai néanmoins : de quand datait sa certitude ? Il m'expliqua que deux ans plus tôt, il était tombé amoureux pour la première fois d'un garçon qu'il avait rencontré à l'université, un étudiant originaire de Seattle dont il était très proche. Ils avaient passé beaucoup de temps ensemble et finalement, il lui avait révélé ses sentiments. Le fiasco avait été total. Ce jeune homme qu'il croyait être son ami s'était montré très cruel quand la vérité avait été énoncée, me dit Jonas. Tellement cruel que mon neveu avait été considérablement blessé. J'avais vu, quand il me racontait l'histoire, qu'il en souffrait toujours et j'avais éprouvé de la colère contre ce garçon qui n'avait pas hésité à faire du mal à un ami qui tentait encore d'accepter sa sexualité, pour la seule raison que Jonas l'aimait trop. Je n'imaginais pas comment je réagirais si quelqu'un me disait qu'il était amoureux de moi. Si cela arrivait, j'espérais que je lui témoignerais de la gentillesse, peu importait qui était cette personne. Pour moi, c'était la phrase la plus merveilleuse qu'on puisse entendre.

« Il n'a même pas eu de petite amie, souligna Ann en lançant un regard furieux à son fils.

— Comment tu sais que je n'ai jamais eu de petite amie ?

— Eh bien, je sais que tu n'as amené personne à la maison pour le dîner.

— Maman, les garçons de mon âge ne ramènent pas de filles à la maison pour le dîner, rit-il. Mon père, avez-vous eu une petite amie ? Quand vous aviez mon âge, je veux dire. »

Je réfléchis quelques instants. Il y avait eu Katherine Summers, bien sûr. Est-ce qu'elle comptait ? « En quelque sorte. Rien de sérieux.

— Et l'avez-vous invitée chez vous pour dîner ?

— Ce n'était pas vraiment ce genre de fille », précisai-je, essayant d'imaginer Katherine et ma mère assises ensemble à la même table, bataillant pour entretenir la conversation sur les côtes de porc, maman discutant du voyage paroissial à Lourdes, Katherine parlant de toutes les choses qu'elle aimerait faire à Al Pacino si elle pouvait lui mettre la main dessus.

« Eh bien, voilà, fit Evan.

— C'est juste que je ne comprends pas ce que tu as contre les filles, dit Ann.

— Je n'ai rien contre les filles, rétorqua Evan. J'ai plein d'amies filles.

— Alors, tu devrais sortir avec l'une d'elles.

— Tu n'as qu'à sortir avec l'une d'elles si c'est si important pour toi, répondit-il. J'ai déjà quelqu'un. Je ne peux pas être avec deux personnes en même temps. Je ne suis pas ce genre de garçon.

— Vous voyez, mon père ? m'interpella Ann. Vous voyez ce que je suis obligée de supporter ? Il a réponse à tout. »

Je hochai la tête et personne ne dit rien pendant quelques instants. J'observai Evan, dont le regard parcourait la pièce, lisant les titres des livres posés sur les étagères.

« Comment ça va, à l'école ? Tu sais ce que tu veux faire quand tu seras grand ? »

Sa lèvre se retroussa dans une moue dédaigneuse et il repoussa à nouveau ses cheveux. Je voyais bien qu'il le faisait à la moindre occasion. « Quand je serai grand ? répéta-t-il, sarcastique.

— Arrête les conneries, Evan », dis-je, le premier surpris. Et je vis les yeux d'Ann s'écarquiller tout à coup et Evan aussi me regarder, ahuri. « Peut-être que tu ne sais pas. Ce n'est pas grave. Tu es encore jeune.

— J'ai quelques idées.

— Quel genre d'idées ?

— Plein d'idées.

— Comme quoi ? Sérieusement, ça m'intéresse.

— Je voudrais être metteur en scène de théâtre. C'est probablement fou, mais c'est quelque chose que j'aimerais faire.

— Quand es-tu allé au théâtre pour la dernière fois ?

— Hier soir. »

Je souris. Bien joué. Il m'avait bien eu. « Et qu'est-ce que tu as vu ?

— *Le Dieu du Carnage* au Gate. Ils ont décidé d'interrompre leur rotation de *La Charrue et les Étoiles*, *L'Ombre d'un franc-tireur* et *The Field*.

— Mon père a joué dans *La Charrue et les Étoiles*, autrefois. À l'Abbey Theatre.

— Vraiment ? » Il ouvrit de grands yeux ; il était impressionné et, dans ma vanité, j'en fus flatté.

« Il jouait Young Covey. Il a eu de bonnes critiques. Comment était-elle ? Cette pièce que tu as vue ?

— Ah mon père, dit-il en me souriant. Vous devez aller la voir. Il y a un des acteurs d'*Urgences* et celui qui est dans *Father Ted*. Dougal. Deux couples affreux. Et leurs vies sont tellement vides. Tout ce qui les intéresse, c'est d'avoir des trucs, et d'essayer de s'impressionner mutuellement par leur générosité. Ça ne peut pas se résumer par une réponse à comment était-ce ? C'est une œuvre d'art, vous voyez ?

— Ce n'était pas une question piège, Evan. Je voulais seulement savoir si tu avais aimé.

— Oui, fit-il en haussant les épaules.

— Il a emmené cet Odran avec lui, intervint Ann.

— Et lui, il a aimé la pièce ?

— Il n'apprécie pas trop le théâtre, avoua Evan en fronçant les sourcils comme si lui-même essayait de l'accepter. Il dit qu'il se sent mal à l'aise dans le silence. Il préfère les films. Les films d'action, vous voyez ? Bruce Willis. Tom Cruise. Tous ces trucs.

— Mais cette pièce lui a plu ?

— Je crois que oui.

— Ann, venons-en au fait. Vous êtes contrariée par cette amitié ? Entre Evan et Odran ?

— Je le suis, mon père. Je suis hors de moi.

— S'il vous plaît, n'en parlez pas comme d'une amitié, protesta Evan, agacé. Ce n'est pas une amitié.

— Vous n'êtes pas amis ?

— Si, bien sûr que si. Mais c'est une relation. Ça ne durera probablement pas, nous sommes trop jeunes, sauf que nous ne sommes pas… genre, des potes.

— Est-ce que vous pouvez y mettre un terme, mon père ? demanda Ann.

— Je ne peux pas. Et même si je pouvais, je ne le ferais pas. »

Elle me dévisagea, surprise.

« Ann, fis-je en lui souriant. Je ne sais pas ce que vous attendez de moi. Evan a seize ans. Tu as seize ans, n'est-ce pas Evan ? » D'un regard, je demandai confirmation à l'adolescent.

« Oui.

— Donc, il est ami avec ce garçon. Ils sont allés au théâtre ensemble. Ils n'ont pas braqué la Bank of Ireland à Dundrum.

— Mon père, je les ai surpris ensemble », s'écria-t-elle, ses yeux commençant à se remplir de larmes. Et tout à coup, j'eus une vision, maman qui entrait dans ma chambre, Katherine Summers sous moi en train de se dégager. La proposition de la sucette. Le père Haughton appelé pour venir me voir.

Le père Haughton. Je sentis mon ventre se serrer. Il était très rare que je pense à lui. J'avais mis un point d'honneur à essayer d'oublier.

« Ah... arrêtez, Ann, fis-je tellement fort que je criai presque. Arrêtez.

— Mon père !

— Evan, tu es un garçon intelligent, je le vois bien. As-tu envisagé de permettre à ta mère de rencontrer ton ami ? De prendre un café ensemble, par exemple ?

— Je ne suis pas sûr qu'ils s'entendraient, fit-il dans un éclat de rire.

— Si tu ne fais pas les présentations correctement, c'est certain. Écoute-moi, Evan, es-tu prêt à parler ouvertement ? Honnêtement ? Oui ou non ? »

Il hésita, sans doute surpris par la vivacité de mon ton, mais il finit par hocher la tête. « Depuis le début, je suis honnête.

— Tu aimes les garçons, n'est-ce pas ? C'est là que te portent tes penchants ? »

Il détourna les yeux. Il se mit à contempler une photographie accrochée au mur, un portrait qui avait été pris la veille de la mort de mon père. Maman et papa souriants, devant la maison de Mrs Hardy, avec Hannah, le petit Cathal et moi devant eux, tous avec un sourire béat.

« Oui, finit-il par dire. J'imagine que oui.

— Eh bien, Ann, vous devez vous faire une raison et l'accepter. »

Un long silence s'ensuivit. J'observai Ann. Son visage se déforma d'une centaine de milliers de façons différentes. Elle me regarda puis se tourna vers son fils. Je me demandai brièvement quelles épreuves son mari et elle avaient traversées dans leurs tentatives pour avoir un enfant à eux, combien de temps il leur avait fallu pour en adopter un. Le parcours avait dû être difficile. C'était instinctif chez elle, comme c'était le cas de toutes ces femmes, de se battre contre la différence, de rechercher la conformité, parce qu'elle était épouvantée, terrifiée, devant ce que cela pouvait entraîner. Seulement là, elle était au pied du mur : il avait énoncé les mots à voix haute, il n'aurait pas pu être plus clair, et elle réagit avec la même honnêteté, il fallait le reconnaître.

« Bon, d'accord, dit-elle, capitulant, les yeux soudain pleins de larmes. Nous sommes dans un monde nouveau, c'est ça, mon père ?

— Exactement, Ann, fis-je en lui prenant la main. C'est exactement ça. »

« Je peux vous poser une question, mon père ? demanda Evan tandis qu'ils s'apprêtaient tous les deux à partir, peu de temps après.

— Tu peux.

— Est-ce que ce que j'ai entendu dire est vrai ? Jonas Ramsfjeld est bien votre neveu ? »

Je souris, plein de vanité. Comme j'aimais cette association ! « Oui.

— Ouah ! fit Evan en hochant la tête, évidemment impressionné. Il est comment ?

— Intelligent. Paisible.

— Est-il la seule famille que vous ayez ?

— J'ai un autre neveu. Aidan.

— Et comment est-il ?

— En colère. »

Il hocha la tête et réfléchit un moment.

« Jonas Ramsfjeld est un très bon écrivain, reprit-il en insistant sur chaque mot comme s'il voulait que je n'aie aucun doute sur sa sincérité.

— C'est vrai.

— Vous lui direz que je le pense ?

— Je le ferai.

— *Spiegeltent* est mon roman préféré au monde.

— C'est peut-être un peu exagéré, mais il est assez bon.

— C'est mon roman préféré au monde, insista-t-il. Est-ce qu'il lui arrive de vous rendre visite ?

— Ici ? » Je secouai la tête. « Pas souvent, non. Je crois que la présence de l'église à côté le répugne. Mais je le vois de temps en temps. Pourquoi tu me poses la question ?

— Sans raison. Vous lui direz que je trouve qu'il est vraiment un bon écrivain ? »

Je ris et promis que je le ferais. Alors, pourquoi n'ai-je pas tenu ma promesse ?

Le vendredi arriva, ainsi que la réunion avec les enfants de chœur. Tom Cardle avait été chargé d'eux pendant les deux années passées dans cette paroisse. En réalité, il s'était occupé des servants de messe dans les onze paroisses où il avait travaillé pendant ses vingt-huit ans de prêtrise. Onze paroisses ! C'est incroyable, quand on y repense. Et bien entendu, quand je repris son poste, cette tâche me revint.

« Je ne supporte pas ces satanés garçons, dit le père Burton, qui voyait les servants de messe comme un mal nécessaire, tolérant leur présence autour de l'autel, mais sans parler à aucun d'eux, ou presque. Ils sont toujours en train de se curer le nez ou ils oublient la messe à laquelle ils doivent participer. » Et le père Cunnane n'était pas intéressé. Il assurait qu'il avait assez de choses à faire sans avoir à surveiller un groupe de sales gosses pleurnichards. Il ne restait donc que moi. Et de toute façon, l'archevêque Cordington avait insisté pour que je reprenne le flambeau.

En vérité, la tâche n'avait rien de pénible. Les garçons – ils étaient environ une vingtaine – se retrouvaient dans la salle paroissiale tous les vendredis après-midi à 16 heures. Ils avaient entre sept et douze ans et respectaient scrupuleusement les règles de préséance définies par l'âge au sein du groupe. Au début de chaque réunion, je prenais place au bout de la pièce et ils s'installaient sur deux rangs de part et d'autre de moi. À ma gauche, le plus âgé, Stephen, s'asseyait le premier, puis le plus proche en âge, Kevin. L'un et l'autre gardaient un œil sur les plus jeunes et leur disaient de se taire lorsqu'ils commençaient à bavarder. Les deux garçons venaient d'avoir douze ans et je m'attendais à ce qu'ils partent d'un jour à l'autre. Je voyais qu'ils étaient de plus en plus gênés par leur rôle, mais à la fois réticents à renoncer à cette partie de leur enfance. Et ils percevaient bien que c'était le premier des nombreux changements qui ponctueraient leur vie. Les garçons s'installaient non par ordre d'âge, mais par ordre d'arrivée dans le chœur. Ceux qui étaient assis le plus près de moi au bout de la rangée de droite étaient les plus jeunes, les plus impressionnés.

Il y avait vingt-trois messes à organiser; trois par jour, du lundi au samedi, et cinq le dimanche. Certaines messes – celles que j'animais tôt le matin, par exemple, pouvaient se contenter d'un seul enfant de chœur. Le père Cunnane préférait en avoir deux à 10 heures pour ne pas ensuite avoir à ranger et nettoyer l'autel lui-même. Pour chaque messe du dimanche, il en fallait trois. Et ne me demandez rien sur les mises en scène de la semaine de Pâques ou les célébrations de Noël. Je les interrogeais à tour de rôle, dans l'ordre, chaque garçon choisissait les messes qu'il voulait, et une fois que c'était fait, nous disions une prière et nous rentrions chez nous. L'affaire était bouclée.

Lorsque j'arrivai ce vendredi-là, la plupart des garçons étaient déjà rassemblés devant la salle, serrés les uns contre les autres sous l'auvent pour s'abriter, car il tombait des cordes ce jour-là, une pluie torrentielle comme nous n'en avions pas eu à Dublin depuis longtemps, et Dieu sait que notre ville n'est pourtant pas connue pour son ensoleillement. Je sortis de ma voiture et accourus, tenant mon porte-documents au-dessus de ma tête pour ne pas être mouillé, et me réfugiai auprès d'eux. Je pris les clés de la salle dans ma poche et jetai un regard alentour, sentant une bouffée d'agacement monter en constatant qu'on m'imposait d'attendre.

« Père Yates, dit l'un des garçons, Daragh, qui avait pris la tête des jeunes et allait être promu senior dès que Stephen et Kevin auraient le courage de faire leurs adieux. Est-ce qu'on peut aller à l'intérieur pour ne pas être sous la pluie ?

— Un peu de pluie n'a jamais fait de mal à personne, Daragh.

— Mon père, vous avez les clés dans la main ! s'étonna Carl, un autre garçon.

— Allez, soyez patients », répondis-je, détournant les yeux tandis que le vent poussait la pluie sur nos têtes.

Nous attendîmes là, tous ensemble, de plus en plus trempés, les garçons attrapant des rhumes assez invalidants pour ne pas retourner à l'école de toute la semaine suivante, et moi, debout à côté d'eux, un peu à l'écart, les clés de la salle serrées dans la main. Si je le voulais, je pouvais ouvrir la porte pour entrer et commencer la réunion. Nous avions la possibilité d'échapper à cette pluie diluvienne. Mais je n'en avais pas l'autorisation. Pas encore.

« Mon père ! lança un autre garçon, qui avait des cheveux d'une longueur ridicule et portait un T-shirt sans blouson par-dessus. S'il vous plaît, je suis trempé... »

Je souris, frissonnant dans le froid, et je secouai la tête. « Pas encore. Ce n'est qu'une affaire de minutes. »

Je scrutai la route, observai les voitures. Allez, suppliai-je intérieurement. Et je vis enfin la BMW noire descendre la rue à bonne vitesse, ralentissant à peine avant de s'engager dans l'allée de la salle paroissiale. Les phares s'éteignirent puis je vis le conducteur rester au chaud dans sa voiture, au téléphone. Le père de l'un des servants de messe bouclait une affaire et nous laissait tous, les jeunes et moi, dans le froid et la pluie tandis qu'il engrangeait de l'argent.

Il finit par sortir, appuya sur un bouton, la voiture répondit par un bip-bip, et il accourut vers nous sous la pluie. Maintenant, et seulement maintenant, je pouvais choisir la bonne clé, la glisser dans la serrure et ouvrir la porte.

Les garçons se précipitèrent à l'intérieur, se secouèrent pour faire tomber les gouttes de pluie comme des chiens hirsutes, chacun prenant sa chaise pour se disposer en rangées comme ils le faisaient toujours, et je m'installai au fond de la salle, sortant le carnet où je notais tout. L'homme qui nous avait fait attendre s'assit dans un coin et se mit à tapoter des messages sur son inséparable téléphone. Avant que j'aie le temps de dire un mot, il leva la main. « Désolé, mon père, j'ai besoin d'aller faire un petit tour aux toilettes. » Il se leva puis se dirigea vers le couloir. Je soupirai ; il s'arrêta et se retourna pour me dévisager. « Mon père ? fit-il, une expression de grande lassitude sur le visage.

— Je reviens dans une minute, les garçons. » Je le suivis et l'attendis dans le couloir. « Merci, je me sens mieux, dit-il en sortant des toilettes, un grand sourire aux lèvres. J'ai cru que j'allais éclater. »

Nous pouvions retourner dans la salle. Auprès des garçons.

Nous pouvions commencer la réunion maintenant que nous étions tous là, que les vingt enfants étaient rassemblés et qu'un adulte sans col se trouvait dans la salle pour s'assurer que rien de mal n'arrivait à aucun d'entre eux, que je n'essayais pas de les toucher, ou d'en emmener un dans une pièce fermée pour lui enlever son pantalon. Maintenant que j'étais sous surveillance, j'avais le droit d'ouvrir les débats : « Lundi, 6 h 30 ? » et Stephen avait le droit de répondre « Je prends ce créneau, mon père » et nous pouvions accomplir la tâche fastidieuse, mais rapide d'organiser la répartition des messes entre les enfants de chœur.

Et pour cette méfiance systématique, je pouvais remercier mes vieux amis. Je rentrais donc chez moi tous les vendredis soir couvert de honte.

7.

1973

Au Cambodge, les bombardements des soldats américains prirent fin au bout de douze ans. Au Texas, la meilleure joueuse de tennis du monde, Billie Jean King, battit en trois sets Bobby Riggs, qui avait autrefois été le meilleur joueur du monde. Dans le port de Sydney, à Bennelong Point, une reine venue d'Angleterre alla inaugurer une salle d'opéra alors que son architecte danois restait à distance. Et à Dublin, ce même automne, dans ce monde de guerriers, de compétiteurs et de bâtisseurs, dix-huit garçons franchissaient les portes de Clonliffe College, tournant le dos à leur enfance pour faire leurs premiers pas vers une vie qui allait s'avérer aussi riche de gratifications que lourde d'isolement. Nous déclarions notre engagement et, dans les périodes difficiles qui nous attendaient, nous serions souvent obligés de nous le rappeler pour y trouver du réconfort.

Dix-huit garçons. Personne ne savait que nous ne serions jamais plus aussi nombreux. À Maynooth, le nombre était probablement plus proche de quarante, tandis que dans les autres régions du pays – de St Finbarr's à Cork et St Joseph's à Belfast, de St Patrick's à Carlow et St John's à Waterford – des tas de garçons quittaient leur famille avec un enthousiasme variable. Sans parler de ceux qui avaient décidé de rejoindre un ordre religieux. C'était des oblats, après tout, qui géraient Cahermoyle à

Limerick, avec sa ferme modèle grâce à laquelle la communauté était autosuffisante et nourrissait les jeunes gens avec les produits les plus sains, les plus frais qu'on puisse imaginer ; des vincentiens s'occupaient de All Hallows ; des rédemptoristes avaient Cluain Mhuire à Galway ; des franciscains dirigeaient un séminaire à Killarney. Combien de novices pouvait-il y avoir en 1973, dans les trente-deux comtés ? Trois cents ? Cinq cents ? Mille ? J'essaie d'imaginer ces jeunes Irlandais se dirigeant aujourd'hui vers les séminaires en si grand nombre, et c'est un peu comme se demander si on découvrira de la vie sur Mars. On ne veut pas éliminer totalement cette possibilité, mais ce n'est pas une hypothèse dont on parlerait en public.

L'essentiel du recrutement provenait, bien sûr, de Dublin, et quelques jeunes gens arrivaient d'autres comtés. George Dunne, que nous appelions Kirk Douglas à cause de sa fossette au menton, venait de Kildare, mais ses grands-parents vivaient à côté à Drumcondra et cette proximité avait influencé sa candidature. Un garçon du Kerry, Seamus Wells, dont les parents étaient tous les deux décédés l'année précédente, voulait s'éloigner définitivement de Dingle ; il avait donc écrit à l'archevêque Ryan au lieu de l'évêque Casey. Mick Sirr de Cork City disait qu'il avait toujours eu envie de vivre dans la capitale anglaise et, apparemment, l'évêque Lucey s'était tellement offusqué qu'il l'avait, depuis la chaire, traité de renégat et de freluquet.

L'un des élèves de Dublin, Maurice Macwell, de Glasnevin, souffrait d'un terrible bégaiement, mais personne ne se moquait de lui et il paraissait reconnaissant qu'on lui témoigne tant de compassion ; il me raconta que, pendant sa scolarité, pas un seul jour ne s'était passé sans qu'un autre rie de lui. Les enseignants étaient les plus cruels de tous, me confia-t-il. Lorsqu'il ne parvenait pas à énoncer sa réponse suffisamment vite en classe, ils criaient contre lui, ce qui ne faisait qu'aggraver son problème ;

pour finir, sa frustration devenait si grande qu'il passait la moitié de son temps dans le couloir ou en retenue.

Et puis, il y avait Tom Cardle, bien sûr. De Wexford.

Nous devînmes timidement amis. Les Dublinois traînaient toujours ensemble, en excluant parfois les autres. Les gars de Cork et du Kerry se jaugeaient, en ennemis historiques. Il y avait une paire de jumeaux, ce que je trouvai terriblement étrange ; la bizarrerie ne fit qu'augmenter quand nous apprîmes qu'ils étaient en réalité des triplés, mais que leur troisième frère n'avait manifesté aucune inclination pour la prêtrise et qu'il travaillait chez Premier Dairies. Un gars de Templeogue qui était un vrai cerveau avait écrit un livre sur saint Thomas d'Aquin, qu'il espérait publier un jour. Celui de Dorset Street, Conor Smith, n'alla pas au bout de la première année. Sa mère pleura lorsqu'elle l'amena à Clonliffe et pleura encore plus lorsqu'elle revint le chercher. Ce qui nous réduisait à dix-sept élèves.

Nous vécûmes tous différemment l'adaptation à la vie au séminaire. Dans mon cas, je ne trouvai pas le changement particulièrement difficile. Peut-être ai-je donné l'impression que j'ai été forcé à embrasser cette vie, que maman m'a poussé dans une voie qui lui offrirait une forme de consolation sans tenir compte de mes propres désirs – et oui, il y a probablement là une certaine vérité. Pourtant, dès l'instant où j'arrivai au séminaire, je sus que j'étais fait pour le rôle. J'étais indubitablement croyant. Je croyais en Dieu, en l'Église, au pouvoir du christianisme de promouvoir un monde meilleur. Je croyais que la prêtrise était une vocation noble, pratiquée par des hommes qui voulaient répandre la bienveillance et la charité. Je croyais que le Seigneur m'avait choisi pour une raison précise. Je n'avais pas besoin de chercher cette foi, elle faisait tout simplement partie de moi. Et je pensais que ça ne changerait jamais.

À Clonliffe, je me sentais comblé dans cette paisible communauté, baignée d'un esprit d'apprentissage, et je ne passais pas mes nuits tourmenté par les souvenirs de Katherine Summers, Ali MacGraw ou quelqu'un d'autre. En vérité, je n'ai jamais senti mon âme violemment tiraillée par ce type de problématique ; qu'il s'agisse d'une déficience quelconque de mon esprit ou de mon corps, je l'ignore. Non, c'est un mensonge, à une occasion, bien sûr, je faillis être complètement submergé.

Cinq ans plus tard. À Rome.

Nous nous réveillions tôt, à 6 heures, avec le père Merriman – le Bourdon – lançant dans le couloir quelque chose qui ressemblait à une tyrolienne, et nous sortions du lit d'un bond. Nous l'appelions le Bourdon parce qu'il sillonnait les couloirs du séminaire en tapotant constamment ses mains l'une contre l'autre et en vrombissant tout bas.

Chaque garçon s'était vu assigner un compagnon de chambre le premier jour et nous étions censés rester coturnes les années suivantes, alors il était important qu'on s'entende. On pouvait tirer un rideau au centre de la pièce pour avoir un peu d'intimité. Je ne me donnai jamais cette peine, mais Tom, qui entrait parfois dans des rages féroces et déconcertantes, le tirait d'un geste brusque avant de se mettre à pleurer ou tempêter dans son lit. Dans ces cas-là, je n'osais pas le déranger.

Je me levais toujours le premier. Je m'approchais de son lit pour le secouer, et il me tournait le dos, en grognant, recroquevillé contre le mur.

« Tu veux pas t'en aller, Odran ? »

En regardant par la fenêtre, je voyais généralement Seamus Wells, le gars du Kerry, dans le jardin, en train de faire ses tours de piste sur le gravier. Il avait été un membre actif de l'Association athlétique gaélique à Dingle, en tout cas, c'est ce qu'il nous avait dit, et il aurait concouru sous la bannière de son comté s'il n'avait pas choisi une voie différente. Il courait autour de ce jardin deux cents fois tous les matins, puis se jetait par terre, et continuait avec pompes, abdominaux et toutes sortes de mouvements étranges. J'ignorais d'où il tirait toute cette énergie. Mick Sirr le regardait avec mépris, bien sûr, mais comment pouvait se comporter un garçon de Cork vis-à-vis d'un gars du Kerry ?

En ouvrant la porte de notre cellule, je tombais sur une bonne douzaine de garçons qui descendaient le couloir glacial en pyjama en direction des salles de bains, où nous faisions une rapide toilette pour nous laver de la transpiration de la nuit, en tirant d'autres rideaux pour préserver notre intimité. J'en étais heureux, car étant un garçon fluet, je ne voulais pas montrer aux autres garçons mon absence de muscles, et j'éprouvais encore moins d'intérêt à voir les leurs. Il n'y avait que quatre baignoires et l'eau était tiède, le premier arrivé profitait de l'eau la plus propre tandis que le dernier récupérait la crasse de tous les précédents. Il aurait probablement été plus propre s'il n'y avait pas trempé un orteil. Je mettais un point d'honneur à arriver dans le premier groupe chaque matin et je choisissais la première baignoire par habitude, car, plus proche du chauffe-eau, elle était généralement la plus chaude ; Tom était systématiquement le dernier et il se plaignait toujours.

« Eh bien, lève-toi plus tôt, Tom, disais-je, et il secouait la tête, dégoûté.

— Il n'y a que les animaux qui se lèvent aussi tôt, Odran.

— Les prêtres sont debout.

— Exactement. »

Je n'aimais pas l'entendre parler ainsi. Les prêtres qui nous encadraient à Clonliffe – ils étaient quinze : des enseignants et assistants en théologie dogmatique, doctrine morale, loi canon, Écritures et histoire de l'Église – travaillaient dur ; ils se chargeaient de la formation d'environ quatre-vingts garçons entre la quatrième et la septième année tout en s'occupant des besoins spirituels et des crises récurrentes de ceux d'entre nous qui se trouvaient entre la première et la troisième année. Pour la plupart, c'était des hommes bien, attentionnés et éduqués, ct d'après ce que je pouvais voir, ils n'avaient rien fait pour mériter de telles injures.

Le Bourdon était le préféré de tous, car ses mouvements rapides et ses apparitions soudaines provoquaient notre hilarité. Le père Prince – surnommé Harold Wilson pour sa ressemblance étonnante avec l'homme politique et un amour immodéré pour sa pipe, malgré l'interdiction stricte de fumer imposée aux séminaristes – animait les séances régulières d'un enseignement de musicologie, et se perdait dans ses piles de disques tandis que nous nous efforcions de ne pas rire devant l'expression d'extase qui s'affichait sur son visage. Le père Jarvis – Rudolph, à cause de son nez rouge vif – cultivait un petit jardin potager auquel certains des garçons apportaient leur contribution.

Cependant, celui qui m'intéressait le plus était le père Dementyev. Proche de la soixantaine lorsque j'arrivai à Clonliffe, il était le seul prêtre parmi nos enseignants qui ne fût pas irlandais. En effet, il était né dans une petite ville appelée Kashin, à environ cent cinquante kilomètres de Moscou. Il avait été soldat dans la 322e Division d'infanterie de l'Armée rouge qui était entrée dans le camp de concentration d'Auschwitz en janvier 1945, libérant les sept mille cinq cents prisonniers que les gardes nazis en fuite avaient laissés mourir de faim. Ce n'était pas quelque chose dont il parlait souvent, mais un jour, lors d'une promenade dans les jardins, j'eus l'occasion de converser avec lui et il me dit que sa foi en l'humanité avait été presque anéantie ce jour-là, et qu'il avait erré en Europe, l'âme brisée, jusqu'à la fin des années 40, quand il eut une épiphanie, qu'il ne décrirait pas, à la cathédrale de Chartres. Peu de temps après, il s'était rendu en Irlande où il était devenu novice à St Patrick's College à Maynooth. Je savais très peu de choses des souffrances que le père Dementyev avait connues pendant son enfance pauvre et pendant la guerre, je ne pouvais même pas imaginer l'effet qu'avait produit la vue de ces prisonniers squelettiques à Oświęcim sur la psyché d'un jeune homme. Mais le fait que Tom Cardle le traite d'animal relevait d'une stupidité difficile à pardonner.

À 6 h 30, tous les étudiants étaient rassemblés dans la Grande Chapelle pour assister à l'office de prime, après lequel on nous laissait prier en silence avant la messe, à 7 h 15. Affamés, nous nous rendions ensuite le plus vite possible au réfectoire, où on nous servait le porridge, et de grandes tasses de thé, des tranches de pain grillé qui formaient des gouttelettes de condensation sur les plats en porcelaine, et autant de beurre et de confiture que nous le voulions, car nos mères envoyaient des conserves chaque semaine – nous aurions pu ouvrir une boutique avec tout ça. Mais d'après les prêtres la nourriture n'était pas là pour nous procurer du plaisir, seulement pour nous maintenir en vie. La simplicité de l'alimentation était importante.

Ensuite, vêtus de costumes noirs et de chapeaux, de chemises blanches avec cravates noires, les élèves de première, deuxième et troisième année sortaient du bâtiment, allaient prendre leurs bicyclettes pour traverser la ville, en groupe, et se rendre au campus Earlsfort Terrace de l'University College Dublin où ils suivaient les cours de premier cycle en philosophie, la première étape dans la formation d'un prêtre. C'était la matière qu'il nous fallait maîtriser avant de pouvoir commencer à comprendre la théologie ascétique et mystique, la doctrine de l'Église ou l'histoire des textes sacrés.

Quel spectacle nous devions offrir à ces hommes d'affaires, femmes au foyer, écoliers et écolières qui arpentaient les rues, conduisaient leur voiture ou attendaient aux arrêts de bus : un groupe d'environ cinquante jeunes hommes vêtus de noir, roulant à deux ou trois de front, comme un essaim de mouches, le regard rivé devant eux, assis très droits, conscients de l'effet produit par l'ensemble tandis que nous savourions les regards admiratifs des gens devant lesquels nous passions. Comme ils nous respectaient alors ! Comme ils désiraient que leurs fils soient dans nos rangs.

Comme ils avaient confiance en nous.

J'aimais bien l'UCD, même si pour moi l'acclimatation à la vie là-bas fut plus difficile que l'adaptation à la vie au séminaire. Nous faisions partie du corps des étudiants – la licence de philosophie attirait des jeunes hommes et femmes de tout le pays, qui étaient trois fois plus nombreux que les séminaristes – mais nous étions maintenus à l'écart de différentes manières, souvent troublantes.

Nous pouvions par courtoisie parler aux autres étudiants, si une question nous était adressée. Nous ne devions toutefois pas lancer une conversation, et l'un des séminaristes de troisième année était chargé de s'assurer que nous respections ces règles.

Nous ne mangions pas avec les autres ; à la pause du matin, les étudiants de l'UCD se rassemblaient dans un grand réfectoire qui était toujours plein de bruit, de rires et de musique. Des posters de Ziggy Stardust et de John Lennon étaient accrochés aux murs, à côté d'annonces de soirées en discothèques et de fêtes. Un cagibi nous était réservé en bas où nous nous retrouvions avec nos sandwichs et nos tasses de thé, où nous disions les grâces avant et après les collations, avant de remonter dans les étages pour les autres cours de la matinée. Le Bourdon nous expliqua que cet apartheid était instauré de manière que nous ne soyons pas distraits par les mécréants qui nous entouraient. Rudolph précisait que c'était pour que nous ne soyons pas contaminés par eux.

Les étudiants de l'UCD avaient les cheveux longs et des barbes épaisses ; ils portaient des pantalons pattes d'eph, des chemises de couleurs vives et des lunettes teintées. Les filles nous déconcentraient avec leurs mini-shorts et leurs bottes cavalières. Elles parlaient ouvertement de sexe, de drogue, et poursuivaient leurs discussions dans les bars de Dublin après les cours, allaient à des concerts ou des fêtes qui duraient jusqu'à l'aube, tandis que nous enfourchions nos bicyclettes pour traverser l'East Wall et descendre la longue route qui nous ramènerait à Clonliffe, pour nous rassembler dans la chapelle pour l'office de sexte puis les cinq chapitres de l'Angélus et prendre le dîner, tout au long duquel un malheureux garçon, généralement en fin de formation, se retrouverait planté au pupitre et nous ferait la lecture de passages de G. K. Chesterton, C. S. Lewis ou de *La Vie des apôtres*. Nous n'avions pas le droit de parler, bien entendu. Nous pouvions manger et écouter. C'était la règle.

Est-ce que je regrettais de ne pas pouvoir vivre les expériences dont jouissaient mes compagnons de l'UCD ? Oui, bien sûr. Et de temps en temps, je ressentais une envie furieuse de me joindre à eux quand ils partaient en ville, impatients de profiter de la soirée au Long Hall ou au Mulligan's, où ils referaient le monde en buvant des pintes et des shots, se colleraient les uns aux autres, un bras décontracté passé sur l'épaule du voisin plus tard, pour aller à l'arrêt de bus, un baiser dans l'air de la nuit, une suggestion de quelque chose de plus. Oui, je le regrettais, parfois. Terriblement. Il y avait deux ou trois garçons et une fille dont la compagnie m'attirait, car ils semblaient tellement pleins d'énergie, de jeunesse et de vie, mais je n'échangeai jamais le moindre mot avec aucun d'entre eux. Néanmoins, dès que je rentrais à Clonliffe, je me disais, non, c'est bien ici chez moi.

J'étais terriblement chanceux, me dis-je rétrospectivement. Car c'était vraiment l'endroit où j'étais censé être. D'autres auraient dû se trouver ailleurs, n'importe où ailleurs. Et le plus loin possible.

Nous retournions au séminaire après le déjeuner pour des conférences sur la spiritualité, la théologie et la liturgie. Après le dîner, nous avions une heure rien que pour nous. Quelques-uns lançaient parfois une partie de ballon dans la cour – nous apprenions très vite que suggérer un match de football équivalait à porter un toast à la reine ; d'autres se promenaient dans le cloître pour rester seuls avec leurs pensées ; d'autres encore se rendaient dans la salle de musique, où deux pianos et un violon étaient à notre disposition ; d'autres faisaient une sieste, ou jouaient au billard, au tennis, ou lisaient.

Nous avions le droit de disposer de livres – notre famille pouvait nous en envoyer – mais ils devaient être approuvés par les prêtres dans la salle du courrier avant d'entrer dans nos chambres, et les romans modernes étaient mal vus. Je lus Dickens et Trollope, me vis interdire George Eliot. Il y avait quelque chose de suspect chez cette femme se présentant comme un homme, ou du moins c'est ce que pensait Harold Wilson. « Elle devait être atteinte d'un trouble mental, m'assura-t-il en m'arrachant des mains *Le Moulin sur la Floss* avant de le jeter dans la poubelle la plus proche. C'est le cas de beaucoup de femmes. C'est dans leur nature. » Virginia Woolf était exclue aussi, car n'avait-elle pas rempli ses poches de pierres avant de se jeter dans l'Ouse, commettant ainsi le plus grand péché mortel ?

Je lus la série des *Narnia*, qui était bien acceptée par les prêtres, ils la qualifiaient d'œuvre spirituelle, bien que j'eusse du mal à partager cet avis ; je trouvais qu'il n'était question que d'un lion, d'une sorcière et d'une armoire. Un gars de Howth avait une collection impressionnante de romans de James Bond cachés sous son lit et on se les passait discrètement. Il y aurait eu un meurtre s'ils avaient été découverts, mais ils ne le furent jamais. Jack Hannigan de Sheriff Street eut des ennuis épouvantables lorsqu'il fut surpris avec un exemplaire de *Portnoy et son complexe*. Pour Rudolph, c'était un livre dégoûtant qui ne devrait pas être autorisé dans un pays catholique. Il fut envoyé chez le directeur spirituel tous les jours pendant un mois jusqu'à ce qu'il comprenne son erreur.

Il arrivait parfois que quelques garçons, rassemblés pendant la demi-heure de temps libre avant le dîner, parlent de l'Église, même si on était pris pour un fayot si on abordait le sujet le premier. Le concile Vatican II avait touché à sa fin presque dix ans auparavant, suscitant beaucoup d'attentes sur des changements dans l'Église, des discussions sur le célibat et le mariage. Tous ces sujets auraient pu rendre l'Église plus attrayante pour les jeunes, et plus en phase avec le monde contemporain. Mais Jean XXIII était décédé avant que les dispositions puissent être complètement mises en œuvre et Paul VI ne semblait pas vouloir suivre la voie de la sécularisation, bien que rétrospectivement il apparaisse comme le Grand Modernisateur comparé aux papes polonais et allemand qui devaient suivre et feraient tout ce qui était en leur pouvoir pour couper court à la mise en œuvre des propositions. Comme les choses auraient pu être différentes si elles avaient été entérinées.

Vers la fin de la journée, le chanoine prononçait une homélie et parfois nous travaillions notre chant grégorien. Suivaient le rosaire, peut-être une bénédiction du saint sacrement, puis un souper léger, et un peu avant 21 heures, nous nous réunissions une dernière fois dans la chapelle pour complies, où nous remercions Dieu pour les bienfaits de la journée et priions pour qu'il continue à nous accorder Sa bienveillance.

Après cela nous étions envoyés dans nos chambres et devions suivre la Règle du Silence. Personne ne pouvait parler jusqu'au réveil le matin suivant et il n'y avait pas le moindre bruit. Faire couler de l'eau était une infraction et tout garçon qui n'avait pas utilisé la salle de bains avant de se retirer dans sa chambre allait être confronté à de sérieuses difficultés pendant les neuf heures suivantes, s'il avait une faiblesse au niveau de la vessie.

En réalité, nous n'observions pas toujours strictement la Règle du Silence. La plupart des binômes chuchotaient avant que le sommeil les gagne ; nous parlions de notre vie à la maison, de la famille et des amis qui nous manquaient, de nos soucis quant à notre avenir, des choses que nous aimions et de celles que nous n'aimions pas dans la vie au séminaire. Seul Kevin Samuels de Pearse Street, qui avait été baptisé « le pape » en vertu du sérieux avec lequel il prenait toutes les instructions, obéissait totalement à la Règle du Silence. Son compagnon de chambre, le jeune Michael Trotter de Dundrum, se plaignait qu'il avait l'impression de dormir à côté d'un mur et répétait qu'il ferait n'importe quoi pour pouvoir permuter, même si cela signifiait cohabiter avec George Dunne, qui ressemblait peut-être à une star de cinéma, mais se lavait à peine de toute la semaine.

C'était dur, évidemment que c'était dur. Notre vie était régie par un cadre strict. Parfois, c'était comme si on était à l'armée, ou ce que j'imaginais être l'armée. Peut-être que le père Dementyev n'aurait pas approuvé cette comparaison. Mais cette vie me convenait très bien. Malheureusement, elle ne convenait pas à Tom Cardle. Le pauvre garçon en détestait chaque minute.

La confrontation eut lieu le 14 février. Je me souviens de la date, car non seulement c'était mon anniversaire, mais il y avait eu un petit scandale plus tôt ce jour-là, quand l'un des garçons deux années au-dessus de nous avait reçu trois cartes de Saint-Valentin par la poste. En recevoir une était ahurissant, deux était inédit, mais trois ? Personne n'en croyait ses yeux. Il n'avait même pas un charme particulier, et aucune vie en dehors du séminaire, pour ce que nous en savions. D'après certains, sa sœur avait demandé à des amies de les envoyer pour lui faire une blague. Le pauvre garçon avait été mortifié par cette attention et il se vit attribuer le surnom de Casanova pendant les semaines qui suivirent, jusqu'à ce que notre motivation s'épuise et que nous trouvions de meilleurs sujets de ragots.

Tom était de mauvaise humeur depuis le réveil. Il était encore au lit quand je revins de la toilette à 6 h 15 et ne bougea qu'une fois que je lui eus dit qu'il serait en retard pour l'office du matin s'il ne se levait pas pour s'habiller. Je voyais des cernes noirs sous ses yeux; il s'était probablement endormi très tard, et il sembla à peine remarquer ma présence tout en cherchant son pantalon et sa chemise. Même si nous étions amis et que nous nous entendions bien depuis le jour de notre rencontre, je savais qu'il valait mieux rester en retrait lorsqu'il était de si méchante humeur. Le rideau avait été tiré la veille au soir et il s'était tripoté sans vergogne. J'entendais le moindre de ses mouvements, tous ses gémissements de douleur ou d'extase. Les larmes avaient suivi, et il ne m'avait pas jeté un regard quand il avait ramassé une poignée de mouchoirs en papier qui étaient tombés par terre à côté de son lit, avant de s'endormir enfin.

« Est-ce que ça va, Tom? demandai-je en ouvrant la fenêtre, inquiet de ce que dirait un prêtre si l'un d'eux entrait dans notre chambre et identifiait la puanteur rance qui y régnait.

— Vas-y, Odran, répondit-il en me congédiant d'un geste. Je te suis dans quelques minutes. »

Je ne le vis pas à l'office du matin, mais il était présent, avançant avec tout le monde pour recevoir la communion, à la messe de 7 h 15. Il s'assit devant son petit déjeuner, la tête penchée sur son porridge, enfournant des cuillerées dans sa bouche comme s'il n'avait pas mangé depuis un mois. Nous n'allions pas à l'UCD ce jour-là, une espèce de retraite avait été organisée pour les séminaristes; notre promotion se réunirait autour d'un des prêtres et nous pourrions échanger sur n'importe quel sujet, dans les limites de la raison. Lorsque nous entrâmes dans la salle de cours, je perçus, en voyant l'expression du visage de

Tom, que quelque chose de déplaisant était sur le point de se passer et, d'appréhension, mon estomac se serra. Je ne sais pas exactement pourquoi, mais je sentis que j'avais une obligation envers lui ; nous étions coturnes et on devait se soutenir. C'était ce que je croyais, en tout cas, même si ce n'était pas réciproque.

Notre enseignant ce jour-là était un prêtre doux du Laois appelé le père Slevin. Une discussion démarra sur le rôle des femmes dans l'Église – qui se limitait à arranger les fleurs sur l'autel, nettoyer la sacristie et laver les habits des prêtres – et l'un des garçons, je crois que c'était Michael Trotter, leva la main et demanda au père Slevin s'il pensait qu'un jour un prêtre aurait le droit de se marier. Un frémissement parcourut la salle et nous conspuâmes Michael. En suggérant un intérêt pour le sexe opposé on s'exposait au ridicule. Mais il n'était pas du genre à se laisser intimider et se contenta de nous dire en souriant de bien nous tenir, ou alors il nous apprendrait les bonnes manières lors de la promenade au cloître, plus tard. Le père Slevin ne vit aucun mal dans la question et se lança dans un discours sur la théologie et la place des femmes dans l'histoire de l'Église, sur leur importance depuis la Vierge Marie. Il ajouta ce qui devait être, à mon avis, une plaisanterie, soulignant que tous les prêtres dans l'histoire de l'Église catholique avaient eu une femme comme mère, mais non, insista-t-il, les prêtres n'auraient jamais le droit de se marier, car ils étaient déjà mariés à leur vocation et n'était-ce pas suffisant pour chacun d'entre nous ?

Michael parut satisfait de la réponse – il n'avait pas essayé de faire le pitre, il avait tout simplement posé une question – et tout à coup, Tom leva la main et je le regardai, surpris, car il y avait a priori plus de chance de le voir avec Seamus Wells faire deux cents tours de piste à 5 heures du matin que demander la parole en classe.

« L'honorable gentleman de Wexford, dit le père Slevin, probablement heureux de voir Tom participer enfin. Vous avez une question ?

— Oui, mon père, fit Tom. J'ai une question sur saint Pierre. »

Le père Slevin fronça les sourcils ; nous ne parlions pas de saint Pierre. Qu'est-ce que saint Pierre avait à voir avec la discussion du jour ?

« Saint Pierre n'était-il pas marié ? demanda Tom, et le père Slevin sourit, comme si ce n'était pas la première fois que cette question lui était posée.

— Ah, cette vieille rumeur. Oui, Tom, tu as raison, saint Pierre était un homme marié.

— Et il était le premier pape ?

— Oui, mais saint Pierre était déjà marié quand Jésus l'a choisi comme disciple. Et longtemps avant que notre Seigneur soit crucifié et déclare que Pierre était la pierre sur laquelle il bâtirait son église. En réalité, de nombreux apôtres étaient mariés. Ils reçurent l'ordre de ne pas renoncer à leur épouse. Cela n'aurait pas été juste.

— Quand même, insista Tom. Il était marié.

— Il l'était, oui. Dans l'*Évangile selon saint Luc*, chapitre 4, nous apprenons que la belle-mère de Simon souffrait d'une forte fièvre et ils intercédèrent en sa faveur avec lui – autrement dit, Jésus. S'étant penché sur elle, il menaça la fièvre, et la fièvre la quitta. À l'instant, elle se leva et les servit.

— Bien sûr ! fit Tom en ricanant. Que pouvait-elle faire d'autre que préparer quelques sandwichs et une théière, immédiatement après s'être levée de son lit de mort ? Mais il y en eut d'autres, n'est-ce pas ?

— D'autres… ?

— Des papes qui étaient mariés, par exemple ?

— Je ne crois pas, répondit le père Slevin.

— Allez, je suis sûr que vous le savez, insista Tom. Je l'ai lu. Ça se trouve dans l'*Encyclopaedia Britannica*, alors c'est forcément vrai. Il y avait un gars au VIe siècle, il s'appelait Hormisdas, et il était marié.

— Le pape saint Hormisdas était veuf quand il est entré dans les ordres, répondit le père Slevin avec circonspection. Il n'y a rien qui l'interdise. Le père Dementyev, comme vous le savez probablement, était veuf lorsqu'il est entré au séminaire. »

Je l'ignorais, et je me demandai ce qui était arrivé à sa femme ; avait-elle été tuée pendant la guerre ?

« Et il s'est bien débrouillé, puisque son fils est devenu pape quelques années après lui, poursuivit Tom. Et le pape Adrien au IXe siècle ? J'ai lu qu'il avait emmené sa femme et ses enfants au Vatican pour qu'ils vivent avec lui.

— Il n'y avait pas de Vatican au IXe siècle, Tom, déclara le père Slevin patiemment. Sa construction n'a été terminée qu'au XVIe siècle.

— Ne répondez-vous pas un peu à côté ?

— Je ne sais pas grand-chose du pape Adrien, dit le père Slevin. Et j'imagine que vous non plus, à l'exception de ce que vous avez réussi à trouver dans un livre provocateur.

— Et il y a d'autres exemples, poursuivit Tom. Quelques autres épouses dans l'histoire. Sans parler de tous les amants qu'ils ont eus.

— Tom…

— Alexandre VI Borgia était le père de Lucrèce Borgia, n'est-ce pas ? Et nous savons tous quel genre de femme elle était. La plupart des papes du Moyen Âge s'envoyaient en l'air avec qui ils voulaient, quand ils voulaient. J'ai lu aussi que Jules III et l'ambassadeur de Vénétie – un homme, d'ailleurs – partageaient le même lit. Alors, si tous ces papes pouvaient se comporter ainsi impunément, pourquoi pas les prêtres ? »

Le père Slevin sourit et secoua la tête. « Il est très facile de prendre des exemples dans l'Antiquité, Tom, quand l'époque était très différente de ce qu'elle est aujourd'hui, et de les évoquer pour étayer votre raisonnement. Mais si vous étiez un peu plus versé dans l'histoire ecclésiastique, et que vous ne vous contentiez pas de lancer des noms et des anecdotes, vous sauriez qu'aucun des papes que vous mentionnez n'a été particulièrement efficace dans sa fonction. Oui, le pape Innocent était le père de Lucrèce Borgia. Mais cela ne vient-il pas prouver mon argument ? Ne préférons-nous pas un pape célibataire à celui qui produit une descendance comme celle-là ? Cette femme était épouvantable, les sources sont unanimes. »

Tom s'appuya sur son dossier et croisa les bras. Je me tournai vers lui ; il avait bien défendu son point de vue, mais il avait trouvé son maître.

« Et les gouvernantes ? demanda-t-il après quelques instants, alors que le père Slevin s'était déjà tourné vers le tableau et en essuyait une partie pour écrire quelque chose de nouveau.

« Les quoi ? répondit-il en se retournant.

— Les gouvernantes, répéta Tom. Elles existent dans tout le pays, n'est-ce pas ? Elles vivent sous le même toit que les prêtres diocésains, préparent leur dîner, leur font des gâteaux, ramassent leurs chaussettes et leurs caleçons pour les mettre au lavage.

— Allez, Tom, fit le père Slevin en posant son éponge sur le bureau, peut-être pour se soustraire à la tentation de la jeter à la tête de l'impertinent. Ça suffit.

— Vous ne croyez pas qu'il se passe des petites choses entre les prêtres et leur gouvernante ? Seuls la nuit, lovés sur le canapé avec une tasse de thé, quelques biscuits et *Coronation Street* à la télé ? Vous ne pensez pas que, parfois, une chose en entraîne une autre…

— Tom ! rugit le père Slevin, le visage violet de fureur. Vous allez arrêter ça tout de suite !

— Ma question est légitime.

— Elle ne l'est pas. Vous vous montrez délibérément provocant et obscène.

— Vous avez une gouvernante, mon père ?

— Bien sûr que non. Je vis ici avec vous.

— Mais vous avez été dans une paroisse à un moment ?

— Oui, répondit-il, troublé maintenant. Juste après mon ordination. C'était il y a longtemps.

— Et aviez-vous une gouvernante à ce moment-là ?

— Oui, Tom. Si je me souviens bien, oui. C'est une pratique habituelle et…

— Juste une autre question alors, mon père, poursuivit Tom à mi-voix, et j'arrêterai ensuite. »

Le père Slevin ferma les yeux quelques instants, et depuis ma place je l'entendis expirer avec application. Ses joues étaient rouges et ses mains tremblaient un peu ; il n'avait pas l'habitude de ce genre de provocation et elle ne lui plaisait pas. À moi non plus. J'aurais voulu que Tom se rendorme, comme il le faisait d'habitude en classe.

« Très bien, Tom, dit le père Slevin. Encore une question et on passe à autre chose. Quelle est votre question ?

— Votre gouvernante, fit Tom, un sourire narquois se dessinant sur son visage tandis qu'il jetait un regard autour de lui pour s'assurer que tout le monde l'écoutait. Vous l'avez baisée ? »

Après cela, il partit. Il s'évapora. Il disparut pendant une semaine entière. Il avait été confiné dans notre chambre pendant que le chanoine décidait ce qu'il allait faire de lui. Le soir de la confrontation, je brisai la Règle du Silence pour demander à Tom ce qui lui était passé par la tête.

« Odran, ce n'est pas parce que tu es heureux ici que tout le monde l'est, lâcha-t-il après une si longue pause que je crus qu'il dormait.

— Mais il n'y a pas de grilles ici. Ni à l'intérieur, ni à l'extérieur. Tu ne te souviens pas que le chanoine nous l'a dit quand nous sommes arrivés ? Tu n'es pas obligé de rester si tu n'en as pas envie. »

Il s'assit et me regarda, pencha la tête un peu sur le côté comme s'il essayait de comprendre comment je pouvais être aussi naïf. « Que Dieu t'aime, Odran, dit-il. Tu es totalement innocent, n'est-ce pas ? »

Et le lendemain, à mon réveil, il était parti. Il avait dû préparer un sac sans que je m'en aperçoive, puis s'était enfui du séminaire par la porte du cloître qu'on ne verrouillait presque jamais. Ce qui lui arriva ensuite, je l'ignorai pendant des années.

Les prêtres s'affolèrent quand il n'apparut pas au petit déjeuner le matin suivant – son absence n'avait été remarquée ni à l'office du matin, ni à la messe. Ils ne parvenaient pas à trouver une explication. La confrontation entre Tom et le père Slevin était totalement inédite. Nous étions des garçons respectueux, calmes, nous ne discutions pas, nous ne cherchions pas la bagarre. Quand j'y repense, je ne sais pas trop pourquoi ; nous étions quand même des adolescents. Étions-nous tous sans enthousiasme, sans ardeur ?

Le chanoine Robson me fit venir dans son bureau et referma la porte derrière nous.

« Est-ce que Tom Cardle vous a confié qu'il prévoyait de s'enfuir ? me demanda-t-il, et je secouai la tête.

— Il n'a pas dit un mot. » J'étais nerveux, car je ne m'étais jamais trouvé dans cette pièce auparavant et je ne l'aimai pas.

« Il n'a jamais exprimé de… d'insatisfaction ? » demanda-t-il, ouvrant largement les mains en me souriant. Il avait un visage peu disposé au sourire. Je ne savais pas comment répondre, je ne voulais trahir aucune des confidences de Tom. En même temps, il ne me les avait pas présentées comme telles.

« Je crois que son foyer lui manque. Que Wexford lui manque.

— Et n'est-ce pas notre cas à tous ? Saviez-vous que j'étais originaire du Wexford, moi aussi ?

— Je l'ignorais, monsieur le Chanoine.

— Un pur produit du cru. Êtes-vous allé dans cette région du pays, Odran ? »

Je secouai la tête, sans répondre.

« Vous n'êtes jamais allé à Wexford ? » insista-t-il, plissant les yeux et fronçant les sourcils. Que savait-il de mon passé ? Qu'est-ce que lui avait dit maman ?

« Je ne sais pas trop, balbutiai-je, sans vouloir m'engager.

— Vous ne savez pas trop, répéta-t-il en souriant. Très bien. Mais vous me promettez que vous n'avez aucune idée de l'endroit où Tom Cardle est allé ?

— Aucune, monsieur le Chanoine.

— Bon, je vous crois. » Il s'adossa dans son fauteuil, croisant les mains sur son ventre d'une taille impressionnante. « Ce n'est pas facile, j'en ai bien conscience, admit-il au bout d'un moment. Venir dans un endroit comme celui-ci, quitter ses amis et sa famille. Vous êtes tous jeunes. Trop jeunes, je trouve parfois. Je me demande souvent s'il ne vaudrait pas mieux entrer au séminaire à vingt-cinq ans plutôt qu'à dix-sept. Qu'en pensez-vous, Odran ?

— Je ne sais pas, monsieur le Chanoine.

— Vous ne savez pas, monsieur le Chanoine, fit-il avec un soupir, comme s'il était prêt à donner n'importe quoi pour une réponse simple. Et il n'a jamais parlé à son directeur spirituel de ses préoccupations ?

— Je ne crois pas, monsieur le Chanoine.

— C'est sa raison d'être, vous vous en doutez ? Assister tous ceux qui pourraient s'interroger sur leur place ici.

— Je le sais, monsieur le Chanoine.

— D'accord. » Il tapota du bout des doigts sur le bureau et réfléchit. « J'ai entendu dire qu'il y avait eu une discussion vive entre Tom et le père Slevin. Est-ce vrai ? demanda-t-il.

— Je ne sais pas ce que vous avez entendu, dis-je sincèrement.

— Vous savez exactement ce que j'ai entendu.

— Tom s'est montré un peu insolent, admis-je.

— Un peu insolent ? C'est ce que vous diriez ?

— Ce n'était pas bien. Le père Slevin est un homme gentil.

— Selon vous, il ne méritait pas qu'on lui parle de cette façon ? »

Je réfléchis. La vérité était que quelques prêtres avaient mauvais caractère, quelques-uns pouvaient être secs avec nous, d'autres semblaient ne pas nous aimer assez, ou nous aimer trop, mais le père Slevin n'était pas de ceux-là. Il était gentil et je l'appréciais.

« Non, monsieur le Chanoine, dis-je finalement. Il ne le méritait pas. »

Le chanoine Robson hocha la tête et joua avec un stylo posé sur son bureau, un de ces chouettes stylos blancs avec les couleurs rouge, bleu, noir et vert réparties en quatre cartouches. « Et vous, Odran ? Êtes-vous heureux ici ?

— Je le suis, monsieur le Chanoine. Je ne crois pas avoir été aussi heureux. »

Il sourit, content de ma réponse.

« Tant mieux, fit-il. Allez, retournez à ce à quoi vous occupez votre heure de récréation. Quelle est votre activité préférée ? Êtes-vous un lanceur ?

— Parfois. Je ne suis pas très bon. Mais ça m'arrive.

— Eh bien, retournez-y. Il vous reste environ vingt minutes avant le dîner. »

Le nom de Tom Cardle était sur toutes les lèvres. La nouvelle de son altercation en classe s'était répandue rapidement et elle occupait tous les esprits. La plupart des garçons étaient choqués et cela avait aussi créé un sentiment de malaise, car Tom avait introduit dans la classe un élément adulte qui nous était étranger, un sujet qui n'allait jouer aucun rôle dans notre vie. Certains des étudiants plus âgés dirent que ce n'était que de l'esbroufe, qu'il essayait juste de jouer les grands. Je savais toutefois qu'il n'y avait pas que cela. Je pris à part Maurice Macwell, celui qui bégayait, et lui confiai mes inquiétudes.

« Tom Cardle est un obsédé du sexe, dis-je.

— Nooon ! répondit Maurice, ahuri, les yeux écarquillés.

— Si. Il y pense vingt-quatre heures sur vingt-quatre.

— Jésus Marie Joseph. Que va-t-il advenir de lui, à ton avis ?

— Je ne sais pas. »

Maurice réfléchit et se caressa le menton. « Et toi, Odran ? demanda-t-il.

— Comment ça, moi ?

— Est-ce que tu y penses ?

— Non, fis-je, offusqué ; j'y pensais, naturellement, mais moins que d'autres séminaristes, j'en étais sûr. Pourquoi, toi si ?

— Eh bien, j'ai embrassé une fille, confia-t-il en se redressant et en bombant le torse. Alors, je sais deux ou trois choses sur la vie.

— Ah...

— Elle en avait tellement envie. Maman a dit qu'elle était une traînée. Est-ce que tu as déjà embrassé une fille, Odran ? »

Oui, évidemment. Pour une raison obscure, je secouai la tête. « Non.

— Tu aimerais ?

— Je ne sais pas.

— Est-ce que tu me caches quelque chose, Odran ? »

Je fronçai les sourcils. « Que veux-tu dire ?

— Oh... tu vois bien.

— Non, je ne vois pas.

— Est-ce que Tom t'embête ? »

Je le dévisageai. « M'embête ? Je ne comprends pas de quoi tu parles, Maurice. »

Il leva un sourcil. « Vraiment pas ? insista-t-il à mi-voix. Eh bien, ça répond à ma question. »

Je sentis grandir mon mécontentement, comme si on se moquait de moi. J'étais prêt à élever la voix, mais Maurice parla avant que j'aie le temps de le faire :

« Écoute, Odran. Si Tom ne revient pas, est-ce que tu crois que je pourrais prendre sa place dans ta chambre ?

— Mais... tu as déjà ta place, non ? Tu partages la chambre de Snuff Winters, non ? »

Snuff Winters. Un grand costaud originaire de Glenageary ; il avait été baptisé ainsi parce qu'il avait toujours la goutte au nez.

« J'aimerais assez pouvoir prendre mes distances, dit Maurice.

— Pourquoi ? Vous ne vous entendez pas ?

— Ce n'est pas ça... », fit-il en détournant le regard. J'attendis qu'il poursuive, mais il en paraissait incapable. Nous avions atteint le point de bascule : soit les confidences, soit le silence. Il aurait mieux valu, pour nous deux, que nous ayons eu le courage de nous révéler la vérité. « Peu importe, finit-il par dire. Mais bon, si Tom ne revient pas, tu te rappelleras que je prendrais volontiers l'autre lit ?

— Enfin, Maurice, cela ne dépend pas de moi. Il faudrait que tu demandes au chanoine. Pour ma part, je n'ai aucune objection. »

Il fit la moue. Je me surpris à vouloir faire machine arrière. « Qui était-elle ? La fille que tu as embrassée ?

— Oh, tout cela est derrière nous, maintenant, soupira-t-il en regardant par terre.

— Moi, je suis heureux comme ça, conclus-je.

— Moi aussi », acquiesça-t-il.

Et ce fut tout. Apparemment, nous étions tous heureux comme ça. Tous sauf Tom Cardle.

Quelques jours plus tard, il revint parmi nous. Pendant l'heure de récréation, certains des garçons avaient installé dans les quatre coins du jardin des poteaux improvisés avec nos vestes et nous faisions une partie de thèque. C'était un match entre différentes promotions, des plus âgés et des plus jeunes, avec le père Dementyev comme arbitre, et on s'amusait vraiment bien, quand un bruit inhabituel provenant de l'allée nous alerta. Nous posâmes nos balles et nos raquettes de tennis – nous n'avions pas de battes de cricket – pour aller voir.

Je n'oublierai jamais la scène : remontant l'allée sur le siège passager d'un tracteur se trouvait Tom Cardle, et assis à côté de lui, un homme qui ne pouvait être que son père, vêtu d'un costume démodé qui avait connu des jours meilleurs, une casquette vissée sur sa tête ; l'échappement du véhicule projetait sa pollution noire dans leur sillage.

« Il n'a pas conduit cet engin tout le chemin depuis Wexford ? demanda Mick Sirr, déconcerté.

— C'est comme ça qu'il est arrivé en début d'année, dis-je.

— Mais ils ne sont pas conçus pour des longs trajets, fit Mick, aussi impressionné qu'ahuri. Ce garçon n'a donc jamais entendu parler des trains ? »

Je me dirigeai vers l'allée, et lorsque Tom croisa mon regard, il ne sourit pas, n'eut pas l'air triste, il se contenta de mettre deux doigts sur sa tempe, me saluant comme s'il portait un chapeau. Il était revenu. Il avait été ramené. Le moteur de l'infortuné tracteur s'arrêta dans un ultime bruit de crécelle, et le père et le fils descendirent, avant de se diriger vers le bureau du chanoine.

« Tom ! lançai-je.

— Comment ça va, Odran ? dit-il.

— Allez, viens, espèce de pauvre minus », fit son père, puis ils s'en allèrent. Avant qu'ils disparaissent derrière les portes j'aperçus le visage de mon ami ; la couleur verdâtre autour de l'œil droit, l'hématome qui commençait à se résorber, la vilaine coupure sur sa lèvre supérieure. Et ai-je mentionné qu'un de ses bras était dans le plâtre ? Ce garçon s'était fait rouer de coups. Mais il était quand même revenu, et que Dieu me pardonne, j'en étais heureux, car il m'avait terriblement manqué et je ne voulais pas habiter seul, ni partager ma chambre avec Maurice Macwell.

Des années plus tard, ils passaient ce film, *La Grande Évasion*, sur RTÉ au moment de Noël, et chaque fois qu'il était diffusé, je le regardais. On pouvait le voir mille fois, jamais il ne vieillirait. Dans ce film, il y a un garçon, un Écossais appelé Ives, au début, c'est un vrai boute-en-train, toujours meneur ; un jour, il essaie de s'enfuir et il est ramené. À partir de là, plus aucun sourire sur le visage d'Ives, il n'est plus que l'ombre de l'homme qu'il était. Il obéit aux ordres des soldats, il va où ils lui ordonnent d'aller. Il fait profil bas. Plus de blagues. Entre l'évasion et le retour, il a souffert. Il a été battu. Battu au point que le vrai Ives était mort à l'intérieur. Et à la fin, bien sûr, il escalade le grillage sous le regard des soldats, pour une seule raison – il sait qu'ils vont l'abattre et qu'il n'aura plus jamais mal.

Et à chaque Noël, quand je regardais ce film et arrivais à ce passage-là, je pensais à Tom Cardle et à l'état dans lequel il était revenu au séminaire. Il s'était enfui, il avait vécu on ne sait quelles expériences pendant quelques jours. Il était retourné à Wexford, où son père lui avait infligé des coups de ceinture, de botte et de poing, puis il avait été jeté sur le tracteur et ramené à Dublin ; et à partir de ce jour-là, il se soumit.

Il ne provoqua jamais plus de prêtre de la manière dont il avait interpellé le père Slevin. Il disait ses prières, pratiquait son chant grégorien, se levait à 6 heures et ne se plaignait pas. Le chanoine avait indiqué qu'il n'y avait pas de grilles ici, ni dedans, ni dehors, mais c'était sans compter cet homme de Wexford qui avait autrefois été champion de boxe de son comté et insistait pour que son plus jeune fils devienne prêtre. Tom Cardle, le garçon plein d'entrain qui savait que ce n'était pas une vie pour lui, n'était plus Tom Cardle.

Le vrai Tom Cardle était mort à l'intérieur.

8.

2011

J'avais convenu de rejoindre mon neveu Jonas pour le déjeuner dans un café-bar sur St Stephen's Green. Je ne m'aventurais plus très souvent dans le centre-ville. Me retrouver au milieu d'une foule alors que je portais mon col était souvent une expérience déprimante. J'étais forcément l'objet des regards narquois d'étudiants suffisants ou d'hommes d'affaires bouffis d'orgueil. Les mères attiraient leurs enfants plus près d'elles en me voyant et il arrivait qu'un inconnu m'approche, me lance une remarque provocante ou insultante. Bien entendu, je pouvais toujours circuler en civil, camouflé sous les mêmes vêtements passe-partout, mais non, je refusais de capituler. Je supporterais les critiques acerbes. Je souffrirais les indignités. Je serais moi-même.

À l'instant où le Luas entra dans la gare, je l'aperçus, debout devant les portes concaves du Dandelion, à côté d'un jeune homme de son âge environ – vingt-six ans – qui gesticulait en parlant d'une manière très théâtrale. Je n'avais pas vu Jonas depuis quelques mois et son apparence me surprit ; les cheveux blonds qu'il portait à hauteur d'épaule étaient désormais très courts, ce qui faisait ressortir ses pommettes saillantes typiquement nordiques et le bleu céruléen de ses yeux. En m'apercevant, il jeta un coup d'œil à sa montre et lâcha une cigarette à demi consumée par terre, avant de l'écraser sous son pied.

Ses vêtements suggéraient qu'il avait simplement enfilé ce qu'il avait trouvé dans son placard ce matin-là, mais je soupçonnais qu'il passait un certain temps à prévoir la manière dont il se présentait au monde. Son jean épousait ses longues jambes fines ; ses bottes épaisses donnaient l'impression de peser plus lourd qu'un petit protestant ; il avait roulé ses manches de chemise et quelque chose qui ressemblait à une écharpe était vaguement enroulé autour de son cou. Il ne s'était pas rasé depuis deux ou trois jours et je voyais des filles lui lancer des regards au passage ; c'était un joli garçon, il n'y avait aucun doute là-dessus. Il avait hérité cela du côté paternel.

« Odran », fit-il lorsque j'arrivai, souriant sans chaleur, la main tendue. Il avait depuis longtemps cessé de faire précéder mon nom de *Oncle*. Son compagnon, dont la barbe naissante était aussi artistiquement taillée que celle de mon neveu, même si elle ne lui allait pas aussi bien, se tourna et me regarda comme si j'étais la huitième merveille du monde.

« Je suis content de te voir, Jonas », dis-je avec un grand sourire, en lui serrant la main. J'envisageai un instant de me pencher pour le prendre dans mes bras, mais il était si raide qu'il avait l'air de vouloir me tenir à distance.

« C'est un peu tôt pour une soirée costumée, non ? » dit le jeune homme à côté de lui, riant comme un tamia. Ce n'était pas souvent que je n'aimais pas quelqu'un dès la première seconde, seulement celui-ci était d'une insolence rare.

« Ferme-la, Mark, dit Jonas, se tournant vers lui, sans agressivité, plutôt avec un peu de lassitude. Il est prêtre. C'est comme ça qu'il s'habille.

— Pour de vrai ? »

Nous l'ignorâmes tous les deux.

« Tu as faim, Odran ? demanda Jonas.

— Oui.

— Tu ne vas pas faire les présentations ? » l'interrogea son compagnon.

Jonas hésita, comme s'il n'était pas certain de vouloir se donner cette peine, puis il finit par hausser les épaules. « Odran, je te présente Mark. Mark, Odran. Mon oncle. »

Le garçon étouffa un rire. « Tu plaisantes, hein ?

— Pourquoi je ferais ça ?

— Oh..., fit Mark en me détaillant des pieds à la tête. Vous êtes vraiment prêtre ?

— Oui.

— Je ne savais pas que vous aviez un prêtre dans la famille, répondit-il en se tournant vers Jonas. Ça fait tellement années 50. Tu t'es bien gardé de me le dire.

— Je me garde de dire beaucoup de choses, rétorqua Jonas. De toute manière, quand est-ce que je t'ai parlé de ma famille ?

— Non, je voulais juste...

— Regardez, c'est Bono », fis-je en pointant un doigt vers l'Arche des Fusiliers. Et effectivement, il était là – *Il* était là –, les yeux cachés derrière de grosses lunettes de soleil rouges, levant la main pour héler un taxi tandis que les passants fouillaient dans leur poche à la recherche de leur smartphone. Les deux garçons tournèrent la tête et regardèrent de l'autre côté de la rue, mais quelques instants plus tard, Jonas se détourna et jeta un coup d'œil à sa montre.

« Nous devrions y aller. La journée est chargée.

— Bien sûr », répondis-je, espérant que Mark n'avait pas prévu de se joindre à nous pour déjeuner. Je voyais mon neveu si rarement que je n'avais pas envie de le partager.

« Tu n'as pas quelque chose à faire, là ? demanda Jonas.

— Si, fit Mark, l'air déçu. Je peux t'appeler, après ?

— Comme tu veux. Mon portable risque d'être éteint cet après-midi. Et une bonne partie de la soirée aussi.

— Pourquoi ?

— Parce que je l'aurai coupé. »

Le pauvre Mark déglutit avec peine – il était désappointé, que Dieu lui vienne en aide – et regarda ses chaussures. « D'accord… Eh bien, j'essaierai, de toute façon. Et si je n'arrive pas à t'avoir, je te laisserai un message et peut-être qu'on pourra se retrouver plus tard ?

— Peut-être, dit Jonas sans s'engager. Je ne sais pas trop ce que j'ai prévu.

— Je suis libre presque toute la soirée. »

Il regarda Jonas comme un chiot espérant que son maître va sortir une friandise de sa poche. Mais il n'y avait pas de friandise à attendre ; Jonas n'avait rien à offrir.

« Heureux de vous avoir rencontré, oncle Odran, dit Mark en inclinant la tête.

— Je ne suis pas votre oncle », répliquai-je en souriant. Prends ça, me dis-je, et il tourna les talons de mauvaise grâce. « On y va ? »

C'était Jonas qui avait choisi le lieu. Quand je l'avais appelé, il avait suggéré cette adresse, car elle était proche de Today FM, où il avait accordé une interview à Ray D'Arcy une demi-heure avant.

« Comment vas-tu ? » me demanda-t-il quand nous nous assîmes avant de commander deux salades, une Heineken et une bouteille d'eau minérale ; la bière était pour moi, j'avais besoin de me remettre d'aplomb. Dans le Luas qui m'avait amené ici, deux jeunes gens m'avaient bousculé délibérément. Tandis qu'ils poursuivaient leur chemin sans s'excuser, l'un d'eux avait toussé et marmonné « pédophile » dans un souffle. Je n'avais rien dit, j'avais trouvé une place assise et regardé les gares défiler. Mais j'en avais été affecté.

« Très bien, dis-je.

— Toujours dans ta paroisse ?

— Pour mon malheur.

— Aucune chance que tu retrouves ton école ? »

Je secouai la tête. « Je pense que la cause est perdue. L'homme qui m'a succédé, un prêtre du Nigeria, a montré une certaine aptitude au rugby et vient d'entraîner l'équipe de la Senior Cup. Et après ce qui s'est passé la semaine dernière...

— Que s'est-il passé la semaine dernière ?

— Nous avons gagné la Senior Cup, tu n'as pas lu la nouvelle dans les journaux ? »

Jonas haussa les épaules, peu intéressé. Je suppose que cela ne signifiait rien pour lui.

« Il est certain qu'après une victoire pareille, il gardera son poste jusqu'à la fin de sa vie. Je ne pourrai jamais y retourner.

— Elle te manque ?

— Oui.

— Il y a d'autres écoles. »

Je secouai la tête. « Je fais partie des murs de Terenure, lui dis-je. Et de toute manière, je ne choisis pas. Je dois aller là où l'archevêque m'envoie. »

Il eut l'air perplexe. « Je suppose que oui.

— Il n'y a pas à supposer, c'est ainsi, c'est tout.

— Je connaissais un garçon qui allait à Terenure College, dit-il, jetant un coup d'œil autour de lui, surprenant son reflet dans le miroir et contemplant son image quelques instants avant de se tourner à nouveau vers moi. Jason Wicks. Ça te dit quelque chose ? »

J'acquiesçai. « J'ai connu Jason.

— Tu le connaissais bien ?

— Non, pas très bien, fis-je en secouant la tête.

— Et le professeur, comment il s'appelait, déjà ?

— Donlan, dis-je. Le père Miles Donlan.

— Et lui, tu le connaissais bien ?

— Assez bien. Comment as-tu rencontré Jason ?

— Nous avons étudié l'anglais ensemble à Trinity.

— Es-tu toujours en contact avec lui ?

— Non, il est en prison. »

J'écarquillai les yeux. Voilà une nouvelle que j'ignorais. « En prison ? Pourquoi ?

— Il a braqué un magasin d'alcools.

— Non !

— Si.

— Mais pourquoi ?

— Pour l'argent, j'imagine, répondit Jonas dans un haussement d'épaules.

— Sa famille n'avait-elle pas beaucoup d'argent ? Son père n'avait-il pas un gros poste à l'AIB ? Je me souviens qu'il venait à tous les matches de rugby, poussant des cris stridents contre son fils. Un jour, lors d'une défaite, il lui a mis une claque et Mr Carroll a été obligé de l'éloigner de son fils.

— Son père l'a mis à la porte il y a longtemps. Il se droguait et il jouait…

— Son père ?

— Non, Jason.

— Je n'arrive pas à le croire.

— C'est pourtant vrai. Ce Donlan l'a vraiment bousillé. Désolé. » Il assortit ce dernier mot d'un haussement d'épaules désinvolte.

« D'après toi, le père Donlan est responsable de ce qu'a fait Jason ? demandai-je au bout d'un moment, essayant de mettre de l'ordre dans mes pensées.

— Bien sûr. Je me souviens de Jason en première année à Trinity. Il était plein de colère. Et ensuite, après le procès, celui de Donlan, il a complètement perdu les pédales.

— Ils ne… » J'hésitai à poser la question au cas où cela aurait paru ironique. « Ils ne sont pas dans la même prison, n'est-ce pas ?

— Je ne sais pas. Je ne parle plus à Jason. Pourquoi, tu es resté en contact avec Donlan ?

— Non.

— Combien il a pris ?

— Six ans, si je me souviens bien. » Jonas éclata de rire. « Jason a pris douze ans. C'est drôle, non ?

— Je suppose que cela dépend de ta définition de drôle, répondis-je, ravi qu'on nous apporte notre commande, car je n'aimais pas la tension créée par cette conversation. Tu sais, je t'ai vu au *Late Late Show*, repris-je, impatient de changer de sujet.

— Ah oui ? » Il sourit, ravi.

Où était passé l'adolescent timide, nerveux ? me demandai-je. Il était parti. Désormais, dans son attitude, je ne sentais rien d'autre que de la supériorité. De l'arrogance pure. Un besoin de réussir et d'être vu en train de réussir. Il voulait que les gens le remarquent. Pourquoi était-ce si important pour lui alors qu'il avait déjà une belle vie ?

« Oui. Tu n'as jamais envisagé de faire de la scène ? Tu n'as fait qu'une bouchée de l'autre.

— Non, jamais.

— Où est-ce que tu trouves ton assurance ? Quand tu étais jeune, tu étais terriblement timide.

— Je fais semblant. En toute honnêteté, j'étais ivre.

— Tu étais quoi ?

— Eh bien, un peu éméché. J'avais avalé deux pintes au Stag's Head avant et il y avait beaucoup d'alcool dans les loges. Je me suis laissé aller.

— Et Peter O'Toole passait après toi.

— Oui.

— Est-ce que tu as eu l'occasion de lui parler ?

— Brièvement.

— Il était comment ?

— Je ne sais pas. Vieux... Il ne semblait pas trop savoir ce qu'il faisait là. Il m'a demandé de lui prêter cinquante livres.

— Tu les lui as données ?

— Non. Je ne les reverrais jamais.

— Comment marche ton livre ? demandai-je.

— Il n'est sorti que depuis une semaine. On verra. »

Dans Grafton Street seulement quelques jours auparavant, j'avais vu une bonne vingtaine d'affiches annonçant sa parution dans la vitrine de Dubray Books, juste en face de HMV. La moitié d'entre elles reproduisaient la jaquette du livre et, sur l'autre moitié, il y avait un portrait de Jonas. Il ressemblait à ces jeunes gens des publicités Calvin Klein, la chemise déboutonnée jusqu'au milieu de la poitrine, une main dans les cheveux, regardant l'appareil comme s'il était surpris de le voir là. Je ne pus m'empêcher de me demander comment c'était pour les écrivains qui n'avaient pas autant d'atouts physiques. Est-ce que les éditeurs vous ouvraient la porte si vous aviez un physique normal ?

« Et tu travailles sur un nouveau projet ?

— Oui.

— Quel en est le sujet ?

— Des trucs, dit-il en mâchant pensivement un morceau de brocoli. Difficile à décrire. »

Je soupirai. Peut-être qu'il ne m'aimait pas. Peut-être qu'il était juste grossier.

« Bon... parlons de ta maman, dis-je enfin.

— Ma maman, répéta-t-il en hochant la tête.

— Je l'ai vue, l'autre jour.

— Je sais. J'y étais le lendemain. Une des infirmières m'a dit que tu étais venu.

— Son état ne s'améliore pas, semble-t-il. »

Il me regarda et fronça les sourcils, peut-être un peu surpris par ma remarque. « Son état ne va jamais s'améliorer, Odran. Tu le sais.

— Je veux dire, il a l'air de se détériorer rapidement. Elle ne m'a pas reconnu pendant au moins vingt minutes, ensuite, elle a retrouvé ses esprits et était parfaitement lucide. Et après, elle a demandé si Kate Bush se trouvait toujours dans le couloir, et si c'était le cas, est-ce que je pourrais obtenir un autographe. »

Jonas rit, malgré lui. « Kate Bush ?

— C'est ce qu'elle a dit. Peut-être qu'elle l'avait entendue à la radio plus tôt dans la journée.

— Probablement. Je ne pense pas que Kate Bush passe beaucoup de temps à Chartwell, tu crois, toi ? »

Je ne me fatiguai pas à répondre. Je bus une gorgée de bière et picorai ma salade.

« Le jeune homme de tout à l'heure, dis-je. C'était un ami à toi ?

— Qui ?

— Mark, c'est ça ?

— Quelle est ta question ? demanda-t-il en fronçant les sourcils.

— Est-il ton – comment dit-on – ton conjoint ?

— Grand Dieu, non », rétorqua Jonas, atterré. On aurait juré que je venais de l'accuser de sortir avec Dana.

« Eh bien, je ne sais pas.

— C'est juste un ami, c'est tout. Même pas ça. Une connaissance, vraiment rien de plus. Il a écrit un roman.

— Qui a bien marché ?

— Qui n'a encore rien fait. Il cherche un éditeur. Il veut que je l'aide.

— Est-ce que son texte est bon ? »

Il haussa les épaules. « Je ne l'ai pas lu.

— Est-ce que tu as l'intention de le lire ?

— Pas si je peux l'éviter. »

Je hochai la tête et mangeai un peu. J'étais agacé par son arrogance. Je fis une dernière tentative. « Personne ne t'a aidé quand tu démarrais ?

— Non, absolument personne. »

Je tournai la tête et regardai par la fenêtre les gens qui passaient, la plupart de l'âge de Jonas, tous en train de bavarder, l'air heureux dans leur vie. Il me vint à l'esprit que mon neveu, malgré tout son succès, son argent, son film et ses livres, était bien moins épanoui qu'eux.

« Et y a-t-il quelqu'un dans ta vie ? » demandai-je, sachant parfaitement qu'une personne qui parlait ainsi révélait qu'elle luttait pour trouver le bonheur.

Il me sourit. « Tu veux vraiment savoir ?

— Sinon, je ne te poserais pas la question.

— Non, personne en particulier. Et je suis heureux comme ça. »

Je n'abordai plus ce sujet. Ce n'était pas que je me sentais mal à l'aise avec l'homosexualité de Jonas, c'était juste que je n'avais aucune expérience dans ce domaine, rien auquel le comparer. Étais-je censé faire comme si c'était la même chose qu'une relation entre un homme et une femme, ou serais-je qualifié de condescendant ? Et si je me comportais comme si c'était différent, était-ce insultant ? J'étais en terrain miné. En fait, on ne pouvait rien dire, voilà la vérité. Ces temps-ci, on ne pouvait pas sortir de chez soi sans offenser quelqu'un. Jonas et moi n'en avions jamais parlé vraiment, mais il lui arrivait d'aborder le sujet dans des interviews, à contrecœur, comme s'il ne comprenait pas bien pourquoi cela intéressait quelqu'un de savoir qui partageait son lit. Et dans ses quatre romans – je n'avais pas encore lu le dernier – il n'avait traité ce thème qu'une seule fois, et c'était le livre grâce auquel il s'était fait un nom. À une époque, on avait l'impression que tout le monde lisait ce roman.

Le roman s'intitule *Spiegeltent* et il se passe en Australie, un pays pour lequel Jonas ressent une affinité particulière, je le sais. C'est un livre court, le plus court de tous ceux qu'il a écrits, et l'histoire se déroule en un week-end. Le personnage principal, un jeune Irlandais exilé là-bas pour tenter de trouver du travail, voit une publicité pour un concert qui sera donné par un musicien qu'il a vaguement connu à Dublin quelque dix ans auparavant. L'événement doit avoir lieu dans un « spiegeltent » – un édifice en bois, toile et miroirs – dans Hyde Park à Sydney une semaine plus tard. Il achète un billet et fait parvenir un message au musicien, qui se souvient de leur brève amitié, et ils conviennent de sortir pour prendre quelques verres. Une grande partie de l'action du livre est racontée par le narrateur assis au deuxième rang du « spiegeltent » en train d'écouter le musicien, les yeux rivés sur lui, se rappelant les événements traumatiques qui ont eu lieu à Dublin de nombreuses années auparavant, des événements auquel le musicien était, par l'intermédiaire d'un ami commun, vaguement relié. Le narrateur est homo, et par coïncidence, c'est aussi le cas du musicien. Rien ne s'est jamais passé entre eux, même si le narrateur en pinçait vraiment pour lui autrefois, et tandis qu'il est assis là, il est subjugué par la nature délicate de la musique, et la beauté presque irrésistible du musicien. Celui-ci est plutôt de petite taille, et bien qu'il ait presque trente ans, il a le visage d'un enfant. Le narrateur est perdu. Il a l'impression que tous les instants de sa vie l'ont conduit à ce jour. Il revoit toutes les difficultés qu'il a eu à surmonter depuis son enfance, tous les moments sinistres qui ont marqué sa vie, et il a l'impression de les entendre décrits, l'un après l'autre, dans les chansons du jeune homme. Après, ils trouvent un bar, ils boivent des bières et le narrateur est suspendu à toutes les paroles du musicien. Il a envie de lui dire que bien qu'ils se connaissent à peine, il sent qu'ils se comprennent intimement. Il a un désir impérieux de le toucher. Il pense que ce musicien, avec son pantalon bleu clair qui ne descend pas tout à fait jusqu'à ses baskets, avec ses chevilles qui sont visibles quand il est assis sur le tabouret, sa petite guitare entre les mains, est quelqu'un qu'il est censé connaître, mais il a du mal à parler. Ce qu'il ressent est tellement fort que s'il le décrivait, il paraîtrait forcément soit banal soit mélodramatique, et le musicien prendrait peur et s'enfuirait en courant. Il ne peut pas gagner ; il ne peut rien dire, par crainte de dire ce qu'il ne faut pas. Finalement, un autre homme vient à leur table accompagné de sa petite amie. Eux aussi ont assisté au concert. Ils ont entendu le jeune musicien et insistent pour offrir une tournée. La paire devient quatuor, même si aucun des nouveaux arrivants ne s'intéresse au narrateur. Finalement, le musicien annonce qu'il va partir, qu'il doit à nouveau chanter le lendemain matin ; qu'il doit prendre soin de sa gorge, retourner à son hôtel. Le narrateur est sur le point de proposer de l'accompagner, se disant qu'il trouvera peut-être en chemin les mots pour exprimer ce qu'il ressent. Mais le jeune couple, tous deux des touristes, ont une chambre dans le même hôtel, quelle coïncidence, et suggèrent qu'ils prennent un taxi tous les trois. Moins d'une minute plus tard, ils sont tous partis, ils ont disparu avec une soudaineté qui prend le narrateur par surprise, et il se retrouve seul. Plus tard ce soir-là, le musicien lui envoie un SMS ; il demande si le narrateur viendra à son concert le lendemain soir. Il répond non, il est trop occupé, il faut qu'il travaille. Mais c'est un mensonge, et il reste cloîtré dans son appartement à pleurer. Il ne supporte pas l'idée de la proximité physique que lui imposerait une seconde soirée. Pourtant le soir suivant, au moment où le concert se termine, ses pieds l'emmènent une nouvelle fois au spiegeltent et c'est là que l'histoire prend un tour inattendu.

Bon, je paraphrase. Je ne lui rends absolument pas justice. Ce que Jonas a écrit est bien mieux.

« Ta maman, redis-je.

— Ma maman.

— Les docteurs m'ont dit qu'à partir de maintenant, ça pourrait s'accélérer.

— Elle reçoit les meilleurs soins possible.

— Je sais.

— Je vais la voir toutes les semaines, tu sais. Parfois deux fois par semaine.

— Je sais, Jonas. Aucune critique de ma part. Tu es un bon fils. »

Il hocha la tête.

« Est-ce que tu as eu des nouvelles d'Aidan ?

— Bien sûr.

— Comment va-t-il ?

— Très bien.

— Il est toujours à Londres ?

— Mais non. Cela fait des années qu'il n'y est plus. »

Je le regardai, surpris. « Hein ?

— Eh oui.

— Où habite-t-il, s'il n'est pas à Londres ? »

Jonas hésita et but une gorgée d'eau. « Il ne t'a pas dit ?

— Est-ce que je te le demanderais, s'il me l'avait dit ? »

Il parut gêné. « Ce n'est pas à moi de le faire.

— De me dire où il vit ?

— Non.

— C'est un secret d'État ? Il fait partie du programme de protection des témoins ?

— Odran...

— Pourquoi refuses-tu de me le dire ?

— Parce que s'il voulait que tu le saches, j'imagine qu'il te l'aurait dit. »

Je le regardai longuement, incrédule. « Mais pourquoi ne voudrait-il pas que je sache ?

— Ça, c'est à lui qu'il faut le demander.

— Et comment puis-je le faire si je ne sais pas où il se trouve ? »

Il haussa les épaules et parut las du tour que prenait la conversation.

« Qu'est-ce que Aidan a contre moi ? Est-ce que tu peux me dire ça, au moins ?

— C'est à lui que tu dois le demander, répéta-t-il.

— Je n'arrive pas à y croire. Jonas, veux-tu bien me dire où vit ton frère, par pitié ?

— À Lillehammer, finit-il par lâcher, un peu radouci.

— Lillehammer ? En Norvège ?

— Oui.

— Auprès de ta grand-mère ?

— Oui. »

Je secouai la tête. « En voilà une nouvelle. Vous vous parlez, donc, tous les deux ?

— Bien sûr. Nous sommes frères.

— Eh bien, je suis son oncle et je n'ai jamais de nouvelles. »

Jonas marqua une courte pause. « Il est tellement occupé. Son affaire a vraiment pris de l'ampleur. Et puis il y a Marthe et les enfants.

— Je ne les ai jamais rencontrés, fis-je, sentant des larmes inattendues me remplir les yeux. Est-ce que Hannah les connaît ?

— Il n'est pas question qu'il les amène en Irlande.

— Pourquoi donc ?

— Il n'aime pas revenir ici.

— Mais pourquoi ? » demandai-je, insistant.

Il haussa les épaules. « Je te le répète, il est très occupé. »

Je secouai la tête. « Je ne sais pas ce que je lui ai fait, dis-je, entendant le chagrin dans ma propre voix. Je n'ai jamais oublié son anniversaire, que je sache. Ni le tien, d'ailleurs.

— Si j'étais toi, je ne le prendrais pas personnellement, Odran. C'est juste que ça n'intéresse pas Aidan de maintenir les relations avec d'anciennes connaissances.

— Je ne suis pas une connaissance, fis-je en me penchant en avant, furieux. Je suis son oncle, Grand Dieu.

— Je ne m'en soucierais pas si j'étais toi.

— Je ne m'en soucie pas. Je trouve cela blessant, c'est tout.

— Tu n'es pas le seul à souffrir, Odran. »

Je fronçai les sourcils. Que voulait dire cette phrase ? Parlait-il de sa mère ? J'étais bien placé pour savoir que Hannah souffrait. Et que ses deux fils souffraient aussi, vu l'état dans lequel elle se trouvait.

« Je pourrais l'appeler, je suppose, dis-je finalement.

— Tu n'as pas son numéro.

— Tu pourrais me le donner.

— Il faudrait que je lui demande la permission d'abord. »

Il me regarda avec un semblant de mépris avant de rire un peu. À ma grande surprise, il tendit la main, prit ma canette de Heineken, avala une longue gorgée, puis la reposa sur la table sans explication ni excuses.

« Je lui en parlerai, si tu veux. Si ça peut te faire plaisir. »

À ce moment-là, une chanson que j'avais entendue de nombreuses fois à la radio cette dernière année résonna dans les haut-parleurs, une voix masculine chantant avec très peu d'efforts, semblait-il, mais beaucoup de conviction, et je vis les yeux de Jonas se fermer quelques instants tandis qu'il posait une main sur son ventre, comme le ferait quelqu'un qui venait de recevoir un coup de pied. Je savais ce qu'il ressentait. Je n'aurais pas été plus blessé s'il m'avait soulevé de ma chaise en me tenant d'une main par le cou pour m'envoyer son poing dans la figure. Qu'avais-je fait à ces deux garçons pour qu'ils me méprisent autant ? De quelle manière les avais-je fait souffrir ?

« Non, tu as raison, dis-je en détournant les yeux. On en parlera une autre fois. »

Aidan.

Je me souviens quand Hannah et Kristian désespéraient de son comportement. Il avait environ onze ans à l'époque, quelques années de moins que la plupart des garçons qui commencent à partir en vrille, et il ne cessait de leur causer du tourment avec ses crises de colère et sa conduite à l'école. Il y avait eu un incident avec un autre garçon, qui avait été son meilleur ami quelques semaines auparavant. Ils avaient eu une altercation et Aidan s'était battu avec l'autre, lui faisant sauter une dent ; il avait fallu que Hannah et Kristian déploient d'énormes efforts pour apaiser les parents de la victime. Ensuite, il avait lacéré les pneus de la voiture d'un de ses professeurs, un prêtre qui était à l'école depuis trente ans et devait prendre sa retraite quelques semaines plus tard. Apparemment, après cela, le pauvre homme avait quitté son poste plus tôt que prévu. Aidan avait été mis à pied, et le principal avait déclaré que s'il ne changeait pas de comportement, il risquait l'exclusion définitive.

Ce fut Kristian qui m'appela au téléphone et me demanda si je pouvais avoir une petite conversation avec lui, et à cette idée, mon cœur se serra. J'aimais Aidan, je m'entendais bien avec lui, mais en vérité, je ne le connaissais pas vraiment. L'un des grands échecs de ma vie – je m'en rends compte maintenant que je vieillis –, c'est que j'ai été un oncle médiocre pour ces deux garçons. Oui, j'avais toujours été gentil avec eux, et comme je l'avais dit et redit à Jonas, je n'avais jamais oublié un cadeau d'anniversaire ou de Noël, mais je n'avais pas été véritablement présent dans leurs vies, ne leur avais jamais donné de raison de se préoccuper de moi. Bien que j'eusse passé six ans dans un séminaire avec des jeunes hommes, malgré trente années à enseigner à Terenure à des adolescents, je trouvais toujours difficile d'établir un lien avec les enfants de Hannah, comme si le fait qu'elle ait une vie de famille alors que je n'en avais pas constituait pour moi un obstacle. Je n'en suis pas fier. À de nombreuses occasions je me suis dit que je devais déployer davantage d'efforts pour bâtir une relation avec Aidan et Jonas, mais le temps était passé, trop de temps, et les occasions s'étaient faites rares. Alors, quand on me demanda de parler à Aidan parce qu'il causait des ennuis à ses parents, je ressentis une immense appréhension.

« Je ne peux plus communiquer avec lui, Odran, me dit Kristian, désespéré. La moitié du temps, il est dans sa planète.

— Dans son monde », rectifiai-je. Malgré toutes les années passées à Dublin, Kristian se trompait encore parfois, ce qui le rendait très attachant.

« Oui, dans son monde. Peut-être qu'un autre homme, son oncle, peut lui faire entendre raison. »

Je promis d'essayer, et m'assis avec Aidan et ses parents un après-midi – Aidan était clairement présent contre son gré, et je commençai par lui demander si quelque chose l'inquiétait.

« La menace d'une guerre mondiale thermonucléaire, répondit-il immédiatement, et je ris ; j'avais dit quelque chose de similaire à maman des années auparavant quand elle m'avait surpris dans une de mes mauvaises phases.

— Rien d'autre que ça ? Rien d'autre à un niveau plus personnel ?

— Ça ne suffit pas ? fit-il. L'annihilation possible de l'humanité ?

— C'est certain, la perspective n'est pas réjouissante, admis-je. Mais ton copain d'école n'est pas du tout responsable de ça, n'est-ce pas ? Ni ton professeur ? »

Aidan haussa les épaules et détourna le regard. Il demanda à Hannah s'il pouvait avoir une barre chocolatée et elle répondit non, ça lui couperait l'appétit pour le dîner.

« Tes parents sont terriblement inquiets à ton sujet », dis-je.

Il rit sans joie et secoua la tête.

« Je t'assure, insistai-je.

— Nous le sommes, répétèrent Hannah et Kristian d'une même voix, et le garçon s'étira sans pudeur et bâilla à se décrocher la mâchoire à quelques centimètres de mon visage.

— Allez… Est-ce qu'au moins tu pourrais te tenir correctement ?

— Je suis fatigué, Odie. » *Odie*. Personne ne m'appelait jamais ainsi, sauf Aidan. Il avait commencé quand il était bébé, quand il apprenait à parler, et, pour une raison étrange, il ne parvenait pas à prononcer *Odran*. Mon prénom était devenu *Odie* et il n'avait jamais changé. Si quelqu'un d'autre l'avait fait, je le lui aurais interdit, mais dans la bouche d'Aidan, je trouvais ce surnom charmant. Je me demandai s'il m'aimait plus qu'il ne voulait bien le reconnaître.

« Tu dors bien la nuit ?

— Il refuse de se coucher avant minuit, indiqua Hannah. Et ensuite, il n'arrive pas à se lever pour aller en cours. Ce n'est pas étonnant qu'il soit fatigué. »

J'ignorai l'interruption. « Comment ça va à l'école ? » Peut-être cela se passerait-il mieux si ses parents nous laissaient seuls pour parler, mais je ne me sentais pas le droit de leur demander.

« C'est chiant, dit Aidan.

— Voilà l'autre problème, lança Kristian en levant les bras en l'air. Tout est chiant, en ce moment. Il ne manifeste aucun intérêt pour rien.

— Tu n'es pas bien à l'école ? demandai-je. Tu y retrouves tous tes amis, non ?

— Je me fiche pas mal d'eux. Ce sont tous des imbéciles.

— Et tu joues avec qui, alors ?

— *Joues* ? répéta-t-il en ricanant.

— Oui.

— Je ne *joue* avec personne.

— Est-ce que tu joues avec Jonas ?

— Jonas est un imbécile. Et il est chiant.

— Tu vois ? dit Kristian en secouant la tête. Je ne sais plus quoi faire de lui. J'ai suggéré qu'il vienne avec moi à Lillehammer pour rendre visite à sa grand-mère pendant deux ou trois semaines cet été, mais il refuse.

— C'est chiant, là-bas, dit Aidan. Tu ne sais pas comment c'est, Odie. Tu n'y es jamais allé.

— En fait, si. J'y suis allé quand tes parents se sont mariés. Et j'ai passé un moment extraordinaire.

— Tu n'y es jamais retourné ?

— Non, mais…

— Exactement.

— Eh bien, je ne sais pas quoi te dire, Aidan, fis-je, me sentant déjà vaincu. Tu es tout jeune et tu te comportes comme une espèce de délinquant, et sans la moindre raison, pour ce que je peux en voir. Quand j'avais ton âge, j'étais plein de vie.

— Je ne suis pas toi.

— Non, c'est vrai. J'ai dit ça comme ça. Et je n'avais pas tous les amis que tu as, ni de foyer heureux. Je n'ai pas eu de véritable ami avant dix-sept ans, quand j'ai rencontré Tom Cardle au séminaire.

— Comment va le père Tom ? » demanda Hannah, mais je balayai la question d'un revers de main. Nous étions là pour parler d'Aidan.

« Il faut que j'aille aux toilettes, fit Aidan, se levant d'un bond comme s'il était sur le point de vomir, et je me demandai si c'était une ruse de sa part pour mettre fin à la conversation.

— Vas-y. »

Mais il n'est pas allé aux toilettes. Il sortit dans le jardin, ramassa une poignée de pierres et, une après l'autre, cassa presque toutes les vitres de la serre de Kristian, ne s'arrêtant que lorsque nous accourûmes et que son père le souleva de terre et ramena de force à l'intérieur un enfant déchaîné au milieu des cris et des coups de pied. Sans la moindre raison imaginable, le garçon avait soudain décidé d'avoir des comportements destructeurs.

Et ce jour-là était encore un bon jour. Ensuite, la situation ne fit que se détériorer jusqu'à ce que finalement il quitte la maison et s'en aille vivre à Londres. C'est à ce moment-là qu'il sembla sortir complètement de ma vie.

Après avoir quitté Jonas, je longeai Grafton Street en direction de Brown Thomas, avec l'intention d'aller m'acheter une paire de gants. Nous étions au milieu de la journée et, malgré tout ce que nous entendions à la radio sur la crise financière, la rue était pleine de clients qui se pressaient, impatients d'arriver à destination. L'austérité, parlons-en. Deux garçons et une fille jouaient de la guitare et chantaient une vieille chanson de Luke Kelly devant le Burger King ; plus loin, un quatuor à cordes s'était installé devant un magasin de téléphones portables et jouait un morceau entraînant de Mozart pour la foule considérable qui s'était rassemblée face à eux. Devant l'entrée de Brown Thomas se trouvait un de ces hommes peints en or sur un piédestal, totalement immobile, le regard dans le vide, un feutre retourné devant lui contenant seulement quelques euros. Ces hommes me rendaient perplexes. Les musiciens offraient au moins un service ; il semblait mesquin de ne pas les récompenser pour leur musique. Mais que donnaient les hommes comme ça ? Étais-je censé le payer pour jouer les statues ? Pourquoi, exactement ? Et où revêtait-il son habit voyant, peignait-il son visage, dorait-il ses mains ? Rentrait-il en bus ainsi ou montait-il dans le Luas avec tout cet attirail ? S'il se frottait à quelqu'un, la personne serait-elle couverte d'or, elle aussi ?

Un autre homme costumé se tenait à l'entrée de Brown Thomas, mais celui-ci m'ouvrit la porte avec un « Bonjour, monsieur » indifférent, malgré la présence de mon col. J'ai remarqué avec le temps que les gens sont devenus hésitants quant à la bonne manière de s'adresser à un prêtre, comme s'ils étaient gênés de dire « mon père » ou qu'ils étaient intimidés par le mot. À l'intérieur du magasin, quelques personnes jetèrent un coup d'œil vers moi et deux des filles qui se trouvaient derrière le comptoir du maquillage échangèrent un regard et un petit sourire qui me mirent mal à l'aise.

Je n'étais pas entré chez Brown Thomas depuis une éternité. Partout, du verre, des escaliers blancs, des miroirs. Je me rappelais encore quand l'enseigne était Switzer's, et que maman nous emmenait, Hannah et moi, voir les vitrines de Noël et qu'on faisait la queue en prévision de la rencontre terrifiante avec le père Noël dans sa grotte sombre peuplée d'elfes. Maintenant, une femme était plantée au milieu d'une allée dans une attitude provocante, un flacon dans une main, l'autre posée dessus comme si elle se préparait à dégoupiller une grenade, et effectivement, je la vis attaquer plusieurs clients innocents avec une giclée de parfum.

« Le rayon homme, s'il vous plaît ? demandai-je à une vendeuse qui passait par là.

— Prenez l'escalier qui se trouve là », dit-elle, pointant vers un coin du magasin avant de s'éloigner sans avoir ralenti le moins du monde. Je traversai donc puis descendis les marches pour trouver encore du verre et des miroirs, et un espace déroutant divisé en sous-secteurs, emboîtés les uns dans les autres comme des poupées russes. Quelques jeunes hommes en train de plier des chemises et des pantalons tournèrent la tête pour me suivre des yeux. J'approchai l'un d'eux avec circonspection.

« Je suis à la recherche d'une paire de gants, dis-je.

— À qui ? me demanda-t-il.

— Pardon ?

— À qui, les gants ? » répéta-t-il.

Je le regardai fixement. « Eh bien, à vous pour le moment, j'imagine. Ou au magasin. Mais je voudrais en acheter. Pour qu'ils deviennent les miens. »

Il soupira comme si la vie était un fardeau tout simplement trop lourd. « Hugo Boss ? Calvin Klein ? Tom Ford ? Ted… ? »

Je l'interrompis ; j'avais l'impression qu'il aurait pu continuer jusqu'au soir. « Juste une belle paire de gants noirs. Pas doublés de fourrure. Et rien de trop cher. Peu m'importe qui les a fabriqués. »

Il tourna les talons et me conduisit vers le milieu du magasin où, disposés sur une table, se trouvait un assortiment de gants, clairement étiquetés. Je vis tout de suite ceux que je voulais et les pris. « Ceux-ci, je crois », dis-je en les essayant. Ils m'allaient parfaitement. Je jetai un coup d'œil au prix. Deux cent vingt euros. « Ça ne peut pas être le vrai prix, déclarai-je en lui montrant.

— Si. Vous avez de la chance, ils sont en promotion. »

Je ris. « Vous plaisantez ? Vous savez que nous sommes en récession, n'est-ce pas ?

— Pas chez Brown Thomas, en tout cas.

— Quand même », fis-je en secouant la tête. Qui paierait une somme pareille pour une paire de gants alors qu'on risquait fort de les oublier un jour dans le bus n°14 ?

« Le prix initial est trois cents, m'expliqua-t-il. Ils sont beaux, n'est-ce pas ? Presque trop beaux pour être portés.

— Oui, mais moi je veux les porter, voyez-vous. Les gants sont faits pour ça. Vous n'avez rien de moins cher ?

— Moins cher ? » On aurait dit que je venais d'énoncer une obscénité au beau milieu d'un enterrement. « Nous avons quelques modèles de la saison dernière. Les prix commencent à cent cinquante euros. »

Je ris à nouveau et secouai la tête. « Vous pensez que j'ai plus de chances de trouver mon bonheur en face ? demandai-je. Chez Marks & Spencer ? »

Il sourit. Peut-être n'essayait-il pas de se moquer de moi, après tout. « Ils ont effectivement une gamme meilleur marché. Mais vous ne les garderez pas aussi longtemps. Cela risque d'être une… comment dit-on ?

— Une fausse économie.

— Voilà.

— Je vais quand même aller jeter un coup d'œil. Et si je ne trouve rien qui me plaît, je reviendrai vous voir. »

Il acquiesça et se détourna, ayant perdu tout intérêt pour ma personne, et je remontai l'escalier pour me diriger vers la sortie ; c'est là que je le vis. Un petit garçon, qui ne devait pas avoir plus de cinq ans, debout au milieu du magasin, le visage effrayé, et personne apparemment pour s'occuper de lui. Sa lèvre inférieure tremblait et j'imagine qu'il était en train de se demander si cela valait la peine de pleurer ou s'il devait patienter encore une minute avant de céder à ses émotions. Je regardai autour de moi, sans trop savoir comment agir. Je supposais que sa mère allait réapparaître à tout moment, mais elle ne revenait pas ; les larmes commencèrent à couler et il s'essuya les joues avec ses mains.

D'après vous, que pouvais-je faire d'autre que d'aller le voir ? Je me penchai.

« Est-ce que ça va, mon garçon ? Tu n'es pas perdu, si ? »

Il leva les yeux vers moi, soulagé, et peut-être un peu effrayé aussi. Il déglutit puis hocha la tête.

« Tu es venu avec ta maman ? Ou ton papa ?

— Avec ma maman, dit-il, presque en chuchotant. Mais je ne la trouve pas.

— Est-ce qu'elle est dans le magasin ? Et si nous partions à sa recherche ? »

Il fit non et pointa un doigt vers la porte vitrée de la sortie latérale, celle qui donnait sur Weir, le bijoutier. « Elle est sortie. Elle m'a laissé ici.

— Elle ne t'aurait pas laissé tout seul. Elle pensait sûrement que tu étais juste derrière elle, c'est ça, non ? »

Il secoua la tête et désigna à nouveau la rue. Je regardai autour de moi, déconcerté, certain que sa mère allait réapparaître sous peu, mais personne ne courait frénétiquement en criant le nom de son enfant. « Comment tu t'appelles ? lui demandai-je.

— Kyle.

— Et quel âge as-tu, Kyle ?

— Cinq ans. » Je ne m'étais pas trompé.

« Et il y a juste toi et ta maman, ou tu as des frères et des sœurs avec toi ?

— Ma sœur est à l'école.

— D'accord. Bon, jetons un coup d'œil par ici pour voir si on peut trouver ta maman. »

Je tendis le bras pour le prendre par la main, mais il secoua la tête et montra la porte à nouveau. « Elle est partie, insista-t-il. Elle est partie dans la rue. »

Et c'est là que je commis l'erreur, voyez-vous. J'aurais dû le conduire auprès d'une des employées au comptoir des vernis à ongles et lui demander si quelqu'un pouvait faire une annonce pour trouver la femme qui avait perdu son petit garçon. J'aurais dû aller voir un des agents de sécurité qui circulaient dans le magasin en bombant le torse. J'aurais dû demander à parler au gérant. Mais je ne fis rien de tout ça. Je ne raisonnai pas comme j'aurais dû. Je le crus, je fis confiance à un enfant de cinq ans apeuré et décidai que peut-être il avait raison, peut-être sa mère était-elle vraiment sortie sur Wicklow Street, croyant que le gamin était derrière elle, et maintenant, elle était au coin de Georges Street et fouillait des yeux les alentours, prise de panique, se demandant où se trouvait son fils.

« Bon, eh bien, viens », dis-je en le prenant par la main – ma deuxième erreur – pour l'entraîner vers la porte. Ma troisième erreur : je l'ouvris et nous sortîmes, immédiatement saisis par le froid de ce jour-là, quand la porte du grand magasin se referma derrière nous.

« Dans quelle direction elle est allée, à ton avis ? lui demandai-je. À gauche ou à droite ? »

Il regarda autour de lui – peut-être ne savait-il pas reconnaître sa gauche de sa droite – et montra la direction du Central Hotel, après l'International Bar.

« Allons-y, répétai-je en tenant sa main fermement. Nous allons faire un tour et voir si nous arrivons à la retrouver. »

Devant nous, j'aperçus un Garda posté devant le magasin de thés et décidai que si je n'avais trouvé la mère de Kyle avant d'arriver à son niveau, je remettrais le petit garçon aux autorités et attendrais avec eux jusqu'à ce qu'elle soit localisée.

Nous voilà donc, marchant sur Wicklow Street, un prêtre quadragénaire tenant la main d'un garçonnet de cinq ans qui s'éloignait de l'endroit où il avait été découvert. Étais-je si stupide ? Étais-je incapable de réfléchir ? N'avais-je donc pas de cerveau ?

« Est-ce que tu veux une glace ? demandai-je tandis que nous arrivions devant la boutique d'un marchand de journaux parce que les larmes de l'enfant avaient recommencé à couler. Est-ce que ça t'aiderait à te sentir mieux ? »

Mais le garçon n'eut pas l'occasion de répondre, car c'est à ce moment-là que j'entendis des cris et de l'agitation dans mon dos. Je me retournai et aperçus les yeux de tous les passants rivés sur moi tandis qu'une femme courait vers nous comme une athlète olympique, me hurlant d'enlever mes sales pattes de son fils, et avant que je comprenne ce qui se passait, un homme m'arrachait l'enfant, un autre m'écartait brutalement et me flanquait son poing dans la figure. Tout devint noir et le resta pendant dix bonnes minutes.

Lorsque je repris mes esprits, je me trouvais assis à l'arrière d'une voiture de patrouille qui roulait à bonne vitesse et, après la grande arche de Trinity College, nous nous arrêtâmes dans Pearse Street en face de ce qui autrefois était le cinéma Metropole.

Nous entrâmes et les agents derrière le comptoir levèrent à peine les yeux tandis que mon Garda – je l'appellerai mon Garda car c'était lui qui m'avait ramassé dans la rue et avait demandé à une voiture de venir pour me soustraire à la foule déchaînée qui voulait ma peau – m'emmenait dans une pièce glaciale aux murs de brique peints en blanc. Il m'annonça qu'il reviendrait bientôt et avais-je un téléphone sur moi, parce que si j'en avais un, pouvais-je le lui donner ?

« J'ai ce vieux truc, indiquai-je en lui tendant un Nokia que j'avais acheté quelques années auparavant et qui suffisait à mes besoins, même si Jonas avait ri quand il l'avait vu, pendant le déjeuner, en me disant d'en faire don au National Museum dans mon testament.

— Pour le moment, je le garde », fit-il en le glissant dans sa poche avant de quitter la pièce. Malgré ma contrariété, je trouvai le temps de me demander de quel droit il agissait ainsi.

Je restai là, seul, et sentis ma joue commencer à enfler, là où l'homme m'avait frappé ; je réfléchis à la situation dans laquelle je me trouvais. Bien sûr, j'avais été idiot. Forcément, de quoi avais-je eu l'air ? Et évidemment, tout le monde pensait que nous étions tous les mêmes. Susceptibles de kidnapper un enfant pour lui faire des choses terribles. J'enfouis mon visage dans mes mains, conscient que cette affaire pouvait très mal tourner.

Le Garda, mon Garda, revint avec un bloc-notes et un stylo, puis appuya sur le bouton rouge d'un enregistreur.

« Nom prénom », demanda-t-il. Pas de présentations. Aucune manière.

« Garda, j'ai besoin d'aller aux toilettes, dis-je, car la Heineken m'avait rempli la vessie. J'en aurai pour une minute.

— Nom prénom ? répéta-t-il.

— Il s'agit d'un malentendu, commençai-je. J'essayais seulement…

— Nom ? répéta-t-il en me fixant d'un regard glacial.

— Yates, dis-je sans m'énerver, les yeux baissés. Père Odran Yates.

— Vous voulez bien épeler ? »

Je m'exécutai.

« Avez-vous besoin d'une assistance médicale, monsieur Yates ?

— Je ne crois pas. Et c'est *père* Yates. » Je touchai mon col. « Père Yates. »

Il nota quelque chose. « Vous savez pourquoi vous êtes ici ?

— Le petit était perdu, commençai-je. Il m'a dit que sa maman était sortie sur Wicklow Street. J'essayais de l'aider à la trouver.

— Vous l'avez enlevé au grand magasin Brown Thomas, est-ce exact ? »

Je le regardai, incapable de parler pendant quelques instants ; je sentis mon ventre se serrer et craignis de me trouver mal. « Je ne l'ai pas enlevé, corrigeai-je toujours calmement, m'efforçant de ne pas perdre mon sang-froid devant ce que je savais être une situation impossible. Pas du tout. J'essayais juste de l'aider à retrouver sa mère. Le pauvre petit était perdu.

— Sa mère dit qu'elle n'était qu'à quelques mètres, en train de regarder des sacs à main.

— Si c'est le cas, je ne l'ai pas vue.

— Et vous n'avez pas pensé à conduire l'enfant à un agent de sécurité ?

— Non. J'aurais dû le faire. Il était contrarié. Il pleurait.

— Êtes-vous connu de nos services, Mr Yates ? »

Il me haïssait. Il méprisait tous les aspects de ma personne. Il voulait me faire du mal.

« Suis-je connu de vous ? demandai-je. Que voulez-vous dire par là ?

— Avez-vous des antécédents d'activité criminelle ?

— Bien sûr que non ! m'écriai-je, atterré.

— Des antécédents avec des mineurs ?

— Je n'ai jamais rien fait de mal. Je suis un homme bien.

— Nous avons les dossiers. Je peux aller voir tout de suite et vérifier. S'il y a quelque chose que vous me cachez, vous feriez mieux de le dire maintenant.

— Allez vérifier tout ce que vous voulez, lançai-je, sentant ma colère grandir devant tant d'injustice. J'essayais d'aider cet enfant, c'est tout. Je n'avais aucune mauvaise intention.

— Bien sûr que non, fit-il avec un soupir. Vous n'en avez jamais aucune, n'est-ce pas ? »

Je déglutis avec difficulté. Lui était-il arrivé quelque chose autrefois, se vengeait-il sur moi ?

« Garda, les toilettes, s'il vous plaît.

— Avez-vous bu, Mr Yates ?

— J'ai bu une Heineken en déjeunant. Avec mon neveu. »

Il leva les yeux aussitôt. « Et où est-il ? Quel âge a-t-il ?

— Comment voulez-vous que je sache où il se trouve ? C'est un adulte. Il a vingt-six ans. Nous nous sommes dit au revoir après le déjeuner.

— Combien de verres avez-vous bus ?

— Un seul.

— Nous pouvons vérifier, vous savez.

— Qu'est-ce qu'elle faisait, à regarder des sacs à main ?

— À votre avis ? rétorqua le Garda, mon Garda. C'est un magasin. Elle faisait des courses.

— Et pourquoi ne surveillait-elle pas son petit garçon ? Kyle n'a que cinq ans.

— Kyle ? fit le Garda en levant la tête. Vous avez eu son nom ?

— Naturellement, répliquai-je, sans voir le mal. Je lui ai demandé son nom exactement comme vous m'avez demandé le mien. La seule différence est que je l'ai appelé par le nom qu'il m'a donné.

— Vous lui avez proposé de lui acheter une glace ? Est-ce exact ?

— Il pleurait, répondis-je, sentant que je pourrais me mettre à pleurer moi aussi d'un instant à l'autre. J'ai pensé que ça le consolerait un peu.

— Lui avez-vous offert une glace pour l'attirer à l'extérieur du magasin ?

— Non. Je ne lui en ai parlé qu'une fois dehors.

— Et où l'emmeniez-vous ?

— Il a dit que sa mère avait remonté Wicklow Street, alors on allait par là. J'ai vu un de vos collègues devant. Je m'apprêtais à laisser l'enfant avec un Garda.

— Mais vous ne l'avez pas fait. Vous ne l'avez pas lâché.

— Nous n'étions pas encore arrivés à sa hauteur ! Et c'est là que j'ai entendu sa mère accourir vers nous. S'il vous plaît, Garda, j'ai besoin d'aller aux toilettes. Je dois avoir le droit d'y aller. »

Il écrivit encore quelques phrases sur son bloc-notes et me dit d'attendre où je me trouvais, comme s'il y avait la moindre possibilité que j'aille où que ce soit. Il me laissa seul pendant une bonne heure, à me tortiller de douleur, avec l'impression que ma vessie allait exploser dans mon ventre. Quand il revint, j'étais dans le coin de la cellule, la tête entre les mains, et je sanglotais.

« Oh, bon sang, s'écria-t-il, furieux, avant de passer la tête dans le couloir. Joey, va chercher une serpillière, s'il te plaît. Le suspect s'est pissé dessus.

— Vous êtes content ? demandai-je en levant les yeux vers lui, mon humiliation désormais totale. Vous êtes satisfait de ce que vous m'avez obligé à faire ?

— Fermez-la et mettez-vous là », dit-il en désignant la chaise sur laquelle j'étais assis avant d'aller me réfugier dans le coin. Mon pantalon était trempé ; une fois que son collègue eut fini d'éponger la flaque sur le sol, il disparut à nouveau et revint avec un pantalon de survêtement bleu avec une bande blanche sur le côté. « Mettez ça. »

Couvert de honte, j'enlevai mon pantalon et obéis. Cela n'aidait pas beaucoup, car l'essentiel des dégâts se situait dans mes sous-vêtements. Après cela, il nota toutes les informations me concernant et annonça qu'on me contacterait ultérieurement, qu'il lui fallait interroger la mère et l'enfant. Il me dit de ne même pas envisager de quitter Dublin sans l'en informer, et je me demandai s'ils allaient me retirer mon passeport.

Au moment où je sortais du commissariat de Pearse Street, l'agent derrière le comptoir leva la tête et siffla entre ses dents.

« Pédophile.

— Pardon ? » répliquai-je aussitôt, furieux, bouleversé. C'était la deuxième fois de la journée qu'on m'insultait ainsi. D'abord les jeunes à bord du Luas, et maintenant un Garda, qui était censé être là pour me protéger, pas pour me lancer des injures alors que j'avais été arrêté à tort et qu'on m'avait refusé l'accès aux toilettes jusqu'à ce que je n'aie plus d'autre choix que de me pisser dessus. « Qu'est-ce que vous m'avez dit ? »

Il leva les yeux, l'air totalement innocent, et haussa les épaules. « Je n'ai rien dit », mentit-il.

Heureusement, je reçus l'appel le lendemain matin, peu de temps après la messe de 10 heures.

« Mr Yates ? fit une voix lasse à l'autre bout du téléphone, et je sus immédiatement qui c'était.

— Père Yates, répondis-je.

— Ouais, bon, si vous voulez. J'ai des informations pour vous. » Sans se présenter. Sans saluer. Était-ce ainsi qu'ils étaient formés là-bas, à Templemore ? « Nous avons parlé à l'enfant et à sa mère et nous n'engageons pas de poursuites contre vous pour le moment. Le garçon a confirmé vos déclarations et apparemment la mère le croit. » Il laissa échapper un petit rire plein d'amertume et je me rendis compte que même si la mère de Kyle avait confiance en son fils, ce n'était pas son cas à lui.

« Vous avez dit *pour le moment*, répondis-je, m'efforçant de ne pas laisser transparaître mon soulagement ; je ne voulais pas lui donner la satisfaction d'entendre toute la difficulté que j'avais eue à supporter cette affaire. Cela signifie-t-il que vous pourrez en engager plus tard ? »

Il y eut une longue pause. Je me demandai si le Garda essayait de trouver une manière de me laisser mariner. Il finit par laisser échapper un soupir. « L'affaire est close. Nous n'engageons pas d'autres poursuites. Mais réfléchissez avant d'essayer d'embarquer des petits garçons que vous trouvez dans les grands magasins. OK, mon père ? » ajouta-t-il en crachant ces derniers mots comme si c'était du lait caillé.

Je n'avais rien à gagner à chercher des ennuis ou à me le mettre à dos. Il avait tout le pouvoir. Et je n'en avais aucun.

« Oui, dis-je. Merci. »

Je raccrochai et me rendis dans la cuisine, remplis la bouilloire et l'allumai pour me préparer une tasse de thé, me rendant compte que ma main ne cessait de trembler fortement. Quelques instants plus tard, j'éteignis la bouilloire et me versai un petit verre de cognac, puis allai dans mon bureau. Je m'emparai de mon rosaire, celui qui m'avait été donné à Rome trente-trois ans plus tôt par le patriarche de Venise, et je tins les perles fermement dans mes mains. Il était tôt, mais j'avais besoin de ce petit verre, et la sensation du liquide coulant dans ma gorge et me réchauffant de l'intérieur me rasséréna. J'en fus heureux.

Je m'assis et avant d'avoir le temps de m'en rendre compte, je fondais en larmes. Pas par apitoiement sur moi-même, je crois, ni à cause de l'horreur des vingt-quatre heures précédentes. Mais à cause de la manière dont les choses avaient changé. À une époque, on faisait confiance aux prêtres, on aurait ramené un garçon perdu à la maison du vicaire, pas au poste de la Garda. Maintenant, on ne pouvait plus parler à un enfant sans s'attirer des regards soupçonneux. On ne pouvait pas animer une réunion avec les enfants de chœur sans qu'un parent soit présent pour s'assurer qu'on ne se mettait pas à les tripoter. Et on ne pouvait pas aider un petit garçon contrarié et perdu sans que tout le monde suppose qu'on essayait de l'enlever et qu'on vous traite de pédophile à voix haute.

Salopards, me dis-je, en pensant aux hommes qui avaient détruit cette vie qui était autrefois la mienne. Le rosaire que je tenais dans ma main se cassa, les perles se répandirent partout, certaines sous ma chaise, d'autres sous mon bureau, d'autres se mirent à rouler lentement sur le plancher. Je les regardai fixement. Je n'avais aucune envie de les ramasser.

9.

1978

J'arrivai en Italie au début de l'année 1978. Je n'avais jamais quitté l'Irlande ni pris l'avion auparavant, deux raisons d'être extatique. Il avait fallu me faire faire un passeport – maman retrouva mon extrait d'acte de naissance et l'apporta à Molesworth Street, fit la queue pendant cinq bonnes heures puis s'empressa d'informer la fille au comptoir du motif de sa visite –, et lorsqu'il me fut remis, je lus chaque mot écrit comme s'il s'agissait d'un grand texte littéraire.

Je fus extrêmement surpris d'avoir été choisi parmi tous les étudiants de ma promotion à Clonliffe College pour effectuer ma dernière année d'études à Rome. Traditionnellement, on sélectionnait un ou deux garçons de chaque année, et aux dires de tous, Kevin Samuels – « le Pape » – se verrait offrir la place. Ou peut-être le gars du Kerry, Seamus Wells, qui avait toujours été le grand favori des prêtres et qui était un athlète accompli en plus d'un étudiant remarquable, ce que les gens de haut rang trouvaient toujours bien. Mais non, ce fut moi. Oui, j'avais obtenu ma licence de philosophie avec mention à l'UCD et j'avais eu des résultats réguliers à mes examens au séminaire – qui étaient en nombre extraordinaire –, pourtant je ne m'étais jamais autorisé à penser que j'avais la moindre chance. J'avais certes un don pour les langues ; j'avais appris le latin, le français, l'italien et un peu d'allemand, et peut-être est-ce cet argument qui l'emporta. Le pauvre Kevin Samuels ne se remit jamais du choc et n'eut même pas l'élégance de me féliciter. Je n'entendis plus parler de lui jusqu'au jour où, quatorze ans plus tard, curieusement, je reçus une lettre de lui demandant si j'acceptais de célébrer son mariage avec une fille qu'il avait rencontrée alors qu'il randonnait en Amérique. C'était deux ou trois ans après qu'il avait renoncé à ses vœux, évidemment. Mais ça, c'est une autre histoire.

« Dieu seul sait qui ils vont me coller, maintenant », gémit Tom le matin de mon départ, assis sur son lit en train de me regarder ranger mes affaires dans la valise avec laquelle j'étais arrivé cinq ans auparavant. Nous étions restés compagnons de chambre pendant tout ce temps-là et avions appris à nous connaître aussi bien que ceux qui se trouvent dans une proximité très étroite – les séminaristes, les astronautes et les prisonniers. « Un connard, probablement.

— Ils te laisseront habiter seul, lui dis-je. Il n'y a personne à mettre ici.

— Tu dois avoir raison. Tu vas me manquer, Odran.

— On a presque fini nos études, de toute manière. Il ne reste qu'un an.

— Quand même. »

En vérité, je ne pensais pas qu'il ne me manquerait particulièrement. J'avais vingt-trois ans. Je vivais au séminaire depuis le lendemain de mon dix-septième anniversaire, et si heureux que j'aie pu m'y trouver, une véritable aventure m'attendait. Je n'avais aucune intention de perdre mon temps à m'inquiéter de qui allait ou n'allait pas partager la chambre de Tom Cardle pendant sa dernière année d'études. Il avait changé au cours des années que nous avions passées à Clonliffe. Il n'était plus l'adolescent frustré, en colère qu'il était au début. Il s'était résigné à son sort, et s'il n'était pas vraiment ravi de devenir prêtre, au moins, il semblait accepter cette idée avec plus de sérénité. J'avais cessé de lui demander pourquoi il ne partait pas, tout simplement, s'il était si malheureux, car il me faisait toujours la même réponse : son père le tuerait, et la correction qu'il avait reçue après s'être enfui cinq ans auparavant en était la preuve.

Rétrospectivement, je m'interroge sur son courage. Pourquoi ne s'opposait-il pas plus franchement à son père ? Et pourquoi le directeur spirituel à Clonliffe ne reconnaissait-il pas la frustration croissante chez lui et n'engageait-il pas une action pour que règne la paix dans la famille Cardle en aidant à construire une vie différente, autre que la prêtrise, pour un garçon qui, c'était flagrant, n'était pas du tout fait pour cela ? C'était son rôle, après tout.

Tom ne parlait jamais de son père sans se mettre en colère. Ses poings se serraient et, une fois ou deux, quand j'abordai le sujet, il entra dans une rage telle que je crus qu'il allait se rendre malade. Il était irascible et le fait d'évoquer sa famille ne faisait qu'accroître sa fureur.

Nous eûmes une seule fois une altercation physique – je lui mis un coup de poing dans le nez et l'envoyai valser sur son lit, le visage en sang. C'était au cours de notre deuxième année et je venais de lui confier l'histoire de mon été à Wexford en 1964.

« T'as de la chance, dit-il. Si seulement mon père s'était suicidé. »

Boum.

Je dois reconnaître qu'il me présenta ensuite ses excuses. C'était un commentaire irréfléchi, indigne de lui, mais il resta longtemps dans ma mémoire. Le ton de voix qu'il avait utilisé. La sincérité avec laquelle il l'avait dit.

Une autre phrase dont je me souviens ; Tom me faisant remarquer que la seule chose bien à Clonliffe était qu'il pouvait faire des nuits complètes. Il me raconta qu'à partir de l'âge de neuf ans jusqu'au jour où il avait quitté Wexford, soit il était réveillé après minuit par son père, soit il se réveillait spontanément sachant que son père allait entrer dans sa chambre.

« Et que venait-il y faire ? » lui demandai-je.

Il détourna le regard. « Ah, Odran », fit-il avant de sortir et de disparaître là où il allait quand il était déprimé.

« Nous nous reverrons certainement, Tom, lui dis-je en quittant Clonliffe. Et quand ce sera le cas, dis-toi que nous serons enfin prêtres.

— Oh, comme ça me réjouit », répondit-il avec un petit sourire, en prenant ma main tendue – la manifestation physique d'affection la plus osée que nous aurions jamais.

Maman et Hannah vinrent à l'aéroport de Dublin pour mon départ et annoncèrent qu'elles resteraient dans le salon panoramique pour regarder l'avion décoller. J'étais allé chez JWT en haut de Dawson Street quelques semaines auparavant avec l'argent que le chanoine Robson m'avait donné pour mon billet et je m'étais même acheté une paire de lunettes de soleil chez Switzer's, car j'avais entendu dire que le temps à Rome était ensoleillé toute l'année. Lorsqu'ils me virent arriver en soutane, ils déroulèrent le tapis rouge et me firent une remise.

« Tu penses que tu rencontreras le pape ? » me demanda maman, et je lui répondis que j'en doutais, mais je le verrais certainement lorsqu'il donnait sa bénédiction hebdomadaire le dimanche matin place Saint-Pierre, ou aux audiences générales du mercredi. J'allais également assister à certaines de ses messes et entendre ses homélies.

« Je ne risque pas de le croiser dans les rues le soir à la recherche d'un plat de spaghetti, fis-je.

— Est-ce que tu vas manger de la nourriture italienne tout le temps ? demanda-t-elle.

— Bien sûr.

— Et ton ventre ?

— Comment ça ? »

Elle fit la grimace. « J'aurais plus de respect pour le mien. On ne peut pas se fier à la nourriture étrangère. Mais bon, tu prendras une photo si tu le vois.

— Si je vois qui ?

— Le pape !

— Je ne pourrais pas, maman. Pas dans une église.

— Personne ne le saura. Tu m'enverras la pellicule et je la ferai développer ici. Il y a une boutique que je connais sur Talbot Street où ils peuvent le faire en deux semaines, ou alors on ne paie pas. Je commanderai des doubles et je te les renverrai. »

Je répondis que je ferais de mon mieux et les embrassai toutes les deux. Hannah avait vingt ans et était employée depuis deux ans déjà à la Bank of Ireland sur College Green. Elle gagnait assez bien sa vie, me disait-elle, mais elle ne voulait pas y rester éternellement. Pour maman, l'endroit où elle travaillait importait peu, car un jour elle se marierait et aurait des enfants et son mari ne la laisserait pas avoir une vie professionnelle s'il avait un peu de morale.

« Tu pourrais venir me rendre visite, proposai-je à ma sœur, ressentant pour la première fois une sorte d'appréhension devant ce qui se profilait, la possibilité de la solitude.

— Nous viendrons, dit maman. Pour ton ordination. »

Un des grands avantages d'une dernière année à Rome était qu'on était ordonné prêtre par le pape en personne à Saint-Pierre. « Mais écris-nous, Odran. Écris toutes les semaines. Et n'oublie pas les photos. »

Je portai, l'uniforme du séminariste dans l'avion et à cause de cela, l'hôtesse m'invita à embarquer en premier, avec les enfants et les handicapés, et on me donna un siège devant. À Fumicino, j'étais attendu par monsignor Sorley, qui depuis plus de vingt ans était le directeur du Collegio Irlandese, le Collège pontifical irlandais à Rome. D'après les informations qu'on m'avait transmises, je devais être conduit directement au collège où on me montrerait ma chambre et me donnerait mon emploi du temps, qui ne serait pas tellement différent, m'avait précisé le chanoine Robson, de celui que j'avais à Dublin. Simplement, les cours se dérouleraient en italien. Et dans un climat plus ensoleillé, avait-il ajouté avec un sourire. Plutôt que de la tourte à la viande ou des côtelettes et des pommes de terre pour le dîner, j'allais manger des pizzas, des spaghettis bolognaise et des lasagnes.

Cependant, le plan avait changé et monsignor Sorley m'annonça qu'il m'emmenait dans un café, car il voulait me sonder sur un sujet précis avant que nous allions au collège. Je me demandai ce qui clochait, si j'avais déjà fait quelque chose qui me déshonorait. J'avais bu deux canettes de Harp dans l'avion, tellement j'étais excité ; y avait-il un rapport ? Peut-être allait-on me renvoyer à Clonliffe et Kevin Samuels se trouvait-il déjà dans le prochain vol à destination de la Ville éternelle.

« Nous avons entendu le plus grand bien de vous par le chanoine Robson », dit-il tandis que nous nous installions à la terrasse d'un café sur Via dei Santi Quattro, près du collège, avec au bout de la rue un aperçu sur le Colisée, ses murs par endroits écroulés et ses étroites ouvertures, si près que le vacarme des gladiateurs, des lions, des Chrétiens terrifiés et des Romains assoiffés de sang résonnait dans mes oreilles. Je me souvins de mon Robert Graves et eus envie de courir en direction du monument, foncer jusqu'au centre de l'arène, ouvrir grand les bras et clamer que j'étais venu à la rencontre de mon destin. « Il me dit que vous êtes la crème de la crème. On met beaucoup d'espoirs en vous, Odran.

— Merci, dis-je.

— Êtes-vous ambitieux ? »

Je réfléchis puis secouai la tête. « Non.

— Et pourtant, vous êtes ici, fit-il en souriant, ouvrant les deux mains. Sur le corps de qui avez-vous été obligé de passer pour être sélectionné ? »

Je reculai, étonné des mots qu'il avait choisis. « Croyez-moi, la surprise était aussi grande pour moi que pour tout le monde. Nous pensions tous que ce serait le Pape.

— Le pape ?

— Pardon, m'empressai-je de répondre, en piquant un fard. Un garçon du séminaire. Il avait tout ce qu'il fallait là-dedans. » Je tapotai mon front. « Nous pensions que ce serait lui.

— Seriez-vous prêt à relever un défi, à votre avis ? demanda-t-il en avalant son expresso.

— Un défi ?

— Quelque chose qui exige de l'intelligence, un sens aigu des responsabilités et beaucoup de discrétion. »

J'hésitai. J'avais l'impression d'être emmené sur une voie que je risquais de regretter. Mais que pouvais-je dire d'autre que « Bien sûr, Monsignor. »

— Parfait. Avant que je vous dise de quoi il s'agit, vous devez comprendre que si vous ne vous sentez pas capable de le relever, vous pouvez toujours dire non. Et nous trouverons quelqu'un d'autre. Le chanoine Robson pense que vous êtes l'homme de la situation, mais vous pouvez ne pas en avoir envie et, si vous refusez, personne ne vous en tiendra rigueur.

— D'accord.

— Un poste vient de s'ouvrir, dit-il en se rapprochant et en commençant à baisser la voix. Un emploi, en quelque sorte. Qui ne devrait pas perturber vos études, et si c'était le cas, on vous l'enlèverait. Chaque année un séminariste d'un collège différent est assigné au Vatican pour assurer, sur une période de douze mois, certaines fonctions cruciales. Il s'agit de quelques heures par jour, pas plus. Mais sept jours par semaine. Pas de jour de congé. Vous ne pourrez pas prendre de vacances non plus.

— Je serai heureux d'assumer toute fonction que vous me confierez, Monsignor.

— C'est un jeune homme d'une nationalité différente chaque année, expliqua-t-il. En 1976, c'était un affreux Islandais qui occupait le poste. Hautain comme tout. L'an dernier, un adorable petit Indien. Maintenant, c'est votre tour. On suit peu ou prou l'ordre alphabétique, voyez-vous. La seule chose, c'est que vous dormirez là-bas et pas chez nous, alors vous manquerez une partie de la vie quotidienne du collège. Ils vous donneront une chambre. En fait de chambre, c'est plutôt un matelas dans une alcôve. Vous pourrez le supporter ? »

Je le regardai. « Un matelas dans une alcôve, Monsignor ?

— Ça a l'air pire que ça ne l'est en réalité. » Il haussa les épaules et réfléchit quelques instants avant de secouer la tête. « En fait, non. Ça a bien l'air de ce que c'est. Et tous les jours, vous serez obligé de revenir chez nous en bus pour suivre les cours, puis de repartir le soir. Ce qui vous prendra un peu de temps. Vous sentez-vous à la hauteur, Odran ?

— Oui, Monsignor. Mais de quoi s'agit-il ? Qu'est-ce qu'on attend de moi ?

— Eh bien, je vais vous le dire. Cramponnez-vous à votre chaise », fit-il en souriant.

Ce soir-là, je dormis au Collège irlandais. Le monsignor me conduisit dans le grand édifice blanc, où je pris un bain et fis une longue nuit, et le lendemain matin, il m'emmena en voiture dans Rome, le long des berges du Tibre, et nous entrâmes au Vatican par la Via della Conciliazione – ma première vue de la place Saint-Pierre me réduisit au silence.

Notre rendez-vous ne devait pas durer plus de cinq minutes, entre 10 h 30 et 10 h 35, et en parcourant les couloirs de marbre, j'avais les yeux qui me sortaient de la tête devant le luxe des tentures et la beauté des plafonds peints. Depuis les fenêtres, je voyais les touristes rassemblés en dessous et j'avais envie de me pencher, de leur faire de grands signes pour qu'ils remarquent ma présence, dans un endroit interdit aux autres. Quelle vanité – mais j'étais un jeune homme, alors peut-être faut-il me pardonner. Monsignor Sorley me pressait, cependant – il était probablement habitué depuis longtemps au poids de l'histoire et à la splendeur qui nous entouraient –, puis les gardes suisses nous firent passer une lourde porte en bois, nous montâmes un escalier pour nous retrouver dans un petit bureau, où un secrétaire – un prêtre bien entendu – s'adressa en italien à monsignor Sorley avant de me regarder, l'air las.

« Votre audience aura lieu bientôt, fit-il en parlant à toute vitesse pour tester mon italien, sans quitter sa montre des yeux. Sa Sainteté est en ce moment avec Sa Béatitude, le patriarche de Venise, mais ils ne devraient pas tarder à terminer. »

Nous nous assîmes dans deux fauteuils en velours capitonnés et mon angoisse était si grande que je sentais mon estomac faire des culbutes.

« Dites-moi à nouveau ce que je fais ici, dis-je au monsignor, tremblant à l'idée que seule une porte fermée me séparait du pape Paul.

— Vos devoirs seront simples. Sa Sainteté se lève tous les matins à 5 heures. Les nonnes préparent une théière et l'apportent dans le salon privé qui se trouve juste là. » Il m'indiqua une pièce plus loin dans le couloir sur notre gauche. « Vous prenez le plateau et le portez dans la chambre papale. Les nonnes n'ont pas l'autorisation d'entrer tant que Sa Sainteté n'a pas achevé ses ablutions et n'est pas intégralement habillé. Il est possible qu'il vous demande de faire pour lui une chose simple, mais c'est peu probable ; vous pouvez vous contenter d'ouvrir les rideaux et de laisser le thé sur la table quand vous l'avez réveillé. Ensuite, vous devez être là de nouveau à 20 heures, au cas où il déciderait de se retirer tôt. Avant de dormir, Sa Sainteté aime boire un verre de lait chaud en lisant ; vous lui apporterez, ou toute chose dont il aura besoin. À nouveau, les nonnes se chargeront de le préparer, mais elles n'entrent pas dans la chambre après que le Saint-Père s'est préparé au coucher. Ensuite, vous dormez sur un lit de camp devant sa porte au cas où il aurait besoin de quelque chose pendant la nuit. D'après ce que j'ai compris, cela n'arrive jamais. Ce n'est pas une tâche difficile, Odran. Vous êtes à peine plus qu'un serveur deux fois par jour. Cela ne vous prendra que quelques minutes. Mais c'est important que vous soyez disponible tous les matins et tous les soirs. Vous ne pouvez pas être en retard et vous ne pouvez pas déserter votre poste.

— Bien entendu. Et mes cours ?

— Après avoir réveillé Sa Sainteté, vous rejoignez le Collège irlandais à l'autre bout de la ville. Les autobus sont nombreux, mais préparez-vous à affronter la foule et la chaleur. Vous étudierez avec nous pendant la journée, jusqu'à ce qu'il soit temps pour vous de retourner au Vatican. Et j'espère que je n'ai pas besoin de préciser que vous ne parlerez pas aux autres étudiants de ce que vous voyez ou entendez ici ?

— Oui, Monsignor. » Je réfléchis à tout cela. C'était un honneur insigne, mais je n'étais pas enthousiaste à l'idée de traverser Rome deux fois par jour sans autre raison que de servir des tasses de thé ou de lait chaud, même si c'était au pape. J'avais trouvé le Collège irlandais fascinant, avec ses pelouses parfaitement tondues, le Colisée tout proche, et je me demandais si la camaraderie des autres séminaristes de dernière année allait me manquer quand j'en serais privé.

La porte s'ouvrit et je crus que j'allais mourir lorsque je vis apparaître le grand homme aux cheveux grisonnants.

Il sourit en voyant le monsignor et lui tendit les deux mains.

« Monsignor Sorley. Quelle agréable surprise.

— Votre Béatitude, répondit le monsignor, souriant lui aussi. Cela fait bien trop longtemps. Qu'est-ce qui vous amène à Rome ?

— Notre belle cathédrale est en train de s'écrouler sur notre tête, dit-il avec un haussement d'épaules. Et vers qui d'autre pourrais-je me tourner sinon vers celui qui tient les cordons de la bourse ?

— A-t-il répondu favorablement à votre demande ? »

Il ouvrit les bras. « Ma requête fera l'objet de délibérations, mon ami. Je dois retourner à Venise et attendre la décision. » Il se tourna vers moi, toujours souriant. « Et qui avons-nous là ?

— Un séminariste en dernière année, Votre Béatitude. Tout juste arrivé de Dublin. Il a été choisi pour prendre le poste laissé vacant par le jeune Chatterjee.

— Alors, chaque jour des douze prochains mois vous serez le premier levé et le dernier couché dans la cité du Vatican, répondit-il. Vous êtes soit très chanceux soit très infortuné. À votre avis ?

— Très chanceux, Votre Béatitude », dis-je en m'agenouillant pour embrasser l'anneau d'or portant le sceau de Venise, une ville que je voulais visiter depuis longtemps. J'essayai d'imaginer les canaux et les ponts, la place Saint-Marc et mes promenades en solitaire au milieu des Vénitiens.

« Vous ne le penserez peut-être plus quand vous aurez des poches sous les yeux à cause du manque de sommeil. Le Saint-Père se couche souvent tard et se lève tôt, dit-on. Il y a tellement de travail, forcément. »

Je hochai la tête, intimidé, sans savoir si je devais parler ou pas. Mais il me considéra avec bienveillance et rit, posa une main sur mon épaule et me regarda droit dans les yeux.

« Ne soyez pas nerveux. Vous êtes en terre amie. Comment vous appelez-vous, au fait ?

— Odran Yates.

— Eh bien, Odran, ne vous faites pas de souci. Vous devriez savourer l'expérience. 1979 sera là avant que vous ayez eu le temps de voir arriver le jour de l'an, et ensuite, ce sera au tour de... » Il réfléchit quelques instants. « Qui ce sera ensuite, à votre avis ? Après l'Irlande ? »

Je fis défiler dans ma tête les noms de pays par ordre alphabétique. « Israël ? » proposai-je, et ses sourcils formèrent un arc. Il se tourna vers le monsignor, qui mit sa main sur sa bouche pour étouffer un rire.

« Je n'en suis pas sûr, fit le cardinal. *La bella Italia*, évidemment. »

On entendit le son d'une clochette provenant de la pièce voisine et le patriarche s'adressa à monsignor Sorley. « Je suis content de vous avoir vu, mon ami. Nous déjeunerons ensemble la prochaine fois que je viendrai à Rome. Et bonne chance à vous, jeune homme. »

Il s'éloigna ; la soutane noire et son passepoil écarlate, l'écharpe, la calotte sur la tête, tout cela s'assemblait pour donner un air majestueux à ce prince de l'Église. Il en était ainsi depuis le Moyen Âge et j'imaginai les Borgia, les Medicis et les Conti tous vêtus ainsi et luttant pour le pouvoir. Le tableau était impressionnant, impossible à contempler sans avoir une perception incontestable de sa propre insignifiance.

Le secrétaire leva les yeux. « Vous pouvez entrer.

— Venez, me dit monsignor Sorley, et je le suivis dans la pièce voisine, où un homme mince aux yeux enfoncés dans leurs orbites était assis à son bureau, vêtu d'une soutane et d'un camail blancs, il portait une croix pectorale en or autour du cou et noircissait un document avec son stylo-plume. Il continua à écrire en notre présence, nous ignorant pendant peut-être deux minutes, avant de se lever enfin ; il nous tendit sa main et nous nous agenouillâmes pour l'embrasser.

« Votre Sainteté, dit monsignor Sorley. Voici le jeune homme dont je vous ai parlé, Odran Yates. Il va prendre la place du jeune Chatterjee. »

Le pape se tourna vers moi, le regard glacial. « Levez-vous. »

J'obéis. J'osai le regarder droit dans les yeux. Sa peau était grise et il avait des poches noires sous les yeux. Il paraissait épuisé, comme si la vie était en train de l'abandonner.

« Êtes-vous silencieux ? me demanda-t-il.

— Je vous demande pardon, Votre Sainteté ?

— Je n'aime pas le bruit le matin ni la nuit. C'est déjà bruyant avec... » Il fit un geste en direction de la fenêtre, qui était entrouverte pour laisser entrer un peu d'air, et j'entendais les foules de touristes, même à cette hauteur. « Pouvez-vous me promettre que vous serez silencieux ? »

Je déglutis, angoissé, et acquiesçai. « Je ne ferai pas plus de bruit qu'une souris. Vous ne saurez même pas que je suis là. »

Il hocha la tête et se rassit. « L'Irlande..., fit-il en s'attardant pensivement sur le mot.

— Oui, Saint-Père.

— Qu'allons-nous faire avec l'Irlande ? »

Je ne répondis pas ; je ne comprenais pas la question. Il me fit signe de m'en aller et ce fut tout ; l'audience était terminée. Le monsignor et moi, nous prîmes congé. Et pendant les sept mois qui suivirent, ce furent les seuls mots que le pape Paul VI énonça devant moi. Il ne remarqua pas plus ma présence dans la Ville sainte que si j'avais été un fantôme.

Je n'avais jamais éprouvé d'attirance profonde auparavant. J'avais lu des choses sur le sujet dans des romans ; j'en avais vu des victimes se débattre comme des ivrognes ou des idiots à la télévision ou dans des films. Mais je n'avais jamais su ce que ça faisait de regarder quelqu'un et de ressentir un désir si intense qu'en comparaison le reste du monde semblait insignifiant. Même pendant ma brève aventure avec Katherine Summers, je n'avais jamais connu de grands élans autres que la curiosité naturelle d'un adolescent. Contrairement à Tom Cardle et certains garçons du séminaire à Dublin, je n'éprouvais pas pendant ces nuits solitaires les tourments du désir, qui m'auraient fait me retourner et m'agiter dans mon lit, brûlant d'envie qu'une femme me fasse les choses dont rêvaient les autres garçons de mon âge. Le célibat ne me semblait pas un terrible fardeau et parfois, quand je laissais mon esprit s'égarer vers ces questions, je me demandais si peut-être quelque chose clochait en moi, si un élément de ma personnalité avait été omis lors de ma création.

Le sujet des femmes n'était pas discuté souvent à Clonliffe College. Montrer trop d'intérêt pour les filles revenait à suggérer que votre vocation était instable et que vous étiez peut-être un de ceux qui finiraient par quitter le séminaire avant l'ordination, ou encore pire, qui allaient abandonner l'état ecclésiastique pour embrasser la vie laïque – et avoir une femme, des enfants, un emploi comme d'autres hommes. Et donc, les garçons partageaient très peu de choses sur ce sujet, nous gardions nos secrets et nos désirs bien cachés, fugaces et clandestins, un autre aspect du monde qui s'étendait derrière nos murs dont nous avions peur de parler.

Plusieurs mois après mon arrivée à Rome, je me trouvais seul à la terrasse d'un petit café piazza Pasquale-Paoli en fin d'après-midi, et regardais les touristes traverser d'un pas nonchalant le Ponte Vittorio-Emanuele pour se diriger vers la basilique Saint-Pierre, un exemplaire du roman de E.M. Forster, *Chambre avec vue*, retourné sur la table devant moi. Je portais mon café à mes lèvres au moment précis où une femme émergea de la cuisine pour se disputer avec un homme plus âgé, que je compris être son père. Elle lui cria à la figure, levant les bras en l'air dans un geste théâtral, mais il se contenta de lui répondre par un haussement d'épaules, avant d'arracher son tablier, de le jeter par terre et de rugir avec la même ardeur. Tous les deux nous offraient une telle caricature de la passion fougueuse typique des Italiens que je me demandai si c'était un spectacle qu'ils donnaient à l'intention des touristes. Faisaient-ils cela tous les après-midi ? Mais la question disparut lorsque je regardai la femme ; il n'en fallut pas plus. J'étais perdu.

Elle ne correspondait pas au genre de femme qui aurait dû me tourner la tête. Elle était beaucoup plus âgée que moi, peut-être trente ou trente et un ans, alors que j'étais encore un jeune homme de vingt-trois ans. Elle était grande, plus grande que son père – et plus grande que moi –, avec des cheveux bruns tirés en arrière et enroulés bien serrés dans une disposition compliquée qui méritait un examen plus approfondi. Des doigts habiles, me dis-je, pourraient délier les nœuds de cet ouvrage. Lorsqu'elle se détourna de l'homme et jeta un coup d'œil aux clients, dont aucun ne prêtait attention à l'altercation qui se jouait devant eux, elle surprit mon regard et leva les mains et les épaules d'un air de dire « *Quoi ?* » et je rougis avant de baisser les yeux vers la table. Quand j'osai relever la tête, elle était toujours là, un demi-sourire aux lèvres, le troisième doigt de sa main gauche glissé entre ses dents tandis qu'elle rognait l'ongle, et je désirais ardemment être un ongle sur cette main – cette idée me fit rougir encore davantage. Je tirai sur le col raide qui me serrait le cou, sa simple existence constituant une barrière entre nous, et essayai de retourner à mon livre. Je ne parvenais pas à me concentrer ; les mots tourbillonnaient sur la page, et lorsque je levai à nouveau les yeux, elle avait disparu dans la cuisine.

Il n'y avait aucune raison pour que je ressente un désir aussi fort, mais c'était bien ce qui se passait. Je voulais qu'elle ressorte, qu'elle défasse ses cheveux, pour que je les regarde tomber sur ses épaules. Je voulais qu'elle se déchaîne contre son père et lui mette un coup de casserole sur la tête. Je voulais qu'elle s'approche de moi, qu'elle se penche sur moi et m'arrache mon col.

Je restai assis là trop longtemps ; lorsqu'elle ressortit enfin, elle s'approcha de moi à pas lents, prit ma tasse vide. « *Un altro, padre ?* » Je secouai la tête. Je ne parvenais pas à parler. Dès qu'elle repartit, je m'en allai, retournai au petit lit de camp dans la suite papale du Vatican, où, allongé sur le dos à contempler les fresques du plafond, je réfléchis aux sensations extraordinaires et turbulentes qui m'agitaient.

C'était ce que les hommes normaux ressentaient, apparemment. Tu n'es pas différent du tout, Odran, pensai-je. Tu es exactement comme tout le monde.

Chaque jour ensuite, je retournai au Café Bennizi sur la piazza Pasquale-Paoli et chaque après-midi elle sortait de la cuisine pour crier contre son père, pour protester à grands cris contre la dernière injustice qu'il avait commise, et lorsqu'elle avait craché tout son venin, elle se tournait pour me regarder et secouer la tête, comme si je l'agaçais presque autant que lui. Dans mon imagination, je leur concoctais une histoire compliquée : il s'était retrouvé veuf à un jeune âge et avait dû élever seul sa fille, peut-être avec l'aide d'une belle-mère fougueuse et résolue – dans les histoires italiennes, il y avait toujours des mères fougueuses et résolues –, et la fille était venue travailler avec lui lorsqu'elle avait grandi. Ce n'était pas une critique de sa vertu, mais je la voyais avec un enfant à elle à la maison, un petit garçon de trois ou quatre ans peut-être, la mère et le fils abandonnés par un Napolitain priapique de pacotille qui avait passé à Rome juste assez de temps pour la séduire et la laisser avec un enfant à élever. Elle ne portait pas d'alliance – je le voyais chaque fois qu'elle venait chercher ma tasse en me lançant « *Un altro, padre ?* » – mais il y avait une indentation autour du quatrième doigt de sa main gauche et je me demandai si elle enlevait l'anneau pour venir travailler; peut-être le cachait-elle dans un endroit sûr pour qu'il ne s'abîme pas quand elle faisait la vaisselle. Ou peut-être le laissait-elle à la maison tous les matins pour éviter de le perdre dans l'évier. Je ne voulais pas qu'elle soit mariée, mais cela m'était égal qu'elle ait un enfant. Je ne m'intéressais pas beaucoup aux enfants, mais je m'intéresserais aux siens. Parlait-elle anglais ? me demandai-je. Pourrait-elle s'installer à Dublin ? Et moi, le ferais-je, avec elle à mes côtés ? Ces pensées ridicules remplissaient ma tête tandis que j'étais assis là, tous les après-midi, à boire café après café, pendant le seul moment de la journée qui était à moi, quand je n'étais pas en train d'apporter ou remporter des tasses de la chambre papale, de travailler pour mes études au Collège irlandais, ou de dire des prières distraites dans les nombreuses églises et chapelles du Vatican.

Je n'aimais pas tellement le café, d'ailleurs.

Parfois, je me demandais si elle ou son père viendrait m'interpeller. Ils avaient forcément remarqué que je les observais, devaient trouver bizarre que je sois là toujours à la même heure, jour après jour, semaine après semaine. Le père me lançait de temps à autre des regards courroucés; peut-être m'aurait-il demandé de partir si je n'avais pas porté la tenue ecclésiastique. En l'occurrence, là, il ne pouvait rien dire; il y avait des conventions à respecter. Et parfois, lorsqu'elle venait me dire « *Un altro, padre ?* », je surprenais son regard, qui révélait qu'elle savait que le jeune homme à la table du coin avec le roman de Forster retourné devant lui imaginait des scénarios, des scénarios terriblement libidineux, qui auraient fait rougir un mort.

Presque deux mois après le début de ma période de voyeurisme, je fus surpris par une main posée sur mon épaule et levai les yeux ; Sa Béatitude, le patriarche de Venise, que je n'avais pas revu depuis ce premier jour au Vatican, était debout devant moi. Il me sourit, avec une expression de bonheur et de sérénité purs.

« Rappelez-moi. Vous êtes le jeune Irlandais, c'est cela ? Celui que monsignor Sorley a recommandé au Saint-Père ?

— Odran Yates, Votre Éminence », dis-je, me levant pour m'agenouiller devant lui, et il refusa, m'ordonnant de rester assis.

« Puis-je me joindre à vous ? »

Je n'hésitai qu'un instant. En toute autre occasion, j'aurais été ravi d'avoir une compagnie aussi illustre, mais être accompagné dans cet endroit, être forcé à participer à une conversation qui me détournerait de mon occupation favorite me contrariait. Néanmoins, je me repris rapidement, et dis bien sûr, volontiers. Je crois pourtant qu'il remarqua ma réticence et la manière dont mon attention était perpétuellement attirée vers la femme qui se trouvait derrière le comptoir ; son regard suivit le mien et son sourire s'effaça un peu. Il prit place. Quelques instants plus tard, elle s'approcha et posa un grand *latte* devant lui – peut-être était-il un habitué lui aussi et connaissait-elle déjà sa boisson préférée –, elle me regarda, les yeux écarquillés avec une mimique qui m'était totalement étrangère. D'autres garçons, me dis-je, sauraient l'interpréter.

« Alors, comment trouvez-vous vos responsabilités ? demanda le cardinal en buvant une gorgée. Est-ce que le Saint-Père vous occupe beaucoup ? »

Je secouai la tête. « Mes devoirs sont étonnamment peu contraignants. Je fais l'envie du collège à cause de ma proximité avec Sa Sainteté, mais je ne suis pas certain qu'il remarque ma présence, la plupart du temps.

— Cela vous ennuie-t-il ?

— Il a beaucoup de soucis, bien entendu. Je suis seulement le garçon qui lui apporte son lait chaud le soir et le réveille le matin.

— Mon cher Odran, répondit-il, vous n'êtes pas un garçon. Vous êtes un homme. Pourquoi vous pensez-vous en ces termes ? »

Je réfléchis. C'était vrai, j'avais vingt-trois ans. J'étais en dernière année d'études pour devenir prêtre. J'occupais une position de responsabilité, même si celle-ci ne requérait pas un grand intellect. Pourquoi cette réticence à accepter que mon enfance fût derrière moi ?

« Parfois, j'ai l'impression que jusqu'à mon ordination, je resterai un garçon.

— Je crois avoir eu un ressenti similaire quand j'avais votre âge, il y a plusieurs siècles. »

Ce fut mon tour de sourire. Bien qu'il eût dans les soixante-cinq ans, il faisait dix ans de moins et avait un teint jeune, resplendissant. Je n'avais rencontré à Rome personne qui eût plus de vigueur que lui.

« L'Irlande vous manque-t-elle ? demanda-t-il, et je secouai la tête.

— Non, répondis-je. J'y pense souvent. Mais j'adore Rome.

— Qu'est-ce qui vous plaît tant ?

— Les bâtiments. Les rues. Le Vatican. L'atmosphère pétrie d'histoire. Le temps. La langue, que j'adore. Je lisais justement ce que Forster dit de l'Italie ; connaissez-vous ce passage ?

— Forster était anglais. Il pensait qu'il pouvait changer un pays simplement en le décrivant abondamment. L'Italie ne changera pas à cause de Mr E. M. Forster et sa moralité douteuse. Les héros de ses romans viennent en Italie et prétendent être amoureux du peuple, pourtant quand les autochtones se comportent comme des autochtones, et pas comme des personnages d'un roman de Galsworthy, les Anglais leur tournent le dos et les traitent de sauvages.

— Mais ne moque-t-il pas les visiteurs parce qu'ils sont incapables de reconnaître la beauté lorsqu'ils la voient ? demandai-je. N'est-ce pas un des thèmes de Forster ? L'appréciation de la beauté d'un point de vue intellectuel, mais notre méfiance, enfin, celle des Anglais, à son égard quand elle se trouve dans son contexte naturel ? »

Il but une gorgée de son *latte*, tournant la tête pour regarder les gens. Un des passants croisa son regard et le salua de la main. « *Mio amico !* » s'écria-t-il joyeusement. Il se tourna vers moi. « Le secrétaire du cardinal Siri. Vous connaissez le cardinal Siri ?

— Seulement de réputation. Ce qu'on dit de lui est-il vrai ? Qu'il aurait dû être pape ? »

Il sourit. Le bruit courait depuis longtemps que le cardinal Siri de Gênes avait été élu pape lors du conclave de 1958, mais avait été persuadé à la dernière minute de se retirer lorsque des menaces avaient été émises par la Russie communiste. La fumée blanche était apparue, le balcon avait été préparé, les portes ouvertes, puis, sans explication, les cardinaux étaient retournés dans la chapelle Sixtine pour deux jours encore, et lorsqu'ils étaient enfin ressortis, c'était avec le prédécesseur de mon compagnon, le patriarche de Venise d'alors, le cardinal Roncalli – le pape Jean XXIII – à leur tête.

« Rome ne cesse de bruisser de rumeurs variées, me confia-t-il à mi-voix. Il y a toujours des ragots, des tractations politiques, des jeux de pouvoir. C'est ainsi depuis l'époque des César et cela ne changera jamais. L'imprudent s'y plonge, le sage les ignore. Mais vous avez parlé de l'appréciation de la beauté, mon jeune ami. Vous trouvez peut-être d'autres choses belles dans la ville de Rome ? » Il leva un sourcil, lançant un bref coup d'œil du côté de la cuisine, et je baissai la tête. « Le café est très bon ici, poursuivit-il, et il posa une main sur mon bras. Je peux comprendre pourquoi vous passez autant de temps à cette terrasse. »

Il me montra un bâtiment de l'autre côté de la rue, un édifice en brique jaune de six étages donnant sur la piazza. « Je séjourne là depuis deux semaines, loin de ma Venise bien-aimée. Occupé à travailler sur des documents pour le Saint-Père. Il a décidé de placer sa confiance en moi et j'en suis honoré, mais demain enfin, je rentre chez moi. » Son visage s'éclaira à cette perspective. « Chez moi ! répéta-t-il. Comme je suis impatient de retrouver l'odeur des canaux, de m'asseoir sur la place Saint-Marc, de traverser le pont des Soupirs ! Si je pouvais rester éternellement à Venise, sans jamais la quitter, je serais un homme heureux.

— Je n'y suis jamais allé.

— Eh bien, vous devez venir. Si vous pouvez vous arracher au Café Bennizi, évidemment. Vous venez ici tous les après-midi, Odran. Je vous observe depuis ma fenêtre. Vous êtes tombé amoureux, on dirait. »

Je sentis mon estomac se serrer tant j'étais gêné. « Amoureux ?

— Du café d'ici.

— Oui. »

Il hocha lentement la tête. « Elle n'est pas facile, cette vie que nous avons choisie, dit-il enfin. Il y a des tentations, bien sûr. Nous ne serions pas humains s'il n'y en avait pas ou si nous ne nous permettions pas parfois d'imaginer les conséquences, si nous cédions. De nous demander si notre vie serait meilleure, ou si elle serait détruite. » Il se retourna tandis que la femme pour qui j'en pinçais nettoyait une table à côté de nous. Son chemisier était sorti de sa jupe, révélant une bande de peau brune, et cette vision m'envoya une décharge électrique dans tout le corps. Je l'inscrivis dans ma mémoire, sachant que je la savourerais encore et encore, quand je revivrais l'instant.

« Et comment allez-vous aujourd'hui, ma chère ? » demanda-t-il, se tournant vers elle avec son magnifique sourire. Elle se mit à genoux et se pencha pour lui embrasser la main. Je regardai ses lèvres rouges effleurer ses doigts, le bout de sa langue visible lorsqu'elle se remit debout, et j'eus toutes les peines du monde à ne pas gémir tout haut.

« Je vais bien, Éminence, dit-elle.

— Vous connaissez mon jeune ami, qui est irlandais, Odran ?

— C'est un client régulier chez nous, répondit-elle en s'adressant au patriarche, pas à moi.

— Il ne peut pas vous résister. Il apprécie énormément votre café. »

Elle sourit et leva un sourcil moqueur. « Nous sommes reconnaissants à tous nos clients, fit-elle. En particulier à vous, Éminence.

— Ah, mais je m'en vais demain. C'est mon dernier jour à Rome. »

Elle eut l'air sincèrement déçue. « Mais vous reviendrez ?

— Toujours. Je reviens toujours à Rome. Mais je retourne toujours chez moi. Et c'est exactement comme ça que j'aime la vie. » Il jeta un coup d'œil à sa montre. « Je devrais y aller. » La femme s'éloigna et repartit vers le comptoir alors qu'il se levait, me faisant signe de rester assis. « Si jamais vous vous trouvez à Venise, Odran, surtout, faites-le moi savoir. J'aime la compagnie des jeunes gens et nous pourrions débattre de nombreux sujets, j'en suis sûr. Considérez-moi comme un ami, si vous en voulez un. » Il fourragea dans sa soutane et sortit un chapelet qu'il me tendit. « De temps en temps dites une prière pour moi, Odran. Peut-être que vous devriez penser à tester d'autres cafés, ajouta-t-il. Vous manquez le meilleur de Rome si vous restez au même endroit tous les après-midi. » Il se tourna, prêt à partir, mais s'interrompit une dernière fois. « Rappelez-vous, mon jeune ami, la vie est facile à chroniquer, mais déroutante à pratiquer. » Il me fit un clin d'œil. « Forster. »

Ensuite, je commençai à la suivre.

J'étais embarrassé que mon intérêt soit si visible et je ne pouvais me résoudre à continuer à fréquenter assidûment le Café Bennizi. Je cessai donc d'y aller et fis quelque chose de bien plus risqué, bien plus stupide. Mes cours se terminaient à 17 heures et je n'avais pas besoin d'être rentré au Vatican avant 20 heures, alors je m'installais à mi-chemin sur le Ponte Vittorio-Emanuele et la regardais partir pour la soirée, s'arrêtant parfois en chemin sur un marché pour faire quelques courses, s'asseyant parfois à un café pour se détendre une demi-heure, mais le plus souvent, traversant Lungotevere Tor di Nona, avec le château Saint-Ange sur sa gauche, avant de tourner à droite et de s'engager dans une petite ruelle résidentielle, Vicolo della Campana. Elle glissait sa clé dans une serrure, puis disparaissait derrière une porte. À ce moment-là, je jugeais que je pouvais sans risque émerger de l'ombre. Et je m'attardais, à observer son immeuble, à attendre un certain temps – pas tous les jours, mais souvent – qu'elle apparaisse à la fenêtre au-dessus, et à l'instant où elle s'écartait, parfois, elle se débarrassait de son chemisier et l'espace d'un instant, quelques secondes au plus, j'apercevais son dos nu avant qu'elle disparaisse dans l'intimité de cette chambre privilégiée.

Je ne restais pas longtemps – il y avait trop de gens qui passaient et je ne pouvais pas courir le risque de me faire surprendre – et si je voyais son père rentrer lui aussi, sur mon trajet de retour vers la place Saint-Pierre, je traversais la rue avec l'espoir qu'il n'avait pas remarqué ma présence. J'entrais au Vatican par une porte privée, m'enregistrais auprès des gardes suisses qui étaient postés là et arrivais à temps pour porter le plateau avec le lait et peut-être une tranche de gâteau au citron, si le Saint-Père en avait fait la demande, dans ses appartements privés où il était en prières, m'ignorant comme toujours. Ensuite, je retournais à mon lit de camp pour prier moi aussi, pour ma mère, pour Hannah, pour la femme du Café Bennizi. Puis j'essayais de dormir, parfois j'y arrivais, d'autres fois, non.

Cherchant à échapper à la chaleur de la ville, le pape se trouvait à Castel Gandolfo lorsqu'il mourut en août. Il était en mauvaise santé depuis des mois et avait le moral en berne depuis qu'Aldo Moro, son ami d'enfance, avait été kidnappé contre rançon par les Brigades rouges, un crime qui avait conduit, fait inédit, à une intercession papale – le pape Paul avait écrit directement aux kidnappeurs pour implorer leur clémence. Mais ils étaient restés sourds à ses appels et le corps de Moro avait été découvert en mai dans une voiture sur la Via Michelangelo-Caetani, le corps perforé de balles, une preuve de l'intrépidité grandissante des Brigate Rosse et de l'influence décroissante du pape.

Les derniers jours, sa santé se dégrada visiblement et dans mon égoïsme, mon inquiétude pour le Saint-Père diminua à mesure que s'intensifiait ma consternation de me trouver coincé dans les monts Albains. Loin des quartiers privés du pape, je me torturais avec des visions d'inconnus qui entraient peut-être dans son bâtiment quand je n'étais pas là pour le voir, des hommes qui étaient peut-être invités dans sa chambre. Que Dieu me pardonne, lorsque le Pape fit une crise cardiaque un dimanche soir après la messe, mes premières pensées furent que nous allions rentrer rapidement à la capitale. Un aveu coupable, mais empreint de vérité.

Pendant toute la semaine précédant les funérailles, un spectacle plus théâtral et dramatique que tout ce dont j'avais jamais été témoin, je ne parvins pas à la voir du tout, tant j'étais occupé avec toutes les messes, les rosaires qu'on disait nuit et jour et le fait que le camerlingue, le cardinal Villot, m'avait demandé d'apporter mon aide à l'archivage et au rangement des effets du pape défunt et à la remise en état des appartements papaux pour la personne qui serait choisie par Dieu et les occuperait à sa suite.

Tandis que le conclave approchait, l'atmosphère à Rome se chargeait d'électricité. On pouvait à peine bouger entre les groupes de cardinaux en soutane noire qui traversaient la place Saint-Pierre ou arpentaient les couloirs du Vatican, rassemblés en rangs serrés pour discuter d'un éventuel accord sur un candidat. La chaleur était étouffante et, d'après les rumeurs, le nouveau pape serait élu dès le premier tour, parce que ces hommes d'un certain âge ne pourraient pas supporter trop longtemps l'intensité de la réunion à la chapelle Sixtine. On chuchotait les noms du cardinal Benelli de Florence et du cardinal Lorscheider du Brésil, puis celui du cardinal Siri revint sur le devant de la scène. Les représentants des médias du monde entier étaient présents depuis le décès du pape et pendus à leurs caméras et leurs micros, ils suggéraient des noms de *Papabiles*, comparant les biographies, tandis que les foules se rassemblaient, remplissant entièrement la place Saint-Pierre, avant le début du conclave.

Et lorsque je repense à ce soir d'août où les cardinaux élurent l'un des leurs 263e pape et que les noms écrits sur les bouts de papier furent relevés et brûlés par les scrutateurs qui envoyèrent une fumée blanche dans l'air audessus de la basilique sous les acclamations de la foule, je ressens une certaine honte de ne pas avoir été présent pour le voir, car bien sûr le moment était historique et j'étais absorbé par des affaires plus prosaïques. Alors que le monde attendait que lui soit présenté le nouveau pape, je traversais le Ponte Umberto, dans la direction opposée à celle de la foule qui se précipitait vers Saint-Pierre ; et quand tout ce monde reçut sa première bénédiction, je prenais position à l'endroit habituel au coin de la Vicolo della Campana pour apercevoir son dos nu.

À l'instant où elle se montra sur son balcon portant un léger chemisier d'été et regarda en direction des collines de Rome au loin, j'entendis une grande clameur monter et traverser l'air tandis qu'à un autre balcon, à moins de deux kilomètres de l'endroit où je me trouvais, apparaissait le cardinal Luciani, le patriarche de Venise – qui m'avait témoigné tant d'amabilité lors de mon arrivée à Rome, tant de gentillesse et d'humour quand il avait soupçonné ma forte attirance pour cette femme sans nom. Il sortit dans la chaleur écrasante de cette nuit d'été romain, ouvrit grand les bras sous les acclamations de la foule et sourit avant d'énoncer la première bénédiction d'un nouveau règne papal.

10.

1990

L'été, la saison où les classes étaient vides et la bibliothèque déserte, je cherchais à quitter un peu Dublin et pensais à Tom Cardle, qui désormais était installé dans une paroisse à Wexford. J'appréciais moins l'école après la période des examens, lorsque les couloirs, résonnant d'habitude des bavardages animés des élèves débordants de vie, étaient plongés dans le silence. Pendant les mois de juillet et d'août, il régnait dans le bâtiment une ambiance de château hanté, et lorsque je me trouvais seul dans la salle des enseignants, réfléchissant aux mots croisés de l'*Irish Times* avec mon café du matin, il y avait dans ma solitude quelque chose d'un peu pathétique.

Curieusement, ces garçons qui passaient leur temps scolaire à faire tout leur possible pour fuir l'endroit se rassemblaient en groupes sur les terrains de sport ; avaient-ils peur de partir ? me demandai-je. Est-ce que les grands murs du collège leur offraient une sécurité qu'ils ne trouvaient pas ailleurs ?

Deux ou trois mois plus tôt, quand Tom était en poste à Longford, dans le diocèse d'Ardagh et Clonmacnoise, nous avions convenu que je viendrais lui rendre visite et j'avais acheté un billet aller-retour que la compagnie ferroviaire avait refusé de me rembourser quand il avait été déplacé, une fois de plus et sans grand préavis, vers le sud. Le pauvre homme était traité bien injustement, me disais-je ; à peine trouvait-il ses marques dans une paroisse qu'il était muté.

Je n'étais pas allé à Wexford depuis l'été 1964, un quart de siècle auparavant, quand ma famille y était arrivée à cinq pour repartir à trois. Durant les années suivantes, j'avais délibérément évité cet endroit, et lorsque Tom me dit où se situait sa nouvelle paroisse, je me demandai si oui ou non je devais annuler ma visite. Finalement, je décidai de me confronter aux démons qui étaient peut-être tapis là, dans ce comté, à m'attendre.

Quand je repense à ces années et à toutes les conversations téléphoniques que j'ai eues avec Tom en poste dans différents endroits d'Irlande, je m'étonne de ne pas avoir compris sur le moment. Il commença sa carrière à Leitrim, mais n'y resta qu'un an avant d'être transféré à Galway. Là, il demeura trois ans avant de partir pour Belturbet dans le comté de Cavan, puis ce fut Longford, puis Wexford. Dans les années suivantes, il passerait du temps à Tralee dans le comté de Kerry, dans une petite paroisse dont j'ai oublié le nom à Sligo, puis deux ans à Roscommon et deux années supplémentaires à Wicklow, avant de rejoindre une paroisse dans un coin du Mayo où il eut à peine le temps de poser ses valises avant de repartir pour Ringsend. Onze paroisses ! Qu'un prêtre soit transféré aussi souvent, c'était inédit. Non – presque inédit. Il y avait d'autres cas, bien entendu. Je ne connaissais pas encore leurs noms, voilà tout.

J'avais trente-quatre ans. J'avais été ordonné prêtre dans la basilique Saint-Pierre lors d'une cérémonie à laquelle avaient assisté ma mère et ma sœur ; l'une avait pleuré tandis que l'autre était restée de marbre, mal à l'aise devant tant de splendeur et de luxe affiché. À ce moment-là, nous avions un pape polonais, ce qui était ahurissant après quatre cent cinquante ans de domination italienne, et je trouvai l'occasion de lui présenter ma famille pendant la réception qui nous rassembla ensuite dans les jardins du

Vatican. Ma mère aurait pu passer pour une femme de confession musulmane, car elle avait couvert son corps entier et sa tête de vêtements sombres, caché son visage derrière un voile épais, et elle fit une sorte de révérence lorsque le pape s'approcha d'elle, souriant et prenant ses deux mains entre les siennes. Hannah, je m'en souviens, portait sur ses épaules nues un châle vert pâle qui glissa légèrement lorsqu'elle s'avança pour recevoir la bénédiction du Saint-Père, et celui-ci tendit la main immédiatement, affichant presque une expression de dégoût lorsqu'il remit l'étoffe en place. Elle laissa échapper un petit hoquet de surprise et il lui tapota deux fois la joue, ce qui se voulait peut-être un geste affectueux, mais qui laissa une marque rouge. Elle en fut très déconcertée et me dit par la suite qu'elle l'avait ressenti quasiment comme une gifle, une réprimande contre son inconvenance. Il lui avait fallu tout son sang-froid pour ne pas y répondre.

« Cet homme hait les femmes », déclara-t-elle le lendemain après-midi, en sirotant un verre de vin assise à côté de moi sur la terrasse du Dal Bolognese sur la piazza del Popolo.

Je parlais rarement de Rome à quiconque et presque jamais à mes collègues de Terenure. Je préférais ne rien révéler de ma vie d'avant, des choses que j'avais vues, des gens que j'avais rencontrés, des erreurs que j'avais commises, qui étaient innombrables. Mais je me sentais un peu privilégié de l'avoir vécue. J'étais heureux d'avoir passé une année hors d'Irlande, alors que d'autres, comme Tom, avaient été confinés aux vingt-six comtés et avaient peu de chance de s'en éloigner à moins de s'engager dans les missions. J'étais également une anomalie, car les étudiants qui avaient été choisis pour vivre une année à Rome pouvaient généralement s'attendre à une progression rapide dans la hiérarchie de l'Église. Et moi, qui étais prêtre depuis dix ans, je me cachais au fond de la bibliothèque d'une école privée de garçons au sud de Dublin.

Mon beau-frère, Kristian, m'interrogea une fois sur ce sujet. Bien qu'il ne fût pas un homme de religion, il portait un intérêt particulier à la politique et aux jeux de pouvoir dans l'Église catholique romaine. « Ai-je raison de penser que ceux qui ont joué ce rôle, me demanda-t-il, faisant référence à mes responsabilités dans les appartements papaux, étaient le plus souvent les meilleurs de leur classe au séminaire ?

— Le plus souvent, oui.

— Et tu étais dans les meilleurs de ta classe, Odran ?

— En gros, oui, admis-je.

— J'ai lu quelque part qu'un autre qui a occupé ce poste est devenu prélat de Hongrie. Et un autre archevêque de São Paulo.

— C'est très loin de la tâche qui consiste à porter un plateau avec une tasse vide posée dessus, dis-je avec un sourire.

— Et toi, Odran ? Tu n'as aucune ambition ? Tu ne voudrais pas devenir évêque ? Ou cardinal ? Ou même …

— Tu sais ce que la Bible dit sur l'ambition ? l'interrompis-je.

— Quoi ?

— *"Que servirait-il à un homme de gagner tout le monde, s'il perdait son âme ?"*

— Ça vient d'un film, fit-il, tout en fronçant les sourcils.

— C'est une citation de la Bible, Kristian.

— Non, je l'ai entendu dans *Un homme pour l'éternité*. Le film est passé à la télévision samedi dernier. C'est Paul Scofield qui le dit.

— Il citait la Bible, pour être tout à fait juste.

— Tu as raison.

— Bref, je suis content comme je suis.

— Mais tu peux faire tant de choses si tu progresses dans les échelons, insista-t-il. Pourquoi ne veux-tu pas plus de la vie ? »

Il semblait dérouté, et de mon côté, j'étais déstabilisé, car Kristian n'était pas quelqu'un qui recherchait l'enrichissement matériel. D'autre part, j'avais pris la décision en quittant Rome que je ne serais pas un de ces prêtres qui écrivaient des articles et publiaient des livres ou – Dieu m'en préserve – essayaient de se frayer une place sur les ondes nationales ou au *Late Late Show* avec un avis sur tout, une voix à louer au plus offrant. Je ne passerais pas mes journées à me gargariser devant un micro ou à faire le beau devant une caméra. Mon nom demeurerait père Yates, pas père Odran. Même si je ne m'étais pas disgracié à Rome, j'avais déçu ceux qui avaient placé leur confiance en moi, et je n'avais aucune ambition qui me motivât à grimper les échelons. Si j'avais la vocation, ce qui, d'après maman, était le cas, alors je voulais l'explorer dans l'intimité. Je voulais comprendre qui j'étais et pourquoi j'avais été choisi pour cette vie et ce que je pouvais offrir au monde depuis la position où je me trouvais. Cela ne me semblait pas constituer une mauvaise ambition en soi.

Mais bien sûr, je ne pouvais pas vivre d'austérité et de contemplation seulement. J'avais besoin d'amis. J'avais besoin de compagnie. Et de temps en temps, j'avais besoin de quelqu'un prêt à défier toutes les idées qui m'avaient été inculquées pendant six années d'études. Dans des moments comme ceux-là, j'avais besoin de Tom Cardle.

Où qu'il puisse être.

À Wexford, il avait une gouvernante, une véritable terreur appelée Mrs Gilhoole, dont le mari, me dit-elle quelques minutes à peine après mon arrivée, était décédé pendant la première année de leur mariage, trente-six ans auparavant.

« Le cancer l'a emporté, m'expliqua-t-elle, une main plaquée sur sa gorge comme si elle avait du mal à prononcer les mots même après toutes ces années. Il n'était qu'un jeune homme avec toute la vie devant lui. Le cancer peut être une chose terrible.

— Ça peut, dis-je. Ça l'est.

— Avez-vous perdu quelqu'un emporté par le cancer, mon père ? me demanda-t-elle.

— Non, Dieu merci.

— Est-ce que votre maman et votre papa sont encore en vie, mon père ?

— Ma mère, oui. Mon père est mort quand j'étais encore petit.

— Était-ce à cause du cancer, mon père ? »

Je la regardai fixement ; il était difficile de ne pas rire de sa morbide obsession. « Non. Je vous l'ai dit. Je n'ai perdu personne de cette maladie.

— Ça vous ennuie que je vous demande comment il est mort, mon père ?

— Il s'est noyé, dis-je, ressentant un besoin urgent de m'éloigner d'elle.

— Il y a un monsieur qui habite deux maisons plus bas, il s'est noyé l'hiver dernier », déclara-t-elle. Elle prononçait no-yé. « Et mon oncle du côté de ma mère, il s'est noyé à Lough Neagh le jour de son vingt et unième anniversaire. Et le beau-frère de la sœur de mon défunt mari, il s'est noyé à Salthill. » Elle marqua une pause et secoua la tête ; comme Peig Sayters, à qui elle ressemblait vaguement, elle était escortée par une armée de morts, dégoulinant sur le parquet, dont elle était très heureuse de raconter l'histoire.

« Nous mourrons tous un jour, conclus-je, essayant de paraître enjoué. Mais nous ferions bien de profiter de la vie tant que nous y sommes. »

Elle leva un sourcil. Elle semblait peu convaincue par cette platitude. « Connaissez-vous le père depuis longtemps ? » demanda-t-elle avec un mouvement du menton en direction du hall, où Tom était absorbé dans une conversation téléphonique ; il m'avait fait signe d'aller dans la cuisine sans même me dire bonjour. Son visage était plus rouge et plus marqué que dans mon souvenir et il avait pris un peu de poids. Il avait l'air extrêmement agacé.

« Cela fait dix-sept ans, maintenant. Nous nous sommes rencontrés au séminaire à Clonliffe. Nous y sommes entrés le même jour.

— Je vois », fit-elle, me détaillant de haut en bas en s'essuyant les mains sur son tablier. Elle avait une barbe assez fournie et il était difficile de ne pas se laisser hypnotiser. Il était ardu de deviner son âge. Elle aurait pu avoir quatre-vingts ans, mais en réalité, elle ne devait pas en avoir plus de soixante-cinq. « Bien sûr, nous avions le père Williams ici depuis vingt-deux ans, me dit-elle. Un homme charmant. Un saint homme. L'avez-vous connu, mon père ?

— Non.

— Nous avons été tristes de le perdre.

— Était-ce à cause du cancer ?

— Non, il a été muté. Il avait pourtant déjà la soixantaine, alors pourquoi le déplacer ? Il était très contrarié. Ils l'ont mis à Waterford. Vous imaginez vivre là-bas, mon père ?

— Non, je ne suis jamais allé à Waterford, répondis-je.

— Moi si, fit-elle, penchée en avant, ses yeux marron soudain plus animés. Ils sont très sombres, les gens, là-bas. Très sombres. Et je ne ferais aucune confiance à leur viande. »

J'ouvris la bouche pour répondre, mais découvris que je n'avais strictement rien à dire.

« Le père Cardle n'a rien à voir avec le père Williams, précisa-t-elle en baissant les yeux.

— Vous ne vous entendez pas ?

— Je ne dis rien. Et qui m'écouterait, de toute façon ? C'est pas demain la veille qu'ils écouteront des femmes, au palais de l'évêché. »

Je fronçai les sourcils, sans trop comprendre ce qu'elle essayait de dire, mais la porte s'ouvrit à ce moment-là et

Tom entra. « Fichus Gardaí. Ils assurent qu'ils n'y peuvent rien à moins de prendre le coupable sur le fait. Comment tu vas, Odran ? ajouta-t-il en se tournant vers moi pour échanger une poignée de mains. Tu vas bien ? Comment s'est passé ton voyage ? Est-ce que Mrs Gilhoole t'a donné une tasse de thé ?

— J'ai proposé, dit-elle sans le regarder, avant de retourner à sa pâtisserie. Il a refusé. Je demande pas deux fois. »

Je ris et transformai mon rire en toussotement en voyant Tom ouvrir grand les yeux sous l'effet de la contrariété et secouer la tête. « Suis-moi, allons dans mon bureau. » Je lui emboîtai le pas.

« Cette femme sera ma mort, lâcha-t-il une fois que nous fûmes seuls. Si c'est bien une femme. Je n'ai pas de preuve réelle sur ce point. Est-ce que tu as vu cette barbe ? J'ai l'impression de vivre avec Billy Goats Gruff. »

Je ris à nouveau. « Pourquoi parlais-tu avec les Gardaí, Tom ? demandai-je. Il se passe quelque chose ? »

Il désigna la rue, de l'autre côté de la fenêtre. « J'ai une voiture garée là, me dit-il. Une chouette petite voiture. Je l'ai achetée quand j'étais à Longford et je l'ai ramenée ici. Il y a deux semaines, je suis sorti tôt le matin et j'ai découvert que quelqu'un avait rayé la peinture. En tirant une clé tout le long du flanc ; quel acte de vandalisme ! Cela m'a coûté six livres pour la faire refaire. Six livres ! Que j'ai dû prélever sur la quête de dimanche, parce que je n'ai pas cet argent. Et maintenant, ce matin même, je vois que quelqu'un a lancé une brique à travers le parebrise. Quel genre de personne fait une chose pareille, Odran, tu peux me le dire ? On va venir me le remplacer, mais ça va me coûter encore trois livres et demie. Et les Gardaí disent qu'ils ne peuvent rien faire.

— C'est probablement des gamins. Est-ce que vous avez beaucoup de jeunes dans les rues ici la nuit ? Ils se lâchent souvent un peu, pendant les vacances d'été.

— Non, pas du tout, rétorqua-t-il comme si j'avais insulté l'honneur de Wexford. Nous ne sommes pas à O'Connell Street à Dublin, tu sais, avec ses restaurants de burgers, ses magasins de sport et ses salles de jeux. Les jeunes par ici ont un peu plus de plomb dans la cervelle.

— Eh bien, quelqu'un est forcément responsable.

— Oui. Et je vais te dire, si je trouve qui c'est, je lui tordrai le cou, à ce voyou. »

Je détournai le regard et parcourus la pièce des yeux. Elle était vétuste, avec un papier peint défraîchi et un bureau qui donnait l'impression qu'il allait s'écrouler à tout moment. Les étagères étaient couvertes de livres religieux, ce qui m'étonna un peu.

« Ils appartiennent au précédent, fit-il en surprenant l'expression de mon visage. Et le décor joyeux était son idée aussi. J'envoie tous les bouquins à Waterford la semaine prochaine. Je ne veux plus les voir.

— Tu ne voudrais pas les lire ?

— Tu plaisantes ? Je m'ennuierais comme une croûte derrière une malle.

— Et celui-ci ? demandai-je en désignant un livre de poche posé sur son bureau qui, du peu que je connaissais des goûts du père William, paraissait déplacé.

— *The Commitments* ? fit Tom. Non, celui-là est à moi. Tu l'as lu ? » Je secouai la tête. « Quelle langue ! s'exclama-t-il en riant. Ça ferait rougir un gitan. Mais c'est vraiment génial.

— J'ai lu des critiques. Certains des élèves de l'école en parlaient.

— Le meilleur groupe de soul d'Irlande, déclara Tom d'une voix forte, ouvrant grand les bras comme s'il les présentait sur la scène de l'Olympia. Et regarde, dit-il en s'approchant d'un guéridon pour prendre un volume. En voici un autre du même gars. À propos d'une sale petite traînée à Dublin qui se fait engrosser. »

Je me sentis un peu déstabilisé par la violence soudaine de son langage et me souvins de ce que Hannah avait dit sur le pape polonais. Une telle chose pouvait-elle être vraie pour Tom Cardle aussi ?

« Il y en a pas mal, des petites vicieuses partout, hein ? fit-il. Tu dois en voir tout le temps, là-bas, à Dublin ? Qui se baladent presque à poil. Avec tout à l'air, histoire que tout le monde en profite. Elles doivent rendre complètement fous les garçons de ton école, hein ?

— C'est sûr, il y en a toujours eu qui étaient plus délurées que d'autres. » J'aurais bien aimé que nous changions de sujet. Je regrettais d'être venu et la perspective des jours prochains me fit craindre le pire. Quatre années s'étaient écoulées depuis que Tom et moi nous étions vus pour la dernière fois, et nous étions déjà embarqués dans une conversation comme celle-ci. Qu'est-ce qui nous liait, de toute façon, me demandai-je, en dehors d'un passé commun ? Cinq ans à partager la même chambre, aujourd'hui dans la même profession, une partie de notre jeunesse dans la proximité. Avions-nous quoi que ce soit en commun ? Je pensais à mon logement à l'école, à l'ordre paisible de la bibliothèque. Et pourtant, je me trouvais là à écouter Tom et sa langue féroce.

« En tout cas, tu es rentré chez toi, dis-je, impatient de parler d'autre chose.

— Chez moi ?

— À Wexford, je veux dire.

— Ah oui, c'est vrai.

— Ta famille doit être contente. Tes neuf frères et sœurs. »

Il haussa les épaules. « Je ne les vois pas très souvent. Trois vivent aux États-Unis, deux en Australie et un autre au Canada. Et les deux nonnes sont enfermées. Il n'en reste qu'un seul ici. C'est lui qui a la ferme, bien sûr.

— Grand Dieu !

C'est l'émigration, Odran. Il n'y a plus de travail ici. On est comme au temps de la famine. Et Haughey ne se préoccupe de personne d'autre que lui. Il se remplit les poches. Tu as vu son île à la télé ? Personne ne se demande comment un homme peut avoir les moyens d'acheter une île tout entière, quand on sait à combien s'élève son salaire ?

— Les gens n'aiment pas lever des lièvres, répondis-je. Même quand ça se passe sous leur nez.

— C'est vrai.

— Mais tes parents, repris-je. Ils doivent être contents de t'avoir tout près.

— Ils sont morts tous les deux, Odran, déclara-t-il en secouant la tête. Tu ne le savais pas ?

— Hein ? » Je crus avoir mal entendu.

« Mes parents sont partis depuis trois ans maintenant. Maman a eu une attaque et papa, une crise cardiaque, quelques mois plus tard.

— Mais que me dis-tu là ? fis-je, abasourdi.

— C'est la vérité.

— Mais pourquoi tu ne m'en as pas informé ? J'aurais pu aider.

— Qu'est-ce que tu aurais pu faire ?

— Venir aux enterrements, déjà.

— La moitié de Wexford était présente. Il valait mieux pour toi ne pas te retrouver avec ces gens-là.

— Mais bon sang, Tom, je suis ton meilleur ami. Tu aurais dû me le dire. »

Il baissa les yeux et tapota du bout des doigts le cuir de son bureau. Je sentis la colère sourdre en moi – comment avait-il pu me cacher que ses deux parents étaient décédés ? Qu'est-ce que cela disait de notre amitié ? Mais je ne voyais aucun moyen d'exprimer ma peine. Je pouvais difficilement le tancer, après tout, c'était lui qui était en deuil. Je me sentais pourtant blessé, véritablement blessé, comme si dix-sept ans d'amitié comptaient pour rien.

Un long silence s'installa, un silence gêné, et il finit par lever les yeux vers la pendule ; simultanément, on sonna à la porte. « J'étais sur le point de t'annoncer que j'avais des paroissiens qui venaient me voir. Une mère et son fils rebelle, s'il vous plaît monsieur. Un de mes enfants de chœur. Un chouette gamin. Il s'avère qu'il donne du fil à retordre à la maison, alors elle me l'amène chaque semaine pour qu'on ait une petite conversation, lui et moi. J'essaie de lui mettre du plomb dans la tête.

— Toutes les semaines ? demandai-je, m'efforçant de paraître intéressé, mais toujours blessé par la révélation du décès des parents Cardle. Est-ce que ça ne te prend pas trop de temps ?

— Ça ne m'ennuie pas. Le pauvre garçon aime bien me parler et j'ai l'impression que je progresse dans mon dialogue avec lui. On se retrouve dans le village, au Larkin's ? Vers 18 heures. Ah, ne me regarde pas comme ça, je ne t'emmène pas faire une tournée des bars. On boira un ou deux verres et on discutera. »

Quelqu'un frappa à la porte et Mrs Gilhoole entra, nous dévisageant l'un et l'autre alternativement, le visage plein d'appréhension. « C'est Mrs Kilduff, et son fils Brian.

— Entrez, entrez », dit Tom, en faisant signe aux deux visiteurs, une femme d'environ quarante ans, crispée et excitée d'être invitée dans le bureau du prêtre, et un petit garçon maigre de huit ou neuf ans, qui nous regarda tous les deux, l'air perturbé. Je me demandai quels problèmes cet enfant avait connus dans sa courte vie qui nécessitaient l'aide d'un prêtre. Il avait l'air bouleversé, le pauvre petit.

« Je te laisse, Tom, dis-je en sortant du bureau.

— 18 heures, me rappela-t-il. Le Larkin's se trouve dans le village. Et allez-y, vous aussi, Mrs Kilduff ; Brian et moi pourrons bavarder tranquillement. Donnez-nous une bonne heure, s'il vous plaît.

— Vous ne voulez pas rester, mon père ? demanda Mrs Gilhoole, tandis que la mère de Brian sortait de la maison et que la porte du bureau de Tom se refermait derrière nous. Peut-être que deux têtes vaudraient mieux qu'une ?

— Ah non, ce ne serait pas correct. »

Et là, à mon grand étonnement, elle frappa à la porte du bureau et, sans attendre de réponse, l'ouvrit grand et entra.

« Mrs Gilhoole ! s'écria Tom ; il était assis à son bureau en face du garçon, qui était installé dans le fauteuil que j'avais laissé vacant. Qu'est-ce qui vous prend ?

— Le père disait qu'il aimerait bien rester et voir comment se font les entretiens avec les paroissiens, déclara-t-elle en me désignant d'un signe de tête. N'est-ce pas, mon père ?

— Non, pas du tout, protestai-je. Je n'ai rien dit de tel.

— Peut-être que je vous ai mal compris, insista-t-elle sans une once de gêne devant son mensonge caractérisé. Ce serait un changement bienvenu pour vous, n'est-ce pas, mon père ? Entrez donc et racontez votre histoire à Brian.

— Mrs Gilhoole, c'est scandaleux, commença Tom, mais je l'interrompis, tendant la main pour fermer la porte, la gouvernante à mes côtés.

— Désolé, Tom, dis-je en partant. Je te retrouve à 18 heures, comme convenu. » Une fois dans le hall je me tournai vers Mrs Gilhoole, me demandant si elle avait complètement perdu la tête.

« Le pauvre petit Brian, il prend peur rapidement, s'empressa-t-elle d'expliquer avant que j'aie le temps d'énoncer un seul mot de reproche. Je me suis dit qu'il serait content qu'il y ait quelqu'un d'autre dans la pièce.

— Pourquoi prendrait-il peur ? m'enquis-je. Il n'y a aucune raison. »

Elle hésita, se mordit la lèvre. « Les petits garçons peuvent être effrayés. Et le col est une arme d'intimidation redoutable.

— S'il a peur de Tom, il aurait deux fois plus peur devant deux prêtres.

— Et ce serait justifié, mon père ? » demanda-t-elle. Sa question me prit au dépourvu.

« Je ne comprends pas ce que vous voulez dire.

— Oh que si », fit-elle, la lèvre retroussée en une moue de dégoût. Elle se détourna. « C'est pas à un vieux singe qu'on apprend à faire la grimace. Je vais mettre vos bagages dans votre chambre. Allez donc là où vous avez prévu d'aller. De toute manière, vous êtes les meilleurs amis du monde, hein. »

Avec deux heures à tuer, je me surpris à partir en direction de la mer sans avoir pris la décision consciente de le faire. La journée était ensoleillée, assez chaude pour que je puisse enlever mes chaussures et marcher pieds nus ; si je tournais à droite, je pourrais atteindre Rosslare Harbour au bout de trente kilomètres, mais je choisis la gauche, vers l'agglomération de Wexford. Avant d'y arriver, la côte passerait près de Blackwater et de l'étendue sablonneuse connue sous le nom de Curracloe, la plage où vingt-six ans auparavant, mon père avait décidé de faire ses adieux à ce monde.

Je n'avais jamais éprouvé le désir de revenir dans cet endroit, un lieu qui était chargé de souvenirs douloureux pour moi. J'en voulais au comté d'avoir une plage. J'en voulais à la plage de m'avoir pris mon frère, j'en voulais à mon frère d'être parti à ma place, et je m'en voulais de ne pas avoir accompagné mon père quand il me l'avait demandé. Grand Dieu, j'aurais pu lutter quand il aurait essayé de me noyer – j'avais neuf ans, après tout, cinq ans de plus que le petit Cathal, et j'étais bon nageur – et peut-être que j'aurais même réussi à persuader mon père de revenir avec moi à la nage lorsqu'il aurait vu avec quelle énergie mes bras fendaient les vagues. Que reprochais-je d'autre à cet endroit ? Tout. Une blessure qui existait au plus profond de l'âme de ma sœur et qui ne pourrait jamais se refermer. La conversion de ma mère de femme au foyer inoffensive en croyante fervente et prosélyte fermement décidée à faire de son seul fils un prêtre. Wexford. Fichu Wexford. Quelle ironie que mon meilleur ami vienne précisément de là. Et oui, je l'avais évité toutes ces années, mais j'étais là, et avec du temps devant moi, je ressentais l'importance de parcourir la plage une fois de plus et de ressortir cet endroit du sarcophage mental dans lequel je l'avais placé.

Cet été-là vivrait éternellement dans mon esprit ; je ne pourrais jamais l'oublier, mais je ne pouvais jamais y penser non plus. Et pourtant il était gravé dans ma mémoire – presque chaque instant de ces vacances l'était – alors que des années entières entre ce moment-là et maintenant avaient été presque complètement oubliées. Je me rappelais notre bonheur, à Hannah et moi, chaque matin quand nous bondissions dans les dunes avec notre pelle et notre seau, le petit Cathal sur nos talons, nous criant de l'attendre. Pourquoi attendre un avorton comme lui quand toute la plage s'étalait devant nous et que chaque minute où nous n'y étions pas était une minute perdue ? Nous aurions pu remporter une médaille olympique, tous les deux, tellement nous courions vite. Et le visage de maman lorsque le Garda apparut dans l'allée. Et, mon Dieu, le retour vers Dublin, une veuve et deux orphelins de père, et malgré tout, Hannah et moi excités par le voyage en train, car c'était seulement la deuxième fois que nous le prenions.

Quoi d'autre ? Quoi d'autre… quoi d'autre… quoi d'autre ?

À quelques kilomètres de notre petite maison se trouvait un passage à niveau et il m'arrivait d'y descendre le matin, fasciné par le vieux monsieur qui semblait vivre dans la boîte au bord de la route, pour appuyer de temps en temps sur un bouton relié à une série de leviers qui abaissaient les rails lorsqu'un train était prévu, avant de répéter l'opération à l'inverse une fois que le train était passé. Il était vieux comme Hérode, cet homme-là, et il paraissait impressionné par l'intérêt que je lui témoignais.

Mais quand je lui avais demandé si je pouvais appuyer sur ce bouton magique, il avait dit qu'en me le permettant, il risquait gros – si on nous voyait, il serait fichu.

« Je ne ferai rien de mal, lui avais-je dit. Je vous ai bien regardé. Je sais comment faire.

— Dans mon travail, on est obligé de penser à tous les gens qui ont confiance en vous, qui mettent leur vie entre vos mains. Imagine si l'un d'eux était blessé à cause de ta négligence. Ou de la mienne. Voudrais-tu une chose pareille sur ta conscience ? Sachant que tu es responsable de tant de souffrance ? »

Je n'avais pas compris à l'époque et je le lui avais dit. Finalement, il avait répondu que je pourrais revenir le jour où la guerre en Europe serait terminée et qu'il me laisserait appuyer à ce moment-là, parce que c'était ce que le vieux monsieur qui actionnait autrefois les leviers lui avait dit quand il était enfant, soixante ans auparavant. Lorsque je rapportai cela à mon père, il avait ri et secoué la tête. « La guerre en Europe s'est terminée en 1945, fils. Mais t'en fais pas, il y en aura sûrement une autre avant pas longtemps. »

Je me demandai si la petite maison du passage à niveau était encore là ; il n'y avait pas de raison qu'elle ait disparu. Le vieux monsieur était certainement décédé depuis longtemps. Et même s'il ne s'était rien passé de comparable au carnage de la Seconde Guerre mondiale, il y avait eu des révolutions en Hongrie et en Roumanie, une guerre civile en Grèce, les tanks soviétiques étaient entrés dans Prague et les conflits chez nous ne semblaient pas sur le point de s'arrêter.

Quoi d'autre ? Quoi d'autre... quoi d'autre... quoi d'autre... ?

Loin devant moi se trouvait une grande étendue de sable vierge et je marchai très près de l'eau, laissant les vagues déferler sur mes pieds nus au rythme de leur gigue bondissante. Un groupe d'adolescents en maillot de bain se lançait un frisbee, garçons et filles ensemble, et je pris soin de ne pas les regarder, redoutant que le frisbee vole vers moi, car je me ridiculiserais certainement si je tendais le bras pour tenter de l'attraper. Un grand chien magnifique, un golden retriever qui appartenait à l'un d'entre eux, courait en tous sens et s'amusait beaucoup, attendant une occasion, car chaque fois qu'un des jeunes ne sautait pas assez haut ou qu'un autre décidait de faire plaisir à l'animal, le frisbee volait au-dessus de nos têtes, plongeait dans l'océan Atlantique et le chien se précipitait dans l'eau pour le récupérer ; peu importe qui l'avait lancé ou manqué, le chien le ramenait toujours au même garçon, qui le félicitait généreusement, et je supposai que c'était son maître, un charmant jeune homme avec un sourire tel qu'on aurait pensé qu'il n'avait jamais eu le moindre problème dans sa vie.

Venait-il d'une autre planète, me demandai-je, pour être aussi insouciant ?

Quelques couples étaient allongés sur le sable, attendant désespérément de prendre des couleurs dans ce contexte rare que nous appelons un jour d'été irlandais ensoleillé. Une femme se passait de la crème sur le corps ; elle portait de grandes lunettes noires comme Jackie Onassis et le genre de chapeau à larges bords qu'on voyait toujours sur la tête de la princesse Margaret quand les photos inondaient les tabloïds pour moquer sa vulgarité.

Un homme s'adonnait à une espèce d'activité ressemblant au yoga et se donnait vraiment en spectacle.

Je sentais que certains des explorateurs de la plage, jeunes et vieux, me regardaient avec curiosité.

« Vous ne voulez pas enlever votre col, mon père, et vous détendre un peu ? » s'écria une femme. Elle n'avait aucune mauvaise intention, il n'y avait pas une once de malice dans sa voix, et je levai la main pour la saluer tout en continuant ma route.

Puis je les vis. Devant moi, une autre famille, la dernière restée sur la plage, apparemment, car au-dessus de l'endroit où ils s'étaient installés le soleil ne brillait pas avec autant de force. Deux parents, trois petits enfants, le garçon et la fille en train de creuser des douves autour d'un château de sable ; le petit essayait d'aider, mais était repoussé à intervalles réguliers, avec une rudesse qui provoqua une crise de larmes. La mère et le père firent de leur mieux pour restaurer la paix tout en rangeant dans le panier les derniers sandwichs et les sachets de Tayto vides, avant d'écraser les canettes de 7-Up et de les glisser dans un sac en plastique pour que les dernières gouttes ne viennent pas souiller la doublure molletonnée du panier. Et je regardai le père se lever et faire un tour sur lui-même, un 360, comme on dit, embrasser sa femme sur le front, attirer les deux plus grands enfants contre lui pour les serrer fort avant de prendre le plus petit par la main, déclarant qu'il allait apprendre à son fils à nager, sinon quel intérêt de venir passer du temps ici. Je ressentis une bouffée de terreur et courus vers eux, criant à l'homme d'arrêter, de revenir, de laisser la main de cet enfant et de le rendre à sa famille. Et tous les cinq tournèrent la tête, pour m'entendre rugir, me regardant comme si j'avais perdu la raison, et quelques instants plus tard ils se mirent à rire, comme des fous, en pointant le doigt vers moi. Plus j'approchais, plus leurs sourires s'effaçaient, et avec eux leurs jambes, leurs bras, leurs têtes, leurs corps, jusqu'à ce qu'ils aient complètement disparu, car bien entendu il n'y avait jamais eu personne. Ils n'étaient plus là depuis vingt-six ans et il était trop tard pour les interpeller.

Je pris le sentier au-dessus de la plage pour repartir vers le village et, en me dirigeant vers le Larkin's, j'aperçus un magasin qui vendait de tout – des ballons, des seaux et des pelles, des jouets dans la vitrine, des paquets de thé, des biscuits, toutes sortes de choses dont on pourrait avoir besoin –, et la pancarte au-dessus portait le nom inhabituel de Londigran's ; je me souvins alors d'un garçon au séminaire, qui s'appelait Daniel Londigran, sauf qu'il venait de Dún Laoghaire, alors la boutique ne pouvait pas appartenir à un membre de sa famille. Malgré tout, elle me rappela ce garçon, et je me demandai ce qu'il était advenu de lui. Je connaissais bon nombre de prêtres dans les différentes paroisses d'Irlande, en particulier ceux qui avaient plus ou moins mon âge, mais je n'avais jamais entendu ce nom depuis l'affaire extraordinaire qui l'avait vu quitter Clonliffe au milieu de la troisième année pour être relocalisé au collège St Finbarr's à Cork, un changement qui, de mémoire humaine, n'avait jamais eu lieu.

Daniel Londigran avait fait une allégation qui était considérée comme tellement mensongère et moralement répréhensible que le chanoine avait répondu qu'il ne pouvait pas supporter de le regarder et que si ce garçon ne voulait pas renoncer à sa vocation, il devait être envoyé à l'autre bout du pays, car il n'avait pas sa place dans cet établissement. Son coturne, un garçon qui s'appelait O'Hagan, avait été mis dans un train pour Dundalk la semaine précédente, car sa mère était mourante sur un lit d'hôpital. Le jeune Londigran avait prétendu que pendant qu'il dormait dans son lit une nuit – seul dans la chambre, bien sûr –, un type était entré, un bonnet en laine noir rabattu sur le front, avait grimpé sur lui et lui avait écrasé une main sur la bouche pour l'empêcher de crier. Il faisait trop sombre pour qu'il sache qui c'était et il ignorait même s'il s'agissait d'un séminariste ou d'un prêtre, car certains des étudiants avaient une stature d'adulte et certains des prêtres étaient chétifs. D'après Londigran, une altercation avait suivi. L'intrus avait essayé de lui arracher son pyjama, mais Londigran, qui avait du répondant, n'allait certainement pas se laisser faire, et il avait envoyé un coup puissant dans l'épaule de l'assaillant. L'autre s'était enfui de la chambre et avait disparu au fond du couloir.

Le temps que Londigran s'extraie de son lit, l'homme en noir était parti depuis longtemps. Le jour suivant, l'étudiant porta plainte et le chanoine dit que rien de tel n'était jamais arrivé à Clonliffe College et ne devait jamais arriver, que ce jeune Londigran était malhonnête et probablement un obsédé sexuel, et s'il restait, il n'exercerait qu'une influence corruptrice auprès des autres étudiants. Il devait partir, un point c'est tout. Il devait aller à Cork. Pour ma part, j'en fus navré, car Londigran était un garçon gentil avec qui je m'étais toujours bien entendu et il jouait bien au backgammon, qui m'intéressait à l'époque, mais il s'engageait aussi beaucoup dans ses études et était un fervent partisan du parler latin ; le pauvre avait été fort désemparé que Vatican II ait décrété la fin des messes en latin et avait même écrit une lettre au pape Paul lui demandant si on ne pourrait pas y revenir. Ses parents vinrent de Dún Laoghaire pour protester contre la décision du chanoine et je crois que le pauvre homme n'avait jamais rien vu de tel – son autorité, remise en question ! Il leur accorda à peine un regard et les renvoya chez eux après les avoir tancés vertement. Et ce fut la fin de l'histoire. J'aurais pu écrire à Londigran lorsqu'il arriva à Cork, si j'avais eu la force de caractère nécessaire, mais je craignais qu'un des prêtres intercepte ma lettre et me dénonce au chanoine. Je n'avais aucun désir d'être étiqueté obsédé sexuel moi aussi et renvoyé par le prochain autobus n° 14 vers Churchtown, alors je ne bougeai pas et chassai l'événement de ma tête.

C'était l'histoire de Londigran. Londigran de Dún Laoghaire. Et voilà que je tombais sur une boutique Londigran à Wexford. Je me demandai s'il arrivait à Tom de passer devant et, si c'était le cas, quelles pensées lui traversaient l'esprit.

La chambre d'amis était située sur l'avant de la maison, un petit cagibi avec à peine assez de place pour un lit une place, une petite armoire et une statue du Sacré-Cœur. Il y avait au-dessus de mon lit une photo du pape polonais, les mains jointes, dans un cadre doré, l'air parfaitement innocent. La chambre de Tom se trouvait à l'arrière, et Mrs Gilhoole avait la plus grande de toutes, avec salle de bains privative ; au moment où j'allai me coucher, elle me précisa que sa chambre était inviolable.

Inviolable !

Je me demande pour qui elle me prenait.

J'emportai *The Commitments* avec moi, espérant que le roman m'aiderait à trouver le sommeil, mais il eut l'effet contraire, il me maintint éveillé. Je suppose que c'était voulu. Finalement, Joey-les-Lèvres accorda un baiser à Imelda Quirke et je ne pus garder plus longtemps les yeux ouverts ; je repliai la page pour marquer l'endroit où je m'étais arrêté avant d'éteindre la lampe de chevet, maudissant Tom de m'avoir fait boire quatre pintes de Guinness et deux whiskies, car le mélange tournoyait comme les acrobates du Fossett's Circus dans mon estomac et je m'inquiétais de l'état dans lequel serait ma tête le lendemain matin. Je fermai les yeux, bâillai, et cherchai le sommeil.

Encore éveillé, j'entendis du bruit dans la rue. Quelque chose de difficile à définir. Un chat, peut-être ? Non, ça ne pouvait pas être un chat. Mais ça recommençait. C'était un son vraiment très bizarre et je sortis du lit, écartai le rideau juste un peu pour voir qui, ou quel animal, se trouvait là dehors. Au début, je ne vis rien, puis je distinguai une silhouette. Un homme. Non, un garçon. Un jeune garçon. Que faisait un jeune garçon dans la rue à cette heure de la nuit ? Où étaient ses parents ? Il était en pyjama, en plus. Un pantalon de pyjama rouge et un haut noir avec des manches blanches. Je me penchai en avant, pour coller mon visage contre la vitre. C'était Brian Kilduff. Le garçon qui était venu voir Tom plus tôt dans la journée. Qu'est-ce qu'il fabriquait ? Il s'accroupit. Il sortit quelque chose de sa poche. Une lame rétractable. J'identifiai le manche jaune dans le clair de lune. Le garçon sortit la lame. Il tourna autour de la voiture de Tom, tailladant chaque pneu, l'un après l'autre, et je regardai le véhicule s'écraser sur le sol, un coin après l'autre, jusqu'à ce que la voiture soit de nouveau à l'horizontale. À ce moment-là, le gamin s'éloigna, apparemment satisfait de son acte de vandalisme, et leva les yeux vers le presbytère, le visage inexpressif.

Je m'empressai de reculer, tirant le rideau en dentelle devant moi pour qu'il ne puisse pas me voir, et lorsque je trouvai le courage de regarder à nouveau dehors, il était en train de courir dans la rue en direction de sa maison, pieds nus, son forfait accompli. Je retournai dans mon lit, sans savoir quoi penser.

Voilà où était le mensonge. Parce que je savais quoi penser. Sauf que je ne pouvais me résoudre à le formuler.

De la même manière que je me rappelais le jour où ce pauvre Londigran avait été envoyé à Cork, en allant au lit ce soir-là j'avais jeté un coup d'œil du côté de Tom qui enlevait sa chemise et vu un gros hématome en train de grossir sur son épaule, le violet en périphérie, le vert à l'intérieur, la peau blanche tout autour. J'étais resté là, sans dire un mot.

Et la culpabilité aujourd'hui, quand j'y repense.

La culpabilité. *Ma* culpabilité.

Elle est si forte que parfois, j'arrive à comprendre ce que mon pauvre père ressentit quand il se réveilla, dans sa dépression, et décida que le jour était venu de descendre à la plage de Curracloe, de dire adieu à ceux qu'il aimait, que le jour était venu où il enfoncerait la tête de l'un de nous sous l'eau jusqu'à ce que toute résistance ait quitté l'enfant et qu'il puisse partir en direction de Calais, sans le moindre espoir d'y arriver vivant.

Ma culpabilité est si vive qu'à certains moments, ces dernières années, je me suis demandé si je ne ferais pas mieux de me rendre à la plage de Curracloe et de mettre fin à l'histoire.

11.

2007

Hannah était étonnamment gaie le jour où elle s'installa à Chartwell Home, un établissement spécialisé pour les patients atteint de démence évolutive. Elle était dans une phase plutôt lucide à ce moment-là, mais curieusement sa maladie laissait parfois à la victime un répit de quelques heures, comme un employeur bienveillant, pendant lequel le patient ressemblait à ce qu'il était auparavant. Et tout à coup, au beau milieu d'une conversation sensée, alors qu'il semblait que le monstre avait disparu, les nuages s'amoncelaient et elle vous regardait comme si vous étiez un intrus dans sa maison : « Qui êtes-vous ? hurlait-elle, les mains crispées sur les accoudoirs de son fauteuil. Qu'est-ce que vous faites ici ? Sortez ! » Et il pouvait se passer des semaines voire des mois avant qu'elle retrouve sa lucidité.

Était-ce contre moi qu'elle criait, dans ces moments-là, me demandais-je souvent, ou contre la maladie ?

Cela avait commencé en 2001, un an seulement après la mort de Kristian ; elle avait du mal à se rappeler les noms et les visages, mais la maladie ne progressait pas très vite. Puis, aux alentours de Noël 2003, la dégradation s'accéléra et Hannah commença à commettre des erreurs au travail, qui entraînèrent des procédures disciplinaires – son supérieur fit montre de peu de considération pour ses années de service et semblait déterminé à trouver un moyen de se débarrasser d'elle –, et elle finit par faire une faute gravissime qui coûta à la banque des centaines de milliers d'euros. Non seulement elle fut mise à la porte sur-le-champ, mais il fut question de poursuites en justice. Jonas insista – quelque chose n'allait pas – et nous emmenâmes Hannah à Saint-Vincent dans une consultation spécialisée où, pendant quelques mois, une équipe de médecins effectua des tests cognitifs, lui demandant de remplir des séries de documents qui paraissaient pleins de questions stupides et souvent répétitives, et de répondre à des tests de mémoire et des jeux de langage qui la contrariaient. Elle avait l'impression d'avoir à nouveau cinq ans. Ils firent des prises de sang, vérifièrent son taux de calcium, cherchèrent des déficiences en vitamines, scannèrent son cerveau. Et finalement, lorsque le diagnostic fut posé, commença le lent processus qui allait nous l'enlever pour toujours. Elle était relativement stoïque, il faut le souligner; à ce moment-là, elle paraissait plus inquiète de laver son nom à la banque et de mettre Mrs Byrne à sa place que de toute autre chose, même s'il est possible qu'elle trouvât dans cette victoire à la Pyrrhus une manière de cacher ses peurs.

Elle réussit à rester à la maison quelques années supplémentaires, avec une petite allocation des services sociaux et l'argent que Jonas avait gagné en droits d'auteur. Nous engageâmes une aide à domicile pour s'occuper d'elle, une jeune infirmière française qui fit preuve d'une patience et d'une gentillesse extraordinaires. Aidan contribua aussi, bien sûr, mais sa contribution allait toujours directement sur le compte de son frère et, lorsqu'il venait à Dublin pour voir sa mère, je n'entendais parler de sa visite qu'après son départ.

« Il ne t'a pas appelé ? me demandait Jonas, feignant l'innocence, et je secouais la tête.

— Non.

— Il avait pourtant dit qu'il le ferait.

— Eh bien, il ne l'a pas fait.

— Je n'ai pas d'explication. »

Pour être honnête, j'avais renoncé à me sentir contrarié. Si Aidan voulait se comporter ainsi envers moi alors que je ne lui avais jamais fait le moindre mal, c'était son affaire. J'avais des sujets d'inquiétude plus importants.

Désormais, la situation s'était trop dégradée. L'infirmière française, que Dieu la bénisse, eut à subir un incident violent qui lui causa une fracture du poignet, et nous nous accordâmes tous à dire que Hannah devait quitter Grange Road pour s'installer dans un établissement spécialisé où on s'occuperait d'elle et où on lui prodiguerait les soins dont elle avait besoin.

Elle savait exactement ce qui se passait; elle accepta même la décision et signa les documents nécessaires, car pendant ces quelques semaines elle avait connu une série de jours étonnamment lucides. Elle ne nous força pas, ni ses fils, ni moi, à exercer la moindre autorité sur elle. Elle avait seulement quarante-neuf ans, et c'était un destin cruel que de se trouver privée de son esprit et de sa raison alors que potentiellement elle pouvait vivre encore quarante ans, bien que les médecins nous aient assuré qu'une telle espérance de vie était peu probable pour une femme souffrant de cette maladie. Néanmoins, je ne pouvais envisager sa mort; j'avais déjà été privé de suffisamment de choses sans perdre aussi ma sœur chérie.

Malgré les changements qui étaient survenus dans sa propre vie, Jonas vivait encore chez sa mère. Le succès était venu tôt – il n'avait que vingt et un ans quand *Spiegeltent* avait été publié et était devenu, contre toute attente, un best-seller – et il était invité par des festivals littéraires dans le monde entier. Il voulait tirer avantage des opportunités qui se présentaient à lui, mais c'était difficile avec sa mère malade à la maison. Il avait passé trois mois loin de Dublin, en Australie, l'été avant sa dernière année à Trinity; il y avait trouvé un emploi de barman dans le quartier des Rocks à Sydney. C'était sa seule expérience à l'étranger, et je savais qu'il avait envie de voyager davantage, voir le monde en profitant des déplacements payés par ses différents éditeurs. Il ne précipita pas les choses, en aucune façon. Bien au contraire, cela le contraria beaucoup. Lui et moi avions pourtant conscience que c'était la meilleure solution, et si en prime il pouvait profiter de la nouvelle vie que ses talents avaient rendue possible, je pensais que Hannah ne le lui reprocherait pas.

« Je vais avoir une chambre pour moi toute seule, hein, Odran ? me demanda Hannah tandis que nous allions, tous les trois, en voiture au foyer d'accueil.

— Bien sûr que oui. Tu l'as déjà vue, tu ne te souviens pas ?

— Si, si », fit-elle en regardant par la vitre tandis que nous passions devant Terenure College, où un feston de violet et noir parcourait le terrain de rugby, les garçons avançant comme des vagues le long d'une plage avec le ressac, leur lèvre supérieure retroussée sur leur protège-dents comme des loups sortant leurs crocs. Cela faisait plus d'un an que l'archevêque Cordington m'avait muté et le College me manquait terriblement. « C'est celle avec le papier peint couleur lilas, n'est-ce pas ? demanda-t-elle. Et le fauteuil dans le coin avec une égratignure sur le pied droit.

— Ça, c'est ta chambre à la maison, maman, corrigea Jonas en se retournant vers elle. Votre ancienne chambre, à papa et toi.

— C'est de celle-là que je parle, dit-elle en fronçant les sourcils.

— Non, tu nous interrogeais sur ta chambre à Chartwell. Elle est peinte en vert clair et elle a une télévision accrochée au mur. Tu ne te rappelles pas, tu t'inquiétais qu'elle tombe et qu'elle se casse ? »

Elle secoua la tête comme si elle ne parvenait pas à comprendre ce qu'il lui disait.

« Odran, tu te souviens quand nous allions au cinéma ? » demanda-t-elle après un long silence tandis que, traversant la ville, nous passions devant l'endroit où se trouvait autrefois le vieux cinéma Adelphi, sur Abbey Street. Tant de salles de nos jeunes années avaient disparu aujourd'hui. L'Adelphi, le Carlton en haut de O'Connell Street, le Screen on the Bridge, qui était un lieu terriblement sale à sa plus belle époque. On ne pouvait pas bouger sans entendre le bruit de succion d'une partie de moquette imbibée de coca et le crissement de pop-corn écrasé sous nos semelles. Même le nouveau cinéma Lighthouse, où on projetait les films étrangers, avait disparu.

« Oui », dis-je. Quand j'étais jeune prêtre à Dublin au début des années 1980, nous nous retrouvions tous les mercredis pour aller au cinéma et manger ensuite quelque chose au Captain America. « C'était des chouettes soirées. »

Elle s'avança sur son siège pour tapoter son fils sur l'épaule. « On sortait dîner, alors même qu'on s'était gavés de pop-corn et de Fanta pendant le film. On les a tous vus, ces années-là, hein, Odran ?

— On en a vu quelques-uns, oui.

— Comment s'appelait celui avec le singe ?

— Le singe ?

— Ah, mais tu sais bien. Le singe. Et l'autre, là. Clint Eastwood.

— *Le Bon, la Brute et le Truand*, dis-je.

— *Doux, dur et dingue*, corrigea Jonas.

— J'étais pas loin.

— Tu veux dire que t'étais babouin », glissa Hannah, et l'espace d'un instant, je me demandai si nous faisions bien de l'installer à Chartwell alors qu'elle était capable de faire une blague aussi mauvaise que celle-là.

« Tu te souviens de *La Maison du lac* ? lui lançai-je.

— Oui. Katharine Hepburn, n'est-ce pas ? Toute flageolante, comme si elle descendait d'un manège de foire. Et Henry Fonda. Il est mort peu de temps avant que le film soit tourné, c'est ça ?

— S'il est mort avant qu'il soit tourné, il ne pouvait pas jouer dedans.

— Après, dans ce cas, il est mort après.

— Effectivement, acquiesçai-je en faisant un effort de mémoire. N'a-t-il pas remporté un Oscar ? Mais il n'a pas pu assister à la cérémonie parce qu'il était très malade.

— Comment s'appelait sa fille, déjà ? demanda Hannah.

— Jane. Jane Fonda », dis-je.

Elle secoua la tête, les sourcils froncés. « Kristian, la fille de Henry Fonda. Tu te souviens de son nom ? Elle faisait plein de gym. Elle adorait rester en forme.

— Ouais, c'est Jane Fonda, maman, dit Jonas alors que nous abordions Parnell Square pour aller chercher Dorset Street. Et moi, c'est Jonas, pas Kristian.

— Non, pas elle, insista Hannah. Je sais qui est Jane Fonda. Et elle n'avait rien à voir avec Henry Fonda. Attends, ça va me revenir dans une minute. »

Nous poursuivîmes notre route en silence.

« Est-ce que je pourrai ressortir ? demanda Hannah au bout d'un moment. Ou est-ce que je dois y rester ?

— Ce n'est pas une prison, maman, fit remarquer Jonas. C'est une maison médicalisée. Ils vont s'occuper de toi. Mais tu viendras passer la journée avec moi de temps en temps. Et avec Odran aussi.

— Bien entendu, ponctuai-je.

— Et on ira où ? Pas dans un endroit dangereux, j'espère.

— On ira faire une promenade le long de la jetée de Dún Laoghaire.

— Et on mangera une glace chez Teddy's, fit-elle en tapant des mains avec enthousiasme. Les meilleures glaces de Dublin. »

Jonas et moi approuvâmes à l'unisson. « Tu as raison.

— Et toi qui as une réduction chez eux, ajouta-t-elle. On pourra les avoir moins cher. »

Je la regardai dans le rétroviseur. « Une réduction ?

— Puisque tu travailles là-bas. Forcément, ils te font des prix, non ? On pourrait prendre une glace à l'italienne. Ils en font toujours, hein ?

— Bien sûr, rassure-toi. » Ce n'était pas la peine d'entrer dans le débat de savoir si oui ou non j'avais été un jour marchand de glaces. « Avec un peu de coulis de fraise sur le dessus.

— Non, j'ai jamais tellement aimé ça, dit Hannah. Je veux seulement le bâton en chocolat. Ça me suffit. On ira, tous les trois.

— Super, fit Jonas.

— Pas toi, lança-t-elle, furieuse. Tu n'as pas le droit de venir. Odran, dis-lui qu'il ne peut pas venir. Il n'y aura que nous trois. »

Valait-il mieux que je laisse courir ou que je lui demande ? Était-ce plus facile de ne pas broncher ? « Nous trois ? fis-je. Nous qui sommes dans la voiture ?

— Toi et moi, Odran. Et le petit Cathal. Il sera furieux s'il apprend que nous sommes allés manger des glaces sans l'emmener. »

Je pris une profonde inspiration et chassai d'un clignement de paupières la montée des larmes qui menaçaient de trahir mon émotion.

« Est-ce que ça va ? » demanda Jonas à mi-voix, se tournant vers moi ; je hochai la tête sans un mot.

Après cela, nous restâmes tous silencieux pendant quelques minutes, et finalement, je sentis que je devais parler à nouveau. Je ne pouvais pas laisser la conversation s'arrêter sur cette note.

« Nous pourrions aller faire un tour en voiture à Howth Head, aussi, suggérai-je. Un jour où il fera beau. Ce serait amusant, non ?

— Tu te souviens la fois où tu t'es perdu à Howth Head ? demanda-t-elle en tapotant Jonas sur l'épaule.

— Non, c'était Aidan, rectifia Jonas.

— Qui ?

— Aidan », fis-je d'une voix plus forte, sans savoir pourquoi : elle n'avait pas de déficit d'audition, après tout. Je lui parlais comme les Britanniques parlent aux étrangers sur le continent, prononçant leurs mots lentement, très très lentement, syllabe après syllabe, comme si c'était le volume et la vitesse qui posaient problème.

« Qui est Aidan ? demanda-t-elle.

— Aidan ! » répétai-je, comme si cela pouvait l'aider.

Elle réfléchit quelques instants. « Je ne connais pas d'Aidan.

— Bien sûr que si, c'est ton fils aîné.

— Ah, pauvre Aidan, dit-elle doucement. Il ne me le pardonnera jamais.

— Pourquoi, te pardonner ? demandai-je.

— Aidan t'aime, maman, insista Jonas en se retournant. Il t'aime. Tu le sais.

— Il ne me le pardonnera jamais. Mais il avait bu, n'est-ce pas ? Il n'aurait pas pu rentrer à la maison s'il avait bu.

— Quand est-ce que Aidan a essayé de rentrer en voiture après avoir bu ? demandai-je.

— Ce n'est pas Aidan, dit Jonas doucement. Elle ne parle pas de lui.

— De qui, alors ? »

Jonas secoua la tête.

« Qui ?

— Laisse tomber, Odran.

— Je suis montée à Howth Head de nombreuses fois, dit Hannah. Tu te rappelles quand Jonas a disparu, le jour où il était allé ramasser des mûres ?

— Je m'en souviens, fis-je. J'étais là ce jour-là.

— Ce n'est pas vrai, ne raconte pas n'importe quoi. Il ramassait des mûres, voilà comment ça a commencé. Nous étions tous là pour un pique-nique, maman et papa, et Aidan, bien sûr – c'était bien longtemps avant ta naissance, Odran. » Elle réfléchit. Je détestais l'entendre divaguer comme ça, surtout quand une partie de l'histoire était fondée sur la réalité ; elle ne se trompait que sur les détails et les personnes. « Et j'ai donné à Jonas une boîte de margarine pour y mettre les mûres, une de ces grandes boîtes carrées, tu te rappelles ? Jaune, en plastique. Le voilà qui s'en va, et tout à coup, on se rend compte qu'il a disparu, et on le cherche partout, on crie, on l'appelle. Et quand on a trouvé la boîte jaune au bord de la falaise, j'ai cru que j'allais perdre la raison, à l'idée qu'il était tombé. J'étais hystérique. C'est là qu'il est revenu, Lazare revenu d'entre les morts. Il s'était seulement éloigné et avait perdu la notion du temps. La boîte de margarine appartenait probablement à quelqu'un d'autre. Je n'ai jamais eu aussi peur de toute ma vie. »

Je souris. Une partie de l'histoire était vraie, assurément.

« Jusqu'à maintenant, ajouta-t-elle au bout d'un moment.

— Tu n'as pas peur, Hannah, affirmai-je avec fermeté, pour qu'elle se range à mon avis. Tu n'as pas peur, d'accord ? Ce sera très bien, je t'assure. Ils vont prendre soin de toi.

— La plupart des infirmières sont des voleuses, asséna-t-elle, la bouche pincée. Et est-ce que certaines seront noires, tu crois ?

— Allez, Hannah…

— Nous viendrons tout le temps te voir, dit Jonas tandis que nous approchions de Chartwell. Tu en auras marre de nous voir. Et si tu as besoin de quelque chose, il te suffira de nous le dire et nous te l'apporterons.

— Tu dis ça maintenant, fit-elle en détournant les yeux. On verra comment ça se passera dans six mois. »

Elle contempla ses ongles, en écartant soigneusement les doigts de ses mains tendues devant elle. « Quand j'étais jeune, peu de temps après mon mariage, on me demandait si j'étais de la famille de W. B. Yeats. Je leur disais que nos noms ne s'écrivaient pas pareil. Est-ce que tu es déjà allé à l'Abbey Theatre, Odran ?

— Oui. Souvent. J'y suis même allé avec toi, tu ne te souviens pas ? »

Elle secoua la tête. « Non. Non, je n'y suis jamais allée. On ne m'aurait pas laissée entrer. Ils avaient viré papa de la pièce à cause de ses mauvaises manières. »

Jonas nous interrompit et me montra le bâtiment qui apparaissait sur la gauche. « C'est là qu'il faut tourner.

— Je sais. »

J'entrai sur le parking, coupai le moteur et restai immobile quelques instants, les yeux fermés. Cette épreuve était difficile pour moi, mais c'était encore plus dur pour mon neveu. Sa vie était en train de prendre son envol, le monde commençait à le remarquer, pourtant il était inquiet à l'idée de laisser sa mère là, à l'idée qu'elle pourrait s'en trouver abîmée d'une manière ou d'une autre, comme s'il avait l'impression de commettre un acte de trahison à l'égard d'une personne qui ne l'avait jamais traitée autrement qu'avec gentillesse. Il ne voulait pas l'abandonner, il ne voulait pas être vu en train de l'abandonner, mais que pouvait-il faire d'autre ?

« On y est ? demanda-t-elle depuis la banquette arrière.

— Tu es sûre que c'est ce que tu veux, maman ? fit Jonas, les yeux pleins de larmes.

— Oui, mon grand. Je ne peux quand même pas rester plantée dans le salon à perdre la boule de plus en plus. Nous savons tous que c'est la meilleure solution. »

Il acquiesça. Je me dis que c'était là l'aspect le plus cruel. Le degré de lucidité lorsque la maladie faisait une pause. C'était comme si rien n'allait mal. Mais cela changerait, bien sûr. En un instant. En un battement de cils.

Nous sortîmes de la voiture et Hannah fouilla dans son sac à main. « Je veux pouvoir garder la main sur mon argent. Est-ce qu'ils auront le *Herald*, ou est-ce qu'il faudra que je sorte le chercher ?

— Je suis sûr qu'ils l'auront, dis-je. Et si ce n'est pas le cas, on pourra t'abonner.

— Je ne peux pas vivre sans mon *Herald* du soir.

— Est-ce que tu veux bien prendre ce sac, Odran ?

— Oui. »

Une femme entre deux âges, Mrs Winter, sortit par la porte principale de la clinique ; nous l'avions déjà rencontrée. Elle semblait compétente et efficace, du genre pragmatique. Emma Thompson aurait parfaitement joué son rôle. « Bonjour Hannah, l'accueillit-elle d'une voix chaleureuse, en prenant les deux mains de ma sœur dans les siennes. Nous sommes tellement heureux de vous voir. »

Hannah hocha la tête ; elle avait l'air un peu effrayée. Elle se pencha en avant et lui chuchota à l'oreille : « Qui sont ces deux hommes ? » en pointant un doigt vers Jonas et moi. Par la même porte quelques instants plus tard apparut une infirmière beaucoup plus jeune – elle s'appelait Maggie. Elle nous avait fait visiter les lieux deux fois déjà et avait expliqué à Hannah comment son séjour s'organiserait. Je fus content de constater que ma sœur la reconnaissait – son visage s'éclaira.

« Voici la jeune fille que j'aime bien, dit-elle en s'avançant pour la serrer contre elle comme si l'infirmière était sa fille qu'elle n'avait pas vue depuis une éternité. Vous êtes bien jolie. Vous êtes mariée ? »

L'infirmière rit. « Ce serait trop beau !

— Vous avez un petit ami ?

— J'en avais un. Je l'ai fichu à la porte.

— Vous avez bien fait. Ils ne valent pas le mal qu'on se donne. Lui, il est à vos pieds si vous voulez de lui. » Elle fit un mouvement de tête en direction de Jonas, qui leva les yeux au ciel, sans se départir de son sourire. Maggie le détailla des pieds à la tête; elle avait quelque chose de coquin dans le regard que je trouvai drôle, mais Jonas piqua un fard. Peut-être y avait-il encore quelque chose de l'adolescent caché au fond de lui.

« Je peux le prendre à l'essai ? demanda-t-elle.

— Qu'est-ce que vous entendez par là ? fis-je.

— Ah, Kristian, tu te rappelles, commença Hannah, se tournant vers moi. Les vieux timbres. Tu les prenais à l'essai. Tu les gardais un moment; si tu les aimais, tu les achetais pour de bon et tu les rangeais dans ton album, et sinon, tu les renvoyais et tu n'étais pas obligé de payer.

— Et si nous allions à l'intérieur, Hannah ? demanda Mrs Winter, qui semblait ne pas trop apprécier la tournure de cette conversation. Il commence à faire un peu frais.

— D'accord, fit Hannah d'un air résigné.

— Vous serez là ce soir, Maggie ? m'enquis-je. Pour vous occuper d'elle ?

— Oui, comme chaque mercredi.

— Voilà un autre film que nous avons vu, *Chaque mercredi*, enchaînai-je aussitôt. Qui jouait dans celui-là ?

— Dean Jones, déclara Mrs Winter.

— Jason Robards, ajouta Jonas.

— Et Jane Fonda ! s'écria Hannah en battant des mains de plaisir. La fille de Henry ! »

Dans la librairie Waterstone's au bout de Dawson Street, je tombai sur un de mes anciens élèves, Conor MacAleevy. Il commençait sa cinquième année lorsque je l'avais vu la dernière fois et maintenant, il se préparait à entrer à l'université, mais il travaillait le week-end pour gagner un peu d'argent de poche et s'offrir un été à l'étranger une fois que les examens seraient terminés. J'étais venu feuilleter des livres et me surpris à passer en revue les romans de E. M. Forster en souvenir du bon vieux temps. Je les avais tous lus, bien entendu, mais ils venaient d'être réédités avec de belles couvertures brillantes. Je pris *Chambre avec vue*, me rappelant le Café Bennizi sur la piazza Pasquale-Paoli, où j'avais passé tant d'après-midi en faisant semblant de lire pendant que la femme derrière le comptoir préparait les expressos qu'elle servait à ses clients. Je fermai les yeux au souvenir de l'humiliation qu'elle m'avait infligée, à la fin. Et ensuite, pour me réconforter, je pensai à mon vieil ami, le patriarche de Venise, et me demandai si je pouvais trouver dans la boutique une biographie sur lui, ou s'il n'était pas resté pape assez longtemps pour que son histoire vaille la peine d'être racontée.

Je rangeai le roman de Forster là où je l'avais pris et parcourus les étagères rassemblant la littérature pour m'arrêter à la lettre R, où se trouvaient tous les livres de Jonas. *Spiegeltent*, bien entendu. Environ dix exemplaires. Et *Callomania*, le deuxième, un roman sur un homme qui se croit doté d'une beauté physique extraordinaire, mais qui est incapable de manifester quoi que ce soit d'autre que de la colère et de la violence envers le monde. Une pile de grands formats trônait sur la table. Je pris un exemplaire de chaque – je les avais déjà, mais j'en achetais souvent d'autres pour les offrir – avant de commencer à monter l'escalier central à la recherche des biographies. Je passai les rayons en revue et ne pus trouver ce que je cherchais. Sans me laisser abattre, j'approchai du comptoir où un jeune homme tapotait sur le clavier d'un ordinateur.

« Père Yates, dit-il en levant les yeux, l'air un peu abasourdi de celui qui tombe sur quelqu'un complètement hors de son contexte.

— Conor MacAleevy. C'est vous ?

— Oui.

— Qu'est-ce que vous faites ici ?

— Je travaille ici. À temps partiel. Les samedis et dimanches.

— Félicitations !

— Comment allez-vous, mon père ?

— Bien, je suppose. J'imagine que vous n'avez pas envie que je vous parle de ma douleur lancinante dans le genou ? » Il me regarda, interloqué. « C'était une plaisanterie, Conor. Une plaisanterie.

— Ah… d'accord. Ils sont pour vous ? demanda-t-il en regardant les deux volumes que j'avais coincés sous mon bras, avec le nom de mon neveu en gros sur la couverture.

— Oui. Vous les avez lus ?

— Oui, dit-il.

— Vous les avez aimés ?

— Je les ai trouvés un peu merdiques, pour être honnête.

— Ah bon…

— Des conneries pseudo-intellectuelles. Il vient ici tout le temps et il croit qu'il est quelqu'un, vous voyez le genre. Et il a une de ces coiffures.

— Enfin… je pense que je vais quand même tenter. Puisqu'il est l'un des nôtres.

— Que voulez-vous dire ?

— Il est irlandais.

— Il ne fait que jouer cette carte-là, mon père. En réalité, il est norvégien.

— Mais… n'a-t-il pas grandi ici ? demandai-je innocemment. Je croyais avoir entendu quelque chose comme ça.

— Je crois qu'il a passé un été en Irlande quand il était enfant. Son père était irlandais. Il fait seulement semblant d'être irlandais parce que, soyons francs, combien d'écrivains norvégiens célèbres pouvez-vous citer ?

— Aucun.

— Et voilà. »

Je hochai la tête et regardai les livres que je tenais. « On m'a dit qu'ils étaient très bien. Je vais les prendre quand même.

— Comme vous voulez. »

Je ne pus m'empêcher de rire. Ils formaient bien leur personnel ici, il fallait l'avouer. Le gérant devait être fier de lui, quel qu'il soit. « Au fait, Conor, dis-je quelques instants plus tard. Vous n'auriez pas un livre sur le pape Jean-Paul Ier, par hasard ?

— Le pape Jean-Paul II, vous voulez dire ? me demanda-t-il, et je le regardai fixement – comment pouvait-il me corriger ainsi ?

— Non, je veux dire Jean-Paul Ier.

— Ah bon, parce qu'il y en a eu un ? » Il me fut difficile de ne pas éclater de rire. Comment pouvait-il être aussi bête ?

« Conor, réfléchissez un instant, fis-je patiemment. Pensez-vous qu'il pourrait y avoir un pape Jean-Paul II s'il n'y avait pas eu de pape Jean-Paul Ier ? Où serait la logique ?

— Votre argument est convaincant, mon père, admit-il avec un sourire.

— Je sais. Je suppose qu'il est inutile que je vous demande si vous avez quelque chose sur ce pape ?

— Allons voir, si vous voulez. » Nous parcourûmes ensemble les rayons sans réussir à rien trouver. Je décidai de laisser tomber et de chercher par moi-même sur internet. Quelqu'un avait dû écrire quelque chose sur le pauvre homme, forcément. Il avait été pape, Grand Dieu. Même si cela n'avait duré que trente-trois jours.

« Alors, comment ça va à Terenure, Conor ? demandai-je. Comment vont les garçons ?

— Oh, il faut que vous reveniez, mon père, lança-t-il gaiement, et quelque chose dans sa voix me dit qu'il était sincère. Celui qui nous fait cours maintenant est une brute. Et la bibliothèque est dans un état.... N'y a-t-il pas la moindre chance d'un retour triomphal ?

— Cela ne fait qu'un an que je suis parti, remarquai-je. Est-il possible que la détérioration ait été aussi rapide ?

— Vous n'avez pas idée, mon père, dit-il avec une emphase théâtrale, en sifflant entre ses dents. Aucune idée.

— Je serais très heureux de revenir. Normalement, ça devrait se faire. C'est ce qu'on m'a promis. En ce moment, je remplace dans sa paroisse un ami qui est temporairement absent. L'archevêque m'a assuré que ce ne serait pas pour longtemps. » En prononçant la phrase, je me rendis compte à quel point c'était vrai ; c'était bien ce qu'il m'avait promis. Et pourtant, il n'avait pas encore été question que j'y retourne. Peut-être était-il temps que je l'appelle.

« L'année prochaine ce sera trop tard, dit Conor. Je serai déjà parti à l'université.

— Mais qui sait, il y aura peut-être d'autres jeunes gens à l'école après votre départ. »

Il réfléchit et acquiesça. Il me regarda comme si j'étais un demeuré. « Bien sûr qu'il y en aura, mon père. » J'éclatai de rire. Était-il aussi bête qu'il le paraissait ou faisait-il semblant ? Je l'avais toujours pris pour un garçon intelligent.

« Bon, je vais me contenter de ces deux-là », dis-je en lui tendant les deux romans de Jonas avec un billet de vingt euros ; il enregistra mon achat.

Quelques instants plus tard, en rangeant les livres dans un sac, il lança : « Ah mon père. Vous avez entendu parler de Will Forman ?

— Qui ?

— Will Forman. Vous vous souvenez sûrement de lui. Un grand, avec des cheveux noirs très raides. Il se faisait toujours confisquer son téléphone en cours.

— Ah oui, dis-je en hochant la tête. Il s'asseyait derrière vous en anglais, n'est-ce pas ? Alors, quelles nouvelles de lui, est-ce qu'il va bien ?

— Très bien, j'imagine. Il est parti rejoindre les talibans. »

Je le regardai, ébahi. « Comment ? fis-je, certain d'avoir mal entendu.

— Les talibans. Vous voyez de quoi je parle.

— Oui. Je les ai vus à la télé. Les hommes d'Oussama Ben Laden.

— Ouais. Will parlait toujours de George W. Bush et de Tony Blair, qui étaient des criminels de guerre, et répétait que le 11 Septembre, c'était une grosse arnaque, que le gouvernement américain avait tout manigancé depuis le début pour avoir une excuse, y aller et récupérer le pétrole. Il était complètement débile, totalement obsédé par ces trucs. Bref, un jour, il s'est disputé avec Mr Jonson, le prof d'histoire, à ce propos. Vous vous souvenez de lui, n'est-ce pas ?

— Oui.

— Les voilà qui s'embarquent dans une grande discussion très animée sur l'oppression impérialiste et tout ça, et Will se lève au beau milieu du cours, ramasse ses affaires, se retourne vers nous et dit : "C'est bon, j'ai eu ma dose de ces conneries. Je pars rejoindre les talibans." »

Je regardai fixement Conor. J'eus beaucoup de mal à ne pas éclater de rire. « Et l'a-t-il fait ?

— Le truc drôle, c'est qu'il l'a fait. Il a acheté un billet pour l'Iran ou l'Irak ou je ne sais plus où...

— L'Afghanistan ? proposai-je.

— C'est ça. Il a acheté un billet pas cher sur internet, il a arrêté de se raser et il est parti. Sa mère était dans tous ses états. Et son père qui travaille dans je ne sais plus quel ministère appelle tous les jours Bertie Ahern pour qu'il fasse quelque chose. Ils sont tous les deux complètement fous avec cette histoire. Il y a même une marche organisée dimanche prochain pour lever des fonds.

— Lever des fonds pour quoi ? demandai-je, déconcerté. Pour les talibans ?

— Non. Pas pour les talibans.

— Pour quoi alors ? À quoi va servir cet argent ? »

Il réfléchit. « Maintenant que vous posez la question, je ne pourrais pas vous le dire. Peut-être que ses vieux ont décidé d'aller eux aussi là-bas, en Afghanistan, pour le ramener. À mon avis, ces billets doivent pas être bon marché. Il faut probablement changer à Heathrow ou Francfort.

— Peut-être qu'il s'est planqué chez un ami, vous ne croyez pas ? demandai-je. Pour monter un canular quelconque ? Il a toujours été un peu fou, si je me souviens bien.

— Non, mon père ! » Il rugissait presque, s'exclamant tellement fort que les autres clients se mirent à le regarder. « Je vous assure, il est parti rejoindre les talibans. Le cousin de Niall Smith l'a vu aux informations. Il a dit qu'il était au milieu d'un groupe d'hommes qui brûlaient des effigies de Dick Cheney à... je ne sais plus. Une ville quelconque. Kandahar, peut-être ? C'est ça, le nom ?

— Oui.

— Eh bien voilà, fit-il en hochant la tête comme s'il venait d'apporter une preuve irréfutable. Qu'est-ce que vous pensez de ça ? »

Il n'y avait pas grand-chose à penser. L'école était partie à vau-l'eau. La bibliothèque était sens dessus dessous. Will Forman était en Afghanistan et se battait aux côtés des talibans. Cela ne pouvait pas continuer. Il fallait que je quitte ce poste à la paroisse et que je retourne dans mon école. Je rentrai chez moi et pris mon téléphone pour appeler le palais épiscopal. Et ce fut là que je découvris la vérité.

Il me fut étonnamment difficile d'obtenir un rendez-vous. Quinze mois plus tôt, lorsque l'archevêque Cordington m'avait convoqué, il avait téléphoné – ou plutôt, un de ses secrétaires avait téléphoné – à 9 heures un mardi matin et à 15 heures, l'après-midi même, j'étais assis en face de lui et je refusais le whisky qu'il me proposait. Là, alors que le rendez-vous était à ma demande, je dus téléphoner à quatre reprises, et chaque fois, on me disait que quelqu'un allait me rappeler, mais ce mystérieux quelqu'un ne le faisait jamais. La cinquième fois, j'adoptai un ton plus ferme et ils finirent par accepter de m'accorder trente minutes avec monseigneur deux semaines et demie plus tard. L'attente serait longue, mais les vacances d'été étaient presque là, et du moment que je pouvais être réintégré à Terenure avant septembre, cela ne m'ennuyait pas qu'il s'écoule un peu de temps.

« Odran », fit l'archevêque quand j'entrai enfin dans son bureau et m'agenouillai devant lui pour poser mes lèvres sur l'anneau d'or épiscopal. Comme il paraissait lourd sur son doigt, me dis-je. Et comme il était fier de le porter. « En voilà une surprise. Tout va bien, rassurez-moi ?

— Oui, Monseigneur.

— Votre santé est-elle bonne ?

— Oui. Et la vôtre ?

— Je ne peux pas me plaindre. Asseyez-vous, asseyez-vous. Mais écoutez, je n'ai malheureusement que peu de temps. Le cardinal Squires doit m'appeler à un moment cet après-midi et il faut que je mette mes idées en ordre avant de lui parler. Cet homme est capable de flairer les incertitudes comme un basset sur la piste d'un renard. »

Je m'assis dans le même fauteuil que lors de notre précédente rencontre et il s'installa en face de moi. Il était devenu encore plus corpulent ces derniers mois, un frère Tuck du diocèse de Dublin.

« Comment ça se passe pour vous à… » Il réfléchit. « Où est-ce qu'on vous a envoyé, déjà ? » Je lui dis et il hocha la tête. « Oui, bien sûr ! Une jolie petite paroisse. Vous vous y plaisez, je suppose ?

— Eh bien…, dis-je avec un petit rire, j'imagine qu'elle en vaut une autre. M'y plaire serait probablement un peu excessif. Pour être honnête, je me demandais combien de temps j'allais devoir y rester encore.

— Que voulez-vous dire ?

— Vous vous souvenez, Monseigneur, vous avez dit que je n'y allais que pour remplacer Tom Cardle le temps de son absence. C'était il y a plus d'un an, maintenant. Et je n'ai pas réussi à le contacter. Ce n'est pas la première fois qu'il est porté disparu, en quelque sorte, mais depuis que je me suis installé dans sa paroisse, c'est comme s'il s'était volatilisé. Lui avez-vous parlé récemment ? »

Le visage de l'archevêque Cordington demeura fermé. « Le père Cardle va très bien. Ne vous inquiétez pas pour lui. Nous l'avons mis dans un joli endroit.

— Ah oui ?

— Je vous assure.

— Où est-il ?

— Est-ce important ?

— Oui, dis-je. C'est important. Est-il parti dans les missions ?

— Non.

— Il n'est dans aucune paroisse irlandaise, parce que je l'aurais su, si c'était le cas. Je m'inquiète pour lui, Votre Grâce. Vous savez que nous nous connaissons depuis longtemps, n'est-ce pas ? Depuis nos années au séminaire.

— Je sais tout de votre amitié, merci, père Yates. Vous n'avez pas besoin de me le rappeler. »

On aurait cru que j'avais dit ou fait quelque chose qui lui déplaisait, mais je ne voyais pas ce que ça pouvait être. Était-ce inhabituel qu'un homme prenne des nouvelles de son ami après un an de silence ?

« Je demande seulement, dis-je, faisant de mon mieux pour paraître raisonnable, parce que s'il revient bientôt, je pourrais peut-être retourner à Terenure en septembre, pour la rentrée scolaire. J'aimerais bien, si c'était possible. Je crois que…

— Odran, cela ne va pas être possible, déclara-t-il, saisissant d'une main ferme son accoudoir gauche dans un geste terriblement définitif.

— Ah bon ?

— Non. »

J'hésitai. « Puis-je vous demander pourquoi ?

— Vous pouvez, oui, fit-il en souriant, sans rien ajouter.

— Monseigneur, commençai-je, mais il leva la main pour me faire taire.

— Odran, nous avons besoin de vous là où vous êtes. Le père Cardle n'occupera pas de poste presbytéral avant longtemps.

— Mais… ne trouvez-vous pas que c'est un peu injuste ? Le pauvre homme a été déplacé d'un endroit à l'autre depuis son ordination. Il n'a jamais dû rester plus de deux ou trois ans dans une paroisse. Est-ce qu'il ne serait pas mieux pour lui, pour ses paroissiens, qu'il ait le droit de poser ses valises quelque part ?

— Il posera ses valises à la prison de Mountjoy si les Gardaí se mêlent de son sort », répondit-il.

Mon estomac se serra. Nous y étions, enfin. Ce moment que j'imaginais peut-être voir un jour, mais qu'avec ma complicité muette j'avais enfoui tout au fond de ma tête. « Les Gardaí ? demandai-je à mi-voix. Voulez-vous dire que les Gardaí s'intéressent à Tom ? »

Il me dévisagea et leva un sourcil. « Allez-vous prétendre que c'est une surprise ? »

Je baissai la tête. Je ne pouvais soutenir son regard. S'il y avait eu un miroir devant moi, je n'aurais même pas supporté de croiser mon propre regard.

« Écoutez, Odran, fit-il en se penchant en avant. Ils sont tous déchaînés contre nous, vous le savez, n'est-ce pas ? Vous lisez les journaux. Une véritable chasse aux sorcières a été lancée, et ce n'est que le début. Et elle va s'aggraver dans les années qui viennent si le cardinal Squires et le Vatican ne reprennent pas le contrôle de la situation. On aurait besoin que John Charles McQuaid revienne dans cette ville, je vous le dis. Il remettrait de l'ordre dans la tête de ces jeunes gens.

— De quoi Tom est-il accusé? demandai-je, ignorant sa dernière remarque.

— À votre avis? rétorqua l'archevêque, le regard éperdu, le visage écarlate d'indignation. Et ces journalistes et présentateurs télé, les médias tous autant qu'ils sont, qui veulent nous abattre. Satané Pat Kenny, satané Vincent Browne, satané Fintan O'Toole, cette bande de crétins. On dirait cette vieille blague selon laquelle lorsqu'un homme épouse sa maîtresse, il crée une place vacante. Si les médias parviennent à se débarrasser de notre voix, ils pourront prendre notre place. C'est un coup d'État par RTÉ, rien de moins. Et par les hommes politiques aussi, bien sûr. Cela fait des années qu'ils font ami ami avec nous et nous les avons soutenus quand ils étaient surpris avec de jeunes prostitués qui leur taillaient une pipe dans des voitures garées à Phoenix Park le pantalon aux chevilles. Mais maintenant ils voient d'où vient le vent et ils prennent peur.

— Monseigneur, hasardai-je, mais il était hors de lui, en équilibre au bord de son fauteuil, et postillonnait gaillardement sur moi.

— Ça a commencé quand cette femme a accédé à la présidence. Vous le savez, n'est-ce pas? Mary Robinson. C'est avec elle que la situation a commencé à mal tourner. Nous pouvons remercier Charlie Haughey. S'il s'était rallié à Brian Lenihan, il aurait pu réussir, mais non, il fallait qu'il fasse cavalier seul, comme toujours. Il aurait dû mettre le holà, ne pas la laisser approcher. Avec ses grands discours sur les droits des femmes, le droit à l'avortement et le droit au divorce. Elle avait une grande gueule, cette pétasse anglophile, et si vous voulez mon avis, son mari aurait dû trouver un moyen de la faire taire depuis longtemps. *Mná na hÉireann*, effectivement. Je vous en donnerais, moi, du *Mná na hÉireann.*

— Monseigneur », fis-je en élevant la voix, ce que je n'avais jamais osé avec lui. Je n'avais aucune envie d'entendre parler de Mary Robinson. Je ne voulais pas l'écouter déverser sa bile, sa haine et sa misogynie. Je voulais qu'il me parle de Tom Cardle, de mon ami. « Arrêtez une minute, voulez-vous, et parlez-moi de Tom.

— Tout ça, ce sont des inepties, dit-il, reprenant sa place et levant les mains. Un petit gamin dit des choses, invente des histoires. Il veut avoir sa photo dans les journaux, voilà tout.

— De quoi l'accuse-t-on ?

— Je n'ai pas besoin de vous faire un dessin, Odran, si ? Bon sang, vous êtes un homme intelligent.

— Il a été accusé d'attouchements sur un garçon, c'est ça ? »

L'archevêque laissa échapper un rire plein d'amertume. « Ça et plus encore.

— Et sa version à lui ?

— Il est, comme on dit dans les films, dans le déni. Il assure qu'il n'a rien fait de mal. Qu'il ne ferait jamais quoi que ce soit qui blesserait un enfant.

— Et c'est seulement un gamin qui se plaint ? »

Il secoua la tête. « Ce serait bien plus facile s'il n'y en avait qu'un. Nous pourrions résoudre le problème, dans ce cas.

— Combien y en a-t-il ?

— Dix-neuf. »

Je me cramponnai aux accoudoirs ; j'étais sérieusement ébranlé. Je ne pus rien dire pendant un petit moment.

« Il y en a dix-neuf qui se sont manifestés, dites-vous ? » finis-je par articuler d'une voix faible que j'eus de la peine à reconnaître.

Il me regarda comme si j'étais l'ennemi. « Qu'entendez-vous par là, Odran ?

— Que répond Tom à tout cela ? m'enquis-je, ignorant sa question.

— Qu'il s'agit d'un complot contre lui.

— Et c'est le cas ?

— Bien sûr que non. J'ai un dossier sur lui qui est long comme mon bras. C'est la raison pour laquelle il a été déplacé de paroisse en paroisse ces vingt-cinq dernières années. Nous l'avons muté pour que les petits enfants ne courent pas de danger. Vous le comprenez, n'est-ce pas ? C'est notre première responsabilité. Que les petits enfants ne courent pas de danger. »

Je le regardai fixement, me demandant s'il entendait l'absurdité de ses paroles. « Ne courent pas de danger ? De quelle manière vous en assuriez-vous, exactement ?

— Il y a eu des allégations dans le passé, Odran, expliqua-t-il, plus calme, cette fois. Je le reconnais. Un certain nombre, en fait. Dans différentes paroisses. Et chaque fois que la situation devenait un peu délicate, nous agissions immédiatement, nous retirions Tom de la paroisse où il se trouvait pour l'éloigner de toute tentation. Oh, nous avons été impitoyables, Odran. Chaque fois qu'une allégation a été formulée, il n'est jamais resté plus de quelques semaines. Au maximum un mois. Le problème est qu'il se rapproche trop d'eux. Il veut être leur ami.

— Alors, vous vous contentez de le mettre ailleurs ? Où il peut recommencer ?

— Je vous interdis de me regarder ainsi, Odran, répondit-il sèchement, en pointant un doigt menaçant vers moi. N'oubliez pas quelle est votre place, m'entendez-vous ?

— Et les parents ? demandai-je. Ils se satisfaisaient de cette solution ? »

Il haussa les épaules. « Toujours, dans le passé. Généralement, l'évêque avait un entretien avec eux. Une fois ou deux, le cardinal s'en est mêlé. Je suis au courant d'un cas où il a fallu passer un appel téléphonique.

— Un appel téléphonique ? répétai-je. Aux parents ? De la part de qui ? »

Il leva un sourcil. « Vous avez vraiment besoin que je vous le dise ?

— De la part de qui ? insistai-je.

— Servez-vous de votre imagination. Cette affaire remonte jusqu'en haut, Odran. Et parfois, lorsque les affaires remontent jusqu'en haut, l'homme qui se trouve tout en haut doit intervenir.

— Doux Jésus, dis-je en m'écroulant sur mon siège, la main sur le front tant j'étais stupéfait.

— Pas lui, non. Celui du niveau juste en dessous.

— Vous vous trouvez drôle, Jim ? »

Il secoua la tête. « Je vous ai déjà conseillé de ne pas oublier quelle était votre place, Odran, et je suis sérieux.

— Mais ces parents…

— Ces parents ont toujours été satisfaits de voir Tom muté. Seulement maintenant, il y en a quelques-uns qui ne veulent pas obtempérer. Ils ont porté plainte. Les Gardaí savent qu'ils tiennent quelque chose. Ils ont trouvé d'autres garçons qui sont prêts à témoigner. Ils se déchaînent contre nous, Odran, ne le voyez-vous pas ? Ils se déchaînent contre nous tous. Ils nous lamineront s'ils en ont l'occasion. Et qu'adviendra-t-il de ce pays, alors ? Nous devons penser au pays, Odran. À l'Irlande. À l'avenir. Aux enfants.

— Aux enfants, répétai-je.

— Le plus ennuyeux, c'est que cette histoire va empirer avant de s'améliorer. Et ce pauvre vieux Tom Cardle sera le prochain sur lequel ils vont tirer à boulets rouges, je le crains. Son histoire sera révélée dans tous les journaux d'un jour à l'autre, alors ce n'est même pas la peine que je vous dise de ne pas en parler. Le bureau du procureur m'a contacté et ils pensent qu'ils en ont assez pour lancer une action en justice. Les journaux se sentiront autorisés à écrire ce qu'ils veulent une fois que l'information sera connue et qu'une date pour le procès sera fixée, autorisés à traîner dans la boue le nom de quelqu'un de bien. Voilà le sujet de cet appel avec le cardinal. Il faut que nous mettions au point une stratégie. Nous devons trouver un moyen d'éviter ce scandale. Mais d'ici là… » Il se leva et me pria de faire de même. « D'ici là, nous devons protéger le statu quo. D'accord, Odran ? Et cela signifie que vous restez où vous êtes, cela signifie laisser la personne qui s'occupe des jeunes gens de Terenure exactement où elle est, et faire de notre mieux pour accompagner Tom Cardle dans cette épreuve jusqu'à ce qu'il en ressorte sans avoir été éclaboussé. »

Je ne pus me retenir et éclatai de rire. « Et comment cela serait-il possible ?

— Ce sera possible parce que l'archidiocèse dépensera ce qu'il faudra pour le défendre. Nous ne permettrons pas que l'Église soit détruite par un enfant qui cherche à se faire remarquer. Nous ne le permettrons pas.

— Mais, Monseigneur, dis-je, sentant grandir une sensation de vertige tandis que je m'approchais de la porte et me tournais une dernière fois vers lui. Est-ce qu'il l'a vraiment fait ? »

L'archevêque fronça les sourcils, comme s'il ne comprenait pas exactement ce que ça voulait dire. « Qui a fait quoi ? demanda-t-il.

— Tom. Est-il coupable ? »

Il ouvrit grand les bras et me sourit. « Lequel d'entre nous, père Yates, n'a pas la moindre souillure sur son âme ? *Que celui qui n'a jamais péché jette la première pierre*, vous vous rappelez ? Vous vous rappelez ce que vous avez appris au séminaire ? Nous sommes tous les jouets du Diable. Mais nous devons nous battre pour tenir à distance nos mauvaises pulsions. Et nous nous battrons, entendez-vous ? Nous nous battrons et nous gagnerons. Nous mettrons ces gens au pas même s'il nous faut y consacrer tous nos moyens. Et Tom Cardle verra son nom réhabilité, et il retournera dans ses paroisses, ou peut-être dans une autre, et ensuite, Odran, vous savez ce qui vous arrivera ? »

Je secouai la tête. J'avais l'impression d'être sous le coup d'une condamnation à mort.

« Vous, mon cher Odran, fit-il en se penchant en avant sur son bureau, les mains devant lui, dans la même posture qu'Orson Welles jouant le rôle du cardinal Wolsey, vous pourrez retourner dans votre précieuse école et apprendre à ces petits salopards à respecter l'Église. »

12.

1994

Parmi tous les endroits que ma mère aurait pu choisir pour mourir, debout à côté de l'autel de l'église Good Shepherd à Churchtown avec une bombe de polish dans une main et un chiffon à poussière dans l'autre aurait probablement figuré en tête de liste.

Elle avait commencé à y travailler bénévolement en 1965, un an après les événements de Wexford. Le samedi soir, elle disposait les fleurs pour la messe du dimanche matin, elle passait l'aspirateur sur les tapis deux fois par semaine, elle lavait et repassait les nappes d'autel et les vêtements sacerdotaux, elle astiquait les plans de travail dans la sacristie quand la pièce était vide. Elle n'était pas la seule à se consacrer à ces tâches. Il y avait un groupe de femmes, peut-être une dizaine, qui se portaient aussi volontaires, et elles imposaient des règles strictes de préséance. L'une d'elles avait le droit de laver la soutane du prêtre, mais une autre, seulement celle du vicaire. Ma mère ne se plaignait jamais ; elle n'avait que trente-huit ans quand elle avait rejoint le groupe et la plupart des dames avaient une bonne quinzaine d'années de plus qu'elle. Elle savait qu'elle n'avait qu'à attendre son heure et elle les verrait partir, l'une après l'autre. Elle n'avait pas tort ; le jour où elle mourut, elle dirigeait l'équipe d'une main ferme.

Il y avait aussi des hommes bénévoles, bien sûr, mais Dieu les garde de se voir confier des tâches subalternes.

Non, les hommes lisaient les leçons le dimanche matin quand était présente une assemblée d'une taille honorable pour témoigner de leur vertu. Ou ils devenaient ministres de la sainte communion, se tenant autour de l'autel avec un visage empreint de piété tandis qu'ils offraient le corps du Christ aux membres du troupeau qui n'avaient pas réussi à arriver assez tôt pour avoir une place près de l'allée centrale où le prêtre lui-même donnait la communion. Les hommes aidaient à écrire la lettre de la paroisse, mais c'était les femmes qui la distribuaient ; les hommes organisaient les soirées mondaines de l'église, mais c'était les femmes qui rangeaient et nettoyaient après ; les hommes encourageaient les enfants à participer aux messes familiales, mais c'était les femmes qui devaient les surveiller quand ils y prenaient part. Ces particularités n'étaient pas propres à l'époque de ma mère, ni à son église ; j'ai toujours connu cette distribution entre hommes et femmes et certaines pratiques, corrompues et choquantes, ne changeront jamais.

Maman n'était pas bien depuis un certain temps. Elle avait passé une semaine à l'hôpital l'été précédent à cause de sa tension, puis elle avait fait une chute sur le verglas en janvier alors qu'elle traversait Braemor Road pour se rendre au bureau de poste au Triangle, et s'était fait une vilaine entorse à la cheville. Elle n'était pas vieille, elle n'avait que soixante-sept ans, et je ressentis comme une grande injustice qu'elle soit emportée prématurément, mais dans notre famille, apparemment, on était destiné à partir jeunes.

J'appris son décès un samedi matin pendant que je disais la messe de 10 heures dans l'église de Terenure College. L'audience était généralement nombreuse à cette heure-là, au moins soixante personnes de tous les âges, mais les gens étaient impatients, espérant ne pas passer plus d'une demi-heure à l'église pour pouvoir se consacrer ensuite au programme de leur journée. Je levai les yeux pendant la prière de l'Eucharistie et aperçus mon beau-frère, Kristian, qui entrait par la porte du fond et s'asseyait au dernier rang. Je bégayai un peu, essayant de trouver une raison à sa présence, car depuis le temps que je le connaissais, je ne l'avais jamais vu mettre un pied dans une église, sauf pour son mariage et les baptêmes de ses deux fils. Il avait dû se passer quelque chose. Hannah avait peut-être eu un accident ; mais non, si tel était le cas, il serait avec elle et quelqu'un d'autre serait venu me chercher. Peut-être que maman était tombée à nouveau et ma sœur était à ses côtés à l'hôpital. Je terminai la messe en vitesse et les fidèles retrouvèrent la rue à 10 h 20, contents d'eux et satisfaits de ma prestation. Je fis signe à Kristian de me suivre tandis que je retournais dans la sacristie.

« Assieds-toi, je t'en prie.

— Non, Odran, je crois que je vais rester debout.

— Je suppose qu'il s'est passé quelque chose... C'est rare de te voir ici.

— Je viens avec une mauvaise nouvelle, dit-il, regardant autour de lui tous les objets qui lui étaient inconnus, se demandant peut-être ce que je faisais avec tous ces ciboires, calices et coupes.

— Je t'écoute.

— C'est ta mère. Elle a eu un petit souci.

— Est-ce qu'elle va bien ?

— Pas vraiment, non. Elle a décidé de mourir, j'en ai peur.

— Ah..., fis-je en m'asseyant, car je sentais la pièce commencer à tourner un peu. Tu es sûr ?

— Je suis désolé, Odran.

— Comment ça s'est passé ? »

Il me raconta et je hochai la tête, essayant d'intégrer la nouvelle, sans réussir. Une attaque, disait-on. Je l'avais vue quelques jours auparavant, quand elle m'avait demandé de la retrouver en ville pour que nous fêtions mon anniversaire autour d'un café. Nous étions allés au Bewley's de

Grafton Street, en souvenir du passé, mais nous avions été obligés de changer de place parce qu'à la table voisine de la nôtre, un jeune couple ne parvenait pas à interrompre ses pelotages assez longtemps pour pouvoir manger leur tranche de gâteau à la crème.

« N'ont-ils pas honte ? me lança-t-elle en me conduisant à une table au fond de la salle.

— Ah, ils sont jeunes, dis-je, peu enclin à en discuter.

— Moi aussi j'ai été jeune, autrefois, répondit-elle. Je ne me comportais pas comme une traînée. »

J'avais remarqué l'apparition d'une certaine amertume dans sa conversation et son langage, ces dernières années. Elle avait développé une sorte de colère contre tout ce qui ne lui ressemblait pas. Elle avait toujours été une personne relativement placide – sauf quand il était question de religion, bien entendu – mais à l'approche de la soixantaine elle avait commencé à jeter sur le monde un regard faussé, comme s'il était une source d'agacement perpétuel.

« Est-ce que tu vas bien ?

— Oui.

— Est-ce que tu manges ?

— Oui, bien sûr. Je mourrais si je ne mangeais pas.

— Tu as l'air tellement maigre. »

Je levai un sourcil, car je savais que je devrais faire un peu plus de sport. Je passais trop de temps assis dans une salle de cours ou derrière un bureau dans la bibliothèque. J'avais trente-neuf ans et, à peine quelques jours plus tôt, j'avais demandé à Jack Hooper, notre professeur d'éducation physique renfrogné s'il accepterait de me donner des instructions sur la manière d'utiliser les équipements de la salle de gymnastique. Il avait paru irrité par ma question et me répondit que les haltères et les machines étaient réservées aux joueurs de l'équipe de rugby.

« En même temps, l'équipe de rugby ne peut pas s'en servir tout le temps, si ?

— Sauriez-vous comment les utiliser, mon père ? s'enquit-il, contrarié par mon audace. Vous risquez de les casser ou de vous blesser.

— C'est la raison pour laquelle je demande votre aide, lui dis-je, souriant. Pour que vous me montriez. Ce n'est pas un problème, si ? »

Il s'avéra que c'en était bien un. Il ne me laissait pas les approcher.

« Comment ça se passe, à l'école ? me demanda ma mère.

— Beaucoup à faire, comme toujours.

— J'étais chez ta sœur hier soir. Elle gâte beaucoup trop ses deux fils. Jonas est un petit garçon tranquille, ceci dit, reconnut-elle en buvant une gorgée de café avant de faire une grimace épouvantable, comme s'il avait un goût d'eau usée. Il a toujours le nez dans un bouquin. Mais Aidan est un drôle de phénomène. Tellement plein de vie. Quand il est là, on n'arrête pas de rire. »

Je souris. C'était vrai. À cette époque-là, Aidan assurait l'animation de toutes les réunions, avec ses imitations, ses plaisanteries, sa manière de beugler une chanson au milieu d'une soirée sans même qu'on le lui ait demandé. Il bougeait ses hanches comme Dickie Rock et tendait un bras, agitant les doigts comme Elvis. Il était vraiment marrant.

« Il va finir sur scène, celui-là, dit maman.

— Peut-être.

— Je t'assure. Je n'ai jamais vu un enfant aussi plein de joie. Ou avec un tel besoin de se donner en spectacle. » Elle posa sa tasse et regarda autour d'elle comme si elle craignait que quelqu'un l'entende. « Tu as entendu la nouvelle au sujet du père Stewart ? s'enquit-elle en baissant la voix.

— Oui, dis-je, car c'était le sujet de toutes les conversations dans les paroisses.

— Est-ce qu'il a été en contact avec toi ?

— Pourquoi l'aurait-il fait ? Je le connais à peine.

— Vous étiez ensemble au séminaire.

— Il était deux promotions après moi. »

Elle se pencha en avant, espérant que je lui révèle un détail croustillant. « Mais c'est vrai, ce qu'on raconte ? » fit-elle, et je haussai les épaules, car même si je savais que c'était vrai, je n'avais aucune envie d'en discuter. Le père Stewart avait rendu sa soutane, quitté la prêtrise et s'était enfui aux Canaries avec une femme qu'il avait rencontrée au concours de l'Eurovision à Zagreb. La femme représentait la Tchécoslovaquie et elle était arrivée seizième. Je l'avais vue à la télévision. Elle avait une assez belle voix. Je pensais qu'elle aurait mieux réussi. Au concours, je veux dire.

« Est-ce que tu as déjà entendu une chose pareille ? demanda-t-elle.

— Je suis certain que la décision a été difficile.

— J'en doute, fit-elle en secouant la tête. Il reluquait toujours les jeunes filles. Je n'avais aucune confiance en lui. Il avait quelque chose dans le regard qui révélait des appétits malsains. Je suis contente qu'il soit parti. Si jamais tu faisais une chose aussi honteuse, je pense que je ne m'en remettrais jamais. Sa pauvre mère doit être dans tous ses états. »

Je ne dis rien. J'essayai d'imaginer ce qui se serait passé si j'avais écrit à ma mère depuis Rome pour lui dire que je ne reviendrais pas, que je ne vivais plus au Vatican, ni même au Collège pontifical irlandais, mais que j'habitais dans un appartement Vicolo della Campana avec une femme qui travaillait comme serveuse dans un café.

« Comment vont les voisins ? demandai-je.

— Oh, on en a terminé avec le père Stewart, on dirait…

— Je n'ai rien à ajouter, maman. Je te l'ai dit, je le connaissais à peine et je ne sais pas où il se trouve maintenant.

— Eh bien, fit-elle, visiblement frustrée. Mrs Rathley souffre terriblement de son arthrite. Elle demande souvent de tes nouvelles. Elle a toujours été très fan de toi. Mrs Dunne en face est dans son jardin toute la journée et toute la nuit. Ses roses sont tout ce qui lui reste, depuis que son mari s'est enfui avec sa maîtresse. Et tu as su que les Anglais, là, ont déménagé ? »

Je levai les yeux. *Les Anglais, là* était sa manière de parler de la famille Summers. Elle ne s'était jamais donné la peine d'apprendre leur nom, ou si c'était le cas, elle ne s'était jamais sentie obligée de l'utiliser.

« Ah bon ? fis-je.

— Ils n'allaient pas rester. Ils ont acheté une maison en Espagne. Tu y crois ? Ils ont dit qu'ils prenaient leur retraite là-bas à cause du temps. Ces gens-là ont plus d'argent que de cervelle, si tu veux mon avis. Je ne pourrais pas vivre en Espagne. Tu pourrais, toi ? Le fils est devenu agent immobilier, m'a-t-on dit. Je n'en suis pas surprise. Il n'a jamais été très net, ce garçon. Il avait quelque chose dans le regard dont je me méfiais. Et la fille… Tu te rappelles la fille ? » Elle me dévisagea d'un air hostile ; la colère était restée intacte, vingt ans après.

« Katherine.

— Oui, quelque chose comme ça, dit-elle. Elle fait la météo sur ITV maintenant.

— Incroyable ! fis-je, trouvant cette nouvelle très amusante.

— Pas la vraie ITV, s'empressa-t-elle de rectifier. Ils ne l'auraient pas laissée. Non, sur une des chaînes régionales. ITV Anglia ou ITV Jersey, je crois. Elle ne ferait pas beaucoup d'audience sur une chaîne nationale, mais elle est quand même du genre à retenir l'attention de tout le monde. Elle a toujours désespérément cherché à attirer l'attention, si je me souviens bien. Est-ce qu'il t'arrive d'avoir de ses nouvelles, mon père ? »

Ai-je dit que ma mère m'appelait toujours père ? Je lui avais demandé plusieurs fois de cesser, mais elle refusait.

« Pourquoi aurais-je de ses nouvelles ? fis-je, agacé par sa manière de me harceler.

— Eh bien… N'étiez-vous pas les meilleurs amis du monde, autrefois ?

— Pas vraiment. Et même si cela avait été le cas, cela remonte à si longtemps qu'elle m'a sûrement oublié. » J'essayai d'imaginer ce à quoi devait ressembler Katherine Summers. Je la voyais un peu plus enveloppée, son charme un peu passé, mais avec la sucette toujours coincée entre les lèvres. J'essayai de me voir dans le scénario – avec elle ou quelqu'un d'autre – et conclus que c'était impossible.

« Odran, dit Kristian, me tirant brusquement de ma rêverie. Est-ce que tu as entendu ce que je t'ai dit ?

— Hein ? » fis-je en levant la tête. Retour dans la sacristie. Retour dans la réalité.

« C'était très soudain. Elle s'est effondrée dans l'église et, le temps que l'ambulance arrive, elle était déjà décédée. On peut au moins se raccrocher à ça. Elle n'a pas souffert.

— Oui », répondis-je, sans trop savoir quel soulagement en éprouver. Nous n'avions jamais été proches, maman et moi, et il y avait certains aspects de notre relation que je n'aimais pas creuser, je ne pouvais cependant imaginer un monde d'où elle serait absente. Et désormais, j'étais orphelin, un mot qui me paraissait incongru, une idée dickensienne dépassée au XXe siècle. Un homme pouvait-il être orphelin à trente-neuf ans ? me demandai-je. Je supposai que oui.

« Où se trouve-t-elle, en ce moment ?

— Ils l'ont emmenée à Saint-Vincent.

— Est-ce que quelqu'un lui a administré les derniers sacrements ? »

Il hésita. « Je ne sais pas.

— Et Hannah ?

— Elle est avec elle. Elle nous attend. »

Je hochai la tête. « Et les garçons ?

— Je les ai laissés chez une voisine. Ils peuvent y rester jusqu'à ce soir. Jusqu'à ce qu'on ait un peu organisé les choses.

— D'accord. Bon, nous devrions y aller, j'imagine. »

Je me changeai et nous sortîmes ; il avait garé sa voiture dans le demi-cercle devant la grande porte de l'école et je vis les garçons de l'équipe de rugby se diriger vers les terrains pour leur séance d'entraînement du samedi matin comme si rien ne s'était passé, comme si le monde n'avait pas radicalement changé.

« Est-ce qu'elle a dit quelque chose ? demandai-je tandis que nous roulions vers l'hôpital.

— Qu'est-ce que tu entends par là ?

— Ses dernières paroles. Est-ce qu'elle a dit quelque chose avant de partir ? »

Il hésita quelques instants. « Je ne sais pas.

— Tu n'as pas entendu ?

— Il n'y avait personne avec elle.

— Personne ? Tu veux dire qu'il n'y avait personne d'autre quand elle s'est écroulée ? »

Kristian hésita en observant la circulation. Il était toujours très prudent quand il conduisait, les deux mains en permanence sur le volant, à deux heures moins dix. Les yeux rivés sur la route. Un truc norvégien, peut-être. Les conducteurs irlandais allaient presque jusqu'à prendre leur déjeuner ou regarder la télé dans leur voiture. « Pour ce que j'en sais, oui. »

Je réfléchis. « Et combien de temps s'est écoulé avant qu'on la trouve ? demandai-je.

— Quelques heures, peut-être. Une des autres femmes est arrivée et l'a découverte allongée par terre. Elle a appelé l'ambulance. »

J'essayai de visualiser la chose : ma pauvre maman étendue devant l'autel de l'église Good Shepherd, la vie se retirant de son corps, ses paupières qui se ferment lentement, sa respiration qui ralentit, la panique qui augmente ou une merveilleuse sérénité qui vient l'apaiser. Une expérience que nous partagerions tous un jour.

Au bout d'un moment, je demandai à Kristian d'une voix plus forte que nécessaire pour me faire entendre dans la voiture : « Dans ce cas, comment sais-tu qu'elle n'a pas souffert ? »

Pendant des mois, je me réveillai le matin en ayant oublié que maman était partie. Je me demandais si je devais l'appeler dans la journée, si elle avait besoin de quelque chose, si ce serait bien qu'on se parle ou si je pouvais repousser de quelques jours encore. Ensuite, la mémoire me revenait et chaque fois, j'en avais la gorge serrée. Il m'arrivait même de me prendre la tête à deux mains, gémissant, ressentant une solitude plus grande que jamais. Avais-je passé autant de temps que j'aurais dû avec elle ? Cela devait être terrible de savoir qu'on avait été un mauvais parent, mais c'était pire de savoir qu'on avait été un enfant ingrat. Je ne laissais pas ces pensées m'occuper trop longtemps, elles étaient dangereuses pour un homme comme moi.

Tom Cardle célébra la messe d'enterrement de ma mère avec moi. Il était à Tralee à l'époque, ayant récemment été déplacé de Wexford, mais il prit sa voiture et vint. Pour la nuit, j'installai un sac de couchage sur le canapé dans ma chambre à l'école. Ce sera comme autrefois, lui dis-je. Nous pouvions imaginer que nous étions à nouveau au séminaire, sans l'obligation de la Règle du Silence. Nous pouvions parler toute la nuit si nous voulions.

Il arriva tard, mais passa nous voir, Hannah et moi, à la maison juste avant de partir pour l'église pour nous interroger sur notre mère et les souvenirs que nous avions d'elle, à la recherche d'éléments à intégrer dans son homélie. Il paraissait tenir à faire les choses correctement ; il fit preuve d'une grande compassion envers nous deux.

Je ne l'avais jamais vu aussi investi de sa mission spirituelle et eus une furieuse envie de rire lorsqu'il posa ses mains sur les épaules de Hannah et la regarda, le visage empreint d'inquiétude. Ils s'étaient croisés dans le passé, plus souvent dans mes récits à l'un ou à l'autre qu'en se rencontrant directement, et même si Hannah n'avait jamais été particulièrement sensible à la religion, elle pensait du bien de Tom, peut-être parce qu'il était mon ami et qu'elle m'aimait. Elle emmenait les garçons à la messe le dimanche, mais je soupçonnais que c'était seulement parce que tous les voisins le faisaient et qu'on aurait risqué de la stigmatiser dans le cas contraire. Il aurait fallu qu'elle ressente une opposition profonde à l'Église pour agir de la sorte, et ce n'était pas son cas. Au mieux, elle n'en pensait rien. Aidan avait fait sa première communion et ferait bientôt sa confirmation ; Jonas était encore à mi-parcours.

La messe elle-même fut efficace. Tom fit de son mieux, et je dis quelques mots moi aussi, mais sans exubérance, même si Aidan et Jonas, qui étaient proches de leur grand-mère, montrèrent quelques signes d'émotion. Hannah avait l'air un peu en état de choc et ce n'est qu'au moment où Tom mentionna le petit Cathal qu'elle leva les yeux et regarda vers l'autel, une main plaquée sur la bouche, presque horrifiée par la situation qui se dévoilait.

Le cercueil me terrifiait ; je parvenais à peine à le regarder.

L'enterrement me bouleversa.

Ensuite, nous repartîmes tous dans la maison de Hannah où on servirait une collation. L'assemblée était nombreuse. La plupart des femmes qui étaient bénévoles à l'église avec maman se disputaient l'autorité à la cuisine pour savoir qui avait le droit de mettre la bouilloire sur le feu, de préparer le thé, de servir les deux prêtres présents. Leurs maris étaient installés dans le salon et regardaient un match de football à la télévision. L'un d'eux alluma un cigare lorsque son équipe marqua un but ; sa femme surgit dès qu'elle perçut l'odeur et lui lança n'avait-il pas le moindre respect pour les morts, la pauvre Mrs Yates commence à peine à prendre ses aises dans sa tombe et voilà t'y pas qu'il allume cette chose puante comme si on était au milieu des festivités de Noël. Le malheureux lui répondit par un regard qui suggérait qu'il aurait aimé lui écraser le cigare dans l'œil, mais ne dit rien devant les autres, se contenta d'aller jusqu'à l'évier de la cuisine pour passer l'extrémité sous l'eau avant d'envelopper le cigare dans une feuille de papier absorbant et de le ranger dans sa poche.

« Je suis désolé, mon père », s'excusa son épouse, mais je haussai juste les épaules en disant que ce n'était pas grave. Il pouvait faire ce qu'il voulait, en ce qui me concernait. Nous n'étions pas chez moi, mais chez Hannah et Kristian. S'ils ne s'en formalisaient pas, pourquoi le ferais-je ?

Tandis qu'on avançait dans la soirée, l'atmosphère de tristesse respectueuse laissa place à la légèreté, comme souvent dans ces situations. Kristian avait quelques packs de bières dans un réfrigérateur dans le cellier et les hommes, y compris Tom et moi, ouvrirent des canettes pendant que les femmes se versaient des verres de vin ou de sherry et se racontaient que maman aurait été contente de cette réception, même si le jambon de Quinnsworth n'avait rien à voir, au goût, avec celui de Superquinn, et qu'est-ce qui avait pu passer par la tête de Hannah lorsqu'elle avait choisi d'acheter du coleslaw industriel plutôt que de le préparer elle-même ?

« Qu'allons-nous faire de la maison ? demandai-je à ma sœur, sans trop savoir s'il n'était pas trop tôt pour en parler, mais elle n'eut pas l'air de trouver la chose inconvenante.

— La vendre, je suppose. Et vu le prix de l'immobilier, ces temps-ci… Une maison de bonne facture comme celle-là à Churchtown, tu as conscience de ce que ça vaut, n'est-ce pas ?

— Non », répondis-je. Je ne faisais jamais attention à ces choses-là. J'avais lu dans l'*Irish Times* que les prix montaient et que les sommes que pouvaient atteindre certains appartements aujourd'hui, sans parler de maisons mitoyennes dans de bons quartiers, étaient astronomiques, mais je n'y prêtais jamais attention. Cela ne m'intéressait pas. Elle cita un chiffre et je posai mon verre avant de la regarder comme si elle avait perdu l'esprit.

« Tu te moques de moi ? demandai-je.

— Et ce serait l'hypothèse basse, intervint Kristian. En réalité, vous pourriez envisager vingt pour cent de plus si on vous fait plusieurs offres. Bien qu'il y ait forcément des frais d'agence, des droits de succession, des taxes et je ne sais quoi d'autre. Mais malgré tout, on parle là d'une sacrée aubaine. Pardon », s'empressa-t-il d'ajouter, en ayant le bon goût de paraître gêné par son apparente cupidité. Cela m'était égal ; il n'avait aucune mauvaise intention. Kristian se fichait complètement de l'argent.

« Je n'aurais jamais pensé.

— Plus vite nous la mettons sur le marché, mieux c'est, dit Hannah. Nous n'avons aucun intérêt à attendre, les prix pourraient baisser, et il y aura forcément des actes de vandalisme si la rumeur se répand que la maison est vide.

— Comment pourrait-on faire ?

— Je m'en occupe, si tu veux, dit Kristian. Mais si tu préfères le faire toi-même, ça me va aussi. »

J'y réfléchis. « Si tu acceptais, Kristian, je t'en serais infiniment reconnaissant. Je suis complètement incompétent sur ce genre de sujets.

— D'accord, répondit Kristian. Je vois ça et je te tiens au courant.

— On partage cinquante-cinquante ? » demanda Hannah. Je me dis que c'était forcément l'alcool qui nous montait un peu à la tête, car cette conversation était terriblement inappropriée pour un enterrement.

« Mais que ferais-je d'autant d'argent ? Je n'en ai aucun besoin. »

Elle me regarda, et sur son visage passa fugacement une expression qui laissait penser qu'elle s'était posé la question et qu'elle avait espéré que ma réponse serait celle-là, même si elle ne voulait pas me spolier de quoi que ce soit. Elle avait une vie de famille, un emprunt immobilier. Deux garçons à élever. Des frais de scolarité à payer. Des universités à financer, plus tard. Des voyages pour eux quatre vers Lillehammer chaque année. Je n'avais aucune de ces charges. J'étais seul au monde.

« Tu trouveras un usage, dit Hannah, une fois qu'il sera sur ton compte.

— Nous sommes cinq, n'est-ce pas ? Kristian, Aidan, Jonas, toi et moi. Je prends un cinquième. C'est tout ce dont j'ai besoin. Je trouverai peut-être à l'employer quand je serai plus âgé.

— Un quart, corrigea Kristian. Je n'ai besoin de rien.

— Restons-en là pour aujourd'hui », dit Hannah à l'instant où Aidan apparut sur le seuil, le visage plein d'espoir, sa guitare à la main. Il avait un auditoire captif dans la pièce voisine et il voulait faire son intéressant.

« Ce n'est vraiment pas le moment, Aidan, intervint Kristian, en secouant la tête.

— Ça pourrait nous égayer un peu », dis-je ; il acquiesça et nous passâmes tous à côté.

Aidan s'assit et commença à jouer un morceau. « Sealed With A Kiss. » Il était difficile de ne pas rire en entendant ce petit garçon promettre d'envoyer à une créature anonyme tout son amour chaque jour par une lettre, les yeux fermés, tant il était consumé par sa passion pour elle. Il avait une très jolie voix pour un enfant de son âge et je voyais bien qu'il savourait l'attention qu'il recevait, alors que Jonas restait assis dans un coin avec son Bobby Brewster, espérant probablement que personne n'allait l'interpeller pour prendre la suite de son frère. Quand il eut fini, Aidan nous dit qu'il avait commencé à apprendre les claquettes à l'école, voulions-nous voir ? Nous répondîmes par l'affirmative et il courut à l'étage chercher sa planche en bois et redescendit, claquant des semelles aussi vite qu'il pouvait, comme Fred Astaire, sans haut-de-forme et queue-de-pie. Un drôle de petit phénomène, ce garçon, aucun doute là-dessus.

« Cela fait longtemps que tu danses ? lui demanda Tom Cardle lorsque je les trouvai ensemble dans la cuisine un peu plus tard.

— Seulement quelques mois, répondit Aidan. Mais mon professeur dit que je devrais aller jusqu'au bout.

— Jusqu'au bout ? répéta Tom. C'est quoi, le bout ? L'Olympia Theatre ? »

Aidan fit un pas en arrière et ouvrit grand les bras comme un P.T. Barnum miniature : « Le West End ! fit-il. Broadway ! Il faut rêver grand ! »

J'avais un souvenir de mon père clamant quelque chose de similaire de nombreuses années auparavant, et je ressentis une profonde tristesse, mais Tom secoua la tête, véritablement amusé. « Un sacré petit bonhomme, celui-là, me dit-il. Il me racontait tout à l'heure les émissions de télévision qu'il regarde. Il dit qu'il veut être invité à la télé lui aussi, un jour.

— T'es sûr que tu ne t'abîmes pas les yeux, avec tout ce temps que tu passes devant le petit écran ? lui demandai-je. Je suis surpris que ta mère le permette.

— Elle dit que je peux regarder une émission par soir et tout ce que je veux le week-end.

— En voilà une belle vie, fit Tom. Je n'avais pas accès à de tels luxes quand j'avais ton âge.

— Vous n'aviez pas la télé ?

— Non.

— Pourquoi ?

— Parce que nous n'avions pas les moyens. Et mon papa n'aimait pas les télés. Il disait que tôt ou tard, elles explosaient et déclenchaient un incendie à la maison. » Aidan ricana. « Tu peux rire, jeune homme, continua Tom, mais tu n'aurais pas ri si mon père était là. Il savait manier la badine.

— Qu'est-ce que ça veut dire ? demanda Aidan.

— Allez, Tom. Ce n'est qu'un enfant.

— Désolé, dit Tom en détournant le regard. Tout ce que je dis, Aidan, c'est que tu as de la chance de vivre ici et maintenant, et pas là-bas, et en ce temps-là. » S'adressant à mon neveu, il sourit. « Mais tu es vraiment un chouette garçon, vraiment. Félicitations à toi. »

À mon tour de sourire ; cela me faisait plaisir que Tom apprécie Aidan. J'éprouvais une certaine fierté à être l'oncle d'un garçon que tout le monde adorait manifestement.

« Oncle Odie, dit Aidan en se tournant vers moi. Est-ce que tu veux monter voir mes figurines de *Star Wars* ?

— Tu me les as montrées tout à l'heure », répondis-je. En effet, j'avais à peine passé la porte qu'il m'avait traîné jusqu'à la chambre qu'il occupait seul, pour sa plus grande fierté, depuis que Jonas dormait dans la toute petite chambre à côté. « Tu ne te souviens pas ?

— Ah oui, fit-il, le sourcil froncé, avant de se tourner vers Tom. Et vous, père Tom ? Vous voulez venir les voir ?

— Allez, Aidan, dit Hannah. Le père Tom ne s'intéresse pas…

— Tu veux dire le film ? demanda Tom. Le vieux film ? Les garçons s'intéressent toujours à *Star Wars* ? Ce film doit avoir au moins quinze ans.

— Bien sûr que oui, insista Aidan. *Star Wars* est le meilleur film du monde.

— Est-ce que tu as vu *Charlie et la chocolaterie* ? l'interrogea Tom. J'ai toujours aimé Willy Wonka, le bonhomme avec le grand chapeau et les petits personnages avec le visage orange.

— J'ai Dark Vador et Boba Fett et Luke Skywalker et l'Étoile de la mort suspendue à mon plafond, poursuivit Aidan qui, ignorant la question, comptait sur ses doigts. Et des tas de droïds et un C-3PO avec un bras qui tient plus bien, mais quand même il parle et…

— Il faut le voir pour le croire, dit Tom. Je vais jeter un œil si tu es prêt à me montrer. »

Aidan applaudit des deux mains et ils montèrent à l'étage tandis que Hannah entrait dans la cuisine avec des verres vides qu'elle rapportait du salon.

« Est-ce que ça va, Odran ? me demanda-t-elle.

— Oui. Et toi ?

— Ça va. » Elle ouvrit l'eau chaude et mit quelques assiettes dans l'évier. « La plupart des invités sont partis. Les femmes partent quand il n'y a plus de canapés et les hommes partent quand on leur en donne l'ordre.

— La vie continue.

— Effectivement. C'était gentil de la part du père Tom de dire la messe avec toi. J'étais ennuyée à l'idée que tu le fasses seul.

— Lui et moi, on se connaît depuis si longtemps.

— Il dort chez toi ce soir ?

— Oui. Je lui ai mis un sac de couchage sur le canapé. Il a sa voiture garée devant.

— Un sac de couchage ? répéta Hannah, se retournant juste au moment où Tom et Aidan réapparaissaient devant nous, après être montés et redescendus en deux minutes à peine. Aidan continuait à babiller d'une voix stridente sur la Force et ce que cela signifiait d'être membre de la Fédération galactique et qu'il ne savait pas comment les acteurs du film pouvaient supporter de tourner dans une scène avec Dark Vador, même si c'était seulement David Prowse sous le costume, parce qu'il n'y avait rien ni personne de plus effrayant au monde que le Seigneur noir.

« Je ferais pipi dans ma culotte si je le voyais pour de vrai. JE FERAIS PIPI DANS MON PUTAIN DE PANTALON ! rugit Aidan d'une voix surexcitée.

— Aidan ! s'écria Hannah, horrifiée, tandis que Tom et moi éclations de rire.

— Quoi ? fit-il en tendant les mains pour prouver son innocence. C'est la vérité, je vous jure !

— Je me fiche que ce soit la vérité. Tu ne dois pas dire des choses comme ça devant ton oncle et le père Tom. »

Aidan haussa les épaules, leva les yeux vers Tom et sourit ; Tom sourit à son tour et lui tapota affectueusement la tête.

« Est-ce que c'est vrai, ce qu'Odran me raconte ? demanda Hannah. Vous allez dormir dans un sac de couchage sur son canapé ce soir ?

— Oui, j'ai connu bien pire. Ils étaient durs comme du béton, les lits au cimetière.

— Au cimetière ?

— Au séminaire, corrigea-t-il. Voilà un lapsus qui va faire jaser.

— Vous ne voulez pas rester ici ? demanda Hannah, et Tom la regarda, n'hésitant qu'un instant.

— Ici ? Dans votre maison ?

— Nous avons beaucoup de place. Jonas peut dormir dans un lit de camp dans notre chambre et vous pouvez avoir la petite chambre, celle qui se trouve à côté de celle d'Aidan. Ce sera plus confortable. »

Tom réfléchit, les sourcils un peu froncés. « Je ne sais pas, dit-il au bout d'un moment, une ombre passant sur son visage. Je peux tout à fait me contenter du sac de couchage.

— Vous pouvez, mais pas moi, insista Hannah. Et vous avez un peu bu, vous vous souvenez. Vous ne pouvez pas conduire après avoir bu.

— Elle a raison sur ce point, commentai-je. Je peux appeler un taxi pour nous ramener, ce n'est pas un problème.

— Allez, qu'est-ce que vous en dites, mon père ? insista-t-elle. Prenez donc cette chambre. Ce serait ma façon de vous remercier pour tout ce que vous avez fait aujourd'hui. »

Il regarda Aidan, qui le fixait, le visage plein d'espoir ; peut-être qu'il voulait lui montrer ses autres collections. « D'accord, finit-il par dire. Si vous êtes certaine que ça ne pose pas de problème. Mon dos vous en sera certainement reconnaissant.

— Ce n'est absolument pas un problème. Nous serions ravis de vous avoir. Il va simplement falloir que vous ne laissiez pas ce garnement vous empêcher de dormir avec ses histoires, ajouta-t-elle en désignant son fils d'un mouvement du menton. C'est qu'il a la langue bien pendue. »

Je partis environ une heure plus tard, lorsque la nuit commença à tomber, disant au revoir à Tom et lui promettant de l'appeler dans la semaine. Jonas était déjà endormi en haut dans la chambre de ses parents et Kristian me raccompagna jusqu'à la porte, me demandant si j'étais vraiment sûr de tenir à ce qu'il s'occupe de la vente de la maison, parce qu'il ne voulait s'imposer d'aucune manière – elle appartenait à Hannah, après tout –, mais je répondis non, c'était parfait, tout ce qu'il pourrait faire pour me libérer de ce souci serait d'une grande aide.

Puis, avant que j'aie le temps de sortir, Aidan déboula du salon comme Speedy Gonzales et se jeta dans mes bras avec une telle force qu'il faillit me renverser.

« Au revoir, oncle Odie, rugit-il. *Adios amigo !*

— *Adios amigo !* » répondis-je dans un éclat de rire. Et lorsque j'atteignis la portière de ma voiture, je me retournai et il était là, debout sur le seuil à côté de Tom qui le tenait par l'épaule, mon neveu agitant la main tellement frénétiquement qu'on aurait pu croire que son bras allait se détacher, le visage fendu d'un sourire jusqu'aux oreilles.

Et ce fut la dernière fois que je vis Aidan. Que je vis cet Aidan-là. Lorsque je retournai chez eux, une ou deux semaines plus tard, c'était un garçon totalement différent.

13.

1978

Le cardinal Albino Luciani, le patriarche de Venise depuis neuf ans, fut élu pape le 26 août et la cordialité qui existait entre nous lors de nos précédentes rencontres s'estompa aussitôt, alors qu'il s'accoutumait à ses nouvelles responsabilités. Je supposais que je bénéficierais d'un lien plus personnel avec lui qu'avec le pape Paul, mais c'était de la vanité de ma part – je n'étais qu'un humble séminariste, dont la tâche consistait à le servir deux fois par jour. J'étais toujours le garçon de thé, rien de plus, et son esprit se concentrait sur des affaires plus pressantes que mon conflit intérieur sur ma vocation.

Au départ, bien sûr, l'excitation était immense. L'arrivée du précédent pape dans ces appartements remontait à quinze ans et, bien que la Curie fût perplexe sur la manière de contrôler un homme qui se montrait déjà moins formel que ses prédécesseurs, le monde semblait charmé par lui. Au Collège irlandais, on avait l'impression que de véritables changements pourraient advenir dans l'Église. Les papautés de Jean XXIII et Paul VI avaient été dominées par les retentissements de Vatican II ; il était temps de pousser les décisions qui avaient été prises, et qui d'autre était mieux placé pour le faire qu'un homme en bonne santé, relativement jeune et d'une nature enjouée ? À soixante-cinq ans, il était jeune pour un pape. Il pourrait régner vingt ans, peut-être plus. Un âge d'or était sur le point de commencer, pensions-nous.

Les cardinaux restèrent à Rome une semaine supplémentaire pour assister à l'investiture, que le pape Jean-Paul, ainsi qu'il s'appelait désormais, choisit plutôt qu'un couronnement, plus solennel, et certains demeurèrent encore plus longtemps pour avoir l'opportunité de lui parler de leurs projets et ambitions pour leurs diocèses. Il les reçut avec courtoisie, mais le soir, lorsqu'il se préparait à se coucher, je voyais qu'il était épuisé, tant étaient nombreux les entretiens qu'il était forcé d'accorder, les documents qu'il devait lire et les rituels quotidiens auxquels un homme dans sa position, avec sa relation particulière et unique avec Dieu, était obligé de se soumettre. Contrairement à ses quatre prédécesseurs immédiats, il n'avait pas travaillé comme diplomate au Vatican ni au sein de la Curie, et je percevais la méfiance de l'ancienne garde, qui reprochait au collège des cardinaux d'avoir élu quelqu'un qu'elle considérait comme n'appartenant pas au cénacle. Ces gens-là apportaient le changement et le changement était redouté. Il devait être étouffé dans l'œuf.

« C'est incroyable », marmonna-t-il un soir tandis qu'il était assis à son bureau, avec des tas de documents étalés devant lui, tous noirs de chiffres et imprimés sur l'épais papier vellum de l'Istituto per le Opere di Religione – la Banque du Vatican. Il portait une robe d'intérieur chaude rouge et argentée, et lorsqu'il enlevait ses lunettes, je voyais les cernes noirs qui se formaient sous ses yeux ; il n'en avait pas quelques mois plus tôt quand nous avions passé un moment ensemble au Café Bennizi, à parler de E. M. Forster. Maintenant, il tapotait sur les touches d'une calculatrice comme s'il était le comptable d'une petite entreprise et pas le chef d'une communauté d'un milliard de catholiques à travers le monde. Je repliai la couverture pour préparer son lit et lui apportai son thé. Il s'adossa dans son fauteuil et soupira. « Il va falloir que ça attende demain matin, fit-il en secouant la tête. Je vais perdre la raison si je continue à les examiner. »

Je ne dis rien. Je n'étais pas censé parler à moins qu'il me pose une question.

« Rome est un endroit particulier, n'est-ce pas, Odran ? me dit-il au bout d'un moment. On pense que c'est le cœur palpitant du catholicisme, un lieu de contemplation et de spiritualité, mais non, c'est une banque. » Il tapota du bout des doigts sur le bureau, le visage mécontent. « J'ai commencé en étant prêtre, je suis devenu vicaire général de l'évêque de Belluno, puis évêque de Vittorio Veneto avant de devenir le patriarche de Venise. Et maintenant… – il secoua la tête comme s'il parvenait à peine à y croire – je suis condamné à finir mes jours banquier.

— Vous êtes le pape, lui dis-je.

— Je suis un banquier, répéta-t-il en riant devant l'absurdité de tout cela. Le chef d'une institution extraordinaire pétrie de corruption et de malhonnêteté. Et comment suis-je censé résoudre cela ? Au fond de moi, je ne suis qu'un prêtre. » Il resta immobile quelques instants avant de balayer d'un geste de la main droite la moitié des papiers, qui tombèrent par terre. Je m'accroupis pour les ramasser, et il resta assis, le visage enfoui dans sa main gauche.

« Est-ce que vous pensez souvent à votre pays ? me demanda-t-il à mi-voix tandis que je reposais les documents sur le coin de la table, détournant le regard pour ne pas voir leur contenu.

— Parfois, Votre Sainteté.

— D'où venez-vous, déjà ?

— D'Irlande.

— Oui, je sais. Mais où, en Irlande ?

— Dublin.

— Ah oui. » Il réfléchit quelques instants. « James Joyce, dit-il. L'Abbey Theatre. O'Casey et Brendan Behan.

— Mon père a connu Seán O'Casey.

— Ah oui ?

— Brièvement. Il a joué dans une de ses pièces.

— Avez-vous lu *Ulysse*, Odran ? me demanda-t-il.

— Non, Votre Sainteté.

— Moi non plus. Est-ce que je devrais, à votre avis ? »

Je réfléchis. « C'est très long. Je ne suis pas sûr que moi-même j'en aurais l'énergie. »

Il rit. « Et Mr Haughey. Que pensez-vous de lui ?

— Je ne lui donnerais certainement pas le bon Dieu sans confession, Votre Sainteté.

— Devrais-je lui répéter que vous avez dit cela, la prochaine fois qu'il appelle ? Savez-vous qu'il a déjà téléphoné trois fois et cela fait une semaine à peine que je suis ici.

— Je préférerais que vous ne disiez rien, Votre Sainteté. Il me ferait exécuter. Métaphoriquement, bien sûr. »

Il sourit. Il paraissait amusé et je me dis que si je pouvais le distraire un peu des papiers qui s'étalaient devant lui, il dormirait peut-être mieux cette nuit-là, et cela faisait sans doute partie de mon travail : m'appliquer à ce qu'il ne soit pas agité avant d'aller se coucher.

« Bien sûr, dit-il doucement, après un long silence, nous avons un problème avec l'Irlande.

— Un problème, Votre Sainteté ? »

Il hocha la tête et massa l'arête de son nez entre le pouce et l'index. « Oui, Odran.

— Puis-je vous demander quel genre de problème ?

— Un souci que mon prédécesseur a choisi d'ignorer, répondit-il en secouant la tête, auquel j'ai l'intention de m'atteler. J'ai lu certaines choses qui… – Il marqua une pause et soupira. – Des choses qui me font m'interroger sur le genre d'hommes qui dirigent l'Église là-bas. C'est un des mille problèmes dont il faut que je m'occupe, mais je le ferai bientôt, je vous le promets. Et par Dieu, j'y mettrai fin. D'ici là… – Il agita les mains au-dessus des papiers. – Je dois comprendre ces comptes.

— Avez-vous visité l'Irlande, Votre Sainteté ? Avant votre élévation ?

— Non, répondit-il. Ça arrivera peut-être un jour. Je voudrais voir Clonmacnoise et Glendalough. Et la ville où *L'Homme tranquille* a été tourné. Où se trouve-t-elle ?

— À l'ouest, Votre Sainteté. Quelque part près d'Ashford Castle.

— Avez-vous vu ce film, Odran ?

— Oui, Votre Sainteté.

— Seán Thornton et le seigneur Danagher. Et le gamin sur le cheval, comment s'appelait-il ?

— Était-ce Barry Fitzgerald ? demandai-je.

— Oui, mais dans le film ?

— Je ne me souviens plus, Votre Sainteté.

— J'ai vu ce chef-d'œuvre une douzaine de fois. On pourrait facilement affirmer que c'est le plus grand film de tous les temps. Si un jour je vais en Irlande, je visiterai cet endroit, sans faute.

— Maureen O'Hara vous y accompagnera elle-même, dis-je en souriant. Elle vit à Dublin, je crois. »

Il plaqua une main contre son cœur, et laissa échapper un soupir avant d'éclater de rire. « J'ignore si je pourrais le supporter. Mary Kate Danagher ? Je ne saurais pas quoi lui dire. Je me retrouverais comme un collégien pétrifié de timidité. »

J'avais tellement envie de m'asseoir juste à côté de lui, demander qu'on nous apporte quelques bières italiennes et passer une bonne partie de la nuit à parler. J'adorais cet homme.

« Et votre famille ? me demanda-t-il alors. Elle doit vous manquer, vous qui êtes si loin de chez vous. Pensez-vous à elle ?

— Tous les jours, Votre Sainteté.

— Vous avez une grande famille ?

— Seulement ma mère et ma sœur. Toutes les deux à Dublin. »

Il hocha la tête en réfléchissant à ce que je venais de dire. « Votre père est décédé ?

— Il y a quatorze ans maintenant.

— Comment est-il mort ?

— Il s'est noyé. À la plage de Curracloe à Wexford. »

Il leva un sourcil, surpris. « Il n'était pas bon nageur ? »

Je secouai la tête et lui racontai la vraie histoire de l'été 1964, du début à la fin. Il m'écouta en silence.

« On ne peut pas comprendre pourquoi le monde va comme il va, dit-il enfin avec un soupir épuisé. Peut-être que si j'avais une vision plus claire, si j'étais un homme plus sage, je serais plus compétent à ce poste.

— Est-ce que Venise vous manque ? demandai-je, et tout à coup son immense sourire remplit la pièce, aussi immense que lorsque j'avais invoqué la déesse O'Hara.

— Ah... Venise ! *La Dominante ! La Serenissima !* Si seulement le Vatican pouvait être déplacé quatre cent cinquante kilomètres au nord, je pense que j'aurais plus de force pour affronter la tâche qui est désormais la mienne. Si la vue de ma chambre à coucher était la place Saint-Marc et pas la place Saint-Pierre. Si ce n'était pas le Tibre que je sentais, ni les cris des touristes que j'entendais à longueur de journée, mais ceux des gondoliers parcourant les canaux. »

Il secoua la tête tristement et se pencha à nouveau sur ses papiers ; je perçus ce geste comme un ordre de me retirer. Je lui souhaitai bonne nuit et il me congédia d'un signe de la main, avant de reprendre sa lecture.

« Odran, avant de partir, laissez un mot à mon secrétaire pour lui dire que je veux voir signor Marcinkus demain matin.

— Signor Marcinkus ? répétai-je ; ce nom ne m'était pas familier.

— Le directeur de la Banque du Vatican. Et dites-lui que je vais avoir besoin d'au moins une heure d'entretien avec lui. Il y a beaucoup de... – Il baissa les yeux et secoua la tête. – Peu importe, dit-il. Assurez-vous simplement qu'il vienne me voir. Et… Odran ?

— Oui, Votre Sainteté ?

— Michaeleen Óg, dit-il en souriant. C'est le nom du personnage joué par Barry Fitzgerald. Michaeleen Óg Flynn. »

Puis il se mit à chanter doucement.

« *There was a wild Colonial Boy,*
Jack Duggan was his name.
He was born and raised in Ireland,
In a place called Castlemaine.
He was his father's only son,
His mother's pride and joy,
And dearly did his parents love
The wild colonial boy. »

Mon obsession pour la femme du Café Bennizi atteignit un sommet vers la fin du mois de septembre. Je ne restais plus tous les après-midi à ma place habituelle avec sa vue étroite sur le dôme de Saint-Pierre, pour l'observer en train de débarrasser les tables et servir des expressos. Je n'étais plus obligé de supporter les regards méprisants de son père, qui, j'en étais sûr, m'aurait confronté depuis longtemps si je n'avais pas porté un vêtement ecclésiastique. Malgré tout, je passais toujours la plupart des soirées à la suivre jusque chez elle, en restant à une distance prudente de manière qu'elle ne repère pas ma présence, patientant dans la pénombre de la Vicolo della Campana au cas où elle réapparaîtrait sur son balcon ou enlèverait sa robe le dos tourné vers la fenêtre, comme elle l'avait déjà fait une fois.

Je ne sais pas ce que j'attendais d'elle exactement ; en tout cas, pas la chose à laquelle on penserait d'emblée. S'il y avait eu une occasion de m'engager dans une relation amoureuse avec elle, je ne crois pas que je l'aurais saisie. J'étais toujours aussi déterminé à devenir prêtre ; je ne cherchais pas une porte de sortie ni une excuse pour quitter le séminaire, même à ce stade avancé. Non, il s'agissait simplement d'un désir ardent d'être près d'elle, de la regarder, de l'avoir près de moi. Je me sentais plus vivant en sa présence. Elle était tellement belle. Les bouffées de désir étaient en elles-mêmes comme une addiction, une drogue que je n'avais jamais goûtée auparavant. Pourtant, je ne contemplais pas d'autres femmes avec avidité; elle n'avait pas provoqué l'éveil d'une sexualité en sommeil en moi. C'était elle, simplement elle. Des années plus tard, lorsque Jonas écrivit *Spiegeltent*, je reconnaîtrais les mêmes traits dans ce que le jeune narrateur éprouvait pour le musicien de Hyde Park à Sydney. Le seul fait que le monde existe et comporte un tel objet de beauté, que cet objet soit inatteignable, était la douleur la plus douce qu'on puisse imaginer.

La nuit, je ne retournais pas dans ma chambre pour me tripoter en me laissant divaguer dans des scénarios fantasques nous mettant en scène tous les deux. Je ne rêvai jamais d'elle, pas une seule fois. Mais réveillé, vivant, alerte, je pensais constamment à elle, je voulais savoir où elle se trouvait et ce qu'elle faisait. Si j'avais eu son numéro de téléphone, je l'aurais peut-être appelée pour entendre sa voix, avant de raccrocher, comme un adolescent empoté. Si nous avions été trente ans plus tard, et dans un monde moins civilisé, j'aurais peut-être pisté son alter ego digital pour suivre sa vie, ses amitiés, ses relations et ses activités par le biais de courts messages et de photos spontanées. J'imagine qu'aujourd'hui on me traiterait de harceleur et il est vrai que mes agissements relevaient du harcèlement puisque je la suivais depuis son café sur la piazza Pasquale-Paoli, le long des ponts et des rues de Rome, jusqu'à son balcon.

Un soir, l'avant-avant dernier jour de septembre, je commis une erreur de jugement qui encore aujourd'hui, plus de trente ans après, parvient à me réveiller au milieu de la nuit, tant les événements qui s'ensuivirent furent terribles.

J'avais été retenu au Collège irlandais plus tard que d'habitude cet après-midi-là – un débat au sein de notre séminaire de théologie morale avait duré épouvantablement longtemps – alors, plutôt que de faire mon trajet coutumier jusqu'au café puis de la suivre le long des berges du Tibre, j'allai directement Vicolo della Campana et m'installai à l'endroit habituel, caché dans l'ombre. Comprenez bien, j'étais si accoutumé à vivre ainsi désormais que je ne remettais plus en question mon comportement ; il était irrationnel et dangereux, mais c'était devenu une addiction. Cette femme était une émission de télévision. Elle vivait sa vie pour mon plaisir, sous mes yeux, et même si je ne pouvais pas lui parler, je pouvais regarder et imaginer. Je ressentais comme un instinct de propriété sur elle.

Elle était déjà rentrée lorsque j'arrivai. Les lumières étaient allumées dans son appartement et je l'entendais se déplacer. Comme souvent les soirs de semaine, elle restait chez elle ; son père arrivait plus tard, ils dînaient ensemble, et à ce moment-là, il était temps pour moi de retourner à mon poste au Vatican. Ce soir-là, cependant, elle me surprit en ressortant de l'immeuble un court moment après mon arrivée, et lorsqu'elle partit, je m'interrogeai. Devais-je la suivre – allait-elle retrouver un homme ? Si oui, qui était-il ? Et que feraient-ils ensemble ? Spontanément, je traversai la rue et ouvris la porte sans serrure qui donnait sur la rue, avant d'entrer dans le hall, bien frais.

Je regardai autour de moi. Je n'étais jamais venu et je ressentis une poussée d'adrénaline, comme celle qu'un cambrioleur devait éprouver quand, après avoir surveillé une maison pendant longtemps, il finit par commettre l'effraction. Il y avait un petit jardin au milieu de l'atrium, avec, au centre, une fontaine, ornée d'une statue d'un garçon nu, et je me tournai vers le large escalier qui desservait les appartements, en prenant soin avant de monter de me repérer par rapport à la rue pour savoir lequel était le sien quand je l'atteindrais. Heureusement, sa porte se trouvait dans un renfoncement, du coup, une personne qui entrerait dans le hall en bas ne pourrait pas, en levant les yeux, me voir et se demander pourquoi je me trouvais là. Je posai ma main, puis ma joue, contre le panneau en bois, tendant l'oreille, mais aucun son ne me parvint. Que faisais-je là ? Je ne savais pas. Je me tournai, prêt à partir, riant presque de ma propre folie, et tout à coup, sans réfléchir, je soulevai le paillasson, me demandant si elle y cachait une clé, mais non. Je cherchai derrière l'applique dehors, mais il n'y avait rien là non plus.

Pars, me dis-je. Pars, Odran. Je me tournai, déterminé à redescendre l'escalier pour rejoindre la rue, lorsque je remarquai un gros pot en terre dans le couloir, contenant un énorme buis qui avait l'air de manquer cruellement d'eau. Je le regardai fixement, et déglutis avec peine – je le *savais* ! –, puis je me rapprochai du pot, l'inclinai sur le côté et la trouvai, la clé, une clé toute seule, cachée en dessous. Je la pris, la tins à la lumière ; elle était rouillée et sale d'avoir passé trop de temps sous le pot, le métal taché de terre, d'eau et de moisissure, mais quand je l'insérai dans la serrure de l'appartement, elle tourna aisément. La porte s'ouvrit et j'entrai.

Mon cœur battait la chamade ; j'examinai les lieux. J'avais du mal à croire que j'étais bien là, que je m'étais comporté d'une manière aussi irrationnelle, mais je repoussai toute inquiétude à plus tard. Je me sentis plus vivant à ce moment-là que jamais depuis ma naissance, vingt-trois ans auparavant. Que jamais depuis. Sur ma droite se trouvait une petite cuisine et je vis qu'elle avait laissé une grande casserole d'eau bouillir à petit feu. Devais-je couper le gaz ? Non, ce n'était que de l'eau, elle allait s'évaporer et le fond du récipient brûlerait, mais il ne pouvait rien arriver à l'appartement. Je longeai le couloir, laissant un salon sur ma gauche puis une salle de bains avant de parvenir à la chambre à coucher, qui était étonnamment vaste et donnait sur le balcon où je l'avais vue si souvent ces derniers mois. J'entrai avec précaution; ses vêtements de la journée étaient éparpillés sur le lit et les petits meubles de part et d'autre étaient jonchés de toutes sortes d'objets; des verres à moitié remplis d'eau, des romans, du rouge à lèvres, un cendrier plein et un peigne d'homme.

La chambre était gigantesque; on aurait dit que deux pièces avaient été réunies en une seule en abattant la cloison. Une armoire en chêne était calée contre le mur en face du lit – une antiquité, peut-être héritée de ses ancêtres – et je l'ouvris, passant les mains sur la soie délicate d'une trilogie de chemises de nuit qui y étaient suspendues, submergé par leur féminité tandis que j'en tirais une vers moi avant d'y enfouir mon visage, fermant les yeux, humant profondément. Le parfum persistant, qui m'était si étranger, était étourdissant. J'avais l'impression d'être présenté à un inconnu tout en ayant le sentiment de le connaître depuis toujours, que son existence était cachée au fond de mon âme, un secret pour moi aussi. Les paupières closes, je me dis que j'aurais plaisir à mourir étouffé dans ses vêtements.

Bien entendu, il s'agissait d'une expérience sensorielle différente de tout ce que j'avais connu. Et je me rendais coupable d'un acte criminel qui était aussi excitant qu'inédit. Peut-être est-ce la raison pour laquelle je n'entendis pas sa clé dans la serrure ni ses pas dans le couloir, le bruit de ses chaussures qu'elle venait d'enlever contre le parquet, celui de ses pieds nus, celui des œufs – les œufs qu'elle venait d'acheter au marché au bout de la rue – lorsqu'elle les déposa dans un panier sur la table de la cuisine. Pourquoi ne l'ai-je pas entendue marcher dans le couloir et venir dans ma direction? C'est seulement lorsqu'elle laissa échapper un cri étouffé et que je me tournai pour la voir debout sur le seuil que je compris ma bêtise, les risques que j'avais pris. Je la regardai fixement, blême, et elle soutint mon regard, sans montrer la moindre peur, les yeux brûlants de colère. Le souvenir de la manière dont elle hurlait contre son père au Café Bennizi me traversa l'esprit.

« Comment êtes-vous entré ? demanda-t-elle.

— Je suis désolé », dis-je en bafouillant. Je m'empressai de fourrer sa chemise de nuit dans l'armoire et m'avançai vers elle. Elle ne se mit pas à reculer sous l'emprise de la peur, au contraire, fit un pas en avant, pleine de fureur, et je dus battre en retraite.

« Comment êtes-vous entré ? répéta-t-elle, avant de laisser échapper d'une voix plus forte un chapelet d'invectives en italien que je ne compris pas.

— La clé. J'ai deviné où elle se trouvait.

— Qu'est-ce que vous voulez ?

— Rien, dis-je en secouant la tête. Je ne veux rien. Je vous le promets. Je n'ai aucune intention de vous faire du mal. »

Elle sourit, le regard plein de mépris, et secoua la tête. « Vous pensez que c'est moi qui suis en danger ?

— Je vais m'en aller. »

Elle tendit un doigt vers moi. « Je vous connais. Vous êtes venu tous les jours pendant si longtemps, pour me regarder.

— C'était stupide de ma part…

— Et vous me suivez.

— Je ne devrais pas être ici », balbutiai-je en essayant de me faufiler à côté d'elle. Elle me repoussa violemment contre le mur. La force du coup me coupa le souffle pendant quelques instants.

« Vous pensez que je ne vous vois pas quand je rentre à pied, après le travail ? demanda-t-elle avec un sourire narquois. Ensuite, le soir… » Elle désigna le balcon d'un mouvement de la tête. « Vous pensez que je ne sais pas que vous êtes là, en bas ? »

Je baissai les yeux, mortifié. « Vous saviez ?

— Bien sûr ! Vous n'êtes même pas capable de vous cacher correctement.

— Pourquoi vous n'avez jamais rien dit ?

— Parce que je me moquais de vous. »

Je la dévisageai. « Vous vous moquiez ?

— Évidemment. Il y a quelque chose de tellement amusant, vous ne trouvez pas ? De pathétique. Un homme adulte – puceau, je suppose ? – qui se plante au coin d'une rue comme une prostituée, en train de mater une femme à laquelle il n'arrive même pas à parler. Je trouve ça drôle. On se couche, Alfredo et moi, et on se moque de vous.

— Alfredo ?

— On travaille ensemble. Vous le connaissez. Lui aussi, il se paie votre tête. »

Pas son père, donc. Son amant.

« Vous pensiez que je serais intéressée par vous ? Un voyeur qui aime bien m'espionner ?

— Je suis désolé, marmonnai-je, impatient de partir, mais incapable de m'enfuir, sans que je comprenne pourquoi. Je vais partir. Je vais arrêter.

— Qu'est-ce que vous voulez ? demanda-t-elle, s'approchant plus près, au point que je sentis le café dans son haleine.

— Je ne veux rien.

— Bien sûr que si. Tout le monde veut quelque chose. Dites-le.

— Je ne veux rien, répétai-je. Je suis désolé. »

Elle portait une petite robe d'été, à peine plus qu'une mince peau sur la sienne. « C'est ça ? demanda-t-elle, son visage encore plus près du mien. C'est ça que vous voulez ? Vous pensez que je devrais le donner à un garçon comme vous ? »

Je sentis la pièce commencer à s'assombrir autour de moi tandis qu'elle venait encore plus près, les doigts posés sur mon visage.

Est-ce que tu es vicieux, Odran, dis-moi ?

Il était là ; il était à côté de moi maintenant, son haleine fétide dans mon oreille, son bras autour de mes épaules, m'attirant contre lui, ses mains tiraillant ma braguette, fourrageant à l'intérieur. Je me bouchai les oreilles. Il était là, à me toucher, partout.

Je dirais que oui. Je dirais que tu fais toutes sortes de bêtises dans cette chambre, n'est-ce pas, Odran ? Tard, le soir. Quand tu crois que personne ne t'entend. Est-ce que tu es vicieux, Odran ? Tu peux me le dire, tu sais.

La porte s'ouvrit et Alfredo entra ; ses yeux s'écarquillèrent quand il nous vit. Je bondis, passai en trébuchant à côté de lui, filai dans le couloir, sortis et manquai me casser la figure dans l'escalier, avant de m'élancer dehors et de courir aussi vite que je pouvais pour m'éloigner de la ruelle et du théâtre de ma déchéance.

Je traversai ce qu'on pourrait appeler une longue nuit enténébrée de l'âme. 20 heures sonnèrent, la dernière limite pour mon retour au Vatican, mais je le remarquai à peine. Il aurait pu être midi, minuit, quelle importance. J'errai d'une rive à l'autre, d'une rue à l'autre, fis le tour des places comme un ivrogne sans avoir la moindre idée de l'endroit où j'allais. J'aurais pu me trouver dans n'importe quelle ville du monde, tant j'étais insensible à mon environnement. Et pourtant, je me souviens des églises, car elles m'interpellaient quand je les longeais, m'appelant à rentrer au bercail. J'allai aussi loin que San Crisogono vers le sud avant de repartir dans la direction de la basilique des Saints Apôtres, chez les franciscains. Je passai devant la basilique de Santa Maria in Via, où on raconte qu'on a découvert un portrait de la Vierge dans l'eau, traversai la piazza della Rotonda, où les touristes se rassemblaient tous les jours pour entrer au Panthéon, avant de m'arrêter, la tête dans les mains, devant les colonnes doriques de Santa Maria della Pace près de la place Navone. Je sentis mon moral descendre au plus bas devant Sant'Agnese in Agone, puis remonter à des niveaux d'euphorie inattendus quand j'arrivai à San Salvatore in Lauro, avant de retomber, de s'enfoncer, de plonger à nouveau lorsque je traversai le Ponte Sant'Angelo et vis le dôme de la basilique Saint-Pierre s'élever, accusateur, devant moi.

Deux pensées contradictoires m'agitaient l'esprit pendant que je parcourais Rome à pied cette nuit-là.

Tu n'es pas obligé de le faire.

Tu peux le faire.

Avais-je vraiment découvert ma vocation ? me demandais-je. M'étais réveillé avec la certitude de l'avoir ou était-ce seulement ma mère qui me l'avait imposée ? Dieu m'était témoin, un changement terrible était intervenu chez cette femme la semaine où mon père et mon frère étaient morts. Dieu dans Son infinie sagesse avait envoyé une vocation vers la côte sud-est de l'Irlande – pas à moi, un enfant de neuf ans qui n'avait pas plus de raison qu'un dé à coudre, mais à elle, une femme d'une quarantaine d'années, en deuil, à la recherche d'une bouée de sauvetage tandis que ses proches se noyaient. Et lorsqu'elle me la transmit en disant : *Tiens, mon fils, c'est pour toi, c'est un cadeau de Dieu*, je la ramassai sans arrière-pensée et répondis : *Super, merci*.

Un groupe de jeunes Italiens étaient rassemblés près du Lungotevere Vaticano sur les berges du Tibre, appuyés nonchalamment sur leurs Vespas, tous en short et longues jambes bronzées, les lunettes de soleil posées sur leurs cheveux gominés, comme des personnages sortis d'un film de Fellini, beaux, débordants de vie, échangeant rires et plaisanteries. Ils étaient plus jeunes que moi, ces garçons, mais pas de beaucoup. À peine vingt ans, peut-être, le monde entier à leur portée. Combien d'entre eux avaient été embrassés ce soir, me demandai-je. Essayaient-ils d'impressionner leurs copains avec des histoires de jeunes filles, de dépucelage ? Et j'étais là, avec mon costume noir, ma cravate et mon chapeau. Mon col blanc amidonné. Mes doigts encore imprégnés de son odeur.

Vingt-trois ans. Un garçon. Un homme. Qu'étais-je? Même moi je ne le savais pas.

« Padre ! » lancèrent-ils, tendant leurs mains vers moi comme s'ils interpellaient un arbitre pour qu'il donne une pénalité à un héros déchu. Je m'approchai à pas lents. Je me souvenais ce que c'était que d'être un garçon angoissé, passant à côté des terrains de sport en espérant qu'un ballon mal tiré n'allait pas rouler vers moi, et je levai la main pour les saluer sans ralentir le pas. « Lui a besoin d'une absolution, lancèrent-ils, en désignant un joli garçon, peut-être le plus jeune de leur groupe, qui courait de l'un à l'autre en essayant de les faire taire. Il a besoin de se confesser ! Vous devriez entendre tous les péchés qu'il a commis ce soir ! »

Ils ne me voulaient aucun mal, je le savais, mais j'avais peur d'eux malgré tout. S'ils me taquinaient ou m'entouraient d'une manière ou d'une autre, je risquais de me déchaîner, de me battre avec chacun d'eux comme je ne m'étais pas battu avec la femme du Café Bennizi ou son amant.

« Qu'est-ce que vous voulez ? » m'avait-elle demandé, et je n'avais pas de réponse à cette question, car dans mon innocence, je ne savais pas.

Cette nuit-là, cette interminable nuit, j'errai dans des quartiers de Rome que je n'avais jamais vus auparavant, une ville d'hôtels miteux, d'immeubles d'habitations sordides avec du linge accroché sur des fils tendus en travers de la rue. Des prostituées apparaissaient de temps en temps, curieuses de savoir si ce jeune prêtre cherchait à se soustraire temporairement à la pression de sa vocation, car je n'avais même pas enlevé mon col. Je leur faisais signe de me laisser, toutes. Je n'avais aucun désir de ce genre. Je voulais juste marcher. C'était ma nuit, la nuit où je saurais si le chemin que j'avais choisi était le bon ou pas.

22 heures, 23 heures. Les cloches à minuit. Une église après une autre, encore une autre. 1 heure, 2 heures, 3 heures, 4 heures. Le pape Jean-Paul devait être profondément endormi à l'heure qu'il était, son thé du soir froid, à sa porte.

Où se trouvaient mes amis d'école ? me demandai-je. Ceux que je connaissais avant d'entrer au séminaire. Les garçons avec qui j'avais étudié à De La Salle sur Churchtown Road, avec qui j'étais allé chez O'Reilly's chercher des bonbons de l'autre côté de la rue à l'heure du déjeuner et avec qui j'étais passé et repassé devant Bottle Tower quand nous descendions vers le carrefour Dundrum pour prendre le bus pour rentrer chez nous. Sans doute travaillaient-ils sans entrain quelque part à Dublin. Remboursaient leurs emprunts. Emmenaient leur femme dîner au centre-ville le samedi soir ou sortaient une fille rencontrée à un match de rugby à Donnybrook. Ou peut-être étaient-ils en train de quitter un night-club sur Lesson Street, se racontant comment ils avaient marqué l'essai victorieux lors de la Leinster Schools' Cup six ans auparavant, persuadant leur conquête de rentrer avec eux, ou de les ramener chez elle, heureux de jouir de leur jeunesse, de faire ce qu'hommes et femmes faisaient ensemble, avant d'oublier le nom de leur partenaire dès le lendemain matin. Voulais-je être un de ces hommes ? Était-ce bien ce que je voulais ? Était-ce ce que je regrettais de ne pas avoir ?

Il y avait aussi des sans-domicile-fixe à Rome. Couchés dans des sacs de couchage dans le Flaminio ou devant le Tiburtina – comme le sac de couchage que je proposerais à Tom Cardle dans ma chambre à Terenure College, qu'il déclinerait –, leur tête sortant à peine de leur cocon, le bonnet en laine bien enfoncé sur les oreilles pour se protéger du froid nocturne, leur corps à peine visible à l'œil nu. Une paire d'yeux, une bouche, pas grand-chose de plus. Des pancartes dessinées en grandes lettres capitales sur des morceaux de carton. *Aiutatemi !* Aidez-moi. S'il vous plaît, aidez-moi.

Le soleil commençait à se lever. Mes yeux me piquaient et mes jambes étaient fatiguées. J'avais erré dans la ville toute la nuit. Quelle heure était-il, presque 6 heures ? Un nouveau jour était né. Comment avais-je pu marcher si longtemps ? Pourtant, c'était bien vrai. J'arrivai place Saint-Pierre et j'essayai de ne pas penser à ce que monsignor Sorley dirait lorsqu'il apprendrait que je n'étais pas à mon poste la nuit précédente. Le pape en informerait-il quelqu'un ? Aurait-il remarqué, vu l'intensité avec laquelle il examinait ses papiers tous les soirs, la fréquence et l'heure tardive à laquelle signor Marcinkus de la Banque du Vatican se présentait dans la suite papale, les discussions animées derrière les portes closes ? Je n'avais pas bronché quand Marcinkus avait traîné le cardinal Villot, qui en plus d'être camerlingue assumait les fonctions de directeur de la Chambre apostolique, dans des coins sombres après ses entretiens avec le Saint-Père et avait aboyé comme un chien pour se plaindre qu'il ne pouvait pas entrer dans les spécificités de transactions aussi complexes avec un homme dont la conception de la sophistication consistait à faire référence à Pinocchio dans ses homélies. « Il faut que ça cesse, avait-il grogné un soir, en serrant le bras du cardinal Villot. Sinon, je ne réponds pas de ce qui va se passer. Vous n'avez aucune idée de ce dont ces gens sont capables. » Pouvais-je mentir au monsignor, qui ne m'avait témoigné que de la bonté depuis mon arrivée à Rome ? Lui dire que j'avais été malade ? Ou devais-je lui dire la vérité, lui faisant jouer les confesseurs ? Mon temps ici était presque terminé, après tout. Les Italiens étaient déjà en train de choisir qui devait prendre ma place en janvier.

Les gardes suisses étaient postés à leur place sous l'arche et, bien qu'ils m'aient reconnu, je leur montrai mon laissez-passer et ils s'écartèrent pour que je puisse entrer. J'étais revenu à la maison. J'étais à nouveau au Vatican, à temps pour apporter son petit déjeuner au pape, et je lui demanderais de bien vouloir me pardonner de n'avoir pas été à mon poste, en espérant qu'il ne révélerait mon inconduite à personne.

Je croisai une des nonnes dans l'escalier de service qui menait à la suite papale, recroquevillée sur un petit canapé devant une fenêtre qui donnait sur le côté est de la place Saint-Pierre, un endroit où je n'avais jamais vu personne auparavant, encore moins une nonne. Les sœurs ne s'asseyaient pas, pour dire la vérité ; elles étaient constamment en mouvement, elles allaient ici et là, elles avaient des devoirs à accomplir. Je la reconnus et me rendis compte avec surprise qu'elle se balançait d'avant en arrière, en pleurant.

« Sœur Teresa, dis-je en l'approchant, avant de m'accroupir. Vous allez bien ? Que s'est-il passé ? »

Elle leva la tête vers moi et, pour la première fois, je remarquai sa beauté. Sa peau si claire, ses yeux d'un brun profond. Elle secoua la tête et pointa un index vers le haut de l'escalier, vers la grande pièce dont la porte donnait d'abord dans la petite antichambre où se trouvait mon lit de camp puis dans la chambre à coucher du pape.

Je la quittai et montai les marches quatre à quatre pour trouver un groupe de nonnes bouleversées dans l'antichambre, serrées les unes contre les autres, et dans le coin, le cardinal Siri et le cardinal Villot absorbés dans leur conciliabule. Leur pâleur était extrême et toutes les têtes se tournèrent vers moi lorsque j'entrai. Je me demandai à quoi je pouvais bien ressembler après huit ou neuf heures de marche dans la rue, les cheveux en bataille, le visage rouge, les traits tirés.

Le cardinal Siri me dévisagea avec une expression d'incrédulité et se dirigea vers moi, me guidant par le coude vers le coin.

« Éminence, demandai-je en italien, que s'est-il passé ? Qu'est-ce qui ne va pas ?

— Le Saint-Père, me dit-il. Il est mort. »

Je le regardai et résistai à l'envie de rire. « Bien sûr qu'il est mort. Il y a plus d'un mois. Pourquoi me dites-vous cela ? »

Il secoua la tête. « Je ne parle pas de feu notre Saint-Père, mais de l'actuel. Enfin, notre plus récent pape. » Il leva les yeux au ciel, troublé par la confusion de ses propres mots. « Sa Sainteté, le pape Jean-Paul. Il est mort. »

Pendant quelques instants, je restai pétrifié. Cette idée était absurde. « Quand ? demandai-je.

— Dans la nuit.

— Mais comment ?

— Vous n'avez pas besoin de vous préoccuper de cela.

— C'est impossible.

— Et pourtant... Il allait bien lorsque vous lui avez apporté son thé hier soir ? »

Je réfléchis un peu, sans trop savoir quoi répondre. « Il m'a dit qu'il voulait rester seul. Je l'ai remporté. »

Nous contemplâmes tous les deux le guéridon où sœur Vincenza avait posé le plateau pour moi avant de se retirer pour la nuit. Il était toujours là, bien entendu, la théière en argent pleine de thé infusé, la petite assiette de biscuits. Le cardinal Siri ne remarqua rien d'inhabituel, mais moi, si. Il y avait toujours trois biscuits pour le pape et il n'en mangeait jamais. Sur cette assiette, il n'en restait que deux, avec des miettes comme si quelqu'un avait pris le troisième en partant et l'avait cassé en deux au-dessus de l'assiette avant de le manger. Personne travaillant ici n'aurait osé une chose pareille ; c'était forcément un étranger. Mais qu'aurait fait un étranger ici ?

« Je l'ai laissé là, ajoutai-je.

— Et le Saint-Père allait bien ?

— Il était fatigué », répondis-je, aggravant mon mensonge, tout en m'interrogeant : pourquoi allais-je m'enfermer dans une telle tromperie alors que la vérité finirait par émerger ? Il est allé se coucher tôt.

« Et où étiez-vous ce matin ? Sœur Vincenza m'a dit que vous n'étiez pas là pour récupérer le plateau du petit déjeuner.

— Je ne me suis pas réveillé, expliquai-je. Je ne sais pas pourquoi.

— Vous n'étiez pas sur votre lit de camp.

— J'étais aux toilettes. » Il plissa les yeux et je sus qu'il m'avait percé à jour.

« Elle a apporté le plateau pour le Saint-Père. Elle ne savait pas quoi faire. Elle ne voulait pas que son petit déjeuner refroidisse. Elle a frappé à la porte, lui a dit qu'il était prêt, lui a demandé si elle pouvait entrer. Il n'a pas répondu, alors elle a frappé à nouveau. L'a appelé. Finalement, elle n'a pas eu d'autre choix que d'entrer. C'est là qu'elle l'a découvert. Il est mort, Odran. » Il se pencha en avant, si près que nos visages se touchaient presque. « Il est décédé de causes naturelles, vous me comprenez ? Quand on vous posera la question – et on vous la posera –, voilà ce que vous direz. Il est décédé de causes naturelles. Ou vous aurez à en répondre devant moi. »

Le nouveau pape, le Polonais, me libéra de mes devoirs presque immédiatement après son élection. Les événements du 28 septembre avaient entaché ma réputation, et bien qu'on m'eût assuré alors que mon renvoi n'était en rien un reflet de l'opinion qu'on avait de mon travail pendant les neuf mois que j'avais passés à Rome, je n'y crus pas un instant. Je n'entendis plus jamais parler des banques du Vatican, ni des problèmes en Irlande que le pape avait mentionnés. Et quand j'y repenserais, des années plus tard, je me rendrais compte qu'ils avaient été rangés au fond d'un coffre parce que trop dangereux pour être abordés.

Monsignor Sorley m'interrogea longuement, pendant les jours échevelés entre la mort du pape Jean-Paul et le conclave d'octobre, sur les raisons pour lesquelles je n'étais pas à mon poste cette funeste nuit, et à la fin, je lui dis la vérité – je lui racontai tout ce que j'avais ressenti et fait pendant mon séjour à Rome, de mes après-midi au Café Bennizi à mes conversations avec le cardinal Luciani, qui m'avait percé à jour. De mes folles pérégrinations de la piazza Pasquale-Paoli à la Vicolo della Campana, jusqu'à ma décision d'entrer par effraction dans son appartement – et bien qu'il fût en colère contre moi, il me crut sur parole et me soutint auprès de la police du Vatican, qui était soupçonneuse mais ne pouvait se permettre de laisser supposer que quelque chose d'illégal s'était peut-être produit au palais apostolique cette nuit-là. Je tins ma langue lorsqu'on arriva à la question des biscuits. Personne d'autre n'avait remarqué et je ne voyais rien à gagner en exprimant quelque chose qui risquait de paraître ridicule à leurs yeux. Le pape était décédé d'une crise cardiaque, voilà ce qu'on dit, et que ce fût vrai ou non, cela devint l'histoire officielle.

Le pape polonais me parlait encore moins que le pape Paul VI en son temps, paraissant nerveux chaque fois que je me trouvais en sa présence, et j'imaginais qu'il était au courant de mes errances la nuit où son prédécesseur était mort et, par conséquent, me considérait comme indigne de confiance. Peut-être avait-il raison, j'avais prouvé que je n'étais pas fiable. Par la suite, il s'avérerait qu'il était aussi peu fiable que moi.

C'est monsignor Sorley qui m'annonça que ma présence n'était plus exigée au Vatican. Le pape polonais avait décidé que l'Italien devrait commencer avec deux mois d'avance et je fus donc écarté. J'eus quelques heures pour réunir mes affaires et je fus renvoyé au Collège pontifical irlandais pour y terminer mes études.

Entre ce moment-là et maintenant, je n'ai mis le pied au Vatican qu'une seule fois. Le jour de mon ordination, quatre mois plus tard, quand ma mère et ma sœur seraient saluées par le Saint-Père. Lors d'un bref entretien après lequel Hannah énoncerait sur le pape Jean-Paul II ces cinq mots que je n'ai jamais oubliés, car ils paraissaient résonner d'une sincérité que même moi, avec les années, je ne pus ignorer.

Cet homme hait les femmes.

14.

2008

C'était une erreur de porter ma tenue ecclésiastique le premier jour du procès de Tom Cardle. J'aurais dû choisir quelque chose de plus quelconque, qui n'aurait pas attiré l'attention sur mon appartenance à l'Église. J'avais un pantalon en velours côtelé quelque part dans mon placard, après tout, et des chemises et des pull-overs. Je m'en servais rarement, mais ils étaient bien là. J'aurais pu ressembler à n'importe qui et la journée n'aurait pas été aussi difficile. En même temps, je portais mon costume noir et mon col blanc tous les jours depuis plus de trente ans, alors ils étaient devenus comme une seconde peau. Je ne m'étais même pas posé la question.

Cependant, en montant dans l'autobus ce matin-là pour aller dans le centre-ville, en roulant vers le nord le long des quais en direction de Four Courts, j'hésitais encore à y assister. Je pourrais lire les comptes rendus dans les journaux dès le lendemain. Je pourrais regarder le procès à la télévision ou écouter les nouvelles à la radio. Les affaires de ce genre se multipliaient depuis quelques années et les médias étaient obsédés par elles. Chaque action en justice ne faisait qu'ajouter à la colère grandissante dans le pays et au sentiment que les hommes qui étaient traduits devant les tribunaux n'étaient que la partie visible de l'iceberg. Il s'agissait de ceux qui avaient été pris, c'était tout. Mais nous étions tous en butte aux soupçons. On ne devait avoir confiance en aucun d'entre nous.

L'arrestation de Tom m'avait bouleversé. Il avait souvent disparu de ma vie pendant de longues périodes, ne répondant pas aux lettres, ne décrochant pas le téléphone, mais disparaître pendant plus d'un an ainsi qu'il l'avait fait depuis l'été 2006, caché par l'archevêque Cordington dans un monastère comme la femme répudiée d'un roi médiéval, ne pouvait s'expliquer que d'une seule manière. J'appris où il avait été envoyé par un appel de mon vieil ami Maurice Macwell, qui était prêtre dans une paroisse prospère du Mayo depuis plus de dix ans. Je n'avais plus eu de nouvelles de lui après la mort de son ancien compagnon de chambre Snuff Winters et qu'il avait refusé d'assister à l'enterrement, pour des raisons qu'il n'avait pas voulu expliquer. À moi, du moins.

« Tu as entendu, j'imagine ? dit-il sans un mot d'introduction lorsque je décrochai ce jour-là.

— Qui est à l'appareil ? demandai-je, même si je l'avais reconnu.

— C'est moi.

— Qui est *moi* ?

— Maurice.

— Maurice Macwell ? Comment vas-tu ? Comment se passe la vie dans l'Ouest ?

— Mouillée. Et à Dublin ?

— Froide.

— J'imagine. Je suppose que tu as appris la nouvelle ?

— De quelle nouvelle parles-tu ?

— À propos de ton vieux copain.

— Quel vieux copain ?

— Tom Cardle.

— Alors ? m'enquis-je, sentant un frisson me parcourir.

— Arrêté. Agression sexuelle sur mineur.

— Je sais.

— Et qu'est-ce que tu en penses ?

— Qu'est-ce que je suis censé en penser ?

— Tout s'est passé de manière très discrète. Ils l'ont interrogé pour la première fois il y a six mois et depuis, ils montent un dossier contre lui. Il est caché quelque part. Cordington connaît toute l'histoire. Il ne t'en a pas parlé ?

— Si.

— Qu'est-ce qu'il a dit ?

— Qu'ils l'ont mis dans un endroit où il serait en sécurité. »

Maurice semblait prendre un grand plaisir à me répéter ces nouvelles. Je me souvenais avoir lu autrefois une interview de l'écrivain John Banville, qui affirmait que si un de ses livres donnait lieu à une mauvaise critique dans le journal, il pouvait compter sur un de ses amis pour l'appeler et le lui dire. C'était exactement l'impression que j'avais.

Lorsque les dates du procès furent enfin connues, je parlai au prêtre de ma paroisse, le père Burton, et lui demandai si je pouvais prendre quelques jours de congé, révélant mes intentions. Il parut réticent, ce qui me surprit, car il était relativement jeune, trente-sept ans seulement, et je l'aurais cru moins bridé par l'ordre ancien qui était en train de s'écrouler autour de nous. J'avais espéré qu'il manifesterait un peu plus de compassion.

« Vous êtes sûr que c'est ce que vous voulez ? me demanda-t-il, en s'adossant dans son fauteuil et en calant ses mains en tipi sous son menton, comme toujours quand il s'efforçait de paraître intelligent. Cela ne vous semble-t-il pas déraisonnable de vous impliquer ?

— C'est un vieil ami.

— Vous savez de quoi il est accusé ?

— Bien sûr, soupirai-je. Je sais tout.

— Alors, pourquoi voulez-vous y aller ? »

Je m'étais posé cette question de nombreuses fois ces derniers jours et je n'avais trouvé aucune réponse satisfaisante. J'avais seulement le sentiment que je devais être là-bas, que je voulais le voir de mes propres yeux, découvrir si, en le regardant attentivement, je pourrais discerner quelque chose que j'avais manqué toutes ces années. Quelque chose de terrible.

« Le fait est, père Odran, commença le père Burton – je détestais cette affectation ; appelez-moi Odran ou père Yates. Ce truc de père Odran sortait tout droit des séries américaines – qu'il est important que vous pensiez à la paroisse.

— Quel mal cela pourrait-il faire à la paroisse ? demandai-je. Je m'absenterai quelques jours à peine, une semaine ou deux au maximum, si ça se prolonge. Et je serai quand même là pour célébrer la messe le matin.

— Je voulais dire, en termes de publicité. Vous ne tenez pas à ce que votre nom soit mêlé à tout ça, si ? Cela pourrait donner une mauvaise image de nous.

— Quand vous dites « nous «, père Burton, vous parlez de qui, exactement ? Vous et moi ?

— L'Église.

— L'Église a de plus importants sujets de préoccupation que de savoir si je m'assieds dans un tribunal, quelques heures par jour.

— Cet homme est accusé de multiples crimes contre des enfants, insista-t-il. Pendant plus de vingt-cinq ans. De grâce, regardez autour de vous, père Odran. Combien de milliers d'enfants avons-nous dans cette paroisse ? Si on vous voit le soutenir trop explicitement…

— Je ne le soutiens pas en tant que tel, protestai-je faiblement.

— Eh bien, que faites-vous, alors ?

— J'assiste au procès, c'est tout. »

Il secoua la tête. « Vous l'avez avoué vous-même. Vous êtes de vieux amis. Quoi que vous prétendiez ici, cela donnera l'impression que vous le soutenez, et dans le monde dans lequel nous vivons, ce sont les impressions qui comptent le plus. » Il fronça les sourcils et se pencha en avant. Apparemment, il venait d'avoir une idée. « Attendez une minute. Vous pensez qu'il n'est pas coupable ? C'est ça ? »

Je sentis les mots se dissoudre dans ma bouche. Je ne m'attendais pas à ce qu'il me pose une telle question. « N'est-ce pas ce que le tribunal est censé prouver ? demandai-je.

— Mais vous, qu'est-ce que vous en pensez ?

— Je crois que je vais prendre quelques jours de congé, père Burton. Voilà ce que je pense. » Je n'ajoutai pas ce qui me démangeait : *Et si ça ne vous plaît pas, vous pouvez aller vous faire voir.*

Une fois posée, la question était difficile à écarter. Pensais-je qu'il était coupable ? Je connaissais Tom Cardle depuis 1973. Trente-cinq années d'amitié. Et si pendant tout ce temps, j'avais senti que je n'avais pas réussi à le connaître intimement, ce n'était pas parce que je n'avais pas essayé. Je savais qu'il avait lutté pour s'intégrer à la vie du séminaire, qu'il n'était pas venu à la prêtrise de sa propre volonté, mais cela faisait-il de lui un monstre tel que les journaux le dépeignaient ? Les photographes avec leur téléobjectif avaient dû prendre des centaines de photos de lui quand il avait été ramené à Dublin et mis en cellule en attendant le début du procès, et ils choisissaient toujours de publier celles sur lesquelles il avait le plus l'air d'un prédateur, d'un obsédé. Était-il pour autant coupable ? Les portraits que je voyais dans les journaux ne ressemblaient pas à l'homme que je connaissais.

Et pourtant, et pourtant… il y avait tellement de contradictions qui fourmillaient dans ma tête. Tellement de soupçons. Des événements pendant ces années, des choses que j'avais remarquées et ignorées, mais qui me hantaient, encore aujourd'hui. Avais-je une part de responsabilité là-dedans ? Je repoussai ce genre d'idées loin au fond de ma tête. Je ne pouvais pas penser à ces moments. Pas encore.

Une foule de photographes et de journalistes de télévision attendait devant les Four Courts et contemplait les manifestants, peut-être une douzaine, qui marchaient en silence devant le tribunal, en cercle, brandissant des pancartes qui condamnaient Tom, qui dénonçaient l'Église. Les messages étaient difficiles à supporter, comme les mines défaites de ces hommes. Comment en était-on arrivé là ? me demandai-je. Qui était responsable de toutes ces souffrances ?

Je m'arrêtai et écoutai quelques instants un homme interviewé par une équipe de TV3.

« Six ans », disait-il, ce bel homme respectable, dans un costume mal taillé, avec une coupe de cheveux propre et des larmes plein les yeux. Une femme qui lui ressemblait – sa sœur, pensai-je – se tenait à côté de lui, sa main dans la sienne, le visage dur, le regard plein de défi. « J'avais neuf ans, ça a duré jusqu'à quinze ans. Quand j'ai eu seize ans, je l'ai pourri d'insultes et ça a été la fin. »

Le journaliste lui posa une question et il acquiesça. « Je n'avais pas le choix. J'ai passé toute ma vie à ne pas en parler. Mon travail maintenant est de consacrer le reste de ma vie à réparer cette erreur. »

Il y eut une avalanche de questions de la part de la presse et j'ignore comment il choisit celle à laquelle il allait répondre, mais lorsqu'il ouvrit la bouche, ils se turent tous à nouveau, gribouillant frénétiquement sur leurs bloc-notes. « J'ignore si tous savaient. Mais je pense que la plupart d'entre eux étaient au courant. Les responsables, c'est certain. Il y avait une vraie culture du complot. Les évêques, les cardinaux, le pape lui-même. Ce n'est pas le procès d'un seul homme ici aujourd'hui, c'est celui de toute la bande. Si vous voulez mon avis, ils devraient être sortis de force de leurs maisons et de leurs palais, traînés dans la rue par les cheveux si nécessaire, et il faudrait les obliger à être jugés un par un, et publiquement. Et si Jean-Paul II était encore vivant, quelqu'un de courageux devrait l'amener devant la Cour internationale des Droits de l'homme et le faire payer pour tout ça. Alors que les gens pensent qu'il devrait être béatifié. » Sa colère était de plus en plus manifeste, sa voix plus forte. « Un saint ? s'écria-t-il, désespéré, avant de cracher par terre de fureur. Voilà ce que j'en dis, moi. Et si l'enfer existe, vous pouvez être sûr que sa calotte blanche est en train de brûler sur sa tête en ce moment même. Cet homme savait tout et il n'a rien fait. Rien du tout. Ce salopard de Polonais. Et Benoît n'est pas mieux. Il est mouillé jusqu'au cou. Ils le sont tous. Ils se protègent, protègent l'argent, voilà l'enjeu pour eux. Des ordures. Ces deux criminels sont les pires raclures que la terre ait portées. »

La sœur de l'homme le tira par le bras et essaya de l'éloigner des reporters qui lançaient d'autres questions. « Bien sûr que je suis putain de furieux ! cria-t-il. Pourquoi je ne serais pas furieux ? Vous ne le seriez pas, vous ? Écoutez, tout le monde dans ce pays dit que c'était mal, que les prêtres devraient rendre des comptes pour leurs actes – pas seulement ceux qui ont commis les crimes, mais ceux qui étaient là et n'ont rien fait – et malgré tout, quand vous passez devant une église le dimanche matin, les petits moutons ridicules font la queue pour prendre place sur les bancs, traînent leurs enfants aux messes de communion ou de confirmation, même s'ils ne croient pas un mot de ce qu'ils entendent et même s'ils ne suivent pas les préceptes de leur religion corrompue. Les gens sont tout aussi condamnables, vous m'entendez ? Mais les prêtres ont encore le contrôle de quatre-vingt-dix pour cent des écoles. Vous pensez que s'il y avait ne serait-ce qu'un autre secteur de la société qui ait manifesté une telle prédilection pour la pédophilie, on les laisserait approcher à moins d'un kilomètre d'une école, sans parler de les diriger ? Qu'est-ce qui se passe dans ce pays ? Il faut que nous nous débarrassions d'eux, vous m'entendez ? Qu'on les vire de tous les établissements scolaires. Qu'on ne les laisse pas approcher nos enfants. La perversion est inscrite dans leurs gènes. Nous ne devrions pas lésiner sur les moyens et les chasser d'Irlande, tous jusqu'au dernier, comme saint Patrick s'est débarrassé des serpents. »

Je poursuivis mon chemin. Je ne pouvais en supporter davantage. La colère dans la voix de cet homme. La haine. Et pourquoi ne devrait-il pas être en colère, me demandai-je. Pourquoi ne devrait-il pas ressentir cette fureur ? Sa vie n'avait-elle pas été détruite par des hommes en costume noir et col blanc ? Des hommes comme moi.

Lorsque j'approchai des marches du tribunal, les photographes se tournèrent vers moi, levant leur caméra au cas où je serais un personnage intéressant.

« Qui êtes-vous ? » demanda l'un d'eux. Je ne répondis pas.

« Vous êtes un ami de Cardle ? enchaîna un autre.

— J'ai eu un PV, dis-je, incapable de regarder l'homme dans les yeux. Je n'ai pas payé mon stationnement. J'aurai de la chance s'ils ne me retirent pas mon permis.

— C'est personne », lâcha le photographe en se détournant, et ses collègues examinèrent leur appareil, faisant défiler leurs clichés, se désintéressant complètement de moi. Comme ils avaient facilement cru un simple mensonge.

La salle du palais de justice était bondée, mais je réussis à trouver une place au fond. Je n'étais jamais entré dans un tribunal de ma vie et je trouvai l'atmosphère oppressante et intimidante – le chêne des bancs, l'idée que des dizaines de milliers de personnes étaient passées par là depuis un siècle, les accusés tant coupables qu'innocents, les victimes, les familles de part et d'autre. Un groupe de six femmes, toutes la soixantaine, occupait le rang devant moi et je supposai qu'elles étaient les mères de certaines victimes, déterminées à ce que justice soit faite.

Une annonce du greffier de la cour marqua l'arrivée de la juge, qui prit place, vêtue de la robe noire et de la perruque blanche qui représentaient son autorité. Encore des costumes noirs. Qui avait décidé le premier que le noir était la couleur du pouvoir? Le noir n'était-il pas censé signifier l'absence de couleur, un vide absolu? Bien entendu, dans ma profession, les coloris changeaient à mesure qu'on progressait dans la hiérarchie, de noir à écarlate puis à blanc – les ténèbres, le sang et la purification au sommet.

Plusieurs avocats s'étaient regroupés tout devant, la plupart d'entre eux en train de bavarder ou de rire comme de vieux amis. Ils prirent place dès que la juge s'assit et que le jury entra. Je dévisageai les jurés l'un après l'autre, un échantillon de la société tel que je n'en avais jamais vu. Des retraités paraissant contents que leur avis soit à nouveau pris en considération, des jeunes femmes en tailleur qui rangeaient précipitamment leur BlackBerry, quelques trentenaires à l'air sérieux portant des barbes soigneusement taillées.

Puis, sortant du sous-sol du tribunal, apparut Tom Cardle. Il s'installa avec précaution dans le box et regarda autour de lui, le visage effrayé, comme s'il ne savait pas comment la vie avait pu le mener là où il se trouvait, quel destin cruel l'avait conduit d'une famille perturbée dans une ferme à Wexford aux Four Courts à Dublin. Il paraissait étonné du nombre de spectateurs, dont les voix se firent plus discrètes lorsqu'ils aperçurent le prévenu. Les six femmes devant moi profitèrent du silence relatif et se levèrent comme un seul homme avant de crier :

« Bonne chance, mon père ! »

« Nous sommes toutes avec vous, mon père ! »

« Ne les laissez pas vous atteindre avec leurs mensonges dégoûtants ! »

Je reculai, bouchée bée, tant j'étais étonné, la salle entière se retourna pour les regarder et la juge ordonna qu'elles soient immédiatement expulsées. Les huissiers s'avancèrent et les femmes sortirent des crucifix de leur sac à main. L'espace d'un instant, je crus qu'elles allaient s'en servir pour taper sur les Gardaí en uniforme, mais non, elles se contentèrent de les agiter à bout de bras. Emmenées sans ménagement, elles hurlèrent puis entonnèrent une série d'Ave Maria. Qu'est-ce qui pouvait inspirer une telle dévotion ? me demandai-je. Le soutiendraient-elles même s'il était coupable ? Se souciaient-elles de sa culpabilité ?

Le départ des femmes laissa quelques places vides devant moi et j'avançai d'un rang, heureux d'être un peu plus à mon aise, car personne n'aurait la permission d'entrer une fois que la séance aurait commencé. J'avais désormais Tom dans mon champ de vision, il n'était qu'à une dizaine de mètres de moi, et je remarquai qu'il ne cessait de se gratter le visage, un tic nerveux, et de lancer des regards en biais aux membres du jury, comme s'il essayait de les jauger. Il avait perdu du poids depuis la dernière fois que je l'avais vu. La propension à la corpulence qu'il avait développée en approchant la quarantaine avait disparu et son visage hâve était d'une maigreur maladive.

Une série de remarques fut échangée entre la juge et les avocats – du jargon juridique dont je ne compris pas un mot – puis il y eut un long moment où il ne se passa pas grand-chose. Un Garda vint taper Tom sur l'épaule et lui dire de s'asseoir. À peine avait-il pris place que la juge commença à s'adresser au tribunal et Tom fut brutalement tiré de sa chaise, la main du Garda fermement serrée sur son bras ; je constatai qu'il prenait un certain plaisir à la violence de son geste. Je remarquai alors que Tom avait choisi de ne pas porter ses vêtements ecclésiastiques, mais de se présenter en laïc. Je m'interrogeai sur les raisons qui avaient motivé sa décision. Croyait-il – ou ses avocats estimaient-ils – que le jury penserait forcément du mal de lui s'il revêtait sa soutane ? Ce genre d'affaires avait tellement inondé les journaux ces deux ou trois dernières années, les jurés avaient-ils imaginé qu'il se conformerait au stéréotype du prêtre pervers ? Ou tout simplement, ne se sentait-il plus prêtre ? Si j'avais l'opportunité, je lui poserais peut-être la question, me dis-je.

Quelques instants plus tard commença la lecture de l'accusation. Le ministère public avait décidé que les témoignages de cinq garçons seulement pouvaient soutenir l'accusation, et bien qu'ils ne fussent pas dans la salle, leurs cas seraient détaillés dans les jours suivants – une par une, leurs histoires sortirent dans les journaux et leur lecture était extrêmement perturbante.

Le plus jeune avait sept ans au moment des faits, le plus âgé, quatorze. Celui de sept ans vivait à côté de chez Tom en 1980 dans sa paroisse de Galway. Son père était décédé l'année précédente et Tom, qui n'avait que vingt-quatre ans à l'époque, avait été sollicité par la mère de l'enfant pour qu'il l'accompagne, car le pauvre petit avait du mal à se remettre. Et c'était ainsi que Tom l'avait *accompagné*.

Un enfant de dix ans avait été servant de messe à Longford en 1987 et avait été violenté deux ou trois matins par semaine dans la sacristie avant la messe. Celui de quatorze ans vivait à Sligo en 1995 et tous les mercredis après-midi Tom l'avait emmené à la plage, déshabillé pour aller nager dans la mer avant de le ramener dans les dunes ensuite. À Wicklow en 2002, il avait conduit un garçon plus jeune à Brittas Bay dans sa voiture, où des actes similaires avaient été perpétrés. Et il y avait un garçon de Roscommon dont l'histoire était si affreuse qu'il était difficile de croire qu'un être humain pouvait imposer une telle cruauté à un autre.

Il ne s'agissait là que des quelques garçons dont l'histoire avait été jugée suffisamment convaincante pour assurer une condamnation, et en les lisant, je me dis : et Belturbet ? Et Wexford ? Et Tralee, Mayo et Ringsend ? C'était d'autres paroisses où Tom avait officié. Étions-nous censés croire qu'il n'avait pas commis ses crimes là-bas aussi, qu'il avait été muté par l'Église sans raison ? Devions-nous supposer qu'il n'avait posé les yeux sur un enfant qu'à Galway, Longford, Sligo, Wicklow et Roscommon ? Cela faisait cinq ; où étaient les dix-neuf victimes dont l'archevêque Cordington avait parlé ? Et si dix-neuf d'entre elles s'étaient manifestées, combien avaient renoncé ? Une vingtaine ? Cinquante ? Cent ?

La juge demanda à Tom s'il plaidait coupable ou non coupable, et il regarda autour de lui, comme s'il ne savait pas si la question s'adressait vraiment à lui. Il répondit par un demi-sourire, motivé peut-être par la peur plus qu'autre chose, et secoua la tête. Un murmure méprisant parcourut la salle. Ne prenait-il donc pas cette affaire au sérieux ? La juge répéta la question et leva les yeux.

« Non coupable, répondit Tom. Je ne poserais jamais la main sur un enfant. Ce serait affreux. »

Et sa voix se brisa. Je compris aussitôt que j'avais commis une erreur en venant là et que je ne pourrais pas entendre un mot de plus. J'avais les jambes en coton, l'estomac retourné, et je me mis péniblement debout, manquant tomber en me précipitant vers la porte. Je lançai un regard par-dessus mon épaule ; Tom s'était retourné et regardait fixement dans ma direction. Il croisa mon regard et dans ses yeux il y avait quelque chose qui semblait dire : *Odran, Odran, sauve-moi de tout ça. Odran, s'il te plaît.*

Odran, pourquoi tu ne m'as pas sauvé autrefois, quand tu aurais peut-être pu ?

Je ne parvins pas à en supporter davantage. Je sortis et me retrouvai dans le grand hall des Four Courts.

Malgré le nombre de personnes qui circulaient sous le dôme, venant de l'extérieur ou d'une des trois autres salles du tribunal où différentes affaires étaient entendues, je sentis que ma respiration était plus aisée. Je n'étais pas encore prêt à affronter la foule des reporters et photographes rassemblés dehors sur Inns Quay, mais heureusement pas autorisés à franchir les portes. Je me dirigeai vers l'un des bancs et m'assis à côté d'une femme seule. Je me penchai en avant et me pris la tête dans les mains. Quelle était donc cette vie? me demandai-je. À quel genre d'organisation avais-je consacré ma vie? Et alors que je recherchais des responsabilités, je savais qu'au fond de moi s'agitaient des ombres sur ma propre complicité, car j'avais vu des choses, j'avais eu des soupçons et je m'étais détourné, sans agir.

Une main se posa sur mon bras et je faillis tomber du banc tellement j'eus peur. C'était seulement la femme assise à côté de moi. Elle avait les traits tirés et pas l'ombre d'un sourire n'éclairait son regard. Je crus qu'elle allait dire quelque chose comme Est-ce que ça va, mon père? Elle se contenta de me dévisager et je sus que je la reconnaissais, sans parvenir à resituer notre rencontre. Peut-être la mère d'un des élèves de Terenure? Non, ce n'était pas ça.

« Vous êtes le père Yates, n'est-ce pas? finit-elle par me demander, à mi-voix.

— C'est exact. Est-ce que je vous connais?

— Oui. Vous ne vous souvenez pas de moi?

— Pas complètement, répondis-je en secouant la tête. Vous me paraissez familière, mais je n'arrive pas à me rappeler notre rencontre.

— Kathleen Kilduff », dit-elle, et je fermai les yeux. Je sentis la nausée s'emparer de moi.

« Mrs Kilduff, répétai-je d'une voix faible. Pardonnez-moi.

— Nous nous sommes croisés à Wexford. En 1990. Vous étiez venu rendre visite à votre copain. J'étais l'idiote qui venait livrer son fils à cet homme chaque semaine pour une heure. »

J'acquiesçai. Que pouvais-je dire pour me justifier?

« Bien sûr. Je me souviens de vous maintenant.

— Et vous vous souvenez de Brian aussi, n'est-ce pas?

— Oui, aussi.

— Ça vous a fait du bien de le dénoncer ? Vous savez que les Gardaí lui ont fichu une peur bleue quand ils l'ont interrogé sur les dégâts qu'il avait faits à la voiture de ce monstre ?

— Je suis désolé. Je me demandais que faire, sur le moment. J'ai cru qu'il y avait quelque chose qui n'allait pas chez votre fils. J'ai pensé que si Tom était au courant, il pourrait peut-être l'aider.

— Oh, pour l'aider, il l'a bien aidé, fit-elle avec un rire amer. Il est allé trouver les Gardaí pour leur dire que s'ils se contentaient d'un avertissement, il s'assurerait personnellement qu'il ne referait jamais rien de tel. Ensuite, il m'a persuadée d'envoyer Brian le voir les lundis, mercredis et vendredis, trois fois par semaine, une heure chaque fois, et bien sûr, j'ai cédé. Brian, ajouta-t-elle, mon petit garçon. Qui n'a jamais fait de mal à une mouche de toute sa vie. Il voulait devenir vétérinaire, vous le saviez ? Il avait un chien qu'il adorait. »

Je baissai les yeux. Quand j'ai relaté cet épisode, qui datait de 1990, vous ai-je dit que j'avais raconté à Tom le lendemain matin ce que j'avais vu depuis ma fenêtre et qu'il avait appelé les Gardaí ? Et que je leur avais rapporté ce dont j'avais été témoin, identifiant le garçon comme étant celui qui se trouvait dans sa maison ce même jour ? Peut-être que je l'ai omis. Si c'est le cas, c'est une faute. Bref, voilà, maintenant c'est fait. Aucun d'entre nous n'est innocent.

« Mrs Kilduff, commençai-je, sans trop savoir ce que j'allais ajouter ensuite, mais elle m'interrompit aussitôt.

— Ne prononcez pas mon nom, siffla-t-elle. Et partez d'ici tout de suite, vous m'entendez ? Je refuse que vous m'approchiez. Vous me dégoûtez. »

Je hochai la tête et me levai. Cependant, je pensai que je devrais au moins dire quelque chose pour essayer de réparer ce que j'avais fait.

« J'espère que Brian va bien. J'espère qu'il a trouvé un moyen de gérer ce qui lui est arrivé. »

Elle me regarda comme si je l'insultais à dessein. « Vous faites exprès de me blesser ? C'est ça ? Pourquoi vous vous montrez délibérément cruel ?

— Non, m'empressai-je de répondre, sans comprendre. Je voulais juste…

— Brian est mort depuis quinze ans. Il s'est pendu dans sa chambre. Je suis montée un jour après l'école pour lui demander de venir dîner et il était là, ses petites jambes suspendues en l'air, le pauvre chien qui le regardait sans savoir quoi faire. Il s'est tué. Alors, dites-moi maintenant, vous êtes fier de vous, mon père ? Vous et votre copain, là-dedans ? Vous êtes fiers de vous ? Fiers des actes de vos semblables, des vôtres ? Est-ce que vous en avez quelque chose à faire, au moins ? »

Je ne rentrai pas directement chez moi. Je m'arrêtai au Roche, un café assez miteux sur Ormond Quay, pas loin des Four Courts. Les avocats devaient s'y retrouver régulièrement, car il y avait un endroit prévu dans la salle pour entreposer ces cartables à roulettes qui étaient plus courants dans les aéroports et les gares, mais dont les hommes de loi se servaient, comme je l'avais vu chaque fois qu'une affaire apparaissait aux informations, pour transporter les énormes volumes de documents de leur bureau au tribunal.

Je trouvai une table libre, commandai un café fort et regardai par la fenêtre : les ouvriers, les hommes d'affaires, les étudiants qui se dirigeaient vers Trinity College. Et je me demandai ce que penserait le moi d'autrefois si je pouvais retourner trente-cinq ans en arrière à Clonliffe College, en 1973, pour lui dire que le garçon malheureux qui partageait ma chambre serait un jour traduit devant la justice par la République d'Irlande pour agressions sexuelles systématiques sur de jeunes garçons qui lui avaient été confiés en tant que chef spirituel de la paroisse. Qu'il serait accusé de les avoir touchés, agressés, pénétrés, d'avoir commis des actes d'une horreur indicible et de les avoir forcés à commettre les mêmes sur lui. Qu'est-ce qui avait perverti son esprit pour qu'il agisse ainsi ? Les causes de ce vice étaient-elles présentes depuis le début, implantées dans son âme avant même sa naissance ou étaient-elles venues plus tard ? Y avait-il un moyen de rejeter la responsabilité sur son père, qui l'avait certainement abîmé, et si c'était le cas, cela serait-il juste, car un homme était forcément responsable de ses actes, indépendamment de ce qui lui était arrivé pendant son enfance, n'est-ce pas ? Des choses mauvaises, des choses atroces pouvaient advenir durant votre jeunesse – je le savais aussi bien que n'importe qui –, cela ne signifiait pourtant pas que vous puissiez vous permettre d'agir sans conscience. Pourquoi avait-il un besoin si pressant de chair, et de jeune chair en plus, alors que ce n'était pas le cas de nous autres ? Était-ce la faute des prêtres qui avaient fait notre éducation ? Y avait-il un moyen de les rendre responsables ? Et quelle importance maintenant, car Tom Cardle était enfin entendu par la justice et ne pouvait plus faire de mal à personne. Son histoire n'allait pas se terminer d'une façon heureuse.

Je ne m'étais jamais senti aussi perdu depuis cette fameuse nuit à Rome en 1978, la nuit où, à cause de la femme du Café Bennizi, j'avais erré dans les rues de la capitale pendant des heures alors que le pape était dans sa chambre, attendant sa tasse de thé, recevant peut-être la visite d'une personne dangereuse qui avait l'intention de lui faire du mal, pour être rappelé auprès de Lui par un Dieu dont les créations étaient devenues si mystérieuses qu'un simple homme ne pouvait les saisir.

À ce moment-là, je fis comme toujours dans les moments de crise ou de désespoir. Je fouillai dans mon cartable et sortis ma bible, un livre qui tout au long des années m'avait parfois fourni des réponses, mais le plus souvent, m'avait laissé avec des questions, même s'il avait toujours réussi à me distraire de mes préoccupations et m'offrir du réconfort. Je possédais quelques bibles, bien sûr, offertes par des amis ou achetées en souvenir lors de visites dans des lieux de pèlerinage. Cette bible, que je m'apprêtais à ouvrir, était la plus ancienne de toutes, celle qui m'avait été donnée par ma mère lorsque j'avais quitté la maison pour aller au séminaire, un beau volume recouvert de cuir noir avec un tampon à l'intérieur de la couverture qui indiquait qu'il avait été acheté à la librairie religieuse Veritas sur Lower Abbey Street pour 22 pence en avril 1972. Elle avait été copieusement manipulée, car elle avait voyagé partout avec moi, mais elle était solide et pas une page ne menaçait de se détacher. Je ne savais pas ce que j'y cherchais. Je l'ouvris au hasard, espérant qu'un passage, une histoire ou une parabole émergerait et me parlerait, pour me ramener de mon malheur vers un lieu plus apaisé.

Il se jeta sur moi avant que je m'en rende compte. Un homme jeune, vingt-cinq ou vingt-six ans, pas plus. Grand, avec des yeux bleus perçants très surprenants. Portant un costume, le cou orné d'un tatouage – une épaisse arabesque noire – se laissant entrevoir sous le côté gauche de son col.

« Qu'est-ce que vous lisez, là ? me questionna-t-il.

— Pardon ? fis-je en levant les yeux, surpris.

— Ce livre », répondit-il avec un accent très marqué. D'où venait-il ? me demandai-je. D'un quartier populaire de Dublin. « Qu'est-ce que c'est ? Montrez donc. »

Je le retournai pour qu'il puisse voir la couverture et il ricana.

« Vous ne trouverez pas de réponses là-dedans.

— Ça m'est arrivé dans le passé.

— Ah bon, vous croyez à la magie ? »

Je regardai autour de nous, cherchant à voir si quelqu'un nous prêtait attention, mais les autres clients étaient tous totalement absorbés dans leurs conversations et si quelqu'un écoutait, il ne voulait sans doute pas s'en mêler, de toute façon. « Je bois seulement un café, fis-je à mi-voix, avant de me replonger dans la contemplation de l'extérieur.

— Vous vous en sortez bien, on dirait, me lança-t-il d'un ton amer.

— Je vous souhaite une bonne journée.

— Pas question que tu me souhaites quoi que ce soit, salopard de pervers. Je ne veux pas de tes souhaits, d'accord ? »

Je restai coi, sentant la tension grandir en moi, partant du creux de mon estomac pour monter ensuite. La tasse de café tremblait un peu dans ma main et j'essayai de me maîtriser, car je ne voulais pas lui montrer que j'étais effrayé ou intimidé. En même temps, j'étais un homme de cinquante-trois ans, peu habitué aux altercations physiques, et je n'avais aucune idée de la manière de me sortir de cette passe. La chose la plus sensée était de regarder par la fenêtre, de ne pas saisir l'appât qu'il me tendait, jusqu'à ce qu'il se lasse et me laisse tranquille.

« Vous êtes prêtre, dit-il.

— Bien vu, répondis-je.

— Vous êtes venu soutenir votre homme ?

— De qui parlez-vous ?

— Votre homme là-bas aux Four Courts. Le violeur. Vous êtes venu lui apporter votre soutien moral, c'est ça ? »

— Je ne connais pas d'homme aux Four Courts, rétorquai-je en secouant la tête. Je suis ici pour boire une tasse de café. »

Il resta là encore une bonne minute, commençant à bouillir de rage. L'espace d'un instant, je crus qu'il allait s'éloigner, mais il s'assit en face de moi.

« Eh, fis-je en regardant délibérément l'homme derrière le comptoir, espérant qu'il verrait ce qui se passait dans son établissement et qu'il interviendrait. C'est intolérable. Vous ne voulez pas me laisser tranquille ?

— Qu'est-ce que je vous fais, là ? dit-il en ouvrant les deux mains d'un air innocent. C'est un pays libre, non ? Un homme a le droit de s'asseoir où il veut. On parle, c'est tout. »

J'examinai le contenu de ma tasse. J'avais presque fini, de toute manière, mais il n'était pas question que je lui donne la satisfaction de me lever et de m'éloigner.

« Si j'étais du genre à parier, je dirais que vous êtes venu à Dublin pour jeter un coup d'œil à votre copain au tribunal, réciter une prière pour lui et essayer d'effrayer le jury pour qu'il le déclare non coupable.

— De qui parlez-vous ? demandai-je à nouveau.

— Ah oui, c'est un grand mystère pour vous, n'est-ce pas, espèce de salaud ? Vous ne savez pas du tout de qui je parle. Faites voir un peu votre bible.

— Pas question.

— Faites voir, j'ai dit, gronda-t-il, et il la prit sur la table avant que je puisse l'en empêcher et il se mit à la feuilleter.

— Rendez-la-moi, soufflai-je, impuissant. Elle ne vous appartient pas.

— Ah, regardez-moi ça, fit-il dans un éclat de rire en lisant l'inscription sur la première page. *Pour Odran, de la part de maman*. Si c'est pas mignon. C'est ta vieille qui te l'a donnée ? Quand ça, le jour de ton ordination ?

— Rendez-la-moi, insistai-je.

— Je vous la renverrai par la poste. Donnez-nous votre adresse, mon père, et je vous la renverrai la prochaine fois que je passe par la poste.

— Vous allez me la rendre maintenant, jeune homme. Allez, ça suffit. »

Il me la tendit et, à l'instant où je m'apprêtais à m'en emparer, il la tira vers lui, comme un enfant.

« Ah désolé, mon père, je vous taquine, dit-il avant de me la tendre une nouvelle fois, pour la retirer à nouveau et éclater d'un rire moqueur.

— Est-ce que quelqu'un peut m'aider ? lançai-je, et pour la première fois, les avocats et l'homme derrière le comptoir se tournèrent dans notre direction. S'il vous plaît, les implorai-je, cet homme m'importune.

— Je fais rien du tout, affirma-t-il en se tournant vers son public, qui de toute manière avait compris qu'il valait mieux ne pas intervenir. Vous voulez la récupérer, mon père ? me demanda-t-il.

— Oui, répondis-je, en évitant son regard pour ne pas le provoquer davantage.

— Vous voulez la récupérer ?

— Oui !

— Tenez, vous pouvez l'avoir. » Et là-dessus, il arma son bras, les doigts bien serrés autour de la bible reliée en cuir que ma mère, la pauvre femme, avait passé une des heures les plus heureuses de sa vie à choisir à la librairie Veritas, et m'asséna un coup violent sur le côté de la tête. Je tombai de mon siège et m'ouvris l'arcade sourcilière droite en m'écroulant lourdement sur le sol, dans une flaque de thé et de chips à moitié piétinées. Il me jeta ensuite la bible tandis que j'entendais le bruit de chaises frottées sur le sol par des gens qui se préparaient non pas à me porter secours, mais à se défendre eux-mêmes. Je levai les yeux, effrayé, seul, et il me cracha dessus, un gros mollard qui tomba à moitié sur ma joue et à moitié dans ma bouche. Je portai la main à mon visage pour m'essuyer avant de cracher le reste et mes doigts se couvrirent du sang provenant de la blessure lors de ma chute sur le coin de la table.

« Salopard de pédophile ! » rugit-il. Ne vivais-je pas avec ce mot chaque jour de la semaine ces temps-ci, d'une manière ou d'une autre ? Les deux mots *pédophile* et *prêtre* n'étaient-ils pas devenus irrémédiablement liés, formant une paire tout à fait impie ?

« Vous, dehors », lança le propriétaire du café à mon assaillant alors que celui-ci se dirigeait déjà vers la sortie. Quelle utilité avait donc sa bravoure ?

« Est-ce que ça va, mon père ? » me demanda une des avocates, une jeune femme, qui s'approcha de moi et m'aida à me relever. Je collai ma main contre mon œil qui me faisait terriblement mal, et elle revint couverte de sang, encore. « Est-ce que c'est en rapport avec le prêtre qui est jugé en ce moment même ?

— Je ne le connais pas ! » criai-je à pleins poumons. Elle s'empressa de reculer, les paumes tendues comme si je m'apprêtais à l'agresser à l'instar de l'homme qui m'avait frappé juste avant. « Je ne sais rien de cette affaire, vous m'entendez ? »

Je ne retournai pas au tribunal, mais je suivis le procès dans l'*Irish Times*. Il y avait beaucoup d'éléments et finalement, il dura presque trois semaines. Au début, l'affaire occupait la une ; progressivement, elle fut reléguée aux pages quatre ou cinq, où on trouvait les récits de violences domestiques. La dernière semaine, le jour où le jury se retira pour réfléchir au verdict, l'affaire revint en première page, quoiqu'en bas de page, avec les spéculations des journalistes sur l'issue. Je lus chaque compte rendu avec attention, bien que ce fût une souffrance. Les choses dont on l'accusait étaient atroces, et je n'arrivais pas à croire que Tom Cardle ait pu les commettre. Pourtant, j'étais certain qu'il les avait toutes commises, voire plus, s'il y a une quelconque logique dans cette affirmation.

Puis un matin, j'allumai la télévision après la messe de 10 heures pour entendre Pat Kenny annoncer que le verdict était tombé. Coupable, bien entendu. Décision unanime. Apparemment, une clameur s'était élevée dans le tribunal lorsque le président du jury l'avait énoncé. Certaines des victimes étaient présentes. Elles avaient toutes témoigné, la cour les avait enfin écoutées, et elles eurent le droit d'assister aux débats, à ce que les gens répondaient. Leurs familles aussi, les parents et les enfants de la fratrie qui avaient souffert aux côtés de l'être cher. Les cris redoublèrent et, d'après un journaliste de l'*Irish Times*, ils rappelaient les acclamations de la foule au Colisée quand l'empereur tournait le poignet, le pouce pointé en direction de l'enfer.

Le journaliste rapporta ensuite que, alors que la juge essayait de rétablir le silence, Tom Cardle s'était plié en deux dans le box et pris la tête à deux mains. Et je vous le demande, est-ce que quelque chose cloche chez moi, car je ressentis de la sympathie pour lui, malgré tout ce qu'il avait fait, malgré sa malveillance, la cruauté de ses actes et le malheur qu'il avait causé dans le monde. Penser à lui, seul, avec une vie gâchée derrière lui et on ne sait quelles horreurs qui l'attendaient en prison, me serrait le cœur, mais je n'aurais pu le confier à personne – on m'aurait regardé avec répugnance, comme si j'étais complice de ses actes, alors que je les abhorrais. Je ne supporte cependant pas qu'on puisse souffrir de solitude, quoi qu'on ait fait.

Si je ne peux voir le bien chez chacun et espérer que la souffrance que nous partageons tous cessera un jour, alors quel genre de prêtre suis-je ? Quel genre d'homme ?

Les foules revinrent le lendemain matin pour l'énoncé de la condamnation, et l'extase des spectateurs céda la place à des huées et à l'incrédulité lorsque la juge annonça que Tom ne purgerait qu'une peine de huit ans pour ses crimes, qu'il suivrait une thérapie pendant son séjour à la prison de Arbor Hill, qu'il serait inscrit sur la liste des délinquants sexuels où il figurerait de manière définitive et qu'il aurait l'obligation d'informer les Gardaí de ses allées et venues chaque semaine jusqu'à sa mort. Huit ans ! L'assemblée écuma de rage.

Les médias en firent leurs choux gras, bien entendu. Les chaînes de radio et télévision avaient leurs meilleurs journalistes devant le palais de justice pour fourrer leur micro sous le nez des victimes, espérant que leurs efforts seraient récompensés par des petites phrases qui agrémenteraient les nouvelles de midi. Et ils parlèrent, pour la plupart, avec éloquence et émotion, et une colère à peine dissimulée. Leur sens de l'injustice éclata au grand jour, et ils évoquèrent avec un mépris empreint de dignité celui qui avait transformé leur vie en ténèbres sans fin, qui continuait à faire de leur existence un enfer. Un homme – un type qui avait l'air très bien, entouré de sa famille et de ses proches, une jolie femme dont le bras était passé autour de ses épaules – pouvait à peine retenir ses larmes tandis qu'il répétait « Huit ans ? », encore et encore. « Huit ans ? » Comme s'il n'arrivait pas à croire ce qu'il avait entendu dans la salle du tribunal. Comme s'il lui était impossible de comprendre qu'il ait pu souffrir autant et que son agresseur soit traité avec tant de clémence.

« Et il sera certainement sorti d'ici quatre ou cinq ans », affirma un autre, en se frayant une place devant, et les gens autour hochèrent la tête. Je me rapprochai de l'écran. Je reconnus l'homme qui m'avait frappé avec ma bible dans le café sur Ormond Quay. « C'est tout ce qu'il prendra, cria-t-il. Pour tout ce que ce salaud m'a fait, à moi et à tous ceux qui sont ici. Quatre putain d'années ! Vous m'entendez, RTÉ ? lança-t-il, ses yeux bleus regardant les spectateurs assis dans leur salon, et il faut le souligner, les chaînes nationales ne censurèrent pas un mot de son discours lorsqu'elles le rediffusèrent inlassablement les jours suivants. Vous m'écoutez, les Irlandais ? Vous tous, là, dehors ? Vous vous rendez compte de ce que nous traversons ? Quatre ou cinq années, voilà la peine qu'il purgera, au final, cet homme qui a détruit nos vies. Et ensuite, il sera libre, il se promènera au milieu de vous et il recommencera, à moins que vous les chassiez, tous. Vous m'entendez ? Virez-les tous ! Rasez les églises ! Dites-leur de faire leurs valises et de filer vers les aéroports et les ferries, on ne veut plus les voir que de dos. Vous écoutez,

RTÉ ? Vous écoutez, les Irlandais ? Nous voulons un pays propre. Virez-les ! Virez-les ! Virez-les ! »

La foule reprit la formule et se mit à la scander dans les rues, les voix partant vers le nord, à travers les arbres, jusqu'à Áras an Uachtaráin, la résidence du Président, vers le sud jusqu'aux familles qui promenaient leur chien dans Marlay Park, vers l'est jusqu'aux ouvriers qui vidaient les containers sur le port de Dublin et vers l'ouest, jusqu'aux îles d'Aran, où les vieux Irlandais au visage buriné conduisant leurs carrioles à cheval pourraient transmettre le message dans les coins les plus reculés du pays et les touristes le remporter à New York, Sydney, au Cap et à Saint-Pétersbourg, révélant au monde que l'Irlande en avait assez, enfin.

C'était le message simple que les journaux publièrent le lendemain matin quand ils montrèrent en une la photo d'un Tom Cardle apparemment désorienté qu'on faisait monter dans un fourgon de police, et un titre au-dessus, efficace dans sa simplicité.

VIREZ-LES !

15.

2012

Mon costume noir était rangé dans mon placard et mon col blanc amidonné posé sur ma table de nuit, prêt pour mon retour. Je ne les avais pas emportés, je n'en aurais pas besoin. Là où je me rendais, et vu qui j'allais retrouver, porter les symboles de ma profession serait une erreur de jugement catastrophique.

Ce matin-là, en attendant au presbytère que le taxi arrive, je me sentais emprunté dans les vêtements civils que j'avais choisis. En jetant un rapide coup d'œil à mon reflet dans le miroir, j'imaginai différents scénarios que des étrangers pourraient échafauder en me voyant : ma femme était décédée l'année précédente et je m'aventurais à prendre des vacances en solo pour la première fois depuis notre mariage trente ans auparavant ; mon éditeur m'envoyait dans un festival littéraire pour interviewer un célèbre écrivain dont les œuvres avaient commencé à être publiées en anglais ; mon entreprise me confiait une mission d'une semaine en Europe pour inspecter notre usine à Munich dont la production avait chuté. Toutes ces situations auraient été possibles dans une vie différente, si j'avais fait d'autres choix.

Je me fourvoyais, bien entendu. Personne ne me porta le moindre intérêt à l'aéroport. Pourquoi d'ailleurs, alors que je ressemblais à tout le monde ?

À cinquante-sept ans, je pouvais compter sur les doigts d'une main le nombre de voyages que j'avais effectués hors d'Irlande. Rome, bien sûr, et la Norvège, pour le mariage de Hannah et Kristian si longtemps auparavant. Les États-Unis, une fois. Et j'étais allé à Paris pour un week-end que ma sœur m'avait offert pour mon quarantième anniversaire, sans penser le moins du monde à la cruauté involontaire qu'il y avait à envoyer un homme condamné au célibat, qui n'avait jamais connu la moindre forme d'intimité, dans la ville de l'amour pendant trois jours et deux nuits. Et que mon anniversaire tombe à la fin de la deuxième semaine de février n'avait fait qu'empirer les choses.

Je n'étais jamais allé en Afrique, en Asie ni en Australie. Je n'avais jamais vu de mes yeux l'opéra de Sydney ni le palais d'hiver des tsars russes. J'avais fait ma vie en Irlande, et une partie de moi se demandait si cela n'avait pas été une erreur terrible; mais la liste des erreurs que j'avais commises était tellement longue que je ne pouvais supporter l'idée qu'elle s'allonge encore.

Je me retrouvai une fois de plus à l'aéroport de Dublin. Je me rappelais mon départ pour Rome en 1978, mon billet serré dans ma main, ma mère et ma sœur me disant au revoir, la fierté sur le visage de ma mère, la lassitude sur celui de ma sœur, alors que j'allais sans la moindre difficulté du comptoir à l'avion. Maintenant, c'était comme d'arriver en Chine. Pléthore de contrôles de sécurité, exigeant que j'enlève la moitié de mes habits pour être passé dans une machine à rayons X avant d'être palpé par un homme obèse à la peau vilaine qui mastiquait bruyamment un chewing-gum. La menace terroriste, répétait tout le monde. On ne pouvait se fier à personne.

J'étais suffisamment novice pour savourer la sensation du décollage, prenant le temps de regarder par le hublot le tronçon de la M50 en bas, la manière dont la ville s'ouvrait vers l'eau et les courbes des falaises autour de Vico

Road, où habitaient les grosses légumes. La femme à côté de moi lisait un roman de la fille de Bertie et ne se serait laissé distraire pour rien au monde. Son voisin regardait un film sur un de ces lecteurs portables et pouffait toutes les cinq minutes. J'avais gardé le nouveau roman de Jonas pour le voyage, mais dans ma hâte de quitter la maison ce matin-là, je l'avais oublié ; je le voyais très bien, posé sur la table à côté de la porte. Pour me consoler, j'avais acheté l'*Irish Times* à l'aéroport et évidemment, il rapportait en détail l'interview radio de RTÉ avec l'archevêque Cordington, celui qui m'avait muté dans la paroisse de Tom Cardle six ans auparavant et qui avait été élevé entre-temps au rang de cardinal, une faveur du pape allemand, car il était bien connu que ces deux-là étaient copains comme cochons depuis des années.

L'interview avait été accordée la veille en réponse à une enquête de la presse qui suggérait que le cardinal Cordington était parfaitement au courant des crimes qui se passaient dans l'Église depuis des décennies, qu'il les avait facilités d'une manière qui le rendait aussi coupable que les prêtres qui avaient commis ces actes. Auparavant, suivant sans aucun doute les ordres venus de Rome, il avait refusé de se pencher sur le problème, mais les choses étaient allées trop loin. Le rapport Murphy avait été très critique à son égard et de plus en plus d'actions au civil étaient menées contre l'Église par des victimes d'agressions. On en était arrivé à un point où il ne lui restait plus d'autre choix que de s'exprimer sur cette affaire, et il avait accepté de donner une interview radio à Liam Scott. Je l'avais écoutée avec attention.

En vrai professionnel, Scott commença par quelques questions faciles. Il demanda au cardinal de parler de lui, de sa vie, de ce qui l'avait amené à la prêtrise.

« Une vocation, répondit-il d'une voix douce et suave. Je le compris pour la première fois alors que je n'étais qu'un enfant. Il n'y avait pas de prêtres dans notre famille.

En toute honnêteté, mes parents n'étaient pas particulièrement religieux, mais pour une raison quelconque, je ressentis une vocation et, en grandissant, j'en parlai à un prêtre de notre paroisse, un homme très gentil, et il me fit bénéficier de ses conseils.

— Comment avez-vous pris la découverte de cette vocation ?

— Elle m'a fait peur, dit le cardinal. Je craignais de ne pas être capable de faire les sacrifices inhérents ni d'avoir les ressources mentales pour supporter la vie qu'elle impliquait.

— Aviez-vous des doutes sur vos inévitables renoncements ? demanda Scott.

— Oui, forcément.

— Mais vous avez quand même poursuivi dans cette voie ?

— Avez-vous jamais senti, Liam, que le chemin que vous suiviez était dessiné pour vous depuis toujours ? Que vous n'aviez pas de contrôle en la matière ? C'est ce que j'ai éprouvé. J'ai eu le sentiment d'avoir été choisi. Par Dieu. Et lorsque je suis entré au séminaire, à peine la porte franchie, j'ai su instinctivement que j'étais chez moi. »

En entendant l'interview, cet élément, au moins, m'avait parlé. J'avais ressenti quelque chose de similaire lorsque j'étais arrivé à Clonliffe College : cet endroit m'attendait depuis ma naissance.

Quelques platitudes supplémentaires furent échangées, le cardinal fut mis à son aise, puis l'entretien se durcit. Scott commença par les statistiques. Le nombre d'affaires d'agressions sexuelles sur mineurs qui avaient été instruites par la justice pendant les dernières années. Un nombre impressionnant. Le nombre de prêtres en prison. Le nombre d'entre eux qui avaient été jugés innocents par manque de preuves, mais qui continuaient à avoir au-dessus de la tête de gros points d'interrogation. Le nombre de victimes. Le nombre de suicides. Le nombre de groupes de soutien. Des chiffres, plein de chiffres, et l'homme de RTÉ les avait tous sous la main. Il les égrenait avec une précision clinique, sans rien de menaçant dans la voix, heureux de pouvoir se tenir en retrait et de laisser les statistiques parler d'elles-mêmes. Quand il parvint au bout, alors que le cardinal n'avait pas dit un mot depuis le début de l'énumération, il marqua une pause avant de demander : « Cardinal Cordington ? Comment réagissez-vous à tout ceci ? »

C'était absolument terrible, répondit le cardinal, d'une voix résonnant d'un remords bien travaillé. Véritablement terrible. On entendit parler de panier et de pommes pourries, de leçons apprises, d'erreurs du passé corrigées. Il fallait aller de l'avant, sans regarder en arrière, les bêtises habituelles. Et soudain, commettant une grossière erreur de jugement, il mentionna que pour chaque prêtre dont le nom apparaissait dans le journal, il y en avait une centaine qui demeurait anonymes.

« C'est comme un accident d'avion, dit-il en utilisant une analogie absurde. Chaque fois qu'un avion s'écrase, tout le monde en entend parler. C'est aux informations, à la télévision. Parce que des dizaines de milliers d'avions décollent tous les jours dans le monde et atterrissent sans anicroche, mais un accident est tellement rare, tellement pas dans l'ordre des choses que chacun d'eux vaut la peine d'être rapporté. Et il en est de même avec ces prêtres qui ont été accusés : ils sont si peu nombreux en comparaison de la vaste majorité des prêtres corrects, honnêtes, que nous entendons parler de toutes les vilaines histoires. »

Scott s'empressa de rebondir, suggérant que ce commentaire était tout à fait extraordinaire, car en général, personne à bord de l'avion – que ce soit le capitaine ou les passagers – n'était responsable de ce qui arrivait ; c'était généralement un problème de moteur. Les prêtres, fit-il remarquer, savaient exactement ce qu'ils faisaient. Ils avaient pris des décisions, ils avaient agi en connaissance de cause, sans considérer les conséquences sur la vie des enfants placés sous leur responsabilité. Ils étaient auteurs de leurs propres malheurs et la cause de souffrances indicibles pour d'autres gens. Ils étaient des criminels ; les pilotes d'avions qui se crashaient, non.

« Et une dernière chose, lança Scott avant d'asséner le coup de grâce. Même si nous entendons parler de tous les accidents d'avion, ce n'est pas comme s'il y avait des centaines d'autres accidents d'avion dans le monde chaque jour dont on n'était pas informés ou qu'on ignorait délibérément par manque de preuves. »

Le cardinal répondit en bégayant, peut-être se rendait-il compte qu'il s'était fourvoyé. Il hésita et Scott le rappela à l'ordre, lui demandant de respecter l'intelligence des auditeurs et de donner une réponse honnête. J'entendis une profonde inspiration dans le micro ; cela faisait longtemps qu'on ne lui avait pas parlé comme ça. Je me surpris à soutenir Scott, à l'encourager à insister, à ne pas laisser une minute de répit au cardinal. Que la vérité soit faite, pensai-je. Que toute la vérité soit faite.

« Peut-être pouvons-nous aborder quelques cas particuliers », reprit Scott. Il commença par l'affaire du père Steven Sherrif. Il avait pris dix ans pour agressions sexuelles dans une école, des faits qui remontaient au milieu des années 1960. Dix-sept garçons s'étaient manifestés et avaient raconté leur histoire. Quatre d'entre eux, dont les parents vivaient encore, clamèrent qu'ils avaient parlé au principal de leur établissement de ce qui se passait et qu'ils avaient été menacés d'être mis à la porte.

« Cela aura été rapporté à mon prédécesseur, assura le cardinal Cordington. Qui est décédé aujourd'hui, que Dieu ait son âme. Je ne peux pas être tenu pour responsable de ce qu'il a fait ou omis de faire.

— Mais vous étiez évêque coadjuteur dans ce diocèse à cette époque-là, n'est-ce pas ? demanda Scott.

— Oui.

— Alors, a priori, avant que l'information parvienne au cardinal, elle passait par vous ?

— Et je l'ai transmise aux autorités.

— Vous l'avez donc transmise aux Gardaí ? » demanda Scott.

Il y eut une courte pause. Nous savions tous que ce n'était pas le sens du mot autorité. « Je l'ai transmise aux autorités de l'Église, précisa-t-il à mi-voix.

— Mais pas aux Gardaí ?

— Non.

— Pourquoi pas ?

— Ce n'était pas mon rôle.

— Attendez, reprit Scott. Vous êtes au courant d'un crime et vous estimez que ce n'est pas votre rôle d'en référer aux autorités ? Si vous regardiez du côté de la régie, là, tout de suite, et que vous voyiez un de mes collègues en train de voler de l'argent dans le sac d'un autre, vous ne diriez rien ?

— Je vous le dirais à vous, et je vous laisserais vous en occuper.

— Et si je vous répondais que ça n'a pas d'importance ?

— Je supposerais que vous comprenez ce qui se passe mieux que moi.

— Pourquoi ces garçons auraient-ils été menacés d'expulsion alors qu'ils n'avaient rien fait de mal ? demanda Scott.

— Vous devez replacer les choses dans leur contexte, déclara Cordington calmement. L'affaire dont vous parlez remonte à des dizaines d'années…

— Les agressions ont continué jusqu'aux années 1990, contra Scott.

— Oui, eh bien, je ne connais pas les détails chronologiques. Mais vous devez vous rappeler qu'il s'agissait d'un cas isolé. Et je n'avais aucune raison de croire que ces garçons disaient la vérité.

— Ou des raisons de croire qu'ils mentaient ?

— Les garçons..., commença-t-il. Les garçons peuvent être très... » Il prit la sage décision de ne pas poursuivre sur son idée.

« Cardinal Cordington, le rapport Murphy montre que vous avez été directement impliqué dans onze affaires différentes dans lesquelles des accusations ont été portées, n'est-ce pas exact ?

— Je n'ai pas lu le rapport dans son intégralité, Liam, mais si vous le dites, je suis certain que c'est vrai.

— Vous ne l'avez pas lu ?

— Non. »

Il y eut une courte pause. Le présentateur avait l'air estomaqué. « Est-ce que je peux vous demander pourquoi ?

— Il est très long.

— Vous n'êtes pas sérieux.

— Je suis très occupé, Liam. Vous devez le comprendre. Quelqu'un dans ma position a beaucoup d'obligations. J'ai lu beaucoup de passages importants et j'y ai longuement réfléchi.

— Vous dites qu'il s'agissait d'un cas isolé, mais ce n'est pas vrai, on est d'accord ?

— Non. Le prêtre en question n'avait jamais été accusé de rien auparavant. »

Un silence s'installa, tandis que Scott et les auditeurs essayaient de trouver un sens à sa logique.

« Et c'est cela qui en fait un cas isolé ? demanda le journaliste, abasourdi.

— Écoutez, ce n'était pas bien. Évidemment que ce n'était pas bien. Nous nous en rendons tous compte aujourd'hui. Et j'éprouve de grands regrets pour ce qui s'est passé. De grands regrets. »

Cet idiot aurait dû s'arrêter là, car au moins, il y avait dans sa réponse quelque chose qui ressemblait à des excuses, mais il avait joué à ce jeu trop longtemps pour accepter de concéder quoi que ce soit, et il poursuivit en faisant remarquer que l'époque était différente.

« Qu'est-ce que cela signifie ? demanda Scott. Êtes-vous en train de dire que ce n'était pas grave de laisser des enfants subir des agressions sexuelles dans les années 1950 ? Ou 1960 ? Ou 1970 ?

— Bien sûr que non, je ne dis pas cela. Mais nous ignorions, à cette époque-là, ce dont nous sommes informés aujourd'hui, insista le cardinal, et je le sentais suer à grosses gouttes devant son micro. Ces hommes ne savaient pas comment réagir lorsque de tels actes étaient portés à leur connaissance.

— Alors, seriez-vous prêt à condamner votre prédécesseur, le précédent primat d'Irlande, pour son absence de réaction ? demanda Scott. Seriez-vous prêt à dire tout haut, ici, maintenant, qu'il avait tort ?

— Oui, il avait tort, répondit-il après une très courte pause. Et oui, je serais prêt à le critiquer pour cela. Le condamner, cependant, est un terme très dur. La condamnation ne fait pas partie des pratiques de ma profession, au contraire de la vôtre. »

Une pause publicitaire suivit. Quelque chose sur les assurances habitations. Et un endroit où on pouvait faire réparer son parebrise s'il était fissuré par un caillou.

« Nous allons passer à une autre affaire, si vous le voulez bien, amorça Scott lorsque l'émission reprit, tout en faisant remarquer qu'il y avait beaucoup d'auditeurs qui essayaient de les joindre au téléphone, mais qu'ils allaient continuer l'entretien avant de laisser le public s'exprimer. Le cas de Tom Cardle. »

À ce moment-là, le cardinal commit une nouvelle erreur. « Du *père* Tom Cardle », insista-t-il.

Pourquoi tu ne réfléchis pas avant de parler ? me demandai-je. Et comment as-tu atteint un rang aussi élevé alors qu'on dirait que tu n'as pas une once de sagesse dans la tête ?

« On a prétendu, poursuivit Scott, et vous le savez, car cela a été relayé dans tous les médias, que vous étiez au courant des agressions de jeunes garçons par Cardle depuis 1980. Que vous avez reçu une plainte de la part d'un parent dans sa deuxième paroisse à Galway, alors que vous étiez évêque là-bas, et que, de connivence avec l'archidiocèse d'Ardagh et Clonmacnoise, vous l'avez fait muter à Belturbet plutôt que d'enquêter plus avant. Avez-vous quelque chose à dire à ce sujet ?

— D'abord, je venais d'être nommé évêque à l'époque, se défendit le cardinal. Et les pressions professionnelles étaient immenses. Je n'avais pas la moindre preuve que le père Cardle était effectivement coupable d'un acte de ce genre. Dans mon esprit, c'était un jeune prêtre zélé qui faisait du bon travail à Galway. Les paroissiens l'adoraient, au point que lorsqu'une disponibilité apparut à Cavan et qu'il fallu trouver quelqu'un rapidement, je le recommandai simplement sur la base de tous les échos positifs que j'avais entendus sur lui. La coïncidence dans le temps était fortuite.

— Mais n'était-il pas arrivé à Galway après avoir passé seulement un an à Leitrim ?

— C'est possible. Je ne me souviens pas.

— Je peux vous l'affirmer.

— Eh bien, je vous crois.

— Une année, c'est très court pour un prêtre sur son premier poste dans une paroisse, non ?

— Effectivement, oui.

— Alors, pourquoi a-t-il été muté de Leitrim ?

— Je suis incapable de vous le dire, répondit le cardinal. Cela n'avait rien à voir avec moi.

— On suggère qu'une plainte a été formulée contre lui à Galway, poursuivit Scott, et que c'est la raison pour laquelle il a été déplacé à Belturbet.

— C'est aberrant.

— Alors, personne n'est jamais venu vous voir pour accuser Cardle pendant le temps où vous étiez tous les deux à Galway ?

— Je ne me rappelle pas, Liam. Cela fait si longtemps et j'avais tant de prêtres sous ma responsabilité. Je ne me souviens pas, je vous assure.

— Le fait est que sur une période de vingt-cinq ans, Cardle est passé dans onze paroisses différentes. Et le rapport Murphy établit clairement qu'au moins un garçon dans chacune de ces paroisses s'est plaint de lui. Dans certaines, plusieurs, même si pour finir leurs affaires ne sont pas allées jusqu'au tribunal. Des parents ont révélé avoir été menacés s'ils poursuivaient leurs accusations. On leur a dit qu'on les empêcherait de recevoir la sainte communion, que leurs enfants ne seraient pas admis à l'école catholique et qu'ils auraient à affronter de sérieuses difficultés dans leur communauté. Leurs entreprises allaient couler parce que personne ne resterait client d'un magasin que les prêtres critiqueraient.

— J'ignore tout de cela », dit le cardinal d'un air bourru. Scott ne se laissa pas démonter. Il enchaîna d'une voix égale, sans émotion :

« Vous savez ce que ça me rappelle ? La mafia. L'intimidation, le chantage, l'extorsion. Lire ce que l'Église est allée jusqu'à faire, c'est comme regarder une saison des *Soprano*, vous vous en rendez compte ? Un Martien qui descendrait sur terre pour étudier le rapport Murphy penserait que vos amis et vous feriez tout pour protéger les intérêts de l'Église. Et peu importe qui souffre, au passage.

— Je trouve l'argument ridicule, Liam, rétorqua le cardinal. Et sauf votre respect, vous banalisez quelque chose qui est terriblement grave.

— Mais ce sont vos représentants qui ont formulé ces menaces, insista Scott. Alors, soit ils agissaient sous vos ordres, et les ordres de l'Église, auquel cas vous êtes entièrement coupable et membre d'une conspiration criminelle, soit ils agissaient sans votre approbation, auquel cas vous êtes simplement négligent et vous n'avez pas votre place à un poste de responsabilité. Est-ce que ce bilan vous paraît juste ? »

Et une fois de plus, le cardinal décida de creuser encore sa propre tombe. « Liam, si je recherchais une discussion juste, pensez-vous que je serais à l'antenne de RTÉ ? Vous n'êtes pas exactement impartial, n'est-ce pas ? »

Avec la rapidité de l'éclair, Scott lui sauta dessus. C'était un homme qui s'était fait les dents sur Charlie et Garret, et il les avait affûtées vingt ans plus tard sur Bertie et Gerry Adams. Il savait comment réagir. Il aurait dû être avocat – l'Église l'aurait engagé les yeux fermés. « Seriez-vous en train de dire que ces affirmations ont été fabriquées par RTÉ ? demanda-t-il. Par l'*Irish Times* ? Par l'*Irish Independent* ? *TV3* ? *Today FM* ? *Newstalk* ? L'ensemble des médias irlandais ? Seriez-vous en train de dire que nous sommes responsables ?

— Non, Liam, non, fit le cardinal, troublé maintenant. Vous ne m'avez pas compris.

— Est-ce que vous et vos collègues évêques avez déplacé Tom Cardle de paroisse en paroisse parce que vous saviez qu'il agressait sexuellement des garçons ?

— Liam, si nous avions su qu'il commettait de tels actes, n'aurions-nous pas eu raison de le muter ? Aurions-nous dû le laisser là où il se trouvait ? »

Je secouai la tête. Coupe ton micro, bon sang.

« Vous auriez eu raison de faire appel aux Gardaí, voilà ce que vous auriez eu raison de faire, rétorqua Scott en élevant la voix pour la première fois.

— Bien entendu, bien entendu. Et nous l'avons fait. En temps et heure.

— C'est faux, lança Scott. Ce sont les Gardaí qui sont venus vous voir.

— Finasseries.

— Ne percevez-vous pas la colère qui gronde ? demanda Scott, et pour la première fois, je remarquai qu'il n'avait fini aucune de ses phrases, durant cette interview, par « Excellence ».

— Si, reprit le cardinal après une pause. Je la perçois. Je ne suis pas idiot.

— Et comprenez-vous pourquoi une grande partie de cette colère est dirigée contre vous ?

— Il est difficile pour moi de le comprendre, répondit-il calmement, et enfin, la sincérité transparaissait dans sa voix. J'y ai bien réfléchi, Liam. J'y ai vraiment réfléchi. Je ne suis pas une espèce de monstre, même si vos amis dans les médias veulent me faire passer pour tel. Mais je ne sais pas. Je ne parviens pas à saisir pourquoi un homme, encore moins un prêtre, est susceptible de faire des choses pareilles. Et j'ignore quand le monde a autant changé. Rien de comparable ne m'est arrivé quand j'étais enfant. Ni à personne de ma connaissance. Les prêtres que j'ai connus quand j'étais jeune étaient des hommes très bien. » Il laissa échapper un soupir et je ressentis une certaine sympathie tant il avait l'air perdu. « Parfois, Liam, j'ai l'impression que je me suis endormi dans un pays et que je me suis réveillé dans un autre.

— Les gens pensent que vous saviez ce qui se passait et que vous avez dissimulé les faits.

— Ils auraient tort de penser cela.

— Si vous aviez été au courant pour Tom Cardle, par exemple, poursuivit Scott, changeant d'angle d'attaque, si vous l'aviez alors déplacé dans d'autres paroisses, conviendriez-vous que vous seriez complice de ses crimes ? »

Le cardinal réfléchit. « Je ne peux pas répondre.

— Pourquoi ?

— Parce que cette question exige des définitions légales que je ne maîtrise pas, faute d'avoir les qualifications nécessaires.

— Quand vous mutez un prêtre, demanda Scott, faites-vous toute la paperasserie administrative vous-même ou la mutation est-elle approuvée plus haut dans la hiérarchie ?

— En réalité, c'est moi qui décide. Mais en tant qu'évêque, j'envoyais les documents au primat d'Irlande pour signature, comme les évêques m'envoient aujourd'hui leurs demandes. C'est plus une question de bureaucratie. Il approuvait sans discuter toutes les mutations que proposaient les archidiocèses. Il n'y avait aucune raison de ne pas le faire.

— Et ensuite, ces nominations allaient à Rome ?

— Oui, bien sûr. »

Scott prit une inspiration. « Alors, de tous ces prêtres qui étaient déplacés d'une paroisse à une autre, de tous ces crimes qui n'étaient pas portés à la connaissance des Gardaí, le pape était au courant ? Il était complice ?

— Allons, Liam, fit le cardinal. Montrez un peu de respect. Le pape est mort et il ne peut pas se défendre.

— Était-il au courant ? Est-ce que les crimes lui étaient rapportés ?

— Qui peut le dire ?

— Approuvait-il les mutations ?

— Je ne sais pas.

— Savait-il ce qui se passait ?

— Je l'ignore.

— S'il savait, ne serait-il pas juste de dire qu'il est épouvantablement coupable ? Qu'il était le cerveau de l'opération, si l'on peut dire. Qu'il était, en réalité, le grand coordonnateur ? Le pire de tous ? »

Le cardinal prit une profonde inspiration. Moi aussi. Cette remarque était incroyable. Je n'aurais jamais cru l'entendre sur les ondes nationales en Irlande. Pas parce que je trouvais qu'elle ne correspondait pas à la vérité. Mais parce que je pensais que personne chez RTÉ n'aurait le cran de l'énoncer.

Après cela, il n'y avait plus rien à ajouter et on laissa la parole au standard téléphonique. La demi-heure qui suivit se déroula comme il était prévisible. Un auditeur ou une auditrice disait à quel point il ou elle était dégoûté par l'Église, par le complot du silence dont ils étaient complices, par les criminels pervers que nous étions tous ; un autre condamnait les médias, soutenant que les stations de radio et les journaux en avaient après l'Église, voulaient la détruire, parce que les médias étaient pleins de haine et de quel droit il se permettait de dire des choses pareilles à un homme de Dieu respectable comme le cardinal Cordington. Une victime se présenta et défia le cardinal, par un discours calme et rationnel, affirmant que quinze ans plus tôt il s'était trouvé dans une pièce avec lui, son père avait supplié celui qui était alors évêque d'enquêter sur ce que son fils lui avait raconté, et ils avaient été ignorés. Le cardinal prétendit qu'il n'avait aucun souvenir de cet entretien, mais que ce comportement ne lui ressemblait pas du tout.

Tandis que la fin de l'heure approchait et qu'on annonçait le bulletin d'informations à suivre, Scott remercia le cardinal d'être venu. Il répondit qu'il était toujours heureux de parler aux gens, sa voix empreinte de soulagement, maintenant que son épreuve – la seule qu'il aurait jamais à traverser – touchait à sa fin, mais Scott trouva le temps de poser une dernière question.

« Ressentez-vous de la honte ? demanda-t-il. Ressentez-vous ne serait-ce qu'un peu de honte quand vous vous rendez compte de la responsabilité de votre Église ? Dans ce lourd héritage de crimes, dans les dissimulations, dans les comportements criminels, les vies que vous avez détruites et les vies auxquelles vous avez mis fin ? Éprouvez-vous de la honte ?

— Je ressens la force de l'Esprit saint, voilà ce que je ressens, répondit le cardinal. Et la certitude que les voies du Seigneur sont impénétrables. »

Bonne nuit, me dis-je, avant d'éteindre la radio et de retourner à mes tâches. On ne s'en remettra jamais.

Mon avion atterrit à l'aéroport Oslo-Gardermoen, à quarante-cinq kilomètres d'Oslo, en début d'après-midi. Depuis mon hublot, j'avais contemplé les fjords et regardé un hors-bord fendre l'eau, dessinant une flèche d'écume dans son sillage en se dirigeant vers la ville. Je récupérai ma valise et cherchai un panneau m'indiquant la gare ferroviaire. Trois décennies plus tôt, lorsque j'étais venu en Norvège, je me souvenais avoir trouvé toute une délégation de Ramsfjeld qui m'attendait à l'aéroport pour m'emmener dans une voiture qui donnait l'impression d'avoir été mise en service au temps des premières automobiles, et de l'ambiance festive qui avait régné pendant les deux heures de route vers le nord, jusqu'à Lillehammer. Kristian était là avec son oncle et deux de ses cousins, Einar et Svein.

J'étais encore jeune à l'époque, et j'avais souvent regardé Svein à la dérobée pendant le trajet, essayant de déchiffrer quelque chose sur son visage, une connaissance du monde qui me manquait. Je l'avais envié, un peu.

L'oncle de Kristian, Olaf, avait apporté deux bouteilles de vodka Vikingfjord pour le voyage. À notre arrivée à Lillehammer, elles étaient vides et aucun d'entre nous ne se maîtrisait parfaitement. Hannah, qui avait passé la semaine précédant le mariage dans la famille de son fiancé, n'eut besoin que d'un regard vers la bande de gars qui se déversa de la voiture en gloussant comme des idiots, et nous sermonna longuement sur l'accident qui aurait pu tous nous tuer. Mais nous étions bien là, et en grande forme.

Ce jour-là, bien entendu, je voyageais seul et je trouvai une place tranquille dans le train, heureux de pouvoir me détendre en regardant défiler le paysage, savourant un certain calme dont je savais qu'il diminuerait à mesure que je me rapprocherais de ma destination.

J'étais hypnotisé par la mer que je vis à gauche tout le long du voyage et, en face, les collines couvertes d'épaisses forêts ponctuées de petits villages nichés dans leur écrin de sérénité. Des cubes de foin entourés de plastique blanc étaient empilés comme des blocs de crème glacée qu'on aurait laissés fondre sous le soleil de l'après-midi. Il n'était pas surprenant que Kristian ait toujours eu envie de revenir ici.

À mi-chemin, à Tangen, les portes s'ouvrirent et les quelques autres occupants de mon wagon descendirent. Une femme d'une trentaine d'années monta avec son fils, un enfant blond qui sortait tout droit d'une publicité du ministère du Tourisme norvégien. Elle s'assit environ six rangs plus loin que moi, tandis que le garçon, qui ne devait pas avoir plus de sept ans, s'installait d'abord à côté d'elle, puis en face, avant de remonter pour venir s'asseoir à côté de moi. La femme n'y prêta pas attention – nous n'étions pas en Irlande, les gens n'étaient pas aussi peureux –, elle écoutait de la musique sur son iPod tout en feuilletant un journal.

« *Hei*, dit le petit garçon en me souriant.

— *Hei* », répondis-je avant de me lever aussitôt pour me diriger vers les portes, près de sa mère, et de poursuivre mon chemin jusqu'au tout dernier wagon du train. Je trouvai un autre siège près de la fenêtre et pris place.

C'est ainsi que je me comporte, désormais. Je ne m'expose pas au moindre risque.

J'arrivai en gare de Lillehammer à 16 h 30 et déposai mes bagages à la consigne ; puis je dépliai ma carte et relus les indications que j'avais notées plus tôt dans la semaine.

Mon projet était-il raisonnable ? me demandai-je. Ou était-ce encore une erreur ?

Le trajet était assez long, une bonne demi-heure, mais je voulais mettre de l'ordre dans mes idées. Je me dirigeai vers les maisons au-dessus du Maihaugen Museum, où Einar et Svein m'avaient amené il y avait si longtemps pour me montrer l'histoire et la culture de la Norvège rassemblées en extérieur : des granges avec leur aire de battage, des églises médiévales en bois et des jeunes gens habillés en costumes du XIXe siècle. Je suivis une route sinueuse longeant des jardins bien entretenus, des bosquets d'arbres séparant les terrains entre voisins, jusqu'à ce qu'enfin, je prenne un dernier virage à gauche. Un petit épagneul King Charles fourrageait dans l'herbe à côté d'un portail et, lorsqu'il se tourna vers moi, je fus certain d'avoir trouvé la maison.

Je suivis l'allée, le chien trottinant joyeusement sur mes talons, la tête levée vers moi. Je jetai un coup d'œil à la voiture garée devant la porte. Sur le siège arrière était fixé un siège-auto pour bébé et j'eus un pincement au cœur.

Je sonnai et entendis un deuxième chien aboyer à l'intérieur, puis une voix, une voix féminine, lui parlant dans une langue que je ne comprenais pas. La porte s'ouvrit. Son visage changea imperceptiblement quand elle se rendit compte qu'elle ne me reconnaissait pas, peut-être étais-je un vendeur quelconque, ou un Témoin de Jehovah, ou quelqu'un qui lui demanderait de voter pour lui lors d'une élection locale.

« *Hei ?* » fit-elle, tandis que le premier chien se glissait entre ses jambes pour disparaître dans le couloir, avant de revenir presque immédiatement avec un lapin en plastique dans la bouche qu'il me montra fièrement. Le deuxième chien, un autre King Charles, arriva dans l'entrée en bâillant.

« Bonjour », dis-je.

Elle passa aussitôt à l'anglais. « En quoi puis-je vous aider ?

— Est-ce que je suis bien chez Aidan Ramsfjeld ?

— Oui.

— Je me demandais si je pouvais lui parler.

— Il n'est pas encore rentré. Il ne devrait pas tarder. Et vous êtes… ?

— Odran, lui dis-je. Odran Yates. Son oncle. »

Son sourire perdit de sa chaleur et elle resta bouche bée quelques instants. « Oh… D'accord. Savait-il que vous veniez ? Il ne m'a rien dit.

— Non. En fait, je ne le savais pas moi-même jusqu'à il y a peu. J'espérais qu'il ne serait pas parti en vacances.

— En vacances ? demanda-t-elle en riant un peu. Il est rare que nous ayons cette chance. » Elle recula d'un pas et j'entrai, remarquant sur un guéridon une sacoche de médecin qui ne pouvait appartenir qu'à elle.

« Je suis désolée », reprit-elle au bout d'un moment alors que nous échangions un long regard. Elle me tendit la main. « J'aurais dû me présenter. Je suis Marthe, la femme d'Aidan.

— Odran.

— Oui, vous me l'avez dit. Voulez-vous entrer ? »

Je la suivis dans le couloir jusqu'à un grand salon, soigneusement décoré, avec un assez bon tableau représentant une rivière. Cet endroit m'était familier, mais je ne parvins pas à le localiser. Avais-je vu ce paysage pendant mon voyage en train ?

« Vous l'aimez ? me demanda-t-elle en voyant où s'était posé mon regard. C'est le Ponte Sisto à Rome. Nous sommes allés là-bas pour notre lune de miel. Je l'ai acheté pour me rappeler ce voyage.

— Oui, bien sûr », dis-je, alors que les souvenirs revenaient en masse. Je m'en détournai pour jeter un coup d'œil au reste de la pièce et surpris, rivé sur moi, le regard de deux petits enfants, un garçon d'environ quatre ans, et une petite fille de deux ans.

« Les enfants, voici Odran, dit Marthe. Le… » Elle hésita. « Voici Odran, répéta-t-elle. Et je vous présente Morten et Astrid.

— Bonjour.

— *Hei* », firent-ils à l'unisson, et je leur souris ; ils étaient bien jolis. « Qu'est-ce que vous regardez ? »

Le garçon, Morten, émit un long chapelet de mots norvégiens qu'il ponctuait de mouvements des mains, et lorsqu'il eut terminé, il hocha la tête, pensif, puis reporta son attention vers le téléviseur.

« Ah, magnifique ! » m'exclamai-je. Je me tournai vers Marthe et haussai les épaules. « Je suis désolé d'arriver comme ça, à l'improviste.

— Ce n'est pas grave. Et si nous buvions une tasse de thé ? » Je la suivis dans la cuisine, qui était immaculée malgré le fait que, visiblement, elle était au milieu de la préparation du dîner. « Est-ce que tout va bien ? demanda-t-elle au bout d'un moment. La santé de Hannah ne s'est pas brusquement dégradée, par hasard ?

— Non, non, ce n'est pas ça.

— Et Jonas ?

— Il va bien, à ma connaissance. Il est à Hong Kong, je crois.

— Il a bien de la chance. Asseyez-vous, voulez-vous ? »

Je m'assis et quelques minutes plus tard elle posa une tasse de thé devant moi. Je bus une gorgée, sans trop savoir quoi dire.

« Eh bien », fit-elle en s'installant en face de moi.

Je l'observai, un peu incertain quant aux raisons qui m'avaient mené ici, dans cette jolie maison, au milieu de cette famille avec deux enfants aimés et deux chiens adorables. Pourquoi apportais-je tout ce malheur ?

« Peut-être que je devrais m'en aller. Je ne veux pas vous déranger.

— Vous ne me dérangez pas, répondit-elle. Pas le moins du monde.

— Il fallait que je vienne, voyez-vous. » Sentant le poids de toutes ces années peser de plus en plus, j'ajoutai : « Il faut que je lui parle. Que j'explique.

— Que vous expliquiez quoi ? »

Je secouai la tête. Si je ne parvenais pas à trouver les mots pour elle, comment les trouverais-je pour lui ?

Son visage changea et son sourire disparut. « Oh... », fit-elle et, à ce moment-là, j'entendis une clé tourner dans la serrure et je bondis, pris de panique, comme s'il était possible que je sois confronté à un moment auquel je risquais de ne pas survivre. Marthe se tourna, regarda en direction du couloir et chuchota son nom tandis qu'il se rapprochait de nous.

« Quelle journée ! Einar était en retard sur les factures et quand il les a enfin terminées, il est parti et là... »

Il se tut lorsqu'il me vit, une expression de surprise sur le visage, et en un instant, je sentis le fardeau de vingt ans de mensonges et de tromperie, de traumatisme et de cruauté, et reconnus ma responsabilité – n'avais-je pas laissé cet homme seul avec mon neveu, lui donnant la possibilité de faire ce qu'il voulait de lui ?

À mesure que la souffrance grandissait en moi, les larmes montaient, et je m'écroulai sur ma chaise, pleurant comme je n'avais jamais pleuré de ma vie. « Je suis désolé, dis-je, les mots étranglés par l'émotion, sans même un bonjour ou une poignée de main. Je suis désolé... Je ne savais pas... Me pardonneras-tu, Aidan, je te jure que je ne savais pas... » Et le reste fut inaudible, car en plus des larmes, coulaient la bave et la morve. Je m'effondrai sur la table dans un état pitoyable alors que Marthe contemplait la scène, ébahie, une main plaquée sur la bouche, et Aidan, cet homme d'une bonté infinie, meilleur que tous les hommes de la terre, posa son sac et s'approcha de moi, passa son bras autour de mes épaules, me serra contre lui et dit : « Arrête de pleurer, oncle Odie. Arrête, sinon, tu vas me faire pleurer aussi et je risque de ne jamais m'arrêter. »

Nous nous retrouvâmes deux soirs plus tard dans un bar à Oslo. J'étais resté peu de temps chez Aidan et Marthe. Après l'émotion de la première demi-heure, une atmosphère tendue s'installa entre nous et Aidan devint très silencieux, les yeux rivés sur le sol tandis que Marthe me faisait la conversation, et je finis par suggérer que je devrais m'en aller.

« Je t'ai pris au dépourvu, dis-je. J'aurais dû t'informer que je venais. Mais peut-être que je pourrai te voir dans quelques jours, quand tu auras eu le temps de penser un peu à tout ça ? »

Alors qu'il réfléchissait, je regardai son visage buriné par le travail à l'extérieur. Il avait une barbe de trois jours qui donnait l'impression de ne jamais être plus longue ni plus courte. Je voyais Kristian dans ses yeux, Hannah dans la manière dont il se tournait pour m'observer quand il croyait que je ne m'en rendais pas compte. Il n'y avait plus rien du petit pitre chez lui ; il était devenu un homme.

« Combien de temps restes-tu en Norvège ? demanda-t-il enfin.

— Aussi longtemps qu'il le faudra. J'ai un hôtel réservé à Oslo pour quelques nuits, mais si tu me demandes de repartir pour Dublin, je le ferai. »

Il secoua la tête, son expression demeura indéchiffrable. Je jetai un coup d'œil à Marthe ; rien ne laissait penser qu'elle allait intervenir.

« Je vais te laisser mes coordonnées, dis-je en écrivant l'adresse de l'hôtel. Appelle-moi si tu as envie de parler. »

Et sans un mot de plus de leur part ni de la mienne, je partis.

Je passai la journée suivante à visiter, bien que je n'eusse pas la tête à cela, regardant les jeunes touristes avec leur sac à dos et me demandant ce que ce serait d'avoir à nouveau vingt ans – d'avoir vingt ans *maintenant*, en 2012, alors que tout était différent – avant de repousser cette idée le plus loin possible, car ces rêvasseries ne m'apportaient que de la tristesse. Vers la fin de l'après-midi, je visitai la cathédrale, allumai un cierge que je posai devant la Madone à l'enfant en bois, et lorsque je retournai à mon hôtel, on me transmit un message d'Aidan – il devait venir à Oslo le lendemain pour affaires et si cela me convenait, nous pourrions nous retrouver dans un bar sur l'Aker Brygge Wharf à 19 heures. Quand j'y arrivai, je le trouvai assis seul devant une bière, en train de lire les pages sportives du journal. Il leva les yeux et m'offrit un demi-sourire.

« Je n'arrive pas à m'habituer à te voir en civil. Je ne t'ai jamais connu sans la soutane.

— Les cols ouverts ne me vont pas, objectai-je.

— Tu veux une bière ?

— Oui. »

D'un geste de la main il commanda deux bières et je fus heureux qu'on nous les apporte aussi vite. J'avais très soif et nous aurions quelque chose à faire le temps de prendre nos marques.

« Marthe m'a l'air d'être une femme merveilleuse.

— Elle l'est, oui.

— Elle est médecin, c'est ça ?

— Pédiatre, aquiesça-t-il. Elle a son propre cabinet à Lillehammer.

— Ce n'est pas la femme avec qui tu vivais à Londres il y a longtemps ?

— Non, cette relation n'a pas duré. Je n'ai rencontré Marthe qu'une fois arrivé ici.

— Et toi ? Qu'est-ce que tu fais ?

— Je dirige une entreprise de bâtiment. Plutôt, je la codirige. Avec mon cousin Einar.

— Je me souviens de Einar. De l'époque du mariage de tes parents.

— Non, tu dois penser à son père. Einar n'a pas encore trente ans. C'est Einar Junior.

— Ah, d'accord. Einar, Svein, ton père et moi sommes venus ensemble en voiture depuis l'aéroport et nous avons bu de la vodka pendant tout le trajet. On est arrivés bien bourrés. Comment vont-ils, tous les deux ?

— Einar va bien. Il vit pas loin de chez nous. Mais Svein est décédé il y a quelques années. Cancer. »

Je ressentis une bouffée inexplicable de tristesse pour ce garçon que je n'avais connu que quelques jours, trente ans auparavant. « C'est affreux. Il n'était pas très âgé, n'est-ce pas ?

— Non. Il avait à peine la quarantaine.

— S'était-il marié ?

— Deux fois. Les deux fois, sans succès. »

Je soupirai. « Et tes enfants, dis-je. Morten et Astrid.

— Oui ?

— Rien. J'étais heureux de faire leur connaissance, c'est tout. »

Il hocha la tête, but une longue gorgée de bière puis leva les yeux vers l'écran de télévision accroché dans un coin du bar, qui diffusait un match de football. Il regarda pendant un moment avant de froncer les sourcils et de baisser les yeux vers la table, glissant un ongle le long d'une rainure sur le côté.

« Je suppose que j'aurais dû écrire, finis-je par dire. Peut-être que ç'aurait été une meilleure façon de procéder.

— Je m'attendais à ta visite il y a des mois.

— Ah bon ? fis-je, surpris.

— Jonas m'a dit que tu avais demandé mon adresse. Je pensais que tu allais venir dans la semaine.

— Je n'étais pas certain que tu serais content de me voir. On ne s'était pas vus depuis des années, après tout. Et il s'est passé tant de choses entre-temps.

— Pour moi, oui. Mais ta vie n'a pas changé du tout, si ? »

Je détournai le regard. S'agissait-il de cruauté délibérée de sa part ? Ou simplement d'une affirmation sans le moindre sens caché ? Néanmoins, il avait raison. À l'exception du fait que j'étais dans une paroisse et pas à Terenure, ma vie avait à peine changé depuis qu'il était enfant.

« Je m'en commande une autre, dis-je, croisant le regard du serveur, qui nous prépara deux autres pintes.

— Vas-y doucement. On vient à peine d'arriver.

— Ne t'inquiète pas, j'ai mangé. Et ce soir j'ai l'impression que je vais avoir besoin de quelques verres. »

Nous trinquâmes.

« Sláinte, dis-je.

— Skål », répondit-il.

Le silence s'installa entre nous et, pendant un moment, je crus que nous ne le briserions jamais.

« Est-ce que tu as vu le Grand Hotel ? finit-il par me demander.

— Sur la place ? Oui.

— Le lauréat du prix Nobel de la paix est reçu là-bas au mois de décembre pour la cérémonie. Marthe et moi, nous y passons le week-end et nous descendons là-bas aussi. C'est l'endroit où nous nous sommes rencontrés. Au bar de cet hôtel. Cette année-là, le prix avait été décerné à Mohamed El Baradei de l'Agence international de l'énergie atomique. C'était le jour suivant la cérémonie et il se détendait, j'imagine, en buvant un verre. Marthe m'a demandé si je pouvais prendre une photo d'eux ensemble avec son appareil photo et je l'ai fait, et ensuite, je lui ai demandé la même chose pour moi. El Baradei était en si bonne forme qu'il nous a offert un verre à tous les deux, et Marthe et moi, nous étions si contents que nous avons continué à parler après son départ. Nous ne nous sommes pas quittés depuis.

— Et vous y allez chaque année ? »

Il regarda ses doigts et se mit à égrener des noms. Ce devait être un jeu auquel Marthe et lui jouaient ensemble chaque année en décembre, la difficulté augmentant à mesure que de nouveaux noms s'ajoutaient à la liste. « Yunus l'a eu l'année suivante, puis Al Gore, ensuite un Finlandais dont je n'arrive jamais à me rappeler le nom, puis Barack Obama, mais nous n'avons pas eu le droit d'aller à l'hôtel à cause de toutes les mesures de sécurité, puis...

— Aidan... », fis-je à mi-voix en posant une main à plat sur la table, les yeux fermés.

Il cessa de parler et secoua la tête. « Il est inutile d'aborder ce sujet.

— Au contraire. C'est pour cela que je suis là.

— Tu savais depuis le début ? me demanda-t-il en me regardant droit dans les yeux.

— Tu ne me croiras pas si je te le dis. Tu vas penser que je mens.

— Si tu le dis, je te croirai. »

Je secouai la tête. « Je ne savais pas. Que Dieu me soit témoin, ça ne m'a jamais traversé l'esprit. C'est seulement il y a quelques mois que j'ai compris ce qui s'était passé. Je regardais *The Late Late Show*, une femme était invitée avec son fils, un avocat qui travaille avec les victimes d'abus sexuels. Ils parlaient de son enfance et de l'homme qui lui avait fait du mal, des choses qu'il avait subies. C'était terrible à écouter, Aidan, terrible. Et là, le présentateur se tourne vers la mère et lui demande est-ce qu'elle a remarqué des changements chez son fils, est-ce qu'il n'y a pas eu un moment où elle s'est dit qu'il se passait quelque chose ? Et elle a répondu qu'elle avait remarqué, mais qu'elle avait tout mis sur le compte de son âge. Elle a raconté qu'il avait toujours été un garçon insouciant, un de ces enfants dont l'énergie joyeuse remplissait la pièce, qu'il était comme ça depuis qu'il avait commencé à parler. Et un jour, dit-elle, il a changé. En un clin d'œil. Il est passé de la gaieté perpétuelle à la colère perpétuelle. J'étais là, à la regarder, Aidan, je me souviens, je buvais du thé à ce moment-là, et j'ai lâché la tasse, elle était presque pleine et brûlante. J'ai ressenti un pic de tension, la pièce s'est mise à tourner et j'ai cru que j'allais mourir. Honnêtement, j'ai cru que je faisais une crise cardiaque, ou une attaque. Je suis sorti péniblement de mon fauteuil en tirant sur mon col, mais je n'arrivais pas à le défaire. Il était serré fort autour de mon cou. Je m'entendais lutter pour trouver de l'air, je n'arrivais pas à respirer et je suis tombé sur le canapé. Je suppose que j'ai dû m'évanouir quelques minutes. Un des autres prêtres du presbytère est arrivé en courant, m'a arraché mon col et m'a donné de l'eau. Il voulait que j'aille chez le médecin, mais j'ai refusé, dans quelques minutes, il n'y paraîtrait plus, et je suis allé dans ma chambre. Je suis resté là, assis sur mon lit, et j'ai pensé à toi, Aidan. À toi quand tu étais petit, quand tu chantais, tu faisais des claquettes, toutes les blagues que tu racontais tout le temps, et ce moment où tu as changé, si brusquement, de manière si inattendue, et je me suis rappelé ce soir-là, le soir de l'enterrement de ma mère…

— Arrête. S'il te plaît. Arrête. » Je le regardai. Il avait les yeux fermés et il avait pâli. Je sortis mon mouchoir, je sentais les larmes couler sur mon visage.

« C'est à ce moment-là que ça s'est passé, n'est-ce pas ? demandai-je.

— Oui.

— C'était la seule fois ?

— Oui.

— Est-ce que tu veux bien m'en parler ?

— Non, répondit-il en secouant la tête.

— Je ne savais pas, Aidan, insistai-je en me penchant en avant. Je le jure sur tout ce que je tiens pour sacré. Si j'avais su que Tom était comme ça, je n'aurais jamais…

— S'il te plaît, ne prononce pas son nom. Je ne prononce jamais son nom. »

Je sentis mon estomac se retourner, un dégoût pour tout ce que j'avais passé ma vie à croire. Et de la haine, de la haine pure, pour mon plus vieil ami. « Je suis écrasé de culpabilité et de honte », lui dis-je enfin. Il me dévisagea, avec une expression proche du pardon.

« Il n'y a aucune raison. Tu n'as rien fait.

— Je l'ai laissé là-bas seul avec toi.

— Tu ne pouvais pas savoir ce qu'il allait faire.

— Mais j'étais ton oncle, dis-je, sentant le poids de tout ce que ce pauvre garçon avait souffert. J'aurais dû faire attention à toi. J'aurais dû te protéger.

— Tu n'as jamais deviné ? demanda-t-il en haussant les épaules.

— Non.

— Vraiment, ça ne t'est jamais venu à l'esprit ? répéta-t-il.

— Non.

— J'ai du mal à le croire. Je ne te mets pas en cause, Odran, mais je dois être honnête avec toi. Je trouve ça très difficile à croire.

— Tu penses que si j'avais deviné le genre d'homme qu'il était, je l'aurais laissé seul avec toi ?

— Tu aurais pu avoir peur de le défier.

— C'est la raison pour laquelle tu m'as si longtemps détesté, n'est-ce pas ? Pour laquelle tu es resté si distant ? Tu m'en veux pour ce qui s'est passé.

— Non, c'est à lui que j'en veux. Et pourtant tu l'as amené dans notre maison. Tu l'as laissé seul avec moi. Je comprends que tu ressentes de la culpabilité et, en même temps, que tu ne puisses pas être tenu pour responsable des actes de quelqu'un d'autre, mais le chemin a été long pour moi, un chemin de vingt ans. Les dégâts que cet homme m'a faits en une nuit, je les porterai en moi jusqu'à ma mort. Et il n'est pas facile d'oublier le rôle que tu as joué. »

Je hochai la tête. Je posai mes mains sur mes joues et, lentement, essuyai les larmes. « Je ne peux pas t'en vouloir de ressentir cela. Et tu as raison. C'est moi qui l'ai conduit chez vous. Et qui l'ai laissé seul avec toi. Tu étais mon neveu et je n'aurais jamais dû permettre qu'il t'arrive quoi que ce soit de mal. Je peux seulement te dire, Aidan, à quel point je suis désolé et que c'est le plus grand regret de ma vie. Je suis désolé, répétai-je.

— Oui, je sais. »

Nous échangeâmes alors un regard, empreint de tendresse, et je sus qu'il ne voulait plus être en colère contre moi. Il serait impossible pour lui d'enterrer définitivement sa souffrance ou de me pardonner totalement. Peut-être y avait-il quand même un espoir pour nous.

« Puis-je te poser une question ? dis-je au bout d'un moment.

— Tu peux.

— Pourquoi n'es-tu pas revenu ? Pourquoi tu n'as pas témoigné au procès ?

— Personne ne me l'a jamais demandé, fit-il avec un haussement d'épaules.

— Mais tu as dû lire les journaux. Tu devais savoir qu'il avait lieu, non ? Et si c'était le cas, pourquoi tu n'es pas allé voir les Gardaí ?

— J'en ai entendu parler, oui, reconnut-il après réflexion. Et peut-être que j'aurais dû aller voir les Gardaí. C'est difficile à expliquer. J'ai appris à gérer ça à ma façon. J'ai vu des thérapeutes, à certaines périodes de ma vie. Ils ne m'ont pas beaucoup aidé, pour être honnête. Mais il y a Marthe, elle me soutient beaucoup. J'ai trouvé ma propre manière de dépasser cet événement. Est-ce que j'avais envie de retourner en Irlande et revivre ça dans une salle d'audience ? Non. Peut-être que c'est une erreur de ma part, seulement je ne le voulais pas. Je savais qu'il y avait assez de parties civiles pour qu'il aille en prison, et aussi que je ne pourrais pas me trouver dans la même pièce que cet homme, nous n'en sortirions pas tous les deux vivants. J'ai un fils, Odran. J'ai une fille. J'ai fait un choix. Pendant le procès, j'étais à Lillehammer avec eux.

J'ai pris des jours de congé. On les as passés ensemble, juste nous trois. Je les ai emmenés en bateau. Je les ai fait marcher dans le Maihaugen jusqu'à ce qu'ils se plaignent d'être épuisés. Marthe et moi les avons emmenés en train à Stockholm et ce furent les quatre plus beaux jours de notre vie. Retourner à Dublin et me replonger dans ce drame, ou être ici avec ma famille, aimer et être aimé ? Le choix n'était pas difficile. »

J'acquiesçai. « Et tu ne voudrais pas revenir maintenant que le procès est terminé ?

— Pour y vivre, tu veux dire ?

— Oui.

— Je ne retournerai jamais vivre dans ce pays, déclara-t-il en secouant la tête. L'Irlande est pourrie. Pourrie jusqu'à la moelle. Je suis désolé, mais vous les prêtres, vous l'avez détruite. »

Je n'avais rien à répondre à cela. Pouvais-je lui dire qu'il se trompait ? Étais-je sûr qu'il se trompait ?

« Jonas est au courant de tout, je suppose ? demandai-je.

— Oui, je lui en ai parlé il y a longtemps.

— Mais il ne lui est rien arrivé cette nuit-là ?

— Non.

— Et ta mère ? Est-ce que tu lui as dit ?

— Jamais. Pourtant je crois qu'elle savait, fit-il en secouant à nouveau la tête.

— Je le crois aussi, avouai-je, me rappelant une de ses paroles le jour où Jonas et moi l'avions emmenée à Chartwell. Acceptes-tu que je revienne dans ta vie ? » lui demandai-je, craignant la réponse. Et à ce moment-là, l'équipe sur l'écran de télévision dut marquer un point gagnant, car une grande clameur s'éleva dans la salle. Aidan leva les yeux et se joignit aux acclamations.

« Aidan, répétai-je lorsqu'il se rassit. Acceptes-tu que je revienne dans ta vie ? »

Il déglutit avec peine et prit une grande inspiration avant de fermer les yeux. Je ne dis rien ; j'attendis. J'eus l'impression que cela durait une éternité. Il finit par rouvrir les yeux et arrêta une serveuse qui passait.

« Je vais prendre une autre bière.

— Et votre ami ?

— En fait, c'est mon oncle. Oui, il en prendra une aussi. Et pendant que vous y êtes, apportez-nous la carte, s'il vous plaît. Nous allons dîner ensemble. »

Elle s'éloigna et je contemplai la table. Il me fallut un petit moment pour trouver la force de relever la tête.

« Parle-moi de tes enfants. Dis-moi tout. »

Son visage s'éclaira et je revis le petit garçon qu'il était autrefois, si plein de vie, de joie et d'amour. Il était encore là quelque part, caché derrière la souffrance. Et tout ce qu'il fallait pour qu'il se manifeste à nouveau, c'était la mention de ce petit garçon et de cette petite fille qui se trouvaient à Lillehammer, probablement lovés sur le canapé à côté de leur maman qui leur lisait une histoire et des chiens qui grognaient dans leur sommeil.

16.

2013

J'entendis une rumeur selon laquelle le père Mouki Ngezo retournait au Nigeria et je pris un rendez-vous avec l'archevêque – le nouvel archevêque – pour lui demander si je pourrais enfin avoir l'autorisation de reprendre mon poste à Terenure College.

C'était la première fois que j'allais au palais de l'archevêché depuis sa nomination et un nombre important de changements avaient eu lieu entre-temps. Disparus, les symboles du luxe d'antan, tous remplacés par une modernité typique de la culture d'entreprise. Le placard aux spiritueux avait été enlevé. À sa place, une table qui n'aurait pas détonné dans une galerie d'art contemporain, avec un grand écran d'ordinateur posé dessus. Le père Lomas, qui autrefois était posté dans l'antichambre pour servir l'archevêque Cordington au doigt et à l'œil, avait disparu. Deux bureaux se trouvaient désormais de part et d'autre de la pièce, dotés d'un système de communication qui aurait eu sa place dans la salle de contrôle de la NASA. À l'un était assis un jeune homme en costume, le crâne rasé et une barbe de trois jours, qui se présenta comme l'assistant personnel de l'archevêque. À l'autre travaillait une femme qu'on aurait crue sortie tout droit d'un défilé ; la nouvelle conseillère média du diocèse, m'expliqua-t-on.

« Qu'est-il arrivé au père Lomas ? lui demandai-je.

— James a été muté. Nous essayons de mobiliser nos ressources d'une manière plus efficace.

— Ah, d'accord. »

On m'invita à attendre sur un siège qui ne ressemblait pas du tout à un siège et elle me força à accepter un cappuccino. Pendant que je patientais, elle participa à quelques conversations téléphoniques grâce à une oreillette, tout en agitant les mains comme si elle dirigeait un orchestre.

« Êtes-vous sur Twitter ? me demanda-t-elle.

— Est-ce que je suis où ?

— Êtes-vous sur Twitter ? répéta-t-elle. Je n'arrive pas à trouver votre nom. Ou peut-être que vous en utilisez un autre ?

— Non, pas du tout, dis-je en essayant de ne pas rire. Sur quels sujets pourrais-je bien tweeter ? Personne ne s'intéresse à ce que j'ai mangé au petit déjeuner.

— C'est une erreur courante que de penser que c'est le but de Twitter, répondit-elle en levant les yeux au ciel.

— Mon neveu m'a conseillé de créer une page Facebook, mais je n'ai jamais pu m'y résoudre.

— Pourquoi, en effet ? Nous ne sommes plus en 2010. »

Heureusement pour moi, un des voyants sur son bureau s'alluma avant qu'elle puisse m'interroger davantage et elle me désigna la porte d'un mouvement de tête. « Il est prêt à vous recevoir. Dix minutes, d'accord ? J'ai besoin de lui pour Today FM à la demie. »

Je ne dis rien ; je n'étais pas le secrétaire de l'archevêque. Mon entretien prendrait le temps qu'il faudrait.

« Père Yates », m'accueillit l'archevêque, me serrant la main avant de m'indiquer un fauteuil sur le côté gauche de son bureau, placé dos à la pièce, mais disposé de manière que le visiteur soit à angle droit par rapport à lui. J'avais déjà vu cela quelque part, je ne savais plus où. Cela paraissait un peu bizarre. « C'est gentil à vous de prendre le temps de venir me voir. »

Nous échangeâmes quelques banalités affables, mais conscient que la dame entrerait pour me mettre à la porte dans huit minutes et demie, j'allai droit au but et lui donnai la raison de ma visite. Je voulais rentrer chez moi, dis-je. Je voulais retourner dans mon école.

« Je crois que vous êtes exactement à l'endroit où on a besoin de vous, répondit-il, secouant la tête et me souriant comme s'il ne pouvait imaginer pourquoi je demandais une chose pareille. D'après tout ce qu'on me rapporte, vous faites un travail extraordinaire dans cette paroisse. Le père Burton ne tarit pas d'éloges à votre sujet. Pourquoi voudriez-vous retourner dans cette école ? Tous ces gamins… ils vous épuiseraient, j'en suis sûr. J'ai été obligé d'assister à un événement à Blackrock il n'y a pas longtemps, et j'ai cru que j'allais perdre connaissance tant ces jeunes gens puaient. Ils ne se lavent donc jamais ? Typiquement adolescent, je suppose.

— La fréquentation à la messe du dimanche est en baisse, lui dis-je, prêt à me condamner moi-même si je pouvais obtenir ce que je voulais. Les plateaux pour la quête demeurent à moitié vides. Nous n'avons plus d'enfants de chœur, même si, bien sûr, la décision a été prise dans ce bureau.

— C'est plus sûr ainsi, fit-il à mi-voix.

— Finalement, Excellence, je ne suis pas certain d'avoir fait mon travail de manière exemplaire.

— Vous ne pouvez pas être tenu pour responsable de la plupart de ces choses. Nous vivons une période difficile, n'est-ce pas ? Très difficile. La dernière décennie a été terrible pour l'Église. Mais il revient à des hommes comme vous et moi de la rebâtir. D'aller de l'avant », ajouta-t-il avec un sourire.

Le Bureau ovale. Voilà où j'avais vu les fauteuils disposés ainsi. Le président plaçait ses visiteurs de cette façon ridicule. Je suppose que cela leur rappelait où résidait le véritable pouvoir.

« Quand le cardinal Cordington m'a envoyé dans cette paroisse, il m'a promis que ce ne serait que temporaire.

— Promis, dites-vous ? fit-il en me regardant avec une expression agacée, comme s'il voulait souligner qu'il ne tolérerait pas très longtemps mon arrogance.

— Oui, répondis-je sans baisser les yeux. Il me l'a promis.

— Eh bien, parfois, on ne peut pas tenir ses promesses.

— Je le sais. Partout et tout le temps, on rompt ses engagements, à ce que je vois. La vérité est que je suis là-bas depuis six ans maintenant, et j'en ai assez. Le père Ngezo retourne au Nigeria, ou du moins c'est ce que j'ai entendu dire, ce qui signifie que la position d'aumônier est libre et j'aimerais l'avoir. » J'essayai un ton plus conciliant. « Écoutez, Excellence, je ne rajeunis pas. J'ai presque soixante ans. Je veux finir mes jours là-bas. C'est un endroit qui me correspond, voyez-vous. J'ai investi beaucoup d'énergie dans cette bibliothèque. Et je me suis toujours bien entendu avec les élèves.

— Je suis désolé, père Yates – pour lui, m'appeler Odran ou père Odran n'était pas envisageable –, j'ai en tête un jeune homme très capable qui va reprendre le poste du père Ngezo quand il s'en ira. Je lui ai promis qu'il pouvait commencer à l'automne et il s'en réjouit. Il est apparemment très ami avec Colin Farrell, l'acteur. Ils sont allés ensemble à l'école. Nous pourrons peut-être obtenir de lui qu'il vienne parler aux élèves un jour.

— Comme vous l'avez dit vous-même, Excellence, parfois on ne peut pas tenir ses promesses. »

Le sourire demeura, mais il secoua la tête. « Cela n'arrivera pas, rétorqua-t-il. Apprenez à gérer. »

J'essayai de ne pas éclater de rire. Quel âge avait-il ? Quarante ans ? Quarante-cinq ans ? *Apprenez à gérer ?*

« Peut-être avez-vous raison, dis-je.

— J'ai raison.

— Après tout, ce n'est pas comme si le cardinal Cordington m'avait demandé de reprendre l'ancienne paroisse de Tom Cardle pour qu'il puisse le mettre à l'abri dans une planque, n'est-ce pas ?

— Que dites-vous ?

— Simplement que c'est terrible, tous ces commentaires autour d'une enquête criminelle visant le cardinal. Cela ne serait jamais arrivé du temps de John Charles McQuaid, je peux vous l'assurer. Bien sûr, le ministère public prétend qu'ils n'ont pas assez de preuves contre lui. Et c'est heureux. Le cardinal soutient qu'il ne sait rien des abus commis par Tom, et moi, je le crois. Pas vous ? Même si, maintenant que j'y réfléchis, le jour où je me trouvais dans son bureau, quand il m'a demandé de changer de poste, il a sous-entendu autre chose. Il a commencé à me dire quelque chose, avant de se raviser, assurant que c'était un sujet délicat, absolument confidentiel. À votre avis, de quoi parlait-il ?

— Vous avancez sur un terrain très dangereux, père Yates, dit l'archevêque à mi-voix, jetant un coup d'œil sur un téléphone qui vibrait sur son bureau ; il le ramassa, passa un doigt sur la surface et le reposa.

— Vous trouvez ? Ce n'est pas comme si une chose pareille risquait de se savoir, n'est-ce pas ? Mais il aurait beaucoup d'explications à donner, si cela arrivait, vous ne croyez pas ? Ce bureau prendrait la tempête de plein fouet, je dirais. Non pas que j'en parlerais, bien entendu. À un journaliste. Ou… – et je marquai une pause avant de prononcer les trois syllabes redoutées que l'Église irlandaise méprisait plus que toutes autres – à RTÉ. »

En vérité, j'en avais assez. Je m'étais soumis à eux toute ma vie – d'abord au père Haughton et à ma mère, puis à l'archevêque de Dublin, puis à monsignor Sorley et aux cardinaux de Rome, qui m'avaient imposé le silence en septembre 1978 alors que j'aurais dû parler, puis au pape polonais, qui m'avait renvoyé de manière anticipée et dont j'avais scrupuleusement suivi les règles pendant des décennies avant de comprendre quel genre d'homme il était vraiment –, il était hors de question de capituler à nouveau. Et certainement pas face à un jeune freluquet qui venait de débarquer. Avec ses satanés iPhone, iPad et ses conneries de tweets. J'en avais assez. Est-ce que le pays tout entier n'en avait pas assez ?

« Quel âge avez-vous, père Yates ? demanda-t-il enfin. Cinquante-cinq ans ?

— Cinquante-huit.

— Et à quel âge pensez-vous prendre votre retraite ? Soixante ?

— Certainement pas, je suis en bonne santé. Disons soixante-cinq ans. Comme tout le monde en Irlande.

— Cela fait sept ans, donc.

— Et dans mon cas, sans remise de peine pour bonne conduite.

— Est-ce que c'est censé être une plaisanterie ? » demanda-t-il en me fusillant du regard, et je baissai les yeux. Inutile d'aggraver mon cas.

« J'étais bon à ce poste dans cette école, affirmai-je, essayant de paraître accommodant. J'y étais heureux. Et on m'a dit que je pourrais y retourner. Je veux y retourner. Allez-vous accepter, s'il vous plaît ? Cela vous dérangerait-il tant que ça ? »

Il soupira, vaincu, et leva les bras en l'air. Je pensai à Henry II souhaitant que quelqu'un le débarrasse de ce prêtre turbulent et remerciai Dieu qu'il n'y ait pas un bourreau qui m'attende à côté. « Mouais, si vous voulez... Puisque vous insistez tellement, vous pouvez y retourner pour la rentrée de septembre. »

Mouais ? Cet homme passait-il donc toutes ses soirées à regarder des émissions de télé américaines ou quoi ? C'était un homme adulte qui parlait comme un enfant gâté.

Mais l'essentiel était acquis, j'avais obtenu de retourner chez moi. Dans mon ancienne chambre, auprès de mes anciens collègues, dans mon ancienne bibliothèque. Les livres étaient complètement dérangés, bien entendu. Le classement était aléatoire. Avec l'aide de quelques élèves de quatrième année, nous réussîmes à tout remettre en place en quelques semaines à peine, et je donnai à deux jeunes gens qui étaient particulièrement adroits avec les ordinateurs la tâche de créer un catalogue de tout ce que nous possédions. Ils étaient enchantés et me parlèrent de feuilles Excel, de bases de données et de toutes sortes d'autres choses, jusqu'à ce que je leur dise : « Les garçons, je n'ai pas le moindre intérêt pour tout ce que vous me racontez. Faites le travail et merci beaucoup. »

Mes anciens étudiants étaient partis depuis longtemps. Ceux qui étaient en première année quand j'avais été muté étaient maintenant à Trinity, ou à l'UCD, ou plus loin, en train de combattre avec les talibans. Il y avait de nouveaux élèves et ils furent surpris de voir arriver un vieux monsieur comme moi, même si la rumeur circula que j'avais passé vingt ans dans l'établissement avant de prendre un congé. Ils ne savaient pas que je me trouvais juste de l'autre côté de la Liffey. J'avais entendu un garçon raconter que je vivais avec une femme à Glasthule et que notre relation s'était terminée. Un autre assura que non, j'avais été député du Green Party et que j'avais perdu mon siège lors de la dernière élection. Un troisième lança que j'avais été marié à Twink et un quatrième que je n'étais pas prêtre quand j'étais dans l'école, que j'étais nonne et que j'avais subi une chirurgie de réattribution sexuelle. Ils avaient une haute opinion de moi, pensai-je. Je n'avais jamais rien fait d'aussi excitant dans ma vie. Dommage.

Lorsque Hannah mourut juste après Noël, je pris place devant l'autel de l'église Good Shepherd tandis que Jonas, Aidan, Marthe, Morten et Astrid m'écoutaient, assis au premier rang, évoquer des histoires sur ma sœur et la vie que nous avions partagée.

Je leur racontai qu'elle avait écrit à Robert Redford toutes les semaines de la fin de l'année 1973, quand elle l'avait vu en train d'embrasser Barbra Streisand devant le Plaza Hotel à New York dans *Nos plus belles années*, jusqu'à la fin de l'année 1974 quand elle avait décidé qu'il n'était plus question qu'elle perde son temps avec lui. Cela lui avait coûté une fortune en affranchissements internationaux, dis-je ; d'où elle tirait l'argent, je ne savais pas, mais Robert Redford ne lui avait jamais répondu, c'était bien malheureux, non ? Une petite carte postale l'aurait transportée de joie.

Je leur contai la fois où, enfants, nous avions passé une semaine à la plage de Curracloe, toute la famille. Avec l'aide de notre jeune frère Cathal, je l'avais enterrée dans le sable jusqu'aux aisselles et elle avait crié et supplié qu'on la libère. Maman m'avait tapé copieusement les mollets en disant que c'était comme ça qu'arrivaient les accidents.

Je leur confiai que lorsque j'étais à Rome, elle m'envoyait de temps en temps un colis de Dublin, plein de choses qui me manquaient et que je ne pouvais pas me procurer en Italie – des chips Tayto, des bouteilles de Lucozade, des sachets de Barry's Tea, des Curly Wurlies – et j'expliquai ce que ces colis signifiaient pour moi, même s'ils devaient avoir coûté encore plus que toutes les lettres à Robert Redford.

Je leur dis qu'elle avait mis au monde deux remarquables fils et les avait bien élevés. Il y en a un maintenant, fis-je, montrant le premier rang, qui dirige sa propre entreprise en Norvège, un mari et un père aimant. Et il y en a un autre qui écrit des livres et se fait un nom. Tout le monde n'aimait-il pas ses romans, surtout les jeunes gens, même s'ils étaient pleins de jurons, de subterfuges et de toutes sortes de scènes de sexe délirantes ? L'assemblée rugit de rire tandis que Jonas se prenait la tête à deux mains, aussi gêné qu'un adolescent, le pauvre garçon.

J'évoquai comment elle avait rencontré son mari, Kristian, quand il venait à la Bank of Ireland sur College Green tous les après-midi pour échanger des couronnes norvégiennes en livres irlandaises, et qu'un jour il ne lui avait pas téléphoné alors qu'il avait dit qu'il le ferait. Elle avait pris le mors aux dents et l'avait appelé elle-même ; notre mère avait arraché la prise du mur en disant qu'une fille comme il faut ne téléphonait pas à un garçon de sa propre initiative. Qu'ils s'étaient mariés jeunes, qu'ils s'étaient perdus jeunes et que c'était une tragédie, mais ils étaient à nouveau réunis, du moins, je le croyais. Ils pouvaient passer l'éternité ensemble, car je n'avais pas connu deux personnes au monde qui s'aimaient plus.

Je leur racontai la lutte dans son esprit pendant les dix dernières années de sa vie, une lutte tellement injuste qu'à des moments comme ceux-là, on aurait pensé qu'un homme comme moi, avec les croyances qui étaient les miennes, soutiendrait que cela faisait partie du grand projet de Dieu. Je n'allais pourtant pas leur dire ça parce que je n'étais pas certain que ce fût vrai. Je n'y comprenais rien, elle était tombée malade alors qu'elle était encore jeune et la maladie l'avait engloutie. Il ne semblait pas y avoir là la moindre justice.

Ensuite, lorsque nous nous retrouvâmes tous dans sa maison, je trouvai étrange d'être le dernier membre vivant de ma famille – papa avait disparu depuis longtemps, le petit Cathal avait été emporté sans raison valable, maman s'était effondrée dans son église et maintenant Hannah était partie aussi –, mais je me rendis compte que je n'étais pas seul. Je faisais partie d'une famille de six, et il faudrait que je m'efforce de m'en souvenir. Quand je demandai à Aidan si je pouvais emmener Morten et Astrid au cinéma le lendemain, il répondit que je pouvais et que si cela ne m'ennuyait pas de les faire goûter aussi, cela les aiderait parce qu'il y avait beaucoup de travail pour débarrasser la maison de sa mère. Je décidai sur-le-champ que je m'assurerais de faire partie de leur vie, à partir de maintenant. Les vols entre Dublin et la Norvège n'étaient pas si coûteux et le voyage en train vers le nord offrait des panoramas magnifiques.

Avant de nous quitter ce soir-là, Jonas me glissa que nous devrions déjeuner ensemble lorsqu'il rentrerait de son voyage aux États-Unis et j'acceptai immédiatement. Il sortit son portable et je sortis le mien – hé oui – et il me demanda que dirais-tu du 26 du mois prochain, cela me donnera le temps de me remettre du décalage horaire. Je secouai la tête, non, le 26, ça n'allait pas, est-ce qu'on pouvait envisager une autre date, car j'avais un rendez-vous ce jour-là. Nous trouvâmes une autre date et je sus que je l'attendrais avec une grande impatience.

Le matin du 26 arriva et je me débattis avec ma conscience. Je pouvais ignorer l'événement et passer ma journée comme d'habitude ; rester à l'école et m'absorber dans le travail. L'éditeur de Jonas m'avait fait parvenir deux cartons de livres pour la bibliothèque et il fallait les trier et les rentrer dans le catalogue. Pourquoi me fatiguer à aller jusque là-bas, après tout ? Je ne pourrais en parler à personne ensuite, surtout pas à mes neveux, qui y verraient une trahison, mais ce n'était pas comme si cette envie me démangeait. Cependant je m'étais engagé et je partis.

J'avais eu l'impression que tout le pays s'était rassemblé aux Four Courts cinq ans auparavant quand Tom Cardle avait été hissé dans un fourgon de police et emmené à la prison de Mountjoy, mais les médias ne manifestèrent aucun intérêt pour sa libération. Une nouvelle série d'obsessions nationales – la récession, les banquiers, la mort inexpliquée d'une femme dans un hôpital qui était censé prendre soin d'elle – monopolisait l'attention, et dans l'ensemble, les affaires criminelles impliquant des prêtres recevaient moins de publicité. On avait déjà vu ça, c'était du réchauffé, voilà ce que pensaient les gens. Comment ces affaires pouvaient-elles revenir en première page ?

Je restai dans ma voiture, contemplant l'édifice menaçant de l'autre côté de la rue et imaginant les horreurs qui se déroulaient derrière ces murs de pierre, et quand les portes s'ouvrirent, un jeune homme sortit, une espèce de voyou dans un survêtement blanc éblouissant. Une fille bondit de derrière un arbre, se jeta dans ses bras et les deux se mirent pratiquement à procréer sur le trottoir. Je détournai le regard et fus content de les voir enfin héler un taxi et s'en aller.

Quelques minutes passèrent, les portes s'ouvrirent à nouveau et il apparut. Si je l'avais croisé dans la rue, je ne suis pas certain que je l'aurais reconnu. Il avait cinq ans de plus que la dernière fois que je l'avais vu – je ne lui avais jamais rendu visite en prison – mais il avait l'air d'avoir vieilli de deux ou trois fois plus. Il était terriblement maigre et ses yeux étaient profondément enfoncés dans leurs orbites. Ses cheveux, qui avaient toujours été noirs et épais, étaient presque intégralement blancs. Il boitait, s'appuyant sur une canne. J'avais entendu dire qu'il avait été violemment agressé un jour dans la cour de la prison, on lui avait cisaillé les jambes, et on avait raconté qu'il risquait de ne jamais remarcher. Mais il était là, à traverser la rue d'une démarche peu assurée, surveillant les voitures à droite et à gauche tandis que je restais immobile, sans lever la main pour le saluer.

C'était un vieil homme. Un pédophile condamné. Un criminel sexuel.

Le diocèse avait pris des dispositions pour lui fournir un appartement, un endroit affreux du côté de Gardiner Street, au quatrième étage, avec un ascenseur sur lequel était collée en permanence une affichette *hors service*, et je me demandai comment il réussirait à monter et descendre avec sa jambe. Il allait toucher une retraite et demeurer isolé. Pas le droit d'accorder d'interviews. Il devait obéir aux ordres de la cour et s'assurer que les Gardaí savaient à tout moment où il se trouvait. Il avait obligation de voir son agent de probation toutes les semaines. Il ne devait prendre contact avec personne de sa hiérarchie, mais il pouvait fréquenter l'église qu'il voulait. Et la confession, bien sûr, était un sacrement ouvert à tous, s'il souhaitait en bénéficier.

Il ouvrit la portière côté passager. « Odran... Tu es venu me chercher.

— J'avais dit que je le ferais. »

Je lui avais écrit un mois plus tôt, quand sa date de libération avait été fixée, et je lui avais dit que je l'attendrais dehors pour le conduire où il devait aller. J'étais resté bref et concis, sans faire référence aux lettres qu'il m'avait envoyées de temps en temps pendant son incarcération, ni au fait que je les avais toutes ignorées. Ne sachant pas combien de personnes attendraient devant la prison, je lui avais donné la marque et le modèle de ma voiture, et lui avais précisé que je resterais à l'intérieur, moteur coupé. À lui de me trouver. J'avais l'impression d'être un braqueur de banque, un criminel prêt à s'enfuir de la scène de crime.

« C'est gentil à toi », fit-il en s'asseyant avant de refermer la portière. Il soupira et ferma les yeux quelques instants. Il était enfin libre. Je suppose qu'il s'accoutumait à l'idée. « Comment tu vas, au fait ? »

Il se tourna pour me sourire comme si je venais d'arriver dans une de ses paroisses pour lui rendre visite après une longue absence. Une de ses nombreuses paroisses.

« Très bien. Et toi ?

— Jamais aussi bien. » Il hésita un moment. « Content de retrouver le vrai monde.

— Allons-y. »

Nous roulâmes en silence. Je me demandais si j'aurais dû le laisser se débrouiller tout seul et lui était absorbé dans ses pensées. Au moins, il avait la pudeur de se taire et de ne pas faire comme si les choses étaient normales entre nous.

Je me garai devant son nouveau logement et nous montâmes l'escalier, entrâmes avec la clé qui m'avait été donnée la veille par l'archidiocèse. L'appartement était affreux. Petit et humide, le papier qui se décollait sur les murs, du bruit provenant du logement voisin, de la musique qui rugissait à l'étage au-dessus. Je crois que j'aurais préféré sauter par la fenêtre que de rester là, et il surprit l'expression horrifiée sur mon visage.

« Ne t'inquiète pas. C'est mieux que ce à quoi je suis habitué. »

C'était toujours ça.

« Je ne m'inquiète pas, répondis-je. Je m'inquiéterais seulement si c'était moi qui devais vivre ici. Pour toi, ça ira bien, j'imagine. »

Il hocha la tête et s'assit dans un des deux fauteuils. « Tu es en colère contre moi, Odran, dit-il posément.

— Je vais y aller.

— Pas tout de suite. Nous venons à peine d'arriver. Reste quelques minutes.

— Pas plus, fis-je en m'asseyant. La circulation va empirer.

— Tu es en colère contre moi », répéta-t-il après une longue pause. Je faillis rire en entendant la litote.

« Je ne te comprends pas, Tom. Voilà la vérité.

— Et je ne me comprends pas moi-même. J'ai passé les cinq dernières années à essayer.

— Et es-tu arrivé à une conclusion ?

— Mon père avait une grande responsabilité, répondit-il dans un haussement d'épaules.

— Ton père ? dis-je, laissant échapper un petit rire amer. Ton paternel et son tracteur ?

— Ne me juge pas trop rapidement. Tu ne sais pas quel genre d'homme c'était.

— Tout cela n'a rien à voir avec lui. Tu es le seul responsable. »

Il acquiesça et regarda par la fenêtre pendant un moment. La vue était pourrie, mais au moins, il y avait une vue. Il n'en avait pas eu pendant des années.

« Comme tu voudras, lâcha-t-il.

— Tu as agi à ta guise pendant un bon bout de temps. C'est le tour de quelqu'un d'autre maintenant. »

Il se tourna vers moi, me dévisagea longuement, et je constatai qu'il n'y avait pas de peur dans ses yeux, seulement de l'épuisement. Je n'avais aucune idée de ce qu'il avait traversé en prison et je ne voulais pas savoir, mais je soupçonnais qu'à certains moments il avait été obligé de se défendre physiquement, qu'à d'autres il avait dû dominer son adversaire, et qu'à de plus rares moments il avait été dominé.

« Y a-t-il quelque chose que tu veux me dire, Odran ? Parce que j'apprécie que tu m'aies accompagné jusqu'ici, mais si tu ne cherches qu'à m'agresser…

— Tu n'as jamais trouvé que c'était mal ? demandai-je. Ces choses que tu faisais ? »

Il réfléchit, puis secoua la tête. « Je crois que je n'y ai jamais pensé en ces termes. Les concepts de bien, de mal n'entraient pas vraiment en ligne de compte.

— Et les enfants, tu n'as jamais pensé à la souffrance que tu leur causais ?

— Je n'étais guère qu'un enfant moi-même, me fit-il remarquer.

— Au début, peut-être. Mais à la fin, pas du tout.

— Une fois que j'avais commencé, il n'y avait plus moyen d'arrêter. Je n'aurais jamais dû être prêtre, voilà la vérité. Seigneur tout-puissant, je ne crois même pas en Dieu. Je n'y ai jamais cru.

— Personne ne t'a forcé à devenir prêtre.

— C'est faux, rétorqua-t-il. J'ai été forcé. Je vivais dans la peur de mon père, qui insistait sur le fait que c'était la vie qu'il me fallait. Tu as été forcé aussi. Ne prétends pas le contraire.

— Tu aurais pu partir.

— Je n'aurais pas pu.

— Tu t'es enfui, une fois.

— Et il m'a ramené sur le tracteur, tu te souviens ?

— Tu aurais pu refuser.

— Je ne pouvais pas. Tu n'as pas vu ce qui s'est passé pendant les jours qui avaient précédé.

— Tu avais dix-sept ans, insistai-je. Tu aurais pu prendre le ferry et partir pour l'Angleterre. Commencer une nouvelle vie.

— Odran, il se peut que tu ne me croies plus jamais, mais crois-moi au moins sur ce point : tu ne sais pas du tout de quoi tu parles. Pas du tout. Tu n'as pas la moindre idée de ce qu'était mon enfance. De toutes les choses qui me sont arrivées pendant les années qui ont précédé mon passage à Clonliffe. Pas la moindre.

— Et je ne veux pas savoir. Rien de ce qui t'est arrivé en ce temps-là ne rend acceptable ce que tu as fait après. Cela ne justifie rien du tout. Tu ne le vois donc pas ? »

Il soupira et détourna le regard, contemplant les immeubles de bureaux et d'habitation du centre-ville. Que se passait-il dans son esprit nébuleux ? Je n'en avais aucune idée.

« Sans parler de ce que tu nous as fait, à nous autres, ajoutai-je à mi-voix. Toi et tous les hommes comme toi. Tu n'as jamais réfléchi à ce que cela signifierait pour ceux d'entre nous qui faisions de notre mieux ? Ceux d'entre nous qui avions une vocation ?

— Tu crois que tu avais une vocation, Odran ? répéta-t-il tout en me riant au nez.

— Oui.

— Tu le penses seulement parce que ta maman t'a dit que c'était le cas.

— Tu te trompes. Elle avait peut-être lancé l'idée, mais elle avait raison. J'avais la vocation. Ce métier était ce que j'étais destiné à faire. »

Il secoua la tête, n'ajoutant rien, comme s'il écoutait les divagations d'un imbécile.

« J'aurais dû te dénoncer il y a longtemps.

— Tu aurais dû quoi ?

— À Clonliffe, poursuivis-je, plein de suffisance. Je t'ai vu, quand tu as retiré ta chemise. Les gros hématomes sur ton épaule. »

Il fronça les sourcils, comme s'il n'avait pas la moindre idée de ce que je racontais. « Je ne te suis pas, Odran.

— Daniel Londigran. La nuit où O'Hagan a été envoyé voir sa mère mourante. C'est toi qui lui as sauté dessus. Il a essayé de se défendre. Et à cause de cela, il a été renvoyé. »

Il me regarda pendant un moment, les rouages de son cerveau tournant à plein régime, avant d'ouvrir la bouche de surprise et de laisser échapper un rire. « Danny Londigran ? Tu te fiches de moi ?

— Non.

— Tu ne sais pas de quoi tu parles, Odran. Tu t'en rends compte ? Tu ne sais pas du tout de quoi tu parles.

— Je sais que tu as essayé de l'agresser et qu'il a été plus fort que toi. Il t'a repoussé et tu t'es enfui, tellement tu as eu peur. »

Il rit à nouveau, secoua la tête et commença à m'expliquer. « Danny Londigran n'était pas plus destiné à être prêtre que moi. Il recevait régulièrement des magazines pornos qu'un de ses cousins lui faisait parvenir en cachette et on les feuilletait ensemble. Puis, c'est allé plus loin. On regardait des femmes, Odran, tu l'as compris, hein ? Mais on était tellement frustrés qu'on se tripotait l'un l'autre. Un soir, en l'absence de son coturne, le père Livane est entré alors qu'on parlait et qu'on essayait de faire tout ce qu'on pouvait pour se consoler de ce dilemme dans lequel on se trouvait. Danny n'avait pas plus envie d'être là que moi. Quand le père Livane est entré, les lumières étaient éteintes, Danny a eu tellement peur qu'il m'a balancé un énorme coup de poing et je me suis enfui en courant. Et bien entendu, il a été obligé d'inventer une histoire pour expliquer tout ça. Tu crois que c'est moi qui l'ai agressé ? – Il rit amèrement. – Tu plaisantes ? Je ne lui faisais rien d'autre que ce qu'il me faisait, lui. »

Je détournai les yeux. Je ne savais pas trop comment réagir. « Et je suis censé te croire ? dis-je enfin.

— Comme tu veux, de toute manière, ça ne change strictement rien pour moi. Ça n'a plus la moindre importance, aujourd'hui.

— Tu as tout gâché, tu ne le vois donc pas ? » J'étais tellement frustré que j'avais élevé la voix. « Nous n'aurons plus jamais la confiance de personne.

— Cela vaut peut-être mieux, finalement, répondit Tom. Tu ne penses pas que ce pays se porterait bien mieux si l'Église catholique lui fichait la paix ?

— Non. Non, je ne pense pas. Et comment peux-tu dire ça, après tout ce que…

— Ces gens ont fichu ma vie en l'air, fit-il, d'une voix qui grondait de colère contenue. Ils m'ont détruit, Odran, tu ne le comprends donc pas ? Ils ont pris un pauvre gamin innocent de dix-sept ans ignorant tout du monde et ils l'ont enfermé dans une prison pendant six ans. Ils ont affirmé que ce qui me rendait humain était honteux et sale. Ils m'ont appris à haïr mon corps et à penser que si je regardais les jambes d'une femme j'étais un pécheur. Ils ont menacé de m'expulser de Clonliffe si j'osais ne serait-ce que parler à une fille lorsque nous étions à l'UCD et mon père a menacé de me tuer si j'étais mis à la porte. Et ne crois pas qu'il n'aurait pas tenu sa promesse, parce que je te le dis aujourd'hui, il aurait fait irruption dans ma chambre le soir de mon retour à la maison et m'aurait planté une fourche dans la tête si j'avais dit que les prêtres refusaient que je revienne. Ils m'ont tordu, déformé, ils se sont assurés que je ne puisse jamais exprimer le moindre des désirs naturels qu'éprouve un être humain. Et ensuite, ils se fichaient pas mal que je ne sache pas mener une vie normale.

— Ils ne t'ont rien fait de plus qu'à moi, dis-je, sentant la colère monter. Rien de plus qu'à des centaines d'autres garçons. Et nous n'avons pas fini par nous comporter comme toi. C'est si terrible d'être un bon prêtre, Tom ? Cela ne t'aurait pas suffi ? Moi, ça me suffisait.

— Un bon prêtre ? fit-il en riant. Tu penses que c'est ce que tu es ? Mais Odran, tu es à peine un prêtre. »

Je le regardai, ahuri.

« Odran, reprit-il d'une voix calme, comme s'il expliquait une notion complexe à un enfant, tu as été ordonné il y a plus de trente ans et tu n'as pas passé un seul jour dans une paroisse avant que Jim Cordington te mette à ma place quand j'ai été obligé de partir.

— Ce n'est pas vrai.

— Bien sûr que c'est vrai. Tu t'es enfermé dans ton école pendant vingt-cinq ans, pour enseigner l'anglais et ranger les livres de la bibliothèque, et tu n'as jamais fait ce qu'un bon prêtre, comme tu dis, est censé faire. Tu t'es retiré, caché du monde. Tu continues à te cacher aujourd'hui. Si tu voulais être enseignant, pourquoi n'es-tu pas allé passer ton diplôme pour enseigner ? Si tu voulais devenir bibliothécaire, pourquoi n'es-tu pas allé passer un diplôme de bibliothécaire, pour travailler là-bas, à Kildare Street ? Tu te dis prêtre, tu n'en es pas un. Tu ne l'as jamais été.

— Je me suis occupé de centaines de garçons dans cette école, dis-je à mi-voix, les yeux rivés sur le sol. Je suis leur ami. Un bon aumônier.

— Ah bon ? fit-il en riant. Dis-moi, pour voir. Sur une année, combien d'adolescents sont venus te voir avec un problème émotionnel pour que tu les aides à le résoudre ? Cinq ? Trois ? Un ? Aucun ? Je dirais aucun. C'est bien ça ? Et s'ils osaient le faire, à mon avis, tu devais t'enfuir en courant et retourner dans ta bibliothèque vérifier que les sœurs Brontë étaient bien côte à côte. »

Je me levai et m'approchai de la fenêtre. De l'endroit où je me trouvais, la ville était crasseuse. La Liffey était de couleur noire, les rues étaient un vrai capharnaüm, les bâtiments s'écroulaient. Il y avait des travaux sur toutes les routes et les voitures klaxonnaient à qui mieux mieux en essayant d'avancer. Quelque part dans ce quartier, des jeunes hommes s'échangeaient de l'argent avant de rentrer dans leur chambre miteuse pour nouer des bouts de tuyau autour de leur bras et se remplir les veines de la seule chose qui pouvait leur fournir une échappatoire à la misère dans laquelle ils vivaient. Les vieilles dames baissaient leur chauffage, car elles n'avaient pas les moyens de se tenir chaud et de payer les impôts locaux, et au moins, si elles mouraient de froid, elles ne seraient pas envoyées en prison pour défaut de paiement. Des adolescents arpentaient les quais tard le soir, cherchant un pigeon qui leur jetterait un billet de vingt euros s'ils acceptaient de les débraguetter et de s'agenouiller devant eux. Les pubs étaient pleins de jeunes hommes et de jeunes femmes fraîchement diplômés, se posant, terrorisés, la question de ce qu'ils allaient bien pouvoir faire de leur vie maintenant qu'il n'y avait plus de travail dans le pays. Où devaient-ils aller ? Au Canada ? En Australie ? En Angleterre ? Les bateaux de l'époque de la famine reprenaient la mer et les jeunes savaient qu'ils devaient embarquer en laissant leur famille derrière eux. Les hommes partaient à la retraite après quarante ans de vie laborieuse et étaient obligés de vivre chichement parce que leurs fonds de pension avaient été dilapidés par une bande d'escrocs du Fianna Fáil qui seraient réélus d'ici deux ou trois ans, de toute manière. Et là-bas, à l'aéroport, un groupe d'hommes venus d'Europe était en train d'arriver pour nous dire que nous n'étions plus capables de nous gouverner seuls et qu'ils allaient désormais le faire à notre place. Pour nous tous, pour tous ces gens, voilà ce qu'était devenue l'Irlande : un pays de drogués, de losers, de criminels, de pédophiles et d'incompétents. Qu'est-ce qu'avait dit Aidan ce fameux soir dans le bar à Oslo ? *Je ne retournerai jamais vivre dans ce pays. L'Irlande est pourrie. Pourrie jusqu'à la moelle.*

Aidan.

Je me retournai et dévisageai Tom qui, après avoir dépeint ma propre vie, semblait content d'avoir repris l'ascendant.

« Mais Aidan, dis-je, sentant monter à nouveau les larmes, car je ne pourrais jamais me pardonner, et encore moins lui pardonner, ce qui s'était passé. Pourquoi Aidan ? Pourquoi mon neveu, Tom ? Nous étions amis, toi et moi. Comment as-tu pu ? »

Il eut la décence de détourner les yeux, incapable de soutenir mon regard.

« Réponds-moi, insistai-je. J'ai le droit de savoir. Je ne comprends pas comment tu as pu…

— Tu es aussi responsable que moi.

— Ah bon ? Comment ça ?

— Je t'ai dit que je retournerais volontiers avec toi à l'école ce soir-là. Tu aurais dû insister.

— Comment étais-je censé savoir que tu irais dans sa chambre quand il serait endormi ? Je ne pouvais pas savoir ce que tu allais lui faire. »

Il pencha la tête et me servit quelque chose qui ressemblait un peu à un sourire. « Vraiment, Odran ? demanda-t-il d'une voix douce. Tu es en train de me dire que tu ne t'en es jamais douté ?

— Bien sûr que non ! m'écriai-je. Si j'avais su, je n'aurais jamais…

— Écoute, il n'y a personne d'autre que nous dans cette pièce. Tu peux te mentir si tu veux, mais tu n'as rien à y gagner. Crois-moi, c'est une leçon que j'ai apprise ces dernières années.

— Tom, dis-je en le regardant fixement, le visage de plus en plus rouge de colère, tu ne peux pas imaginer que je savais quoi que ce soit, que je soupçonnais qui tu étais vraiment. Que…

— Cette fameuse semaine où tu étais à Wexford. Quand le gamin de Kilduff a abîmé ma voiture. C'est bien toi qui l'as dénoncé aux Gardaí.

— Je pensais qu'il faisait l'intéressant, comme le font les enfants. Je ne savais pas d'où venait sa colère.

— Vraiment, Odran ? fit-il, le sourcil arqué.

— Oui, vraiment !

— Et toutes ces fois où j'étais muté de paroisse en paroisse, tu ne t'es jamais demandé pour quelle raison ?

— Il y avait des rumeurs selon lesquelles des prêtres qui étaient déplacés régulièrement faisaient des bêtises, je le savais, mais je n'ai jamais pensé que tu…

— Tu vois, Odran, je crois que tu savais tout. Et que tu n'as jamais voulu m'en parler en face parce que c'était une conversation que tu étais incapable d'avoir. Tu as été complice depuis le début. Tout ce que tu sais faire, c'est placer les livres de Dickens avant ceux d'Hemingway et garder les textes de Virginia Woolf pour le bas de l'étagère. Tu savais tout.

— C'est faux, répliquai-je, et même à mes oreilles, l'absence de conviction était perceptible.

— Et le soir de l'enterrement de ta mère, tu savais très bien que ce n'était pas raisonnable de me laisser là-bas avec ton neveu, mais tu l'as fait quand même. Parce qu'il était plus facile de procéder ainsi que de provoquer un esclandre.

— Ce n'est pas vrai, protestai-je dans un souffle.

— Tu es comme tout le monde, même si tu joues le parfait dévot depuis toujours. Tu le savais, tu as gardé le secret, et ce grand complot dont tout le monde parle, celui qui va jusqu'au sommet de l'Église, il va aussi jusqu'à la base, aux moins-que-rien comme toi, au gars qui n'a jamais eu sa paroisse et qui se cache du monde, tellement il a peur qu'on le repère. Tu peux m'en vouloir tant que tu veux, Odran, et tu aurais raison, parce que j'ai fait des choses terribles dans ma vie. Mais est-ce qu'il t'arrive de te regarder de près ? D'examiner tes actes ? De scruter les abîmes de ce silence que tu entretiens depuis le premier jour ? » Il secoua la tête et se leva, attrapa sa canne et me tourna le dos pour se diriger vers le passage dans le mur qui conduisait à la cuisine minuscule.

« Va-t'en, Odran. Va-t'en et laisse-moi défaire mes bagages. Nous n'avons plus rien à nous dire. »

Je restai là quelques instants, incapable de bouger, puis posai les yeux sur la porte et m'en approchai. Je sentais mon col se serrer autour de mon cou et j'éprouvai une envie violente de l'arracher et de le jeter par terre.

« Nous ne nous reverrons jamais, j'imagine ? » me dit-il en se tournant vers moi tandis que j'ouvrais la porte vers le monde extérieur. Je secouai la tête.

« Non. Je ne reviendrai jamais.

— Très bien, fit-il en se détournant, comme si notre histoire ne remontait pas à quarante ans. Porte-toi bien.

— Je prierai pour toi, Tom. Malgré tout.

— Prie pour toi-même, souffla-t-il dans un rire, puis il me tourna le dos. Tu en as plus besoin que moi. »

Je jetai un dernier regard à l'appartement. « Cet endroit est atroce », dis-je, incapable de comprendre ce qui avait pu conduire le garçon qu'il était autrefois à un taudis pareil. Il allait rester ici jusqu'à la fin de ses jours. On le retrouverait, un jour, mort.

« Effectivement, convint-il. Mais je survivrai.

— Tu te sentiras seul ?

— Oui, bien sûr, dit-il avec un sourire. En même temps, je sais ce qu'est une vie de solitude, Odran. Pas toi ? »

Mon école ne comporte pas d'internat, l'ai-je déjà mentionné ? Il y a des années, c'était le cas. Jusqu'au début des années 1980, je crois. Ils ont fermé cette partie-là de l'établissement un an ou deux avant que j'arrive, quand les parents perdirent l'habitude d'y envoyer leurs garçons pour toute la semaine. Tout le monde avait une voiture, de toute façon.

Pour cette raison-là, et à cause de la taille du bâtiment, l'endroit peut être terriblement désolé la nuit. Le moindre son rebondit en échos dans les couloirs, la moindre brise fait vibrer un cadre de porte ou une fenêtre. Pour ceux qui ont l'esprit sensible aux histoires de fantômes, cet endroit serait troublant à souhait.

Noué par l'anxiété, un soir, je décidai de prendre ma voiture et d'aller jusqu'à la grotte d'Inchicore, celle où je me rendais depuis tant d'années et où un jour j'avais vu un prêtre et sa mère en train de pleurer ensemble de douleur en comprenant ce qu'il avait fait, à qui il avait fait du mal et qu'il aurait à payer pour ses crimes.

Il faisait sombre lorsque j'arrivai, aussi noir que cette fameuse nuit, mais la grotte était déserte. La demi-lune m'offrait suffisamment de lumière pour que je puisse me diriger sans encombre vers les statues.

Au début, je m'agenouillai et essayai de prier, mais aucune prière ne me vint. Puis, sans que ce fût vraiment délibéré, je me surpris à me coucher sur le sol, à plat ventre, le froid de la terre contre ma joue, comme cet homme qui était si torturé par ses propres actes. Je fermai les yeux et me rendis compte que je ne pouvais rester à l'école. J'avais demandé pendant si longtemps à y retourner, mais il fallait passer à autre chose, embrasser une autre vie, à l'intérieur ou à l'extérieur de l'Église. Je ne pouvais plus me cacher derrière les murs de cette école.

Je me remémorai ce moment remontant à presque quarante ans, à Wexford, quand j'avais eu tellement envie d'actionner les barrières du passage à niveau. *Dans mon travail, on est obligé de penser à tous les gens qui ont confiance en vous*, avait dit le garde-barrière. *Imagine si l'un d'eux était blessé à cause de ta négligence. Ou de la mienne. Voudrais-tu une chose pareille sur ta conscience ? Savoir que tu es responsable de tant de souffrance ?*

Un jour où il était très en colère, Aidan m'avait demandé si je trouvais que j'avais gâché ma vie et je lui avais répondu non, non, pas du tout. Mais je me trompais. Et Tom Cardle avait raison. Car je savais tout, dès le début, et je n'avais jamais agi. J'avais empêché l'information d'aller jusqu'à mon cerveau, en de multiples occasions, refusé de reconnaître ce qui se passait sous mon nez. Je n'avais rien dit quand j'aurais dû parler, me persuadant que j'étais un homme respectable. J'avais été complice de tous leurs crimes et des gens avaient souffert à cause de moi. J'avais gâché ma vie. J'avais gâché chaque seconde de ma vie. Et, ultime ironie, il avait fallu un pédophile condamné pour me démontrer que dans mon silence, j'étais tout aussi coupable que lui, qu'eux.

Remerciements

Les premiers lecteurs de ce manuscrit m'ont donné des conseils précieux. Pour cela, je remercie chaleureusement Con Connolly, Claire Kilroy et Thomas Morris.

Je suis redevable, pour leur soutien indéfectible et leurs encouragements répétés, à mes agents, Simon Trewin, Eric Simonoff et toute l'équipe de William Morris Endeavor, ainsi qu'à mon éditeur Bill Scott-Kerr, dont la perspicacité et le talent ont énormément contribué à améliorer ce livre. Je remercie aussi Larry Finlay, Patsy Irwin et toute l'équipe de Transworld.

Au cours de mes recherches, j'ai acquis des connaissances précieuses sur la vie quotidienne des prêtres grâce à plusieurs membres du clergé de Dublin qui souhaitent demeurer anonymes, mais je leur suis reconnaissant de s'être montrés si ouverts et prêts à discuter franchement de la dissimulation des abus sexuels sur mineurs en Irlande dans le passé. Je remercie également ceux qui à Rome, Oslo et Lillehammer m'ont apporté leur aide pendant les recherches que j'ai menées là-bas.

Et par-dessus tout, je tiens à dire tout mon amour aux personnes les plus importantes de ma vie : mes parents, Seán et Helen Boyne, mes sœurs, Carol et Sinéad, Rory, Jamie et Katie, et mon mari Con.

Il est impossible de fournir une estimation du nombre d'enfants qui ont souffert en Irlande entre les mains de l'Église catholique, et il n'est pas aisé de deviner le nombre de prêtres honnêtes et dévoués qui ont vu leur vie et leur vocation ternies par les actes de leurs collègues.

Ce roman est dédié à toutes ces victimes. Qu'elles aient droit à une vie plus heureuse à l'avenir.

CET OUVRAGE A ÉTÉ COMPOSÉ PAR BELLE PAGE
POUR LE COMPTE DES ÉDITIONS J.-C.LATTÈS
17, RUE JACOB, 75006 PARIS
ET ACHEVÉ D'IMPRIMER
PAR CPI BRODARD ET TAUPIN (72000 LA FLÈCHE)
EN MARS 2021

PAPIER À BASE DE FIBRES CERTIFIÉES

JC Lattès s'engage pour l'environnement en réduisant l'empreinte carbone de ses livres. Celle de cet exemplaire est de :
1,2 kg éq. CO_2
Rendez-vous sur www.jclattes-durable.fr

N° d'édition : 01 – N° d'impression : 3043042
Dépôt légal : avril 2021
Imprimé en France